Las razones del corazón

LAS RAZONES DEL CORAZÓN

NURIA RIVERA

Papel certificado por el Forest Stewardship Council®

MIXTO
Papel procedente de
fuentes responsables
FSC® C117695

Penguin
Random House
Grupo Editorial

Primera edición: abril de 2022

© 2022, Nuria Rivera
© 2022, Penguin Random House Grupo Editorial, S. A. U.
Travessera de Gràcia, 47-49. 08021 Barcelona

Printed in Spain – Impreso en España

ISBN: 978-84-666-7176-7
Depósito legal: B-3.038-2022

Compuesto en Llibresimes

Impreso en Black Print CPI Ibérica, S. L.
Sant Andreu de la Barca (Barcelona)

BS 7 1 7 6 7

A mi madre, que lloró el día que entré en la universidad.
A ella y a todas las mujeres de mi familia,
de mi vida, que trabajaron y lucharon
para que sus hijas pudiéramos tener otra opción

1

Londres, septiembre de 1893

La doctora Losada salió del hospital y emprendió el camino hacia la dirección que tenía escrita en un papel. Sabía que era una imprudencia andar sola por la ciudad a esa hora de la tarde; si se retrasaba, la noche se le echaría encima. Sin embargo, había recibido una nota urgente de una joven a la que había atendido en una visita domiciliaria y consideraba que su deber era acudir. No había recorrido más de dos calles cuando la interceptó un carruaje.

—¿Adónde se supone que vas? —la increpó una mujer asomada a la ventanilla.

—¡Emma! —exclamó, llevándose la mano al pecho—. Me has asustado.

La doctora se acercó a la portezuela que su amiga le abría y, ante el gesto impaciente de esta, entró en el coche sin rechistar.

—Recibí una nota de... —La sorpresa al descubrir la presencia de un caballero hizo que enmudeciera. Si ella había cometido una imprudencia, su colega también. ¿Qué hacía a solas con un hombre?

—¿Nunca te he hablado de mi hermano? —preguntó Emma al ver su desconcierto.

Sí, lo había hecho. La doctora Allen, su mejor amiga en Londres, era hija de un acaudalado baronet de Surrey y ejercía de médica en el New Hospital, como ella. Durante los primeros tiempos de su amistad habían hablado en muchas ocasiones de sus respectivos hermanos, pero nunca había llegado a conocer en persona al caballero. Tenía el cabello rubio oscuro, como su hermana, y los ojos azules. Era un hombre muy apuesto y, a juzgar por cómo la observó, con una sonrisa ladeada, se notaba que él lo sabía. Mientras tanto, ella lo examinó... con ojo clínico, por supuesto.

—Mi hermano, el señor Howard Allen —lo presentó Emma—. Howard, ella es la doctora María Elvira Losada, mi amiga española. —Ante la cara de extrañeza del hombre, la joven aclaró—: Mi amiga Mariona; te he hablado de ella en mis cartas cientos de veces.

—Así es como me llaman mis familiares y mis amigos más cercanos —señaló ella.

—Encantado, seño... doctora Losada —se corrigió—. Mariona es un nombre muy bonito, ¿puedo llamarla como sus amigos?

—Todavía no lo somos —repuso, coqueta. Él le dirigió un gesto galante.

Escuchar su nombre con el característico acento inglés la hizo sonreír. Llevaba tres años en Londres y, aunque había estudiado el idioma desde pequeña, por influencia de su abuelo, había descubierto que las palabras en otra lengua, sobre todo los nombres, eran difíciles de pronunciar. Por suerte, siempre había tenido facilidad para los idiomas, pero al llegar a Inglaterra se dio cuenta de que la dicción, como tantas otras cosas, solo se aprendía con la práctica.

Emma se interesó por el lugar al que se dirigía y la censuró por la imprudencia de ir sola.

—Podría haberte acompañado Sarah, o habrías podido pedirle al señor Rogers que te acercara con el coche del hospital —la riñó. La enfermera Sarah Barker era otra de sus amigas y compañera de trabajo.

—Sarah estaba ocupada y no encontré al señor Rogers —se excusó—. Pensé que no tardaría demasiado, pero mi turno se alargó.

Su amiga, con una mirada de reproche y sin aceptar un no por respuesta, pidió a su hermano que las acompañara y este, tras unos segundos de duda, dio la nueva dirección al cochero.

—¿De qué parte de España es? —le preguntó en cuanto el carruaje emprendió la marcha.

—De Barcelona.

—¿Pudo estudiar medicina en su ciudad? —indagó de nuevo con extrañeza—. ¿O quizá lo hizo como Emma, en Francia?

—Sí, estudié en mi ciudad. Fui una de las pocas mujeres que se licenció en la facultad de Medicina; luego lo han complicado un poco más y han aumentado las trabas para el acceso a la universidad exigiendo presentar un permiso especial —aclaró—. Trabajé un tiempo en un importante hospital, pero en una profesión de hombres se considera poco apropiado que una mujer quiera ejercer la medicina. Encontraron el modo de dejarme de lado y de nada me sirvieron las influencias —bromeó. Se encogió de hombros y, por si no la entendía, matizó—: Mi padre es un reconocido cirujano y mi hermano, un gran psiquiatra. Un buen amigo inglés me habló de la doctora Elizabeth Garrett Anderson, la escuela de Medicina y su dispensario para mujeres pobres, y quise conocerla. Vine a Londres con la idea de participar en algún seminario, pero al acabar, como el dispensario se había convertido en el New Hospital for Women, solicité un puesto y la doctora Garrett me contrató como doctora... Emma, ¿recuerdas cuando nos conocimos?

Su amiga se echó a reír. Había sido en su primer día y sus padres estaban allí con ella, en uno de los salones de visitas.

—Creo que tu madre todavía me guarda rencor, sin querer le eché por encima una tetera —evocó Emma.

Mariona pensó en su madre, que había tratado de persuadirla para que regresara con ellos a Barcelona tras haber concluido el seminario en la escuela de Medicina de la doctora Garrett. Mariona, con el fin de convencerla y de que viera el puesto de trabajo que le ofrecían, la había llevado al hospital; la mujer incluso había conversado con la doctora Garrett y paseado por las instalaciones. A su padre todo aquello le parecía una excelente oportunidad y convino en que era una gran experiencia de aprendizaje, pero doña Elvira era harina de otro costal. Le costó convencerla de que Londres iba a ser el hogar de su hija durante una larga temporada.

—A ti te dolió el té desperdiciado y a ella su bonito vestido.

Mariona sabía que durante un tiempo su madre culpó a Emma de que su hija decidiera quedarse en Londres. «Si quieres ejercer de doctora, hazlo en la consulta de tu padre, siempre será mejor que seguir a tu amiga en esta locura», le había dicho, pero a ella le seducía la idea de quedarse en aquel hospital, donde solo trabajaban mujeres. Sentía que allí se valoraba su labor y que no se cuestionaba cada una de las decisiones que tomaba. Además, tenía otras razones que la habían impulsado a alejarse de Barcelona.

Doña Elvira claudicó solo cuando encontró «una casa decente» para que Mariona se instalara. Durante el seminario la joven se había hospedado en casa de los Bellamy, pero no quería abusar de su hospitalidad y adujo que prefería un lugar más cerca del hospital. Tom, gran amigo de su hermano Gonzalo, y Mathilda, prima de su cuñada Inés, se habían casado hacía relativamente poco, y ella pensaba que una pareja necesitaba intimidad, no tener una visita merodeando por su hogar.

La casa de huéspedes, una residencia para señoritas, se la recomendó a su madre una de las más viejas, rancias y rígidas enfermeras del hospital y, al principio, Mariona imaginó que sería un lugar muy estricto. Pensó que esa era la venganza de su progenitora por no regresar con ella, pero para su sorpresa, allí se hospedaban muchas otras compañeras, médicas y enfermeras del hospital; entre ellas Emma y Sarah. Tres años después podía decir que eran una pequeña familia.

Cuando llegaron al destino, Emma acompañó a Mariona a la casa de la enferma y el señor Allen les aseguró que las esperaría en la puerta.

Aquella noche Mariona tuvo dificultad para conciliar el sueño. Evocó la conversación que habían tenido en el carruaje cuando el hermano de Emma las llevó de regreso a la residencia.

—¿Siempre quiso ser médica, doctora Losada? —preguntó el caballero—. Mi hermana decidió serlo tras la enfermedad de nuestra madre.

—Sí, desde que tengo uso de razón he sabido que un día me convertiría en doctora —respondió y añadió con humor—: Aunque creo que mi padre tuvo algo que ver en mi elección.

—Los padres acaban decidiendo siempre —observó él y Mariona percibió pesar en sus palabras. Sabía por su amiga que no tenía una buena relación con su progenitor—. Yo siempre soñé con ser periodista o escritor; recorrer el mundo y escribir sobre mis viajes, pero me convertí en economista y dirijo las empresas de mi padre. Lo de viajar ha quedado en el sueño de un muchacho.

Emma inició un pequeño diálogo con su hermano, trataba de convencerlo para que la acompañara a visitar a su padre y Mariona, atraída por recuerdos lejanos, dejó que su mente se perdiera en ellos, como si estos tumbaran el dique de su memoria. Se vio de niña rompiendo todas las expectativas de su madre de convertirla en una típica dama de la burguesía catalana.

Nunca fue la hija que su madre habría deseado. Desde muy pequeña demostró habilidades con la aguja en la costura y el bordado, sobre todo para unir piezas de tejidos sin dejar la marca de las puntadas; sin embargo, no tenía oído para la música ni pericia con ningún instrumento, no se le daba bien el dibujo, destrozaba los arreglos florales y las conversaciones banales la aburrían sobremanera. Cuando creció no mejoró y tampoco se interesó demasiado en acudir a fiestas o comentar con las amigas los mejores partidos de la sociedad catalana. Y no era porque doña Elvira no lo intentara, pero la dama no contaba con el apoyo de su esposo para convertir a su única hija en una jovencita casadera. No, el doctor Losada estaba decidido a que su pequeña siguiera sus pasos, como había hecho Gonzalo, el segundo de sus hijos, y la ilustró en el arte de la medicina con la esperanza de que se convirtiera en una de las pocas privilegiadas en licenciarse en la facultad de Medicina de la Universidad de Barcelona. El precio de aquella hazaña fue que Mariona creció casi sin amigas y que sus relaciones se vieron reducidas al círculo de sus hermanos; sobre todo el mediano y el inseparable amigo de este, Bernat Ferrer.

Mariona creció entre libros, con aquella idea de ser médica y un destino trazado por su progenitor, pero a los trece años su mundo se trastocó.

Leía en el jardín de su casa cuando Gonzalo entró con su amigo. Estaba acostumbrada a verlo por allí, pero algo diferente captó ese día; tal vez fue que Bernat, cinco años mayor que ella, le hizo más caso que de costumbre y se interesó por su lectura. Tras una breve conversación, el muchacho se alejó de ella y se reunió con su hermano. Sin poder evitarlo, Mariona, mostrándose indiferente y concentrada en el libro que sostenía, espió la conversación de los amigos.

«Hablan de chicas», se burló para sí misma. Quiso obviar lo que decían; sin embargo, quedó atrapada en lo que escuchó.

Con nostalgia, Mariona recordó que aquella noche lejana, mientras trataba de conciliar el sueño al tiempo que la sonrisa despreocupada del joven se empeñaba en acudir a su mente, formuló dos deseos. El primero, ser médico como su padre y como lo sería su hermano Gonzalo. El segundo, que Bernat Ferrer la besara.

Nueve años después podía decir que aquellos dos sueños de su infancia habían sido difíciles de conseguir.

El primero lo vio realizado gracias al apoyo y las influencias de su familia y, con esfuerzo, pudo contarse entre las pocas mujeres que habían concluido los estudios en la facultad de Medicina de Barcelona. Estudios que, para angustia de su madre, estuvieron acompañados de algunos sobresaltos, como que le lanzaran piedras al asistir a las clases en la universidad. Su propio abuelo, haciendo uso de su posición, buscó ayuda en la guardia municipal para que la escoltaran a clase y así protegerla de quienes no aceptaban que la sociedad estaba cambiando y se abría a las libertades y los derechos femeninos.

Mariona estudió y perseveró; sin embargo, tuvo que demostrar más que sus compañeros varones su valía. Se dedicó en cuerpo y alma a su formación médica en detrimento del cultivo de las amistades femeninas, jóvenes con intereses distintos a los suyos que frecuentaban de buen grado los salones a los que su madre la arrastraba cada vez que podía.

Se ganó el apoyo de ilustres médicos como Giné y Partagás, mentor de su hermano, quien viendo la serenidad de Mariona y su buen trato a los pacientes, quiso reclutarla para su sanatorio Nueva Belén. Pese a ello, mientras esperaba que le concedieran el permiso del Ministerio de Instrucción Pública para hacer el examen de licenciatura en Madrid, prefirió ocupar la plaza de ayudante en la consulta de los Losada a la vez que aprendía de los consejos que le daba una de sus antecesoras en licenciarse, Dolors Aleu, cuando la visitaba.

El permiso para examinarse se retrasó varios años, como había ocurrido con otras estudiantes mujeres, pero cuando por fin pudo hacerlo obtuvo un resultado excelente y se especializó en Ginecología y Pediatría, influenciada por Aleu. El camino no fue fácil, pero gracias a su espíritu valiente y decidido ahondó en el estudio de su disciplina.

Su labor se vio recompensada cuando, tras conseguir realizar su examen y licenciarse, obtuvo una plaza en el hospital de la Santa Creu, donde había realizado gran parte de su formación práctica. Todo un éxito para una mujer en un mundo de hombres. Aunque Mariona era consciente de que había conseguido el puesto gracias a las influencias de su padre, trabajó noche y día para demostrar que la inteligencia de una persona nada tenía que ver con su sexo.

A partir de ahí su vida cambió e, inopinadamente, logró hacer dos amigas: Lali e Inés que, con el tiempo, pasaron a ser miembros de la familia, ya que Inés se casó con Gonzalo y Lali, con Manuel, su hermano mayor.

Su segundo sueño se materializó una noche en una fiesta, pero fue algo efímero, y, no sin impaciencia, tuvo que aguardar dos años a que Bernat se decidiera a besarla de nuevo. Ocurrió un día soleado en los jardines de la Ciutadella, el recinto que había albergado la Exposición Universal, cuando sin pretenderlo se quedaron solos, ya que tanto las amigas de Mariona como Gonzalo se habían marchado de forma precipitada.

Nunca olvidaría aquel beso: vacilante, tentador, tierno y apasionado a medida que se abandonó a él. Sintió que su cuerpo reaccionaba a una emoción escondida desde el día en que, a sus trece años, Bernat entró en su casa y ella supo que aquel joven despreocupado al que veía tan a menudo le acababa de robar el corazón con una sonrisa.

Aquel segundo beso lo removió todo. Pero al final no ocurrió lo que ella había esperado, pues él se apresuró a decirle que no era un hombre apropiado para ella.

Quizá influenciada por los amores de Gonzalo con Inés, Mariona se había convencido de que podía tener lo mismo que tenían las mujeres de su edad: un novio, un compromiso; pero ni ella quería anteponerlo al trabajo que con tanto esfuerzo había logrado en el hospital, ni Bernat se parecía al pretendiente que deseaba.

Su mundo se desmoronó pocos días después del nacimiento de su sobrina Sofía. El director del hospital de la Santa Creu y algunos médicos de gran peso en el consejo de dirección la invitaron a dejar su labor aduciendo que se distraía, que no realizaba bien sus funciones y que su condición de mujer le nublaba el juicio. Aunque era muy consciente de que mentían, de nada le sirvieron las influencias que la habían colocado allí, porque también eso le criticaron.

Por otra parte, Bernat se había alejado de ella. Le había dicho que quería viajar, y primero lo hizo con la excusa de cubrir la noticia de la Exposición Universal parisina, realizada con motivo del centenario de la Revolución francesa, y donde una torre de hierro parecía atraer todas las miradas. Allí estuvo varios meses; luego, tras pequeñas estancias en Barcelona, se volvía a marchar. Incluso viajó a Cuba, donde vivía su madre. Quizá necesitaba perdonarla por haberlo abandonado tras la muerte de su padre y dejado al cuidado de su tío. Bernat huía del compromiso y Mariona no podía retenerlo si él no la quería.

Casi sin darse cuenta su vida empezó a parecerse demasiado a lo que siempre había detestado: acompañaba a su madre a fiestas y meriendas, acudía a los bailes en el Círculo Ecuestre o en el Liceo y ayudaba a su padre en su consulta, pero siempre en labores menores, como enfermera o ayudante, nunca como doctora.

—Vas a tener que buscar tu destino —le dijo una tarde Inés, mientras acunaba a su pequeña hija—. Si quieres ser doctora, ve adonde reconozcan tu valía.

—Tengo la consulta de mi padre, además...

—No puedes quedarte en un sitio solo para que Bernat te encuentre cuando decida regresar. Puede que él también te ame, Mariona, pero creo que todavía no se ha dado cuenta.

Aquellas frases le abrieron los ojos.

En pocas semanas se encontró de viaje a Londres con la ilusión renovada. Iba a conocer a la primera mujer médica de Inglaterra. Había conseguido ser admitida en un seminario en su escuela de Medicina para mujeres y decidido desterrar de su mente y de su corazón a Bernat Ferrer, y aunque pensó que le sería difícil porque llevaba enamorada de él desde los trece años, anhelaba tanto como temía el día en que lograra olvidarlo.

Tres años después podía decir que lo había conseguido.

2

Barcelona, septiembre de 1893

Bernat Ferrer era asiduo al Círculo del Liceo. Hacía mucho
que no se dejaba llevar por el vicio del juego, pero había
descubierto que unas cuantas copas y una partida de cartas soltaban la lengua de muchos petimetres, que se conver-
tían en fuente inagotable de titulares o noticias para el periódico en el que trabajaba.

Desde hacía días estaba ocupado en un asunto de seguridad. Tenía la impresión de que algo se fraguaba en el ambiente, pero aún no había encontrado el hilo del que tirar
para obtener datos fiables. Tenía a sus informantes bien
untados para que le pusieran al corriente de cualquier reunión de la que se enteraran, y estaba dispuesto a asistir a
una de ellas para que sus averiguaciones fueran de primera
mano.

Sin embargo, ese no era el único tema político que le
interesaba, sino también el de la corrupción en la cosa pública. Se había creado algunos enemigos al indagar ese tema
y, casualidades de la vida, en su misma mesa de juego estaba
el hijo de uno de ellos.

Abandonó la partida después de que el joven se llevara la mano y se alejó para sentarse en un aparte tranquilo, desde el que podía ver la sala. Un camarero le sirvió una copa de brandy y se dispuso a tomarlo a placer, mientras se perdía en sus pensamientos.

Su amigo Gonzalo le había dicho que iría esa noche, pero, si no lo había hecho ya, era poco probable que apareciera por allí. Se negó a pensar en Mariona, como hacía cada vez que lo asaltaba su recuerdo. Aún le dolía.

A pesar del transcurso de los años, aquel sentimiento seguía agazapado en su pecho. El miedo a su pérdida, algo que no valoró en un inicio, lo había aguijoneado después de que ella se marchara. Aunque era posible que volviera a tomar la misma decisión, se habría dejado arrancar la piel por Mariona. Quizá había sido un cobarde al poner tierra de por medio y no enfrentarse a ella, pero al regresar, le había dolido descubrir que se había marchado. Aquella renuncia era su mayor secreto, había sido el acto más doloroso de su vida y nunca pensó que ella podía interpretarlo tan mal.

De pronto alguien se colocó delante de él y lo sacó de sus cavilaciones.

—¡Gonzalo! Ya no te esperaba.

—Lo imaginaba, lo que me extraña es verte todavía por aquí. —Gonzalo ocupó el sillón que había junto al suyo y dejó sobre una mesa auxiliar el sombrero y el bastón. Un camarero se acercó para atenderlo. Tras pedir lo mismo que tomaba su amigo, le preguntó con guasa—: ¿No hay nada mejor para un soltero que una partida de cartas, un viernes por la noche?

—Por supuesto, pero me estoy retirando de los vicios —soltó mordaz—. Mañana tengo que ir al periódico.

—¿Estás con algo serio?

—Con aquel tema que te comenté. Ese hombre esconde algo y voy a descubrirlo.

—«Ese hombre» es un político poderoso, ten cuidado —murmuró su amigo con un tono de voz más bajo.

—¿Ves a aquel de ahí? —Señaló con la barbilla hacia el joven que había ganado la mano de cartas y reía con otros amigos al final de la sala. El muchacho, de pelo castaño y rizado, apenas tendría veinte años, pero actuaba con soberbia—. Es su hijo.

—¡¿El hijo de Arcadi Pons?! —exclamó Gonzalo con asombro—. ¿Y qué haces aquí? Su padre te dijo que no te acercaras a su familia. Vicentín es su único hijo, dicen que lo consiente demasiado.

—Es un niño de papá. Pero yo ya estaba aquí cuando llegó —se defendió—. No voy a marcharme, la ciudad no es suya, aunque quiera comprarla con sobornos.

—Pero ¿tú estás seguro?

—Por supuesto, tengo mis fuentes. Me preocupa lo que hace en la casa consistorial, es de sobras conocido que lo colocaron en el puesto por intereses partidistas y se ha enriquecido obscenamente. Se ha olvidado de sus amigos, pero lo peor es que se cree impune. Si pudiera contar lo que sé de él, la gente lo vería como lo que es, un villano, como toda su familia.

—No puedes arrastrar esa carga toda tu vida. Problemas entre familias por las lindes de las tierras los ha habido siempre. Tu padre tuvo un accidente.

—¿Un accidente? Lo mataron, «una bala perdida en una cacería», dijeron, pero una bala que salió de la escopeta del padre de ese canalla, que ya era un chulito entonces y había deshonrado a más de una sirvienta de su casa.

—Olvídalo. Parece que lo tienes en tu punto de mira. Tus artículos lo han enfadado bastante...

Bernat carraspeó al ver que el joven del que hablaban se acercaba con una sonrisa burlona en el rostro y Gonzalo debió de entenderlo, porque enmudeció. Al momento el muchacho llegó junto a ellos.

—Señor Ferrer, ya me marcho, por si es de su interés —soltó en tono irónico—. Lamento haberme quedado con sus ganancias, pero ha sido una buena partida.

—Más lo lamento yo —respondió, cáustico.

—Los problemas que tenga con mi padre no son asunto mío, así que no le diré que lo encontré aquí.

—Puede decírselo, Vicentín —lo provocó—, si así lo desea; aquí me encontró y aquí me deja al marcharse. Diría que es usted quien me busca a mí. ¿Pretende contarme algo?

No era la primera vez que coincidían. Hacía unas tardes lo había visto en el teatro.

El joven esbozó una sonrisa sardónica.

—Debería olvidarse de mi familia.

—Solo hago mi trabajo.

—Pues hágalo sin contar mentiras.

No tuvo opción a replicar; el joven, con el sombrero en la mano y un gesto desabrido, se despidió, pero a los pocos pasos se giró hacia él con rabia; lo señaló con el bastón, como si fuera una extensión de su brazo, y le advirtió:

—No vuelva a llamarme Vicentín, para usted soy el señorito Pons.

Retomó su camino y, cuando llegó donde sus amigos lo esperaban, las risas sarcásticas resonaron en la sala. Bernat no tuvo duda de que habría dicho algo inapropiado sobre él, pero le importó muy poco. Confirmó su impresión: era un niño consentido.

—¡Qué juventud! —se escuchó decir a un hombre ya entrado en años—. No saben lo que es el decoro y las buenas formas.

Gonzalo y Bernat se miraron con aire de complicidad. Cuántas veces no habrían escuchado esas mismas frases referidas a ellos dos, diez años atrás.

—Entonces ¿vas a olvidarte del tema? —indagó Gonzalo.

—No. Arcadi Pons no es trigo limpio y algún día podré demostrarlo.

—Si Mariona te viera tan formal, se reiría.

—Sí, seguro que soltaba alguna ocurrencia —dijo con pesar. Le resultaba imposible olvidarse de ella, sobre todo cuando estaba con Gonzalo. Su amigo adoraba a su hermana y siempre la mencionaba, ya fuera con alguna anécdota del pasado o informándole de cómo estaba, pero con disimulo. Como si él no se diera cuenta de lo que Losada hacía...

—Ha escrito a Inés. Tiene una nueva amistad, el hermano de una de sus amigas. Habla mucho de él.

Sin querer que aquello le afectara, miró a su amigo de reojo. Sin embargo, la inesperada noticia lo sorprendió y sintió que la bilis le subía por la garganta.

—Tu madre estará contenta —murmuró en tono mordaz.

—Bernat... La dejaste ir. Mi esposa dice siempre que sigues enamorado de ella y yo no sé qué pensar. Creí que pedirías su mano. Sin embargo, te marchaste a Cuba. Dejaste a Mariona sin siquiera hablar de un compromiso, sin darle palabra de matrimonio, nada. No le diste ninguna esperanza.

Cuba. Se había ido para huir de lo que su corazón quería y su mente le negaba.

Pero qué más daba ya lo que había ocurrido.

Como siempre que salía el tema, le restó importancia y sonrió a su amigo.

—Ya me conoces, soy un alma libre. Mejor así, hubiera sido un cuñado terrible, me bebería tu brandy.

—Ya te lo bebes.

—No hablemos de lo que no fue. —Cambió de tema—. Cuéntame, ¿cómo te va en el hospital?

—Bien, la dirección de una casa de salud mental requiere mucha gestión, pero me permite tener casos muy selectos para tratar y, además, dedicarme a estudiar las enfermedades mentales; en la investigación está el avance de nuestro campo... Me han invitado a dar un ciclo de conferencias.

—Eso suena magnífico. ¿Dónde, aquí o en Madrid? Si es allí quizá pueda acompañarte y así visito a mi tío; desde que se marchó no he ido a verlo.

—En Londres. —El nombre de aquella ciudad lo puso en alerta—. El hospital de Tom ha organizado un pequeño congreso sobre enfermedades mentales. ¿Quieres venir? Me marcho dentro de dos semanas. Inés no podrá acompañarme. No quiere dejar a la niña, ni tampoco alejarse mucho de la empresa textil.

Bernat negó con la cabeza. No sabía si tendría suficiente coraje para enfrentarse a Mariona, prefería evitarla para seguir con el corazón adormecido. Tampoco quería verla sonreír a otro hombre.

—Yo tampoco puedo irme ahora. Tengo algunos asuntos que resolver. Algo se cuece en la ciudad y ese malnacido de Pons mira para otro lado.

—Estoy seguro de que con tu tenacidad encontrarás el hilo del que tirar.

Compartieron otra copa y luego, sin darse cuenta, abordaron temas más amables para ambos. Bernat no volvió a recordar a Mariona hasta que se metió en la cama.

Su último pensamiento del día siempre era para ella.

Bernat esperaba poder hablar con su jefe, tenía un chivatazo sobre Pons. Había conseguido contactar con una mujer que aseguraba haber sido su amante. No era amigo de chismes, pero aquel podría convertirse en noticia. Y los titulares eran, al fin y al cabo, lo que vendía periódicos. Además, el político alardeaba de ser un devoto cristiano; iba todos los domingos a misa con su esposa y su hijo. Sin embargo, por lo que sabía de él, y corrupción aparte, se había saltado varios mandamientos de la Iglesia católica. Aquella mujer era la esposa de otro y la ciudadanía tenía que saber el calado moral del hombre que aspiraba a arrebatarle el puesto al alcalde. Otra cosa era que Henrich y Girona estuviera dispuesto a cederle el mando.

Pero la intensa dedicación a su cruzada personal contra Pons lo despistaba de su investigación principal. Desde el año anterior, cuando explotó una bomba en una jardinera de la plaza Real, había seguido la pista de un grupo de anarquistas que, arguyendo torturas policiales y el abuso de la burguesía sobre el pueblo llano, preparaban altercados callejeros donde reivindicaban sus derechos.

En aquel momento la ciudad vivía una extraña calma, pero su olfato le decía que aquellos grupos de revolucionarios preparaban algo. Los informantes estaban muy callados, aunque el movimiento anarquista no había dejado de realizar reuniones que no siempre se detectaban. Bernat estaba convencido, y así se lo confirmaron sus contactos policiales, de que algo se cocía en el ambiente, aunque nadie sabía con certeza el qué. El impacto de una acción directa era mucho más poderoso que el uso de la palabra para despertar al pueblo, y eso era lo que más le preocupaba.

Mientras repasaba el nuevo artículo, le dieron aviso de que lo esperaba don Modesto Sánchez Ortiz, el director de su periódico, *La Vanguardia*. Guardó el papel en el cajón de su escritorio y pensó con malicia en Pons: «El pueblo sabrá quién eres». Después se apresuró a presentarse en el despacho de su jefe. A don Modesto no le gustaba que lo hicieran esperar. Pero al entrar en su oficina no lo encontró solo y sus alertas se activaron.

—Señor Ferrer, le presento al señor Galán, Miguel Galán, miembro de la policía de Barcelona.

—Nos conocemos, don Modesto —replicó—. ¿Cómo está, Miguel?

Miguel Galán lo había sacado el año anterior de una de aquellas reuniones de anarquistas, donde estuvo a punto de ser detenido y que su tapadera como estibador del puerto fuera descubierta. Pretendía averiguar quiénes eran los culpables del atentado que había tenido lugar en la plaza Real, en el que murió una persona y otras habían sido heridas de gravedad, y cuyos responsables nunca habían sido identificados. Cuando dijo que era periodista al agente que lo atrapó en su huida, este lo llevó ante Galán, quien no solo lo soltó, sino que le dijo que algún día le devolvería el favor. Quizá había acudido a cobrárselo.

—No puedo quejarme. —El policía lo saludó con un apretón de manos. Era tan alto como él y tenía una vieja herida sobre la ceja que, junto a la barba que lucía, le confería un aspecto rudo—. He seguido sus crónicas en el diario. Creo que está bien informado de lo que pasa en la ciudad.

—El mérito está en mis fuentes, no voy a engañarlo..., pero no le revelaré ninguna —añadió con humor.

—En estos tiempos la policía también vive de sus confidentes —afirmó el inspector.

—¿Para qué me requiere, señor? Estaba ultimando mi artículo.

—Los dos sabemos que no tiene nada, Ferrer —se mofó el director—, pero le han guardado una columna, así que entregue lo que sea. —Tras una pausa continuó—: El señor Galán ha pedido su ayuda, quiero que colabore con él.

—Soy periodista, no sabueso.

—Creo que podremos entendernos —observó el policía—. Me consta que se le da bien investigar y yo necesito alguien que sepa hacerlo y no huela a «sabueso».

Aquel halago le agradó y con una inclinación de cabeza lo agradeció.

—¿Sobre qué quiere que investigue? ¿Política?

—Ha desaparecido una joven.

—¿No tienen gente para eso?

—Sí, la tenemos, pero es un caso delicado y, además, la madre se niega a colaborar con la policía. Sin embargo, creo que a usted lo atenderá.

—¿Y por qué supone eso?

—Se trata de María del Rosario Soler. Lo ha mencionado en la conversación. Dice que se conocen.

El nombre de María del Rosario resonó en sus oídos y se tensó. La conocía de Reus. Él era un chiquillo de apenas nueve años y ella era solo unos pocos años mayor cuando empezó a servir en su casa, pero acabó ocupándose de él como niñera, ya que su madre no lo hacía. Fue la gobernanta quien le había encomendado que lo acompañara en sus juegos para que no estuviera siempre solo. Muchos años después la reencontró en el teatro, y descubrió que se había convertido en una gran actriz. Durante mucho tiempo había sido la artista principal del Novedades y en aquellos tiempos tenía función cada semana en Eldorado, el teatro de la calle Bergara, en la esquina con la plaza de Cataluña. Allí fue donde conoció a su hija, Jacinta, una chica de quince años que acababa de llegar a Barcelona de un internado y que, según le dijo, era un poco rebelde y le causaba algunos disgustos.

—¿Jacinta ha desaparecido? La vi la otra noche en el teatro...

—Señores, yo estoy bastante ocupado, seguro que se entienden —señaló don Modesto, y Bernat dedujo que los estaba despidiendo con diplomacia—. Ferrer, colabore con Galán como si fueran el detective ese de Arthur Conan Doyle: Sherlock Holmes y su amigo Watson. Y entregue algo, por el amor de Dios. Seguro que tiene algún escrito en un cajón y rellena el espacio que le tienen guardado.

Bernat y Miguel salieron del despacho del director y fueron hacia la mesa del periodista, donde el policía lo puso al corriente del caso.

—¿Y si se ha escapado? —preguntó Bernat.

—Puede ser. La madre nos ha contado que discutieron porque no le gustaban sus amigos.

—Sí, me lo había comentado. Por lo visto la chica hizo amistad con uno de los actores y gente de bambalinas; la pobre pasaba horas dando vueltas por el teatro, hasta que empezó a rebelarse porque su madre no la dejaba salir con ellos.

—Parece ser que eran anarquistas, los estamos investigando. Quizá matemos dos pájaros de un tiro. Encontramos a la muchacha y descubrimos qué está preparando esa gente, o quién anda detrás de todo esto.

—¿Cree que pueden estar usándola para extorsionar a la madre?

—No descarto ninguna línea de investigación —señaló el policía, y al momento le preguntó en un tono más cercano—. ¿Ha comido? —Él negó con la cabeza—. Si le parece podemos ir a un lugar cerca de aquí; no es muy pomposo, pero se come bien. Allí podemos seguir hablando del tema. No me gusta estar rodeado de tanto escribiente, demasiados oídos.

Bernat cogió su sombrero y se dispuso a salir con Galán, pero en el último momento desanduvo los pasos que había dado, sacó el papel que guardaba en el cajón de su escritorio y, tras echarle un vistazo, llamó al mozo de los recados para que se lo diera al corrector y lo prepararan para su publicación.

3

De regreso en la residencia de señoritas tras terminar su jornada en el hospital, Mariona se encontró con un paquete y una carta de Inés, donde le anunciaba que Gonzalo tenía que dar unas conferencias en Londres. Ella no podía acompañarlo, pero aprovecharía para enviarle algunas cosas. Sin embargo, no había querido hacerla esperar y le hacía llegar por correo el vestido que le había pedido para la fiesta benéfica que iba a dar el hospital.

La idea de ver a su hermano y compartir con él unos días la llenó de alegría. No eran pocas las veces que se sentía sola en aquella ciudad; a pesar de las amistades que había establecido y lo feliz que se sentía ejerciendo la profesión de sus sueños, echaba de menos a su familia. Cuando abrió la caja, meticulosamente embalada, descubrió una preciosidad de color marfil que le encantó, además de una prenda que le provocó una sonrisa: un corsé de seda adornado con cintas rojas que se abrochaba en la parte delantera con corchetes. Aquel detalle pícaro de su cuñada le hizo olvidar las duras horas de guardia en el hospital y de la nueva paciente a la que había atendido.

Tras guardarlo todo en el armario, miró el reloj y calculó el tiempo que tenía para echar una cabezada; más tarde se probaría el vestido, aunque sospechó que le quedaría como un guante.

Despertó con unos golpes en la puerta de su alcoba. Se había tumbado vestida y, tras los primeros momentos de confusión, fue a abrir. Encontró a Emma, lista para salir.

—¿Estabas dormida? —le preguntó con asombro. Mariona la hizo entrar en la habitación y cerró tras ella—. ¿No habíamos quedado en salir de compras?

—Sí, es que he regresado agotada y me he tumbado un poco; pretendía dormir media hora, pero veo que ha sido algo más.

—Venga, arréglate, te ayudaré con el pelo. Se te ha arruinado el recogido —dijo su amiga a la vez que señalaba el tocador, pero reparó en algo y preguntó curiosa—: ¿Y esa caja?

—Inés me ha enviado un vestido.

Con un gesto impaciente, Emma le pidió que se lo enseñara. Mariona la dirigió al ropero y se lo mostró.

—¡Oh, es precioso! —comentó Emma, tocando la seda—. Qué suerte tienes con tu cuñada. Pienso gastarme lo que sea necesario para conseguir uno tan bonito como este.

Tenía que reconocer que Inés era un tesoro. Ella y Lali siempre le enviaban prendas confeccionadas por ellas mismas que eran la envidia de sus amigas. La tienda de modas que gestionaba Lali, propiedad de Inés, se había convertido en un referente en Barcelona, y su clientela era muy exclusiva. Emulando a Worth, el modisto inglés afincado en París, habían organizado algunos desfiles en los que unas modelos lucían sus diseños mientras un grupo escogido de damas elegían las novedades de la temporada siguiente.

Ante la proximidad de la fiesta del hospital, Emma le había pedido que la acompañara a comprarse un vestido;

solía bromear diciendo que pensaba hacerle la competencia y que ella también quería estar bonita.

—Seguro que sí, démonos prisa.

Al poco tiempo estaba lista con un traje azul y el pelo arreglado con un sombrero. Tras colocarse una chaqueta y coger su bolso y los guantes, ambas amigas abandonaron la habitación.

Habían visitado dos tiendas de Bond Street y Emma no terminaba de decidirse.

—Creo que será mejor ir a una modista —dijo y tiró de ella cambiando de dirección—. Quiero un vestido tan bonito como el tuyo —le dijo entre risas—. Quizá me sale un pretendiente como a ti.

—¡Yo no tengo ningún pretendiente! —protestó Mariona.

—Ah, ¿no? Entonces, ¿a qué se deben las constantes atenciones de mi hermano? Me he dado cuenta de cómo te mira y de que aprovecha cualquier excusa para pasarse por el hospital, y no es para verme a mí precisamente —se burló y Mariona cayó en su provocación.

—Solo somos amigos.

—Él ve en ti algo más que a una amiga... Yo diría que te corteja y no quieres reconocerlo.

—Imaginaciones tuyas... Ya me había dado cuenta de que eres muy fantasiosa —bromeó.

Rieron, pero al momento Mariona se puso muy seria.

—Solo tengo tiempo para el trabajo; además, hace mucho que cerré mi corazón. Elegí ser médico y eso me completa.

—Porque un hombre no supiera quererte no tienes que convertirte en una monja y renunciar al amor. Seguirás siendo médica aunque te enamores, te cases y tengas hijos —resolvió Emma con vehemencia—. Mi abuelo dice que cuando uno se convierte en médico lo es toda la vida, a todas horas.

—Durante mucho tiempo solo ansié dos cosas: ser médico y que Bernat me quisiera. Creí estar enamorada y llegué a pensar que él lo estaba también, pero nunca dio el paso hacia un compromiso y supongo que dejé de esperar —explicó Mariona—. No quiero volver a pasar por eso. En mi corazón solo cabe la medicina.

—¡No tienes que renunciar al amor para ser médica! —exclamó Emma con reproche en la voz—. Eso es lo que haces, a lo que te dedicas, lo que eres; pero puedes ser más cosas. No creo que para ser médicas tengamos que sacrificar nuestra faceta de esposas y madres.

—Tienes razón. Te prometo que voy a tratar de ser más abierta a ese sentimiento —respondió para zanjar el asunto. El tema Bernat, por más que se negara a admitirlo, seguía doliéndole.

—Así me gusta.

Mariona se preparaba para la fiesta a la que iba a asistir en compañía de sus amigas y del apuesto Howard Allen, un evento previo a la gala del hospital. Había estado muy preocupada por su nueva paciente, una mujer a la que habían agredido, con menoscabo a su honor, y a la que tras un examen pormenorizado diagnosticaron sífilis. Ella apenas colaboraba, no hablaba de lo que le había ocurrido y su comportamiento era pasivo. Aquellos síntomas habían animado a la doctora Losada a consultar con Tom Bellamy, tan buen psiquiatra como Gonzalo, sobre el estado mental de la joven agredida. Lo consideraba su referente de confianza en Londres y, cuando observaba que alguna de sus pacientes podía tener la salud mental comprometida, no dudaba en solicitar su asesoramiento. Sin embargo, a pesar de seguir las pautas de Tom, tenía la impresión de que la joven no quería vivir, y sin ese deseo temía que pronto se produciría un desenlace fatal.

Apartó aquellos pensamientos de su mente y decidió que

tenía que olvidarse del trabajo y disfrutar de unas horas de distracción y entretenimiento. Le encantaba bailar y pensó que sería una velada extraordinaria. El señor Allen prometía ser un excelente bailarín y ella estaba deseando poder comprobarlo, evolucionando con él por la pista. Necesitaba nuevas emociones que la ilusionaran.

Abrió el armario para coger una capa que la abrigara; una caja llamó su atención y recordó que la doncella le había dicho que allí había guardado algunos guantes que utilizaba poco. La abrió para elegir unos más gruesos, pero lo que encontró la desmoronó. Bajo unos guantes de cabritilla ribeteados y decorados con galones dorados encontró unas cartas unidas por un lazo rojo. Sabía que eran cinco misivas, cartas que nunca había respondido, y en ese momento sintió que todo lo que había enviado al fondo de su mente volvía en un suspiro.

La sombra de una idea la entristeció.

«Deja de pensar en lo que pudo ser y no fue —se recriminó al sentir que, de nuevo, Bernat se colaba en su pensamiento y en su corazón—. Hace tiempo que dijiste adiós a esa posibilidad».

No entendía cómo era posible que, después de tanto tiempo, aún siguiera en su mente y en sus sueños, pero se convenció de que era porque esta vez sí se disponía a decirle adiós.

Se agarró a aquella idea y volvió a centrarse en el inglés, desterrando la caja de su vista y colocándola en una balda más alta, entre los sombreros.

Howard Allen no se había andado con rodeos, y ella no era ingenua. Notaba sus atenciones y miradas. La había invitado a tomar un chocolate con su hermana algunas tardes y, según su amiga, estaba prolongando su estancia en Londres antes de regresar a Surrey. Mariona no albergaba ninguna duda de que estaba interesado en ella y tuvo que examinar sus propios sentimientos. No se sentía enamorada, pero sí ilusionada como no pensó que podría volver a estarlo.

Decidió que, si el señor Allen se le insinuaba, iba a pensar su propuesta.

Cinco horas después, cuando volvía a estar a solas en su habitación, Mariona hizo balance de la velada. Había bailado con el señor Allen y se congratuló al no haberse equivocado en su impresión.

—No me es indiferente, y usted lo sabe —le había dicho, seductor.

Ella había coqueteado de forma abierta con él. Sintió que en ella nacía el deseo de conocerlo, de experimentar qué era ser cortejada por un caballero tan apuesto que la miraba con arrobo. Un hombre que no dudaba. Se notó emocionada al evocar el beso que él le había dado, cuando la atrajo a un rincón donde nadie podía verlos.

—¿Qué hace? —preguntó sin que su voz denotara queja o enfado.

—Quiero que nadie nos vea, me gustaría besarla. ¿Me lo permite?

Subyugada por su mirada penetrante, asintió. Fue un beso intenso, vehemente, no podía negarlo, pero le habría gustado mayor pasión. No pretendía que la agarrara del pelo y le deshiciera el peinado, pero sí la habría emocionado más un abrazo más ardoroso.

«Ha sido un buen beso —se censuró—. No trates de negarlo porque no es "él"».

Se dio cuenta de que ella misma trataba de sabotear sus propios sentimientos. Había sido un buen beso, caluroso, incluso, aceptó al fin.

Se acostó enseguida. Al día siguiente tenía que llegar pronto al hospital y se habían demorado en la despedida. Estaba agotada y el sueño la atrapó con rapidez, pero pocas horas después se despertó sobresaltada. Se llevó los dedos a los labios y espetó molesta:

—¡Maldito Bernat! ¿Qué haces en mis sueños?

Su mente había recreado una escena vivida hacía ya varios años. Estaban en el parque de la Ciutadella en un rincón resguardado de la mirada de curiosos. Él le susurraba al oído palabras bonitas, milongas suyas. ¡Canalla! La enojó descubrir que su cuerpo temblaba al recordar la sensación que le había provocado ese beso. Ni siquiera el paso del tiempo había borrado de su mente el escalofrío que le había atravesado la espalda y las llamas que había sentido en el estómago. El deseo, un torrente de lava, había recorrido sus venas entonces, y también lo hacía en aquellos momentos. Aquella sensación de abandono y anhelo, antes de que Bernat acercara sus labios a los suyos y la tentara con un beso, la había perseguido en sus fantasías oníricas.

Casi como el humo, el sueño que la había embriagado se esfumó. Retazos de imágenes, como las piezas rotas de un jarrón, permanecieron en su mente junto con la ardiente sensación en los labios de un beso de amor.

Se sintió molesta y confusa. Su mente tenía una curiosa forma de decirle que ante ella se abrían dos caminos; para avanzar por uno, debía dejar el otro atrás.

Pensó que aquel recuerdo regresaba para torturarla justo cuando había decidido darse una oportunidad con otro hombre. Tenía que olvidarse de Bernat; sí, así lo haría y se centraría en lo que Howard quisiera ofrecerle.

4

Bernat acudió a la casa de la actriz para indagar sobre la desaparición de su hija. Todo indicaba que la joven se había escapado. María del Rosario, que se reprochaba no haberla atendido lo suficiente en los últimos tiempos, estaba deshecha y había cancelado su actuación en el teatro.

—Quise darle todo lo que yo no tuve —se justificaba—. Pero la dejé a su suerte, pensé que internarla en un colegio de señoritas evitaría que se relacionara con gente que pudiera comprometerla, que estaría más preparada que yo para la vida, pero cuando regresó conmigo no supe darle lo que necesitaba: una madre.

—¿Te habló de sus amistades?

—A veces la había visto hablar con Blas, uno de los tramoyistas, pero él dice que no sabe nada. No le creo mucho, ella hablaba de él como si fuera su novio. Discutimos hace unos días, no me gustaban sus amigos, ni que saliera con ese chico. Le encontré un panfleto sobre una reunión de esas, clandestinas, de anarquistas. Dijo que sus amigos la entendían mejor que yo —observó resignada y añadió con pena—: Ni siquiera era capaz de ver que iba a meterse en problemas, que podían detenerla si acudía a esos encuentros. Mi hija es una niña; aunque aparenta más edad, apenas tiene quince años, no ha salido del cascarón. Se crio en el campo y luego estuvo interna muchos años, no sabe de la maldad de la ciudad.

—¿Y la familia de su padre? Quizá se marchó con ellos.

Por lo que Bernat sabía, la actriz era viuda y había criado sola a su hija. Había llegado a pensar que se avergonzaba de ella, al mantenerla tan oculta a ojos de la prensa. María del Rosario solía acudir a muchos eventos sociales, pero él nunca había visto a Jacinta con la actriz.

—No existe ninguna familia, mi hija no tiene padre.

—Alguno tendrá.

—No espero que me comprenda, pero mi hija es mía porque cuando su padre supo de su existencia se desentendió de ella... Yo era muy joven y estúpida y me dejé seducir por un hombre casado. Me dio un montón de billetes para que desapareciera y me librara del problema. Me largué, tuve a mi hija y regresé siendo otra. Y si piensa que la escondí y la alejé de mí, no se equivoca demasiado: lo hice para que nadie pudiera hacerle daño. Me daba miedo que sufriera por lo que era, una bastarda.

—Lo siento. Creí que habías estado casada y eras viuda.

—La vida da muchas vueltas. Después de cuidarlo a usted, cuando su tío se lo llevó de Reus, y al tiempo que su madre cerró la casa, entré a servir en otra finca. Estuve tres años. Las cosas fueron bien al principio, pero todo se estropeó al quedarme embarazada —explicó con voz neutra, como si aquello hubiera sucedido en otra vida. Bernat hizo un rápido cálculo mental. Cuando conoció a María del Rosario ella debía de tener unos trece años, aunque en aquel tiempo le había parecido mayor. No osó preguntarle la edad, era indecoroso—. Tuve que marcharme, con el corazón roto. Mi padre me echó de casa y me acogió una tía, antigua actriz de teatro, la única que quiso saber de mí. Cuidó de nosotras y me enseñó el oficio. De algo tenía que trabajar. De ella tomé el apellido y la fuerza para seguir adelante. —Gimoteó—. Durante mucho tiempo oculté a mi hija a los ojos de la gente. Figúrese qué escándalo: madre soltera y actriz. Ya sabe qué opinión tendría la gente. Tuve que reinventarme. Jacinta nunca me lo ha perdonado.

—Entonces ¿el padre no está al corriente de la existencia de Jacinta? Quizá...

—No, señor Ferrer, de ese hombre no quiero nada. Tiene que entenderme. Mi hija es fruto de una relación ilícita. —María del Rosario se quedó pensativa y al instante añadió resignada—: Al principio pasaba desapercibida, me movía por la casa como si fuera invisible, pero un día el señorito se fijó en mí y me enredó con su palabrería. Aunque yo tenía ya diecisiete años, era muy inocente. No supe decir que no. Si esto llega a saberse, la prensa me destrozaría por inmoral. Él era casado, ya tenía familia y yo no era nadie. Se deshizo de mí. Cogí el dinero que me dio y me convertí en lo que soy... Ayúdeme a encontrarla y olvídese de que tiene un padre.

—¿Por qué has dado mi nombre a la policía? ¿Qué puedo hacer yo?

—Usted velará por que mi secreto siga siendo un secreto —dijo la actriz con entereza—. Estoy segura de que mi hija no se ha escapado de casa, pero deje que digan eso en la prensa. Escríbalo usted también; sin embargo, por favor, pida a la policía que siga investigando, pagaré si es necesario, pero tráigame a mi niña a casa.

Bernat no pudo prometerle nada, solo que estaría pendiente del caso, pero este quedó en suspenso debido a los acontecimientos que tuvieron lugar en los siguientes días.

Gracias a su amistad con el inspector Miguel Galán, pudo estar en primera línea y escribir para el periódico sobre las investigaciones acerca del atentado que el general Martínez Campos había sufrido al presidir un desfile en la Gran Vía de la ciudad. Un anarquista, Paulino Pallás, había arrojado dos bombas a su paso. El general sufrió heridas leves, pero un guardia civil había muerto a consecuencia de las lesiones en el vientre y las piernas. El atentado había herido a una quincena de personas, entre ellas una joven a quien habían amputado una pierna para salvarle la vida. Pallás, que fue apresado inmediatamente después del atentado, no había podido reprimir su entusiasmo por el daño causado.

Entre las elucubraciones del porqué del acto criminal, Bernat había escrito algunos artículos en los que había recrudecido su opinión contra Pons, al que acusaba de colaborar con los anarquistas al mirar hacia otro lado.

Cinco días después del atentado se celebró un consejo de guerra en el que Paulino Pallás dio detalles de cómo consiguió las bombas Orsini que había empleado y aseguró que había actuado solo, lo único que lamentaba era haber fallado. Fue condenado a muerte y murió fusilado a pesar de las peticiones de indulto por parte del arzobispo de Barcelona y de algunos diputados republicanos.

Aquel día, al regresar a *La Vanguardia*, el director lo llamó a su despacho y Bernat supuso que sería para felicitarlo por su labor en el seguimiento del atentado. Debía admitir que la cooperación con Galán había sido beneficiosa para ambos y ahora tenía que volver a centrarse en la búsqueda de Jacinta Soler. Intuía que detrás de la huida de la chica había una noticia; pocos diarios se habían hecho eco de la crónica, tras los sucesos políticos parecía olvidado, y eso era bueno para no levantar la liebre.

Sin embargo, don Modesto no le felicitó en absoluto, sino que lo esperaba con rostro serio y de bastante mal talante. Sentado frente a él, con cara pérfida, Arcadi Pons lucía uno de sus mejores trajes y, sin disimulo, hizo uso y abuso de su poder como regidor del ayuntamiento.

—Señor Ferrer, le avisé de que dejara de mencionarme en sus artículos.

—No puedo obviar que las autoridades no hagan el trabajo para el que han sido elegidas y, además, el pueblo les paga —contestó con reticencia. Aquel hombre no había ido jamás al periódico y su visita no parecía nada halagüeña. En el fondo del despacho un individuo de cara enjuta y mirada aguileña observaba la reunión, con las manos en los bolsillos de un gabán. Era un lacayo de Pons.

—Ferrer —intervino el director—, escriba un artículo retractándose de las opiniones vertidas hacia nuestro concejal.

—¡¿Cómo voy a retractarme?! —exclamó—. No he dicho ninguna mentira.

—Bernat. —El director parecía haber perdido ya aquella batalla antes que él.

—Se retractará y se comprometerá a no volver a escribir sobre mí, mis negocios ni mi familia —reiteró el político.

—¿Y si no lo hago? —indagó con desafío en la mirada.

—Piénselo, es lo mejor para usted si quiere conservar el empleo y su vida de señorito. Puedo hacer que lo encarcelen. No voy a tolerar más el embuste y la difamación a los que me somete —gruñó con enfado—. Le aseguro que la celda donde lo meterán no será del nivel al que está acostumbrado.

Ante la mirada atónita de Bernat y el silencio del director del periódico, Pons se levantó y se colocó el abrigo sobre los hombros.

—Si mañana no leo en el diario ese escrito, será detenido —amenazó Pons, quien con dedo acusador señaló al director—. Y usted, ya sabe qué le conviene.

—¿Por qué delito? —lo desafió el periodista.

—Eso no importa, ya encontraré algún pretexto. —La intensidad de su mirada le hizo saber que no bromeaba—. Sé que su odio hacia mi familia y mi persona parte de la muerte de su padre, pero le aseguro que no tuve nada que ver en aquello. Así que detenga este acoso, no siga inventando escándalos y deje de buscar mujeres que solo quieren cinco minutos de gloria al decir que son mis amantes. No encontrarán una sola persona que avale sus acusaciones. Por decencia, esta vez he preferido venir en persona a pedirle que modifique su actuación, pues está dañando seriamente a mi familia con sus opiniones y empieza a perjudicar a mis amistades. La próxima vez no seré yo quien lo visite.

Bernat miró al esbirro del final de la sala y de nuevo lo enfrentó.

—Aquella mujer no mentía —refutó.

—Aquella mujer es la esposa de uno de mis mejores amigos y la pobre sufre de los nervios, no es el primero al que le ha contado sus ideas fantasiosas —replicó el concejal, indignado, y con gesto exasperado sacó un papel del bolsillo interior de su abrigo y se lo tendió—. Debería contrastar sus fuentes. Esa mujer está enferma y por respeto a mi amigo le ruego que no siga por ese camino. A saber qué le dijo usted para que hiciera aquella declaración, pero el resultado es que han tenido que ingresarla.

Bernat se compadeció de la mujer, que no aparentaba estar enferma, pero no dudó de que fuera cierto lo que Pons decía: aquel papel era el volante de un ingreso y parecía no ser el primero, de modo que tuvo que tragarse la rabia y la impotencia. Debía de tener bien pillado a su director, porque este apenas decía nada.

—El señor Ferrer escribirá su rectificación y no volverá a molestarlo —observó el director—. Ya ha dicho lo que quería decir, será mejor que se marche, señor.

Pons los miró a ambos con una mueca de satisfacción y se dirigió a la puerta. El lacayo fue presto a abrirla y salió detrás del político, que con el abrigo sobre los hombros lucía un porte poderoso.

—¿No esperará que haga ese escrito? —replicó Bernat al director en cuanto la puerta se cerró.

Modesto Sánchez Ortiz no era un hombre que se achantara con facilidad. No en vano había forjado su reconocida imagen pública al amparo de la política, el mismo Práxedes Mateo Sagasta, presidente del Consejo de Ministros de España, lo había recomendado como director de *La Vanguardia* a Carlos Godó Pié, fundador de la publicación. Desde que llegara a la dirección del diario, el año de la Exposición Universal de Barcelona, sus decisiones habían sido claves en la modernización del periódico: reorganizó la redacción e incluyó la colaboración de reputados y conocidos escritores, así como la de corresponsales en las ciudades más importantes del mundo, con lo cual convirtió al diario en un periódico moderno, plural e independiente. Por eso Bernat no entendía como aquel político de tres al cuarto lo tenía cogido por sus partes blandas.

Don Modesto se dejó caer sobre su asiento, del que se había levantado para invitar a Pons a que se marchara.

—No hay otra opción.

—¿Lo ha amenazado?

—Sabe que sí... Puede ponérselo difícil a los hermanos Godó, tengo que hablar con ellos. Pero eso no es todo —añadió. Bernat lo miró con extrañeza, ¿qué más pretendía ese infame? ¿Que se humillara en mitad de la plaza de Cataluña?—. Pons ha pedido su cabeza. Quiere que lo despida porque sabe que se negará a hacer la rectificación.

Con incredulidad, Bernat escuchó a su director mientras este le decía que se tomara unos días libres y que él haría el escrito retractándose de sus opiniones.

—¿Y qué espera que haga?

—No sé, Ferrer, desaparezca unos días. Haga un viaje, reforme su casa, vaya a ver a su tío. Quizá él decida regresar y pueda echar a ese hombre del consistorio.

José María Ferrer, su tío paterno, el hombre que lo había criado y gran amigo del abuelo de Gonzalo, había decidido dejar la política cuatro años atrás, al morir Rius y Taulet. Bernat tenía la impresión de que desde entonces, lejos de las cuestiones políticas, era más feliz y vivía más tranquilo. No iba a regresar, tendrían que buscar otros medios para sacar a Pons de su puesto.

—Ferrer, sé que no es la mejor de las soluciones, pero a veces hay que retroceder para golpear con más fuerza —declaró. Bernat lo miró con una ceja levantada—. ¡Pero que me aspen si hago todo lo que pide ese hombre!

Cuando Bernat llegó a su casa se sentía abatido. Había querido hablar él mismo con los Godó para decirles que no podían hacer eso, darle alas a Pons para que se creyera con un poder que no tenía. Pero había sido en vano, los dueños del periódico pensaban que era mejor sacarlo de escena hasta que el político tuviera otra diana donde fijarse. Estaba claro que no iban a ayudarlo. Maldijo su suerte. No entendía cómo alguien podía tener unos tentáculos tan largos como para conseguir que un periodista fuese despedido, castigado sin empleo y sueldo hasta nueva orden, como si hubiera cometido una falta muy grave. No, él no había cometido ninguna, solo había hecho su trabajo.

Le intrigaba saber cómo el político había podido doblegar a sus jefes, que presumían de ser imparciales e independientes en política. ¿Qué sería lo siguiente que ese hombre conseguiría si nadie le ponía freno? ¿Pretendía cerrar todos los periódicos que hablaran de él o sus negocios? Arcadi Pons era un hombre poderoso que había conseguido llegar donde estaba a base de cobrarse favores. Según se decía, guardaba información de hombres importantes de la sociedad, como si fuera la moneda de cambio que algún día podía utilizar. Esa era el arma que esgrimía contra quienes representaban una amenaza para él. Por otra parte, si a nivel político había revueltas, siempre ganaba, pues tenía intereses en todos los bandos.

—Algún día todo se volverá contra ti, Arcadi Pons —dijo al aire, como el que pronuncia una promesa.

Don Modesto le había explicado que su cese era una pantalla de humo con la que engañar a Pons para que sintiera que había ganado aquella batalla, pero habría otras en las que estarían preparados para hacerle frente.

Trató de serenarse, ya que nada podía hacer. Solo dejar que pasara el tiempo hasta que pudiera volver a su trabajo.

—Serán unas semanas, Ferrer, tómelo como unas vacaciones —había dicho el director Sánchez.

«Menudas vacaciones».

Se sirvió una copa y se sentó a su escritorio. Cogió papel de carta y apartó algunas cuartillas y papeles que tenía diseminados por la mesa de forma desordenada. Como tantas veces había hecho, empezó una carta que no enviaría.

Queridísima María Elvira, mi dulce Mariona:

Escribo estas letras que sé que no recibirás.

Me arrepiento tanto de cómo se desarrollaron las cosas entre nosotros que, aunque nunca hayas contestado a mis cartas, no soy capaz de sacarte de mi corazón. Confieso, en la soledad de mi casa, que te añoro, que hay días que quiero correr hasta tu lado, que mi vida era mejor cuando estabas en ella. Cuántas veces quise decirte que te amaba, cuántas veces mi voz se quedó atascada en la garganta para no decir algo que te alejara del camino que tanto habías soñado.

Hoy ha sido un día horrible, no he perdido mi trabajo, al menos eso espero, pero me han invitado a poner distancia con la redacción... «unos días», me han dicho, pero los dos sabemos que unos días pueden convertirse en un para siempre.

No quiero abrumarte con mis desvelos, pero me gustaría tanto tener noticias tuyas... ¿Cómo estás? ¿La ciudad te trata bien? Me han dicho que hay alguien que te pretende. No sabes hasta qué punto muero de celos al saber que tu sonrisa ya no es para mí. Solo me queda revivir cómo me hacías sentir y los besos que compartimos. Me he censurado muchas veces, fui un necio, no aprecié lo que significaba para ti y te perdí.

B.

Ni siquiera releyó las letras, guardó el papel en el cajón que había bajo el escritorio y este cayó sobre otros tantos pliegos.

Llegó a casa de Gonzalo un poco antes de la hora acordada; al no tener que ir a trabajar, no sabía cómo gastar las horas y el día se le había hecho largo. Había comido con Galán, quien le había comentado que no había noticias de Jacinta Soler; la policía consideraba que la joven se había escapado de su casa. Sin embargo, el caso no se había cerrado debido a la presión que había ejercido la madre, amiga de uno de los jefes de policía.

—¿Eso significa que seguirán investigando?

—Sí, pero con una considerable reducción de los recursos. No podemos perder el tiempo en un callejón sin salida. Le mantendré informado.

Agradeció la deferencia, a pesar de que no podía hacer nada desde su posición en el periódico. Miguel Galán le había preguntado por qué aquella antipatía hacia Pons, que no era el peor de los políticos. Le pareció absurdo desvelarle su inquina, no todos la entendían. Pero le hizo pensar en que aquel odio no lo llevaba a ningún lugar.

—Las cosas están muy delicadas a nivel político —añadió el policía—. La casa consistorial está muy revuelta desde los acontecimientos del 24 de septiembre. Martínez Campos no es cualquier ciudadano y la muerte del guardia civil ha afectado a los cuerpos de seguridad. Supongo que Pons ha visto que los políticos son prescindibles porque los amigos poderosos desaparecen en tiempo de crisis. Creo que su maniobra para que lo sacaran del periódico fue una venganza por su insistencia en señalarlo con el dedo. Tómese estos días como un descanso y, cuando regrese, reanudaremos nuestra colaboración.

Galán se había marchado y él se quedó sin nada que hacer a las tres de la tarde, de modo que a las ocho estaba más que listo para la cena.

—Tío Bernat, tío Bernat —gritó una vocecilla a sus espaldas.

—Sofía, no esperaba verte levantada todavía.

La niña de cuatro años lo miró con una cara de pillina que le dibujó una sonrisa en los labios.

—¿Podrías leerme tú un cuento esta noche? Mamá dice que está cansada y papá todavía no ha regresado. Ha ido a ver al abuelo Calixto.

Miró a Inés, la mujer de su amigo, y a esta le faltó tiempo para entregarle un libro que sostenía en las manos.

—¿Se encuentra bien el abuelo? —se interesó.

—Sí, como siempre. Gonzalo ha ido a despedirse, por si mañana no tiene tiempo de acercarse a casa de sus padres.

Con el libro en una mano y la niña tomándolo de la otra, Bernat se dirigió al cuarto de Sofía. La chiquilla se metió con rapidez bajo las mantas.

—¿Qué cuento quieres que te lea?

—El que sigue. —Señaló una cinta roja que sobresalía de entre las páginas del libro.

—*La reina de las nieves* —leyó. Y, viendo cómo la niña se acomodaba, comenzó la lectura, que lo atrapó tanto que cuando llegó al final se percató de que Sofía se había dormido.

Sin embargo, al levantarse del lugar que había ocupado, escuchó la voz adormecida de la pequeña.

—Tío Bernat, ¿sabes una cosa? Igual que Gerda va a buscar a Kay para traerlo consigo, a lo mejor mi papá se trae a la tía Mariona. ¿Tú crees que lo conseguirá?

—Creo que la tía Mariona es feliz allí, donde está, con su trabajo —respondió no sin dificultad, y tuvo que disimular las ganas de que lo que Sofía decía fuese cierto.

La niña hizo un ademán restándole valor a sus palabras que lo hizo sonreír.

—Mamá dice que el amor es *pilsivirante*.

—Perseverante —corrigió.

—A lo mejor también se le metió algo en el ojo y no ve que queremos que regrese.

—¿A quién se le metió algo en el ojo? —la voz de Gonzalo sonó a su espalda.

—A la tía Mariona. A lo mejor no se acuerda de nosotros —contestó Sofía, incorporándose hasta quedar sentada y levantando los brazos al aire para rodear con ellos el cuello de su padre, que se inclinaba hacia ella. Este respondió al cariño de su hija y le devolvió el abrazo dándole un beso en la frente, antes de observar a su amigo como si no entendiera a qué se refería la niña.

—¿Qué cuento te ha leído el tío Bernat, cariño? ¿No tocaba *La Sirenita*? —Gonzalo jugó con su hija a hacerle cosquillas y esta reía alterada a la vez que contestaba.

—No, papá. Tocaba *La reina de las nieves*.

—¿Pero qué jaleo es este? —preguntó Inés al tiempo que entraba en la habitación—. Sofía, así no vas a dormirte.

—Ya lo hago, ya lo hago; mira, ya estoy dormida. —La niña cerró los ojos, simulando que dormía.

Disimulando la risa, Bernat contempló la bonita escena familiar y sintió una envidia tan grande como el amor que veía en sus amigos. Salió con Gonzalo hacia el salón mientras Inés terminaba de acomodar a la niña.

—Es tremenda, la voy a echar de menos estos días —reconoció Gonzalo.

Mientras cenaban, Bernat les contó su situación laboral.

—Es injusto, me siento estafado, los jefes han cedido a los deseos de Pons. —Bebió un sorbo de vino para añadir después, indignado—: La indecencia de ese hombre es el colmo. ¡El colmo!

—Tal como yo lo veo, estás libre para acompañar a Gonzalo a Londres —intervino Inés, que lo imitó y bebió de su copa de agua—, así no hace el viaje solo.

—No puedo, de verdad. Es todo muy precipitado. ¿Por qué no vas tú? Sería como un viaje de novios.

—Lo había pensado, aunque no quería alejarme de la empresa en estos momentos. Sin embargo, hoy me han confirmado una noticia que me ha hecho decidirme a no viajar. Estoy embarazada.

Bernat miró a Gonzalo, que tenía la felicidad pintada en el rostro.

—Lo tenías muy callado —afirmó, y se levantó para felicitar a su amigo ofreciéndole un abrazo sentido. Luego se acercó a Inés y la besó en la mejilla—. Me alegro mucho por vosotros. Y por la princesita, que va a ser la mejor hermana del mundo.

—Bueno, ahora no tienes excusa —observó Gonzalo—. ¿Te vienes conmigo? Será divertido.

5

Mariona dejó escapar un suspiro que más parecía un bufido de frustración que la congoja melancólica de una señorita. No sabía dónde podía haber guardado los guantes de cabritilla, los ideales para aquella noche, pues combinaban a la perfección con el fabuloso vestido que su cuñada le había enviado. El recuerdo de su madre con uno de sus consejos sobre cómo ser una buena dama acudió a su mente y se sonrió.

«¡Ay, madre! Nunca seré la hija que deseabas».

En mitad de su habitación y con las manos apoyadas en las caderas, miró a su alrededor. Tenía algunas cajas abiertas en la cama y el tocador, varios vestidos sobre un diván, medias dejadas de cualquier manera y un par de zapatos y unos botines tirados por el suelo al descuido. Pero ni rastro de los guantes negros ribeteados con crepé de seda plisada y decorados con galones bordados. Londres había hecho de ella una joven desordenada, aunque su madre diría más bien que se había convertido en «una niña caprichosa», aunque ella no sabía si aquello era bueno o malo. Lo que sí consideró benéfico fue la sensación de libertad de la que gozaba.

Pensó que de un momento a otro entraría la doncella y

se llevaría las manos a la cabeza al ver el maremágnum. Tenía prisa. Ya la ayudaría en otro momento.

¡Pero si hacía poco que los había visto! Pero ¿dónde? Resignada a ponerse otros guantes, sacó del cajón del tocador unos de fina piel de Suecia y los dejó encima del mueble, se alisó unas arrugas imaginarias de la falda y se removió dentro del ceñido corpiño. Si se hubiera atrevido habría ido sin él, pero la buena de Inés, además del vestido, le había enviado también algunos corsés diseñados por ella misma, mucho más cómodos que los que le encargaba su madre. Cuando los llevaba se sentía más sensual.

Desde que su cuñada y amiga diseñaba ropa interior femenina ya no usaba otras prendas que no fueran las suyas. Por alguna asociación, en su mente se instaló la imagen de un sueño que se le repetía desde hacía unas noches: una quimera en un rincón de un parque. Quizá eran aquellas cartas las que le habían traído a Bernat a su memoria. Se había negado a releerlas; sin embargo, poco importaba, pues sabía qué decían. Eran la prueba de que él no sentía nada por ella, nada más que amistad.

Ahuyentó esas ideas con un gesto de la mano. Era una mujer nueva, Londres la había cambiado y lo que pudo ser con Bernat ya no la afectaba. No había nada como la distancia para olvidar un cariño. Había decidido aceptar su futuro y, con este pensamiento, el señor Allen se apareció en su mente. No iba a desaprovechar aquella oportunidad, su corazón estaba en paz.

Miró el reloj de la cómoda. Sus amigas ya estarían listas y ella debía darse prisa. No podían llegar tarde al hospital. Era la noche de la gala benéfica y habían trabajado mucho para que fuese una velada memorable.

Contempló los guantes de piel de Suecia que descansaban sobre el tocador. Tenía que apurarse. ¿Qué más daba los que llevara?, se dijo para convencerse. Sin embargo, cuando iba a colocárselos, una idea cruzó su pensamiento. «Guantes y cartas». Los guantes que buscaba estaban en la caja con las cartas.

Con prisa fue hacia el armario empotrado en la pared y, de puntillas, tanteó la balda que había sobre la barra en la que colgaban los vestidos y donde guardaba los sombreros. Recordó que allí había remetido la caja que buscaba. Con los dedos tocó una, más pequeña que el resto, y entonces supo que la había encontrado. Se estiró aún más para alcanzarla y, cuando lo consiguió, gritó de emoción.

—¡Eureka!

Al abrirla vio los guantes que buscaba, sobre el hatillo de misivas que parecían desafiarla.

Depositó el paquetito sobre el tocador, junto al perfume y el maquillaje que había utilizado. Si hubiese sido más valiente las habría quemado, pero se limitó a observarlas, indecisa. Su corazón no dio ningún brinco. Resignada, se limitó a recordarse que le había dicho adiós, porque ante ella se abría un nuevo cariño.

—Mejor así. Cada uno siguió su camino —dijo al aire.

Estaba orgullosa de lo que había conseguido. Otra ciudad le había dado la oportunidad que la suya propia le había negado y ya no era la misma de antes, Mariona había quedado atrás. Ahora era Elvira Losada, doctora especialista en mujeres y niños. Quizá la sociedad no la veía apta para atender a personas del otro sexo, pero era muy competente ayudando y cuidando a las del suyo. Ser médico no estaba reñido con tener una familia y se propuso seguir la estela de su cuñada, que había luchado por dirigir su propia empresa y ser dueña de su destino.

Se reafirmó en la idea de que estaba donde quería estar y de que iba a darse una oportunidad de ser feliz. No quería que nada ni nadie le estropeara la noche. Era la fiesta para recaudar fondos para el hospital. Estaba radiante con aquel vestido. Seguro que no le faltarían parejas de baile... y luego estaba Howard, un hombre muy apuesto que le gustaba. Se sentía muy cómoda con él, y él no había disimulado su interés por ella. Estaba deseando que llegara Gonzalo para presentárselo, su opinión era importante para ella.

Relegó todos sus pensamientos al fondo de su mente y, con cierto desdén, abrió el cajón del tocador y lanzó dentro el paquetito de cartas, unidas con un lazo rojo, como si así también desterrara a Bernat al olvido.

Justo en aquel instante, en el que su corazón zozobró, escuchó unos golpecillos en la puerta y supuso que su amiga venía a buscarla.

Se equivocó, era la doncella. La joven recorrió la habitación con una mirada de asombro y Mariona se abochornó. Con bastante apuro quiso guardar una de las prendas que descansaba tirada de cualquier manera sobre la cama.

—Déjelo señorita, yo me encargo.

—Me avergüenzo de haber sido tan desordenada —se disculpó.

La doncella sonrió.

—No se preocupe, señorita. Esto no es nada para cómo están otras alcobas —afirmó la sirvienta con humor—. La mayoría están alteradas con la fiesta.

—Hoy es un día muy importante para el hospital.

—La señorita Allen y la señorita Barker la esperan en el vestíbulo, me ruegan que le pida que se apresure.

—Oh, tenía la secreta esperanza de no ser la última —observó, luego sonrió con una mueca de resignación a la vez que se colocaba los guantes que tanto había buscado. Al terminar, cogió una capa y el bolso y salió de la habitación. Mientras bajaba las escaleras, observó que otras chicas ya estaban congregadas en el vestíbulo, pero le fue fácil distinguir a sus amigas. Junto a ellas, un apuesto caballero no le quitaba la vista de encima.

Mariona estaba nerviosa al llegar al edificio donde se celebraba la gala benéfica del hospital. Iba del brazo de Howard y sentía muchas miradas sobre ellos. Él era extremadamente apuesto y no pasaba desapercibido.

La flor y nata de la sociedad inglesa, que había pagado una considerable suma de dinero por asistir, y se congregaba ya por el salón y las zonas adyacentes, reservadas para que los invitados pudieran pasear y sentarse a conversar o descansar. En una salita adjunta al gran salón se había colocado una extensa mesa con platos y bebidas, el ágape y refrigerio para los asistentes. Un enjambre de sirvientes se afanaba para que todo estuviera a punto y perfecto, y los miembros de la orquesta empezaban a salir para ocupar sus lugares en el escenario preparado para tal fin.

El salón estaba precioso. Todo se había cuidado con esmero para que el espacio fuese acogedor. Mariona se sintió orgullosa del trabajo que habían hecho ella y otras compañeras, capitaneadas por la doctora Garrett, para que la gala fuese todo un éxito. A la entrada del salón habían colocado una mesa en la que dos de las secretarias del hospital recogían las donaciones de los asistentes y vendían boletos para los bailes que se sorteaban. Tanto Mariona como sus amigas se habían presentado voluntarias para participar en aquella subasta de bailes y ella tenía la secreta esperanza de que Howard comprara los boletos, si no para los tres en los que iba a participar, sí para el vals, a su entender el más bonito de los bailes.

Mientras Howard había ido a dejar los abrigos al guardarropa, Mariona, Emma y Sarah fueron a saludar a la doctora Elizabeth Garrett, que conversaba con otra de las anfitrionas de la fiesta. Se trataba de lady Danielson, una de las damas más influyentes de Londres, cuyo padre había sido miembro de la Royal Society y, debido a su amistad con Elizabeth, había patrocinado la gala.

—Lady Danielson, qué alegría verla —la saludó Mariona.

—Yo también me alegro de verlas, señoritas... Doctora Losada, doctora Allen, enfermera Barker —respondió la dama y las saludó una a una—. Tengo que felicitarlas, ha quedado todo precioso.

—¿Se sabe si ya están a la venta las papeletas de los bailes? —quiso saber Sarah, que parecía impaciente.

—Seguramente... —respondió Garrett—. Al menos espero que lo hagan antes del pequeño discurso que tengo preparado, aunque tal vez sea después. Señoritas, hoy todas bailarán por el hospital.

Se sonrieron con aire de complicidad. La doctora Garrett iba a sacar los colores a más de un caballero al pedirles que aflojaran la cartera por una buena causa: el New Hospital for Women de Londres. No solo se iban a obtener donativos por los bailes, sino que, gracias a la influencia de lady Danielson, tenían varias piezas de arte donadas por personalidades importantes de la sociedad, que iban a ser subastadas. Con el dinero que se recogiera, tenían previsto comprar nuevo material médico, así como sufragar más camas y personal sanitario.

La doctora Garrett les entregó una pequeña cartulina a cada una, con un número dentro de un círculo.

—Como es probable que la mayoría de los caballeros no las conozcan, se ha asociado a cada nombre un número. Este es el que les corresponde a cada una —informó la directora del hospital.

Mariona vio que le había correspondido el siete. «Mi número preferido», pensó. Junto al número aparecía su nombre completo: doctora María Elvira Losada.

La directora y lady Danielson se despidieron y ellas dieron una vuelta por el salón, saludaron a algunas compañeras que estaban con sus familias y buscaron un lugar donde acomodarse. Al momento Howard llegó hasta ellas. Con un gesto disimulado se colocó junto a Mariona y le susurró al oído:

—Quizá podría dedicarme unos minutos antes de que empiece el baile. Me gustaría hablar con usted, a solas.

Mariona lo miró con una sonrisa tímida y asintió.

—¿Por qué no vamos a por un refresco? Falta poco para el discurso y luego habrá mucha gente —sugirió Emma. Mariona dio su conformidad con un leve gesto de cabeza y miró al señor Allen.

—Sí, vamos —respondió él. Luego, acercándose a Mariona de nuevo, susurró solo para ella—: Ya buscaremos el momento para poder hablar, quizá el invernadero sea un lugar apropiado.

Al llegar a la sala donde se había dispuesto el refrigerio, Howard, solícito, se apresuró a pedirles un vaso de limonada, mientras cada una llenaba un platito con algunas delicias.

—Aquí está, junto a los pasteles —dijo alguien detrás de Mariona.

La voz le era muy conocida. Dejó el plato en la mesa y se volvió con una sonrisa pintada en la cara.

—Querido Tom, empezaba a pensar que no vendrías —respondió. Pero al ver la dama que había a su lado se lanzó a sus brazos—. ¡Mathilda! No esperaba verte por aquí.

—El doctor me ha dado permiso —bromeó su amiga, que miró embelesada a su esposo. Mariona miró de reojo hacia su vientre.

—¿Te encuentras bien?

Mathilda estaba embarazada de muy pocos meses, Tom le había comentado que algunas mañanas no se encontraba bien. Ella le había dado algunos remedios, pero no esperaba verla en la gala. Aunque su cuerpo estaba más ancho para el ojo experto, aún faltaban meses para que se notara su estado.

—Sí, muy bien; no quería perderme este momento —respondió antes de moverse y dejar a la vista a quien tenía a su espalda.

—¡Gonzalo! Pero... pero... —Mariona no pudo terminar la frase; se lanzó en los brazos de su hermano y sintió que los ojos se le inundaban de lágrimas mientras le hablaba apoyada en su pecho—. No te esperaba hasta mañana. Qué alegría, por Dios, qué alegría tenerte aquí.

—Hermanita, no se te ocurra llorar y arruinarme el traje —le advirtió Gonzalo entre risas—. Quería darte una sorpresa y te engañé un poquito sobre mi llegada.

Mariona sonrió. Se sentía llena de felicidad por poder contar con su hermano precisamente aquel día tan importante, y agradeció el detalle. Él le retiró con cariño una lágrima que se había desbordado de sus ojos. «Son de alegría», dijo en un susurro para él. Deshizo el abrazo y buscó a su cuñada entre las personas que había a su alrededor.

—¿Dónde está Inés? No la veo.

Gonzalo se hizo a un lado, abriendo un poco más su campo de visión, a la vez que le dijo que su esposa no había podido acompañarlo, aunque no había venido solo.

Entonces lo vio.

Frente a ella.

Bernat Ferrer la contemplaba con una expresión indescifrable.

Mariona tuvo que hacer un gran esfuerzo para que no se moviera ni un músculo de su rostro. No quería darle la satisfacción de mostrarle que se alegraba al verlo, nada de eso, pero justo cuando creyó conseguirlo, él le sonrió y toda su templanza se fue al traste. Por un segundo, quizá dos, casi se olvidó de respirar. Era injusto; cuando había decidido darse una oportunidad con el señor Allen, su pasado regresaba para hacer que le temblaran las rodillas. Aquella sonrisa ya había derretido su corazón una vez, pero no iba a dejar que lo hiciese una segunda. Aunque tuviera que poner todo su empeño en ello.

Maldito Bernat, ¿por qué tenía que estar tan terriblemente guapo? Ella se había creído inmune a sus encantos, pero se había equivocado. Un cosquilleo familiar le recorrió el pecho y sintió algo similar en su estómago. ¡Dios bendito! Si hasta las piernas las sentía de mantequilla.

«Tienes que cortar esto. Recuerda que te abandonó».

Aquello fue suficiente para retomar el control de su cuerpo y disfrazar toda su ansia de desdén.

Le devolvió una mirada insulsa, como si no le afectara su presencia. Él estaba serio y sus ojos oscuros se le clavaron como dagas, quizá porque había visto que Howard se había acercado. A Mariona se le había olvidado lo gallardo que le había parecido siempre y allí, en aquel entorno, donde nunca lo imaginó, destacaba entre los demás. Para su consternación, daba la impresión de que él no reparaba en nada de lo que ocurría a su alrededor, pero ella, que quería salir corriendo de allí y maldecir a pleno pulmón, se dio cuenta de que era el centro de atención y se llevaba demasiadas miradas. Vestía de negro, con una camisa blanca impoluta. El muy cretino estaba guapísimo, y lo peor era que él lo sabía.

De repente Bernat volvió a sonreír y se le iluminó el rostro. Mariona se censuró porque casi se tambaleó al perder la firmeza de sus piernas. Irguió la espalda y se dijo que no iba a permitir que le afectara lo más mínimo ni aquella sonrisa, ni su apariencia.

—Me alegra verte, estás preciosa.

—Buenas noches, señor Ferrer —respondió sin emoción en la voz, y marcó distancia con el modo de tratarlo—. Su presencia sí que ha sido toda una sorpresa.

Bernat forzó aún más la expresión risueña y gesticuló con las cejas.

—Mariona, pero qué formal te has vuelto en Londres.

La molestó escuchar su nombre en sus labios; aquel nombre cariñoso con el que la llamaba su familia, sus amigos y sus seres queridos. En realidad, todo en él la molestaba, pero sobre todo la incomodaba cómo la miraban sus amigas y el propio Howard. Aquello no podía estar pasando. Bernat allí, como si se hubiesen visto el día anterior. Si se hubiese pinchado con un alfiler, tal vez no habría sangrado.

—Aquí me conocen como doctora Losada, María Elvira Losada.

Él tomó su mano, en la que depositó un delicado beso, y dijo en un murmullo:

—Aquí pueden llamarte como prefieras, pero para mí siempre has sido Mariona.

El tono que empleó le hizo saber que no le importaba que los demás lo oyeran. Quizá sus amistades no entendían el español, pero por supuesto, captarían la familiaridad de su trato. Si las miradas matasen, la que le dedicó lo habría fulminado en el acto.

Un carraspeo femenino a su espalda la devolvió al lugar, y se movió. Emma llamaba su atención.

—Querido Gonzalo —dijo mirando a su hermano y agarrándose a su brazo para sentir la seguridad que le daba. Habló en inglés, para que sus amistades la entendieran—. Te presento a mis amigas, la señorita Emma Allen, doctora en el hospital como yo, y la señorita Sarah Barker, una de las enfermeras más eficientes que conozco —explicó. Las dos sonrieron—. Y este es el señor Howard Allen, hermano de Emma y también un buen amigo. —Se dirigió al pequeño grupo y continuó las presentaciones—: Mi estimado hermano, el doctor Gonzalo Losada, y su amigo, el señor Bernat Ferrer.

—Querida —intervino Bernat de forma mordaz y, para consternación de Mariona, también en inglés, para que todos lo entendieran—, mis credenciales de amigo también te abarcan a ti... Encantado, señoritas. —Les dedicó su mejor sonrisa y les besó con galantería la mano, antes de inclinar la cabeza en un gesto cordial hacia Howard.

Mariona sintió que los hombres se medían, como si fueran dos ciervos que se retaban por la misma hembra, y tuvo la impresión de que ninguno estaba dispuesto a retirarse.

6

Mientras Tom y Mathilda iban a saludar a algunos conocidos, Bernat se acercó a la mesa de los refrigerios custodiado por Emma y Sarah, que se habían ofrecido a acompañarlo cual dos cicerones, y Mariona aprovechó la ocasión para llevar a su hermano a una zona más tranquila y bombardearlo a preguntas sobre su familia. Su gran preocupación siempre eran los abuelos y, por supuesto, sus padres. La inquietaba que enfermaran mientras ella estaba tan lejos.

—Se encuentran muy bien y te mandan muchos besos, pero antes que nada, déjame decirte una cosa importante —contestó Gonzalo ante la impaciencia de su hermana por saber cosas de su casa—. Vas a ser tía de nuevo.

—¡No! —Se llevó las manos a la boca para contener su exclamación de júbilo.

—Ese es el motivo por el que Inés no me ha acompañado. No quería exponerla a un viaje tan pesado al inicio del embarazo.

—Te felicito, hermano. —Lo abrazó con sentimiento—. Me hace muy feliz esta noticia.

—Y a mí, estamos muy emocionados.

Ella frunció el ceño.

—Esto justifica que hayas venido con ese necio.

Mariona señaló con la barbilla hacia Bernat, que conversaba animadamente con sus amigas. Buscó con la vista a Howard y lo vio en otra zona, con un caballero al que ella no conocía.

—Ese «necio», como lo llamas, es mi mejor amigo, y me consta que también fue el tuyo.

—Sí, amigo —respondió con desdén—. No debiste traerlo, no me apetecía verlo... Pero no hablemos de él, quiero hablarte de un caballero.

—Ya hablaremos de lo que quieras, pero escucha, en dos días doy mi conferencia en el hospital de Tom —respondió, resignado, y continuó con un tono admonitorio—. Me gustaría que las personas más importantes para mí en esta ciudad estuvieran allí, dándome su apoyo y comportándose como los amigos que fueron una vez. Seguro que puedes hacerlo, ¿verdad?

Mariona no podía resistirse a lo que su hermano le pedía; pondría buena cara y sonreiría, otra cosa era que no le dijera unas cuantas lindezas a «su amigo».

—Por supuesto que estaré allí, y seré quien más aplauda.

En aquel momento las personas congregadas en la sala comenzaron a moverse hacia el estrado donde la orquesta iba a tocar. Se agarró al brazo de su hermano y le pidió que fueran hasta allí. La doctora Garrett iba a pronunciar su discurso y dar por inaugurada la gala.

Sin soltar el brazo de su hermano, Mariona buscó un sitio junto a sus amigas y Howard. De reojo buscó a Bernat. Aunque no quería mirarlo, le resultaba imposible no hacerlo. Con el rabillo del ojo vio que se desplazaba y presintió que se colocaba detrás de ella. Aquello la sulfuró.

La doctora Elizabeth Garrett inició su discurso con unas palabras de agradecimiento a todos los asistentes, los animó a participar en la subasta de obras de arte y alentó a los caballeros a bailar.

—... no se sientan cohibidos, caballeros: compren boletos del baile —dijo con humor, y luego continuó con vehemencia—: Hoy todas las doctoras y el personal sanitario del hospital bailamos por una buena causa. Necesitamos fondos para atender a más mujeres, más camas, más ayuda en interconsulta, más recursos para desarrollar nuestra labor en las mejores condiciones. Necesitamos más, y para ello precisamos de su ayuda.

»El New Hospital nació con una filosofía: un centro dedicado en exclusiva a mujeres, con personal únicamente femenino. El camino hasta aquí ha sido arduo, pero déjenme asegurarles que no es inapropiado que una mujer ejerza la medicina, lo inapropiado es apartarlas y no servirse de su valía. Hace casi dos décadas que existe la London School of Medicine for Women, una escuela especial para mujeres que proporciona al hospital profesionales valiosísimas. Sin embargo, también tenemos doctoras que han venido de otras latitudes, que han aportado otra visión a la medicina, que ven a la enferma como una persona, no solo como un conjunto de síntomas que señalan tal o cual enfermedad. Aprendemos continuamente del quehacer de la compañera que tenemos al lado... —Mariona sintió la mirada sonriente de la directora del hospital y, con un tímido ademán, le devolvió el gesto.

—Me siento muy orgulloso de ti. Has alcanzado tu sueño.

El susurro provenía de su espalda y, al percibir el aliento de Bernat en su oído, sintió un estremecimiento. Por suerte, su hermano captó su atención apretando la mano que reposaba en su brazo.

—Si padre hubiera escuchado estas palabras, aun sin mencionar tu nombre, sabría que están dedicadas a ti. Me alegro mucho por ti, Mariona. El éxito viene de muchas formas y el reconocimiento nos ayuda a seguir adelante.

—Ahora me dirás que regrese a casa —replicó con humor para empujar la emoción que le apretaba la garganta.

—No voy a mentir y decir que no te echamos de menos, pero si tú eres dichosa aquí, yo soy feliz por ti.

La doctora Garrett continuó hablando de cómo ayudar a las mujeres a abrirse camino en carreras y profesiones que estaban vetadas para ellas o a las que, como poco, encontraban grandes barreras para acceder, pero centró sus palabras en un resumen de las tareas que realizaban en el hospital y los logros conseguidos. Acabó con el deseo de que disfrutaran de la velada.

Los asistentes se dispersaron y muchos caballeros salieron hacia el lugar donde se vendían los boletos para los bailes que se subastaban.

Mariona condujo a su hermano hacia el grupo de amigas y con el rabillo del ojo vio que Bernat, Tom y Mathilda también se sumaban. Para su sorpresa, la doctora Garrett se acercó a ellos.

—María Elvira, la veo muy bien acompañada —comentó la directora con una sonrisa.

—Doctora Garrett, me gustaría presentarle a mi hermano, el doctor Losada. Ha venido para dar una conferencia...

—Encantado, doctora —saludó Gonzalo con un apretón de manos—. Un discurso muy interesante.

—Bueno, no tanto como lo serán las conferencias que den ustedes en el Saint Thomas. —Sonrió—. Pese a ello, espero que sea efectivo y que anime a los asistentes a colaborar en la causa.

Mariona le presentó al resto de los amigos que la doctora no conocía. Bernat desplegó su encanto y le solicitó permiso para entrevistarla y enviar a su periódico un artículo con la mención del evento. La directora pareció complacida con la propuesta y accedió encantada.

—Creo que hacen una labor encomiable —subrayó

Mathilda—, y he oído por la sala que muchas damas querían hacer una donación anónima.

—Eso es fantástico —señaló Sarah.

La doctora Garrett se despidió deseándoles una agradable noche y al momento la música empezó a sonar. Mariona vio que Howard hacía un movimiento para acercarse, pero que frenaba su avance cuando Gonzalo la invitó a bailar. Como si hubieran ensayado, las parejas empezaron a organizarse y dirigirse hacia la pista: un caballero pidió a Emma el baile y ella aceptó, Howard se lo pidió a Sarah y Tom salió con su esposa. Mariona se regocijó al ver que Bernat se quedaba solo.

—No deberías ser tan mala con él —le advirtió Gonzalo mientras bailaban.

—No he dicho nada —respondió con aire de inocencia.

—Te conozco, lo has pensado al ver que no bailaba.

—¿Ahora los psiquiatras leéis el pensamiento? —preguntó, mordaz.

—No, no lo leemos, pero jugamos con ventaja si conocemos al sujeto y su mente. Y a mí no me engañas, por mucho que quieras disimular.

Dieron un par de vueltas en silencio, Mariona no quería interpretar las palabras de su hermano, pero este no había acabado aún y sabía cómo intrigarla.

—Bernat no lo está pasando bien.

No iba a preguntar, se dijo que no lo haría, pero no soportó el silencio que Gonzalo mantenía. Era un artista haciéndolo.

—¿Por qué? —inquirió al final.

—Problemas en el trabajo, lo han apartado.

—Vaya, pobre —se guaseó—, pero quizá se lo merece. Seguro que se metió con la mujer de alguien.

—Mantiene una cruzada personal con un político, uno que conocía a su padre y a quien culpa de su muerte.

Mariona se sintió mal. Sabía lo duro que había sido siempre para Bernat superar la muerte de su padre.

—¿Y qué tiene que ver eso con que lo saquen del periódico? ¿Lo han despedido?

—No, pero le han dado días de asueto. El concejal movió hilos, pretendía que lo echaran por escribir un artículo que no lo dejaba muy bien y el diario se ha cubierto las espaldas.

Tenía que ser algo gordo para que Bernat decidiera viajar a Londres y arriesgarse a verla, algo que él llevaba tres años evitando, mientras que ella había deseado que ocurriera. Pero no había sido así, y en aquel momento se negaba a que su presencia la alterara. A fin de cuentas, si ella le hubiera interesado, habría ido antes. Pese a todos sus propósitos, al caer en la cuenta de eso, sintió más rabia. No estaba allí por ella como había imaginado, sino porque necesitaba poner tierra de por medio con su trabajo y sus asuntos.

La pieza musical terminó y, como los otros bailarines, Mariona y Gonzalo salieron de la pista. Ella se había propuesto aprovechar el momento para hablarle de Howard, pero Bernat había ocupado toda su conversación, de modo que no le quedaba más remedio que postergar la charla.

Al reunirse con el grupo, Howard se le acercó.

—Su sonrisa se ilumina al estar cerca de su hermano.

—Adoro a mis dos hermanos, pero confieso que Gonzalo es mi preferido —respondió con una sonrisa. Gonzalo hablaba con Tom y, por suerte, Bernat se había sumado a ellos. Se sintió relajada al no tenerlo cerca. Estaba siendo una velada muy intensa.

—Me gustaría poder hablar con usted, lo recuerda, ¿verdad? —murmuró Howard, y bajó la voz para continuar con apenas un susurro—. Quizá pueda aprovechar que está su hermano aquí.

No quiso mostrar que le afectaba lo que el inglés estaba

insinuando y se limitó a sonreír con dulzura, como su madre le había enseñado, para complacer al interlocutor, pero en su mente se libraba una batalla. Deseaba escuchar lo que tuviera que decirle y a la vez le aterraba. Sin embargo, no podía eludirlo. Iba a contestarle cuando la doctora Garrett hizo un anuncio.

—Caballeros, como agradecimiento por sus donativos vamos a empezar con uno de los bailes de la gala que tan amablemente han sido adquiridos para colaborar con nosotras. La siguiente pieza será entonces un vals. Busquen a sus acompañantes.

Estaba convencida de que Howard había abonado por bailar con ella el vals, pero antes de que pudiera mirarlo siquiera, oyó la voz cantarina de Bernat a su lado.

—Es nuestro baile, querida. —Le tendió la mano y ella lo observó con sorpresa.

—Está equivocado, señor Ferrer —dijo, disimulando su desconcierto—. Esta pieza es para los que han hecho un donativo.

—No, no me equivoco. He tenido la suerte de ser de los primeros en hacerlo y la amable señorita que vendía los boletos me ha permitido escoger pareja —contestó sereno—. Y, por favor, tutéame, lo haces desde que eras niña.

Miró hacia Howard y este se encogió de hombros.

—Me temo que cuando fui a adquirir los boletos no quedaba libre ninguno con tu nombre.

—Pero... —Miró a ambos, indecisa.

Aquello era el colmo. Mariona se enfurruñó consigo misma, no lo había previsto. Cuando vio a Bernat, ni siquiera se le ocurrió pensar que ya podía haber adquirido un boleto de la gala. Si le hubiera pedido algún baile, ella se hubiera limitado a rechazarlo con cualquier excusa, pero no podía negarse a participar en la pieza principal de la fiesta y para la que se había apuntado de forma voluntaria.

—No se preocupe, amigo, hay más bailes —comentó Bernat en tono sardónico. A Mariona le dio la sensación de que disfrutaba del momento. Ya arreglaría cuentas con él, pero no en aquel instante en el que todos la miraban.

Bernat cedió su brazo para que Mariona se apoyara y la dirigió a la pista de baile. En el mismo instante en que ella posó su mano sobre él, el periodista sintió que todo su mundo se reducía a ella. No quiso bromear en un momento como aquel, pues sabía que Mariona se debatía entre sus emociones y hacer lo que se esperaba de ella. Haría lo correcto, por supuesto, no lo dudaba, pero se temía que se lo haría pagar muy caro. A pesar de eso, el sentimiento de victoria sobre su rival le hacía sentirse pleno.

Ya en la pista, cuando la tuvo frente a él, sujetó su mano y posó la otra en su cintura. Notó un pequeño temblor en Mariona, pero su rostro era el vivo reflejo de la indiferencia y la distancia. Iba a ser un duro ruedo que lidiar. Podía decir que había soñado con aquella mujer durante casi todas las noches desde que se habían visto por última vez, y ahora que la tenía delante necesitaría una gran dosis de paciencia.

Era más alto que ella, la atrajo hacia sí con un gesto delicado, para acortar la separación de los cuerpos que ella pretendía mantener, pero que dificultaba la ejecución de la pieza. Desde su posición la podía observar a placer. Tenía una belleza serena que seguía conquistándolo y, sin querer, a su mente acudió el sabor de los besos que habían compartido y se censuró haberla perdido.

—No te dolerá —dijo para provocarla, justo antes de iniciar el paso al compás de la música. Ella pareció reaccionar.

Sí, Strauss era el mejor para un vals y para despertar las emociones, cualquiera de ellas. Mariona lo miró un segundo, pero fue suficiente para noquearlo. Aquella mirada tuvo el mismo efecto que si lo hubiera golpeado en el estómago.

Sin embargo, en el momento de iniciar el baile, ambos se acoplaron y siguieron la melodía por la sala como el resto de los bailarines, ejecutando la pieza con maestría.

Estaba preciosa, aquel vestido le sentaba como un guante. No dudó de que tenía la firma de la esposa de su amigo; Inés hacía unas creaciones deliciosas. Tal vez se quedó ensimismado por más tiempo del debido en su escote y se imaginó en un reservado deleitándose con la cremosa piel que mostraba, para perderse luego en los montes que escondía.

Ella hizo un sonido gutural y se dio cuenta de que la miraba con tanto deseo que resultaba indecoroso.

—Si sigues mirándome así vas a llamar la atención —lo censuró ella.

—No sabía qué hacer para que me tutearas —contestó con sarcasmo.

—¿A qué has venido, Bernat? —inquirió molesta.

—Acompaño a Gonzalo —observó con desenfado.

—Ah, ¿sí? ¿Y por qué ahora? ¿Porque te han despedido o porque no tenías otro lugar al que ir?

—No me han despedido, pero no contestabas a mis cartas.

—¿Tus cartas? No me hagas reír. Dejé de recibirlas hace mucho.

—Mira, yo no puedo decir lo mismo. No recibí ninguna. —Dejó pasar un silencio y añadió en un murmullo—: No quiero discutir, Mariona. La verdad es que no soportaba estar más tiempo sin verte.

Se contemplaron, retándose, justo en el momento de un giro, y Bernat tuvo la impresión de que en ese instante se detenía el tiempo.

—Amigos, eso dijiste que éramos. ¿Qué esperabas? Además, te fuiste sin... sin... —Mariona no pudo proseguir, y a él se le partió el corazón al intuir lo que pretendía decirle:

que no le había hecho ninguna promesa al marcharse a Cuba. Tras un segundo en el que pareció serenarse, ella añadió algo que no le gustó—. Ahora que intento rehacer mi vida, apareces y pretendes... Ni siquiera sé todavía lo que pretendes, Bernat, pero llegas tarde.

—No me digas que vas en serio con ese dandi.

—No es de tu incumbencia con quién voy o dejo de ir —espetó con enfado en un susurro—. No soy nada tuyo, ni tu mujer, ni tu novia, ni siquiera tu amante, así que no me fastidies, Bernat. No creo siquiera que seamos amigos.

—Si tu madre te oyera te lavaría la boca con jabón.

—Si mi madre me oyera diría que ya era hora de que permitiera que alguien me cortejara.

—Yo quería hacerlo.

—Pero no lo hiciste —soltó con un enfado que parecía provenir del fondo de su corazón—. Me abandonaste sin nada, me robaste mis ilusiones y por eso te odio, Bernat. Así que déjame en paz y márchate cuanto antes.

La pieza acabó en aquel preciso instante y Mariona, como otros bailarines, se dispuso a abandonar la pista. Él quiso retenerla, llevarla hasta donde los otros se encontraban, pero con un gesto airado ella se lo impidió.

Bernat observó a Mariona mientras esta se alejaba de su lado. El encuentro no había ido muy bien, pero tampoco podía decir que mal, bueno, que muy mal. Como si no le importara, dejó que ella se saliera con la suya y creyera que lo odiaba, no iba a rebatírselo. Era el primer asalto, así que era mejor que pensara que lo había ganado. Aunque le molestó que le dijera que no hacía falta que la acompañara y fuese en busca del señor Allen en cuanto acabó la pieza de baile. Pero ¡qué diantres! Dio por bien empleado el dinero que había pagado por ese baile.

La siguió con la vista por la sala. Ella se encontró con el dandi y, tras unas breves palabras, ambos se dirigieron hacia un gran ventanal, que supuso daba al jardín. Aquello no le pareció lo más adecuado. Un jardín tenía zonas oscuras y era el lugar más apropiado si alguien quería robar unos besos a escondidas. Indignado por aquel comportamiento de Mariona, cruzó la estancia con disimulo y se otorgó el derecho de vigilarla. Eso no era espiarla, no, solo velaba por la reputación de la hermana de su mejor amigo.

A medida que llegaba al lugar, su mente elucubró ideas cada vez más dolorosas que lo sacaron de quicio. ¿Es que la niebla de aquella ciudad había enturbiado la razón de Mariona? Incrédulo, vio que la pareja se internaba en el jardín. ¡Dios bendito! ¿Qué hacía Mariona, la chica precavida y sensata, saliendo a la noche con un hombre y sin carabina? ¡Y nada menos que con aquel Adonis! Estaba seguro de que él buscaría un lugar oscuro para seducirla, un lugar en el que sin duda sería fácil perder la honra.

Indudablemente Londres la había cambiado. ¿Y si ella ya...? No, eso era imposible. Cerró los ojos un instante, como si eso le impidiera ver la escena de la perdición de su estimada Mariona que su mente le dibujaba. Pero si dependía de él, eso no iba a ocurrir aquella noche. Se sintió obligado a salir en su busca, rescatarla del depravado que quería aprovecharse de ella. Maldijo su suerte. Aquella escena que él veía en su mente, tan caballerosa por su parte, ella no la entendería, aunque solo fuera por llevarle la contraria, y lo odiaría más de lo que lo hacía ya en aquel momento.

Pero no podía permitir que su reputación quedara empañada, y menos por despecho hacia él.

Abrió los ojos, decidido a emprender su misión, pero para su sorpresa, al poner un pie en el lugar, vio que el jardín desierto y oscuro que él imaginaba no era otra cosa que un invernadero con bastante luz y donde, sin exagerar, podía contar medio centenar de personas.

Se sintió ridículo por su preocupación, pero a la vez encantado de la actuación de Mariona. Tenía que reconocerle que no había perdido el buen juicio. Contento por aquel hallazgo, echó un vistazo, ya calmado, al espacio lleno de parterres y plantas frondosas, y aunque le costó encontrar al objeto de su desazón la halló junto a una fuente. Se había sentado en el borde y el señor Allen estaba junto a ella. Era una escena íntima, parecían hacerse confidencias, pero estaban a la vista de todo el mundo.

Se quedó a la entrada del invernadero y buscó un sitio para observar sin ser visto. De repente no sabía qué hacer con las manos, si meterlas en los bolsillos de la chaqueta o cruzarlas sobre su pecho, algo que llamaría la atención. Por suerte, un camarero pasó junto a él con una bandeja repleta de bebidas, cogió una copa de champán y dio un sorbo. Así no se sentía tan estúpido y sí más acompañado, con algo que hacer aparte de mirar, veladamente, hacia la zona de la fuente. Sin embargo, le habría gustado tener un oído extraordinario para escuchar todo lo que se decían.

Por sus gestos intuyó que Mariona estaba nerviosa, quizá lo que el hombre le decía la alteraba, o tal vez debido a su temperamento irascible se estaba desahogando de la frustración del baile con él. Le gustó la idea de ser el centro de su conversación. Siguió la mano de ella que, distraída, tocaba la parte baja de su peinado, un intrincado recogido que le recordó el día de la boda de Gonzalo, cuando apareció descendiendo por las escaleras de su casa como una princesa. Estaba tan hermosa aquel día... Le pareció que un mechón escapaba del moño y ella lo retorcía entre sus dedos, en un movimiento circular. Era un gesto muy suyo, jugaba con su cabello mientras el hombre le hablaba.

Que ella le tomara las manos y respondiera no le agradó ni un poquito.

«Tenías que haberle dicho la verdad de tu viaje a Cuba, la verdad de por qué la dejaste marchar».

Su corazón se aceleró al comprender lo que la pareja compartía. Un momento de intimidad: él le besaba las manos mientras ella lo miraba con ternura.

¡No! ¡No podía estar aceptando a aquel hombre!

Y entonces, con una tranquilidad pasmosa, tomó una decisión. Ya estaba bien de huir. Iba a hacer lo que debía haber hecho hacía mucho tiempo, sin importarle las consecuencias. Iba a enfrentarse a la rabia y al rechazo que Mariona le había demostrado al bailar con él, iba a interponerse entre lo que estuviera naciendo en aquella escena que contemplaba. Iba a reconquistar a Mariona, y para ello se quedaría en aquella horrorosa ciudad todo el tiempo que fuese necesario, hasta que ella volviera a quererlo, como sabía que había hecho una vez. Quizá se había vuelto loco, pero bendita fuera la locura que le había abierto los ojos. No quería seguir viviendo a medias, sin ella, sin amor. Porque el amor que sentía por Mariona era la locura más dulce que había experimentado jamás.

7

Mariona jugaba con un mechón que había escapado del re-cogido y lo enredaba entre sus dedos. Estaba inquieta desde que había bailado con Bernat, y eso la distraía de escuchar a Howard. Necesitó una gran fuerza de voluntad para centrarse en lo que le decía: algo sobre su casa, a la que pronto tenía que regresar y no quería hacerlo solo. Se obligó a soltar el rizo y posó las manos en su regazo, respiró para serenar su ánimo y se concentró en la voz del hombre que tenía frente a ella. Entonces el señor Allen las retuvo entre las suyas. Todavía estaba sofocada por el baile con Bernat. Sofocada e indignada por lo que se había atrevido a insinuar. Estaba muy equivocado si pensaba que iba a perdonarlo. Su vida era otra, ella era otra. Desde que vivía en Londres. Desde que era la mujer que quería ser.

—¿Está de acuerdo?

Se sintió perdida, no sabía qué le había dicho.

—¿Perdón?

—No se disculpe, quizá no me he expresado bien. No soy un hombre dado a dar largas a lo que pretendo decir, María Elvira.

—Puede llamarme Mariona.

—Prefiero llamarla María Elvira, me parece que ese otro nombre lo tiene muy asociado a su casa, a su pasado y yo... Yo pretendo ofrecerle un futuro. Creo que sabe de qué quiero hablarle.

Ella asintió.

Howard era un buen hombre, debería estar feliz por que se hubiera fijado en ella, por que quisiera proponerle algo... Pero en aquel instante dudaba de todo.

—No le negaré que he sentido celos cuando ha visto al señor Ferrer y cuando ha bailado con él. Yo quería conseguir el boleto del vals, pero me entretuve con un conocido y su esposa al dejar las prendas en el guardarropa. Lo vi a él, al señor Ferrer, hablando y coqueteando con la joven que los vendía, pero no imaginé que estaba pidiendo la papeleta de su baile.

—Oh, Howard... Conozco a Bernat desde que era niña, siempre hemos estado como el perro y el gato —se justificó—. Habrá otro vals, podremos bailarlo juntos, yo también deseaba ese baile.

—No será igual, lo sé. —Parecía apenado. Howard miró sus manos, las besó y luego alzó la vista hasta sus ojos—. Daría lo que tengo para que me mirara como lo ha mirado a él.

—¡Howard! No es lo que piensa. El señor Ferrer es un amigo..., el mejor amigo de mi hermano, lo conozco desde siempre y es normal que nos tengamos afecto. Pero...

—No tiene que mentirme. Sé lo que he visto. Pero no importa, todos tenemos un pasado y yo quiero ser su futuro... Solo le pido que lo piense. Que piense si usted estaría dispuesta a seguirme cuando tenga que abandonar Londres. Como mi esposa, por supuesto.

—Yo... no sé qué decirle en este momento.

—Sé que es algo precipitado, pero no le estoy pidiendo que se case conmigo, no todavía. Solo quiero que sepa cuáles son mis intenciones. Quizá debí decírselas hace unos días, pero pensé que hacerlo hoy sería más romántico.

—Me halaga, Howard.

Pero no era cierto, en realidad su propuesta la llenaba de confusión. Howard la miraba con mucha intensidad y maldijo a Bernat, por aparecer y romperle la vida que se estaba formando. Aunque llevaba días deseando oír las palabras que Howard acababa de pronunciar, en aquel instante la ahogaban. ¿Sería capaz de instalarse en una zona rural inglesa, tan lejos de su familia?

Sabía que su estancia en Londres era temporal, unos cuantos años más hasta regresar a su ciudad, Barcelona, y establecerse por su cuenta o entrar en un gran hospital. No había tenido en cuenta que, si aceptaba al señor Allen, no regresaría nunca.

—No tiene que decidir nada ahora, pero necesitaba expresarle mis sentimientos. Sé que la he hecho pensar en muchas cosas. Si me permite, yo podría...

—Creo que deberíamos entrar —lo interrumpió, pues no quería escuchar que quería hablar con su hermano. De repente todo iba demasiado deprisa. Había sido un poco brusca, así que suavizó su tono de voz y añadió con humor—: Quizá alguien me está buscando para alguno de los otros bailes con los que me comprometí.

—Vamos, entonces. —Él se levantó del asiento improvisado y le tendió la mano—. Tal vez también pueda bailar conmigo alguna pieza.

—Me encantaría.

No se equivocaba: al entrar en el gran salón, un caballero se acercó a ella para pedirle su baile. Era una cuadrilla, una danza que le gustaba mucho. Las parejas, ocho contó, se dispusieron en forma de cuadrado para enfrentarse entre ellas en los pasos, sencillos y no muy rápidos. Vislumbró a Sarah entre aquellas parejas, quien, desde la distancia, la avisó de que se lo iban a pasar muy bien, y tuvo razón, porque durante todo el rato que duró la pieza conversó y rio con su acompañante, alejando de su pensamiento sus propios sentimientos.

Luego, tras tomar un pequeño refresco, volvió a bailar, aunque esta vez una polonesa, que no la distrajo tanto, de modo que estuvo pendiente de dónde estaban Howard y su hermano. Casi le dio un ataque cuando los vio en un aparte conversando, junto a Bernat. Rezó para que hablaran del clima y de nada más.

Al acabar se dijo que necesitaba descansar. Se acercó a la zona donde Mathilda estaba sentada con lady Danielson, que al verla aparecer se levantó y le cedió su asiento.

—Querida, siéntese aquí, yo voy a estirar las piernas —dijo alegre—. Ha sido un placer conversar con usted, señora Bellamy. Dele recuerdos de mi parte a McEwan, espero que se recupere pronto.

Mariona se sentó en el lugar que la dama dejaba e, inquieta, se dirigió a su amiga. Los abuelos de Tom, unos ancianos encantadores a los que había visto en una ocasión, no visitaban Londres casi nunca, pues vivían en su paraíso particular.

—¿Le ocurre algo al abuelo de tu esposo?

—Nada grave, pero a su edad cualquier cosa es motivo de preocupación. Es envidiable cómo están los condes, será que el clima de Minstrel Valley los protege.

Mathilda sonrió con ternura y luego, acercándose a ella en el sofá, bajó la voz y, como si compartiera una confidencia, le preguntó con complicidad:

—¿Te ha gustado la sorpresa?

—Sí, me ha encantado ver a Gonzalo, aunque no creo que estuviera preparada para tanta emoción —respondió con ironía. Su amiga le tomó la mano.

—Se te ve contenta con el señor Allen, ¿te corteja?

Asintió, no fue capaz de expresar con palabras que él estaba interesado en ella y que ella había empezado a dudar en el mismo instante en que vio a Bernat.

—Me alegro, si es eso lo que quieres, pero si solo lo haces porque te sentías sola, he de decirte que te equivocas. Yo tardé mucho tiempo en escuchar a mi corazón y nunca he sido tan feliz como ahora: un esposo que me ama con locura, un niño de tres años y otro en camino.

No quería hablar de su corazón, porque si algo sabía era que estaba muy enfadada con Bernat, pero también con ella misma, porque todo el rencor que le tenía no había sido suficiente para decirle al señor Allen que lo aceptaba. Su corazón y su cerebro estaban muy, pero que muy confundidos.

Cambió de tema de una forma poco sutil.

—Me dijo Tom que tenías algunas molestias. ¿Has hablado con tu doctor?

—Que tu marido sea médico no ayuda mucho —bromeó—. Creo que se preocupa más de la cuenta. Tengo náuseas, aunque esta vez me molestan bastante.

—Come pan o galletas saladas en ayunas, y las almendras también te ayudarán. Pero sobre todo descansa.

—El primer embarazo fue tan bien que temo que este se complique.

—Todo va a ir bien. Además, tú ya sabes cómo va esto, tu cuerpo estará preparado —la tranquilizó—. Y si tienes dudas o quieres que te visite en el hospital, solo tienes que venir a verme.

—Lo haré, si las molestias dejan de ser las habituales.

En ese momento Tom se acercó con Gonzalo y, cuando Mariona miró más allá de ellos, vio que Bernat bailaba con Emma. Le costó retirar la vista de aquella imagen. Ella sonreía alegre y él desplegaba todo su encanto. Lo conocía, era todo un seductor y estaba encandilando a su amiga. No debería importarle, pero no fue consciente de con cuánta fuerza apretaba los puños, hasta que sintió que se clavaba las uñas, a pesar de llevar los guantes.

Cuando decidieron dar por finalizada la velada, Howard insistió en acompañar a las amigas en su coche, igual que las había llevado a la fiesta. Gonzalo y Bernat se marcharon con los Bellamy. Mariona quedó con su hermano en verse el día de la conferencia y comer juntos y, aprovechando el revuelo de recoger las prendas del guardarropa y montarse en los carruajes, se escabulló y no se despidió de Bernat.

Sin embargo, durante todo el tiempo que tardaron en llegar a casa, Emma no dejó de manifestar lo agradable, apuesto, conversador y simpático que era el señor Ferrer. Incluso Howard se había sumado con algún comentario.

Ella se mantuvo callada y forzó una sonrisa a algunas observaciones de su amiga.

—Es un caballero muy apuesto...

—Ya lo has dicho —la interrumpió Sarah con una carcajada.

—... y ha viajado mucho, dice —siguió Emma, sin hacer caso de las risas de los otros—. Me ha contado que estuvo este verano en la Exposición Universal de Chicago y que se montó en la gran noria, de más de ochenta metros de alto.

Mariona no conocía aquel dato, pero no le extrañó.

—Lo envió el periódico para el que trabaja —se obligó a decir, como si estuviera al tanto. Supuso que sería así, ya que había cubierto la noticia de los eventos anteriores—. También cubrió la Exposición Universal de París y la de Barcelona.

Ya en su dormitorio, mientras se metía en la cama, sintió rabia por cómo había ido la noche. Su irritación ni siquiera le había permitido despedirse de Howard como le habría gustado, pero pensó que pronto todo volvería a la normalidad. La presencia de Bernat en Londres era de lo más inoportuna, justo cuando pensaba que entre ella y Howard podía surgir algo. Dio varias vueltas en la cama antes de encontrar una posición cómoda, pero, así y todo, golpeó la almohada, ahuecándola. Antes de cerrar los ojos, hizo un cálculo mental de los días que faltaban para que Bernat se marchara.

Tom no había consentido que Bernat y Gonzalo se instalaran en ningún hotel, de modo que durante aquellos días se hospedaban en su casa. Tras la fiesta, al llegar a la gran mansión situada cerca de Grosvenor Square, Mathilda se retiró aduciendo que estaba cansada y los hombres pasaron a una sala presidida por una gran mesa de billar. Sin duda era un lugar masculino, las paredes estaban forradas de maderas nobles y la decoración no indicaba otra cosa.

—¿Os apetece una partida? —preguntó Tom.

—Yo, con tu permiso, prefiero tomarme una copa, y si está cargada, mejor —bromeó Bernat.

—Tomemos esa copa, entonces.

Tom se dirigió a un pequeño mueble donde descansaban varias botellas y unos vasos. Sirvió tres tragos y los repartió.

Tomaron asiento en los sillones que se distribuían junto a una mesa de patas torneadas. Los psiquiatras empezaron a hablar de la convención que iba a reunir a los especialistas más prestigiosos y expertos en enfermedades mentales. Bernat los escuchaba atento, pero pronto su pensamiento se dirigió a la sala de baile y en concreto a los ratos compartidos con Mariona.

No había reflexionado mucho sobre qué haría o diría cuando la viese, tampoco había imaginado que iba a sentir tanta desazón al verla. Ella lo había recibido con reticencia, y no la culpaba por ello, la había dejado sin nada a lo que atenerse, tal como ella le había recalcado. Pero la conocía bien, sabía que si de verdad estuviera enamorada de aquel hombre, él no tenía nada que hacer, pero la cuestión es que la había sentido temblar cuando le posó la mano en la cintura, en la pista de baile. Mariona Losada podía tener sus defectos, pero no sabía mentir.

La angustia que experimentó al presenciar la escena en el invernadero lo sumía en la reflexión. No tenía nada que perder y sí mucho que ganar. Daba vueltas a una idea cuando de repente interrumpió la conversación de los amigos.

—Gonzalo, no regresaré contigo a Barcelona.

—¿Piensas quedarte?

—Es estupendo —intervino Tom—. Si estás interesado, mi hermano conoce al director del *Times*, quizá tenga un puesto para ti.

—No es por trabajo. Quiero recuperar a Mariona.

—¿Cómo dices? —inquirió Gonzalo con asombro.

—Que me quedo en Londres un poco más.

—Eso ya lo he entendido, es lo otro lo que me sorprende —respondió su amigo con reticencia y a Bernat le decepcionó percibir que la idea no le gustaba demasiado—. No estoy seguro de si me agrada. Mariona parece feliz con el momento que vive.

—Quizá no he sido muy sincero contigo y debí hablarte hace tiempo. Sé que no lo tengo fácil, pero voy a luchar por ella, como no lo hice antes.

Bernat sintió que debía abrir su alma y confesar el miedo que sentía por si Mariona no lo quería, la idea de haberla perdido le rompía el corazón.

—Tengo que intentarlo, amigo —confesó con vehemencia.

Durante unos segundos que se le hicieron eternos, el silencio reinó en la sala.

—Mariona es mi hermana, la admiro por lo que ha conseguido y no quiero que tenga que renunciar a nada —alegó

Gonzalo—. Y tú eres mi mejor amigo, me preocupa que ella sufra o tener que elegir entre los dos.

—La amo, pero si ella no siente lo mismo que yo, daré un paso atrás y no volveré a intentarlo. Por nada del mundo quiero perder nuestra amistad.

—Ha tardado en decidirse —añadió Tom conciliador y en un tono jovial, a la vez que rellenaba los vasos.

—Eso parece.

La carcajada que compartieron sus amigos lo sorprendió.

—¿No te opones a que la pretenda? A tu madre no le gustará.

—No es a mi madre a quien tiene que gustarle, aunque te deseo suerte.

—¿Suerte?

—Sí, la vas a necesitar. Mariona es cabezota, está dolida contigo y, además, hay que contar con el señor Allen.

—Lo sé. Creo que él aspira pedir su mano, pero no voy a apartarme. Ya la perdí una vez. —Bernat se envalentonó. Iba a hacer que Mariona lo quisiera de nuevo, como lo había querido y como creía que en el fondo de su ser todavía lo amaba—. Necesito saber si tengo alguna oportunidad con ella, despertar sus sentimientos dormidos. Me quiso una vez y voy a recordárselo; así que no me importará luchar, aunque pienso usar todas sus debilidades.

—Oye, no olvides que es mi hermana y puedes tener un serio problema —respondió Gonzalo, simulando enfado.

—Me refiero a que pretendo llevarla conmigo a Barcelona.

—Si lo logras, te habrás ganado a mi madre de por vida.

—Pues brindemos por el éxito del romance —animó Tom a la vez que elevaba su vaso. Los otros lo imitaron y entrechocaron con entusiasmo los cristales—. No hay nada más loco que un hombre enamorado; puede con todo, hasta con molinos de viento.

—Me temo que no hay cura para el amor —bromeó Gonzalo; luego puso una mano sobre el hombro de Bernat y le dijo con seriedad—: Ya sabes que me haría muy feliz llamarte hermano, así que te ayudaré en todo lo que pueda.

8

Mariona concluyó su jornada de trabajo bastante agotada. Llegó a la residencia y se refugió en su habitación. Pero su estado no se debía solo al cansancio, porque se sentía atenazada por una sensación que le aplastaba el pecho y en ocasiones le dificultaba la respiración. No quería pensar qué le ocurría. Había visto a demasiadas mujeres con aquellos síntomas, y no solo a mujeres, pues aquella alteración no era exclusiva de un sexo.

Se sentó en una butaca y acompasó su respiración soltando aire y tomándolo de nuevo, en un intento de gobernar sus sensaciones. Los últimos momentos vividos en el hospital acudieron a su mente. No solía llevarse las preocupaciones de las pacientes a casa, pero a veces estas se colaban en su pensamiento, como la última visita que había realizado. Se trataba de la joven que había ingresado hacía unos días. No veía ningún avance y lo peor era que la medicina no tenía todas las respuestas si la mente no colaboraba en recuperarse. Pero reconocía que era muy difícil recomponerse con las heridas sufridas. Solo un bárbaro podía haberlas causado.

Sin embargo, aquel no era el único tema que la agobiaba. No había descansado bien aquella noche. En sus sueños se habían mezclado escenas vividas en el baile con otras de un tiempo pasado en las que la imagen de Bernat se le había presentado para turbarla. Le molestaba que apareciera en ellos y desplazara retazos soñados de Howard declarándole su amor. Pero lo que la había desasosegado de veras fue la clara escena tras la que había despertado angustiada y que le había impedido volver a dormirse, en la que el catalán le suplicaba que no se casara con el inglés porque él había ido a buscarla. Muchos años antes, aquel había sido su deseo más ferviente, que fuese a por ella hasta el fin del mundo, pero en aquellos instantes su sola presencia la perturbaba.

Se llevó las manos a las sienes y movió los dedos en círculos para masajearlas. Sintió un ligero alivio a la presión que se le empezaba a formar, pero el tratamiento se vio interrumpido por unos golpes en su puerta. Soltó el aire en un profundo suspiro de resignación y dio paso.

Una de las doncellas de la casa entró para avisarle de que un caballero preguntaba por ella y la esperaba en la sala de visitas.

Alarmada por si Bernat se había atrevido a importunarla, preguntó quién era.

—El señor Howard Allen, señorita.

—Oh, dile que enseguida bajo.

Mariona corrió a cambiarse de ropa. Se quitó la falda y la blusa que utilizaba para ir al hospital. En su despacho solía dejar el delantal y la bata que empleaba para sus rondas y consultas. Una bata blanca que tenía bordado su nombre en un bolsillo superior. Una pieza algo masculina, pero que le gustaba mucho porque había sido regalo de su hermano Gonzalo y confeccionada por su cuñada Inés.

Eligió un vestido cómodo que podía ponerse sin necesidad de que la ayudaran y, tras mirar su reflejo en el espejo, consideró que estaba presentable y bajó con calma las escaleras, intrigada por la inesperada visita.

Al entrar en la estancia, vio al señor Allen de pie, con el sombrero en una mano y cara de no haber descansado mucho tampoco.

—Howard, no esperaba verlo.

—Estaba por aquí cerca y... —respondió con poca convicción. Dejó el sombrero sobre una mesa y se le acercó—. No, no puedo mentirle, no quería dejar pasar más tiempo. Sé que mañana va a reunirse con su hermano y quizá pueda hablarle de... de nosotros.

—¿Nosotros?

—Sí, nosotros —dijo él con orgullo y una sonrisa en la comisura de los labios; luego mudó la expresión para comentar con vacilación—. Podría ir con usted. Puedo mover algunas reuniones y asistir como su acompañante a las conferencias. Estoy convencido de que serán interesantes, aunque no entienda de lo que hablen.

¿Acompañarla? No se le había ocurrido, pero no le apetecía ir con él a un evento en el que si se daba el caso podía conocer a otros colegas. Colegas que no dudaba de que la mirarían con suspicacia y recelo, los más atrevidos. Ser una mujer en una profesión que algunos consideraban exclusiva de los hombres era muchas veces agotador, porque le obligaba a demostrar constantemente su valía ante preguntas u opiniones que trataban de ningunearla. Estaba acostumbrada a esas batallas, había vivido suficientes en el hospital de la Santa Creu de Barcelona, pero no le apetecía tener que hacerlo delante de Howard. Además, estaría su hermano y Bernat... Dios santo, allí estaría Bernat.

En un intento de expulsar aquel pensamiento de su cabeza, Mariona miró hacia el ventanal que daba a un jardín interior acristalado, que servía de lugar de reunión. Algunas de las chicas de la casa estaban sentadas alrededor de una mesa y recordó que estarían comentando qué libro escogían para leer de forma conjunta. Aquella costumbre la había instaurado una de las compañeras del hospital, muy aficionada a la lectura, que había contagiado a las otras. Había olvidado por completo aquel encuentro, y pensó que más tarde preguntaría por cuál se habían decidido. Esperaba que fuese tan adictivo como el que había leído la última vez, *Anna Karenina* de León Tolstói, de temática similar a *La Regenta*, novela de un autor español, Leopoldo Alas Clarín, que había leído hacía unos años.

Saludó con la mano a las amigas a través de los ventanales y tomó asiento en un sofá estampado con estilo adamascado, de color dorado y blanco en listas verticales. Tras ella se sentó el señor Allen, en una butaca cercana.

—Veo que no le hace mucha ilusión que la acompañe —murmuró él, decepcionado.

—No es eso, Howard, es solo que hace tanto que no veo a Gonzalo que no quiero compartirlo con nadie.

Su hermano era la excusa perfecta. Si Howard insistía en ir al congreso con ella, se iba a sentir dividida. No podría estar todo lo pendiente que quería de la conferencia ni de la tertulia con otros médicos, porque sentiría que dejaba de lado a su acompañante. Procuró escoger las palabras para que él no se ofendiera y le explicó lo mejor que pudo que habían planeado pasar unas horas juntos tras las ponencias y no quería renunciar a aquel momento.

—La entiendo, María Elvira —aceptó con mejor talante—. No pretendo robarle esos momentos con su hermano, pero... —Howard debió de meditar lo que iba a decir porque hizo un silencio y retomó la conversación por otro lado—. Sé que mi impaciencia me hace precipitarme y que en la fiesta le dije que no tenía que contestarme en ese momento, pero no quiero perderla, María Elvira.

Entendió a qué se refería, pero jugó al despiste.

—¿Por qué dice eso? Solo es una conferencia... No voy a ir a ningún lado.

—No sea mala conmigo —rogó el señor Allen y la miró con una mueca simpática. Su ardid no había funcionado. Él prosiguió y sus palabras la impactaron—. María Elvira, algunas veces el amor hace imprudentes a los hombres y otras los envalentona; yo me siento como un chiquillo a su lado, por eso necesito una palabra suya que me convierta en el hombre más afortunado de todo Londres.

Mariona no supo qué responder, precisó unos instantes para reordenar sus pensamientos. Se entretuvo alisando una arruga imaginaria de su falda.

—Disculpe que sea tan directo, pero ya le he abierto mi corazón. Creo que, aunque lo pueda parecer, no somos tan distintos, podríamos ser almas gemelas. Sería muy dichoso si me aceptara...

—Howard, yo... ni siquiera he podido pensar en lo que hablamos. Va todo tan deprisa... —se justificó con turbación. No podía darle la respuesta que él ansiaba en aquellos instantes—. Hoy ha sido un día intenso en las consultas. Necesito tiempo para analizar todos los cambios que su propuesta supondría para mí.

—Sé que puedo hacerla feliz, María Elvira, puedo ser el mejor pretendiente, pero también sé que para usted el señor Ferrer no es un amigo cualquiera.

—No vuelva con eso, por favor. Ya le dije que nos conocemos desde siempre.

—Está bien —respondió, resignado—. Quizá las emociones que usted me inspira me hacen ver rivales en todos lados. Sin embargo, no quiero engañarla: sé que hace tiempo, entre el señor Ferrer y usted hubo algo. Fue mi hermana la que sin querer lo mencionó una vez. No la recrimine, reconozco que cuando ella hablaba de usted me encandilaba y quise saber si tenía alguien que la esperaba en Barcelona. No pretendo incomodarla ni le estoy preguntando qué pasó.

—No hay nada que decir. A veces la amistad hace que se

confunda un cariño por otro. Yo era muy joven y estaba deslumbrada —reconoció, aunque no fue del todo sincera. No estaba preparada para confesarle que sus ilusiones habían quedado rotas por la ausencia. Dirigió la conversación por otros derroteros—. Quiero que sepa que entiendo su postura y en mi defensa le diré que no soy ninguna casquivana ni pretendo jugar con sus sentimientos.

—Lo sé, sé que es una buena persona y que si todavía no me da la respuesta que anhelo es porque no está segura de sus sentimientos. También soy consciente de que la apremio a tomar una decisión, porque he de regresar pronto a Surrey y quisiera tener una buena noticia que darle a mi padre. Él cree que no me casaré nunca ni daré continuidad a su linaje, y yo quiero demostrarle que se equivoca.

El tono despreocupado del señor Allen no la tranquilizaba. A pesar de que se mostraba comprensivo y no terminaba de hacer la pregunta que se moría por plantear, Mariona sospechó que esperaba una señal de que su respuesta sería afirmativa, pero no era capaz de dársela.

Se distrajo por unos segundos con las risas de sus compañeras que les llegaban desde el patio interior; luego miró al hermano de su amiga y pensó que se merecía que al menos fuese honesta con él.

—No puedo decirle lo que desea escuchar...

—¿Significa eso que me está rechazando? —se apresuró él a preguntar.

—Significa justo lo que dicen mis palabras —respondió con una sonrisa comprensiva. No quería ofenderlo, pero tampoco engañarlo—. Significa que tengo que pensarlo, necesito tiempo, Howard. Me ilusiona lo que me propone, pero eso implica alejarme de los míos y, como comprenderá, es una decisión difícil. Yo siempre soñé con ser doctora y trabajar junto a mi padre y mi hermano.

La expresión que se había dibujado en el rostro del hombre, mezcla de turbación y tristeza, dio paso a una ligera sonrisa, como si de pronto se renovaran sus expectativas.

—Entiendo, he sido un egoísta. No he tenido en cuenta que el hecho de aceptarme supone poner distancia con su familia, pero entonces no me rechaza, no es un «no» definitivo, tengo esperanza. Quiero convertirla en mi esposa y en el momento adecuado, le haré la pregunta. Por ahora me conformo con ser su pretendiente —Howard rio—. Pronto he de regresar a Surrey. No lo haré como hombre casado, pero sí comprometido.

—Quisiera hablar con mi hermano primero, poner en orden mis pensamientos, me pide mucho, Howard.

—¿Solamente quiere hablar con su hermano?

La molestó la insinuación, por el tono de su voz dedujo que dudaba de ella.

—¿Por qué tanta prisa, Howard? No hace tanto que me conoce.

—No quiero que el señor Ferrer me gane la partida.

—¡Acabáramos! ¿Es eso? ¿De verdad es eso?

Ante la atenta mirada del señor Allen, Mariona se levantó indignada y dio unos pasos por la sala, irritada al comprender que él creía que amaba a Bernat. Necesitó unos segundos para serenarse y luego se volvió hacia él, que se había levantado y la miraba expectante. No la dejó decir nada.

—Le pido disculpas —se apresuró a intervenir—, como le he comentado, el amor hace imprudentes a los hombres. También nos convierte en seres celosos —añadió el señor Allen en tono distendido, Mariona pensó que en un intento de reparar su torpeza—. Yo lo único que pretendo es transmitirle mi deseo de casarme con usted, pero, María Elvira, hasta que usted esté preparada para dar ese paso, yo seré su fiel servidor, su pretendiente, si me permite serlo.

—Howard, no quiero discutir. Nunca podría amar a un hombre que dudara de mí.

Él se le acercó todo lo que el decoro le permitía y tomó su mano.

—Si me da esa esperanza, seré el hombre que espera que sea.

Mariona llegó al hospital Saint Thomas acompañada por la doctora Garrett. La directora del New Hospital no pasaba desapercibida y muchos fueron los facultativos y miembros de distintas asociaciones científicas y médicas que se les acercaron para saludarla. Algunos le mostraban admiración y respeto por los logros conseguidos; otros, sin embargo, la saludaron con frialdad o distantes, como si ser la primera mujer médico de toda Gran Bretaña no fuese algo importante.

Sin embargo, al cruzar el gran vestíbulo que conducía a la sala de conferencias, pronto se vieron rodeadas de otras mujeres que acudieron a su encuentro. Tras los saludos, la doctora Garrett se apresuró a hacer las presentaciones.

—Doctora Losada, estas señoras y señoritas son discípulas de Florence Nightingale, enfermeras que fueron formadas en su escuela.

Se trataba del centro educativo donde también había estudiado su amiga Sarah.

—¿No ha venido la Dama de la Lámpara? —continuó Garrett.

Mariona sonrió al escuchar el apelativo con el que se conocía a la precursora de la enfermería, la mujer que en 1860 había sentado las bases de la profesionalización de la disciplina al establecer su escuela en el hospital Saint Thomas, lugar en el que estaban. Había oído que, durante la guerra de Crimea, hacía más de treinta años, cuando los oficiales médicos se habían retirado y la oscuridad reinaba en las estancias donde se hallaban postrados los heridos, ella se les acercaba con una lámpara en la mano al realizar sus rondas y prestarles cuidados.

—No, ha preferido que le expliquemos después lo que los alienistas comentan sobre la situación de las madres que, tras dar a luz a sus hijos, presentan cuadros de pérdida de la realidad y alteración del comportamiento.

—La psicosis posparto —aclaró Mariona—. Es un cuadro complicado para las madres y que tiene consecuencias en los hijos. Una alteración que conocemos bien en nuestro campo.

—La doctora Losada estudió durante algún tiempo a las enfermas que padecían este trastorno, en nuestra área de Ginecología —informó Garrett—. Su hermano es un célebre psiquiatra en su país y uno de los invitados al congreso, el doctor Losada.

—Ya decía yo que me sonaba el nombre —dijo una de las enfermeras más jóvenes—. Debe de ser un orgullo, entonces, para usted asistir a este evento.

—Por supuesto.

—El doctor Thressier, del Saint Thomas, expondrá un caso clínico y explicará el cuadro —informó una de las enfermeras veteranas—. Sería un buen momento para hacer alguna intervención, doctora Losada. Como es habitual, los hombres siempre lo saben todo.

—Si veo la oportunidad, haré mi aportación al caso —comentó Mariona con una sonrisa.

—Doctora Garrett, nos honrarían con su presencia si nos acompañaran, tenemos unos asientos privilegiados —informó otra de las enfermeras y acto seguido moduló la voz para enfatizar sus palabras—: La doctora Elizabeth Blackwell acudirá con alguna doctora que ha venido desde América.

La doctora Garrett no pareció sorprendida. A Mariona le constaba que ambas se conocían y, junto a Nightingale, habían enarbolado la bandera de la formación de la mujer en medicina y enfermería, creando escuelas y universidades. La doctora Blackwell había sido la primera mujer en recibir el título de médico en Estados Unidos y tanto allí como en Inglaterra había desempeñado un importante papel como impulsora de la educación de la mujer en medicina y se había dedicado a concienciar a la sociedad sobre ello.

La directora miró a Mariona brevemente y le preguntó si le parecía bien acompañar a las otras jóvenes. Por un instante se sintió dividida, era una gran oportunidad conocer y conversar con aquellas damas que habían luchado y abierto el camino para que otras pudieran gozar de la posición de la que ella gozaba. Sin embargo, declinó la invitación y con admiración comentó que le gustaría compartir con ellas una larga conversación, pero lo dejaba para otra ocasión. Quería dar apoyo a Gonzalo.

—Discúlpenme, he quedado con mi hermano, pero vaya usted, doctora.

Las mujeres la despidieron con cortesía y se alejaron para entrar en la sala de conferencias, mientras ella miraba a los presentes en aquel vestíbulo, por si entre los pequeños grupos divisaba a Gonzalo.

Bernat escuchaba distraído la conversación entre Gonzalo y Tom sobre la organización de las conferencias, turnos de presentación y momentos de descanso. Habían entrado en el vestíbulo y sorteaban con paso ligero a muchos asistentes que aún no habían accedido a la sala. Al mirar al frente, sonrió y se deleitó al ver una mujer que esperaba, junto a una escalera, muy cerca de la puerta de entrada, y con mirada escrutadora observaba a la mayoría de las personas que circulaba por el lugar. Lucía un vestido azul celeste con un sombrerito en un tono más oscuro. «Está preciosa». Al instante, por su mente cruzó un pensamiento: «Vas a tener que esmerarte si pretendes conquistarla, parece un hueso duro de roer». Sin ser consciente de ello, soltó una carcajada que llamó la atención de sus amigos.

—¿De qué te ríes? —indagó Gonzalo. A Bernat no le dio tiempo a inventar una excusa, porque su amigo divisó a su hermana y, alzando la voz, la llamó—. ¡Mariona!

Ella volvió el rostro hacia la voz que la nombraba, con una sonrisa amorosa dibujada en la cara, gesto que desapareció en cuanto sus ojos se posaron en Bernat. Los hermanos compartieron un cariñoso beso en la mejilla, algo que le hubiera encantado hacer a él, pero se limitó a estrechar la mano que ella le tendió, un saludo demasiado formal. Estuvo a punto de besársela, pero pensó que en aquel ambiente eso la hubiera disgustado.

—Creí que era un congreso para profesionales de la medicina —espetó tras los saludos, y con clara alusión a él.

—Es un congreso que ha suscitado mucho interés y hay personalidades de fuera del mundo académico —informó Tom—. Han venido filántropos, algunos aristócratas, incluso periodistas. Bernat cubrirá el evento para su periódico.

—Sí, querida —señaló Bernat—. Vas a tener que conformarte conmigo como acompañante.

—Será una broma. —Su rostro le hizo pensar que se arrepentía de algo.

Gonzalo trató de explicarse.

—Han decidido que todos los conferenciantes estemos juntos. Como dice Tom, el congreso ha generado mucha expectación y hay corresponsales de diarios de varios países. Pero luego iremos a comer juntos. ¿No venías con la directora del New Hospital?

—Sí, pero ha ido a reunirse con la doctora Blackwell y se quedará con ella y algunas enfermeras del Saint Thomas —respondió Mariona.

—Entonces entremos.

Tom hizo un gesto para que accedieran al auditorio. Cruzaron la puerta y comprobaron que el aforo ya estaba bastante completo, aunque el público continuaba entrando de forma ordenada. La sala tenía el diseño de un anfiteatro, con las butacas distribuidas por hileras escalonadas.

Gonzalo explicó a Mariona que no se iba a sentar demasiado lejos, y Tom les señaló la primera y segunda filas, destinadas a miembros destacados del hospital, el comité organizador y los participantes. Luego les dijo que ellos podían tomar asiento en los espacios que había reservado para ellos: dos butacas centrales en la tercera fila.

Mariona pareció satisfecha, porque el escenario donde se ubicaba una mesa alargada con varios sillones se veía a la perfección.

Un ujier con voz de tenor llamó la atención del público para que tomaran asiento, iba a tener lugar la presentación del acto. Bernat condujo a Mariona hasta sus lugares asignados y se acomodaron en silencio.

—Permíteme decirte que estás muy hermosa, te sienta bien este color —le dijo en voz baja.

—Gracias.

—¿Estás cómoda?

—Sí.

A cada pregunta o comentario que hacía, ella respondía con monosílabos. Bernat se impacientó.

—¿No merezco una frase de dos palabras quizá? —indagó con humor. Se ganó una mirada airada.

—Pretendo escuchar las palabras del director del Saint Thomas en la presentación del congreso. Si no te importa, estoy muy interesada en lo que se dice en estas conferencias.

—O sea, que quieres que me calle.

—Exactamente.

—Luego hablará no sé qué político.

—Perfecto.

Bernat iba a responder alguna cosa mordaz, pero se mordió el labio inferior y cerró la boca. Era mejor no enfadarla. Había declinado estar entre los corresponsales solo por acompañarla, así que se armó de paciencia. Por suerte, Tom y Gonzalo habían hablado tanto delante de él que ya tenía datos suficientes para redactar el artículo.

Sacó una libreta del bolsillo interior de su chaqueta y tomó nota de lo que decía el maestro de ceremonias y director del evento, quien describió a los médicos de varios países allí reunidos como «algunos de los especialistas más brillantes en salud mental de nuestros tiempos» y dio las gracias a los asistentes en general, sin olvidar a los colegas, profesionales de otras áreas de la medicina. Aunque Bernat tenía la impresión de que estos eran los menos.

El congreso dio comienzo tras las presentaciones y las palabras estudiadas que habría diseñado algún escribiente para el político de turno. Con el rabillo del ojo, Bernat observaba a Mariona, muy concentrada en lo que se decía. Habían compartido pocas frases. Tras la primera ponencia que duró casi una hora había habido un descanso y pudieron ir a tomar un refresco, pero regresaron pronto a sus asientos. La conferencia de Gonzalo sería la última antes de cerrar el ciclo de la mañana.

Había tomado la palabra un reputado médico del hospital anfitrión y, tras su disertación, se propuso un turno de ruegos y preguntas. Bernat tomaba notas que luego le servirían para escribir su artículo que haría llegar a *La Vanguardia*, junto con lo que sus amigos le contaran y lo que ya tenía. Había supuesto que el director no rechazaría informar del acontecimiento científico. Vio que Mariona se levantaba y oyó su voz alta y clara al presentarse.

—Doctor Thressier, soy la doctora Losada, del New Hospital for Women. Quiero felicitarlo por su disertación, pero me gustaría añadir algunos datos. Si no he entendido mal, usted dice que las mujeres que pierden la cordura de forma temporal tras el nacimiento de un hijo son casos muy raros; es cierto, hay pocos, pero yo no diría raros. Además, usted aboga por retirar al niño de su madre en estos casos y no devolverlo, a fin de no exponerlo a la locura de la madre. Coincido con usted en que puede haber ciertas consecuencias para la criatura. La psicosis puerperal es una patología mental que ya fue descrita por Hipócrates y Galeno en sus épocas, y por Esquirol y Marce hace bastantes años, como una locura asociada a las distintas fases de la maternidad, y se la subdivide en distintas variedades, según estalle durante el parto, el puerperio o la lactancia. Quisiera añadir algunos datos que mi experiencia clínica me ha proporcionado y creo que las enfermeras podrán corroborar. Es importante que, en el momento en que los síntomas psicóticos empiezan a remitir, se favorezca restablecer la relación maternofilial. En el New Hospital hemos observado que eso mejora el estado de la madre y hace que asuma antes su papel materno.

Se levantaron algunos murmullos en una sección donde varias mujeres asentían con la cabeza y emitían algunas afirmaciones, más o menos sonoras, corroborando las palabras de Mariona. Bernat la miró embelesado, la mujer que él conocía se escondía en algún lugar de aquella intrépida doctora.

—Pero no negará que la enfermedad mental puede perjudicar al niño —puntualizó el ponente.

—Cierto, pero yo considero que una supervisión tanto médica como de la familia, el esposo, por ejemplo, o un tercero, puede ayudar a la madre a salir del cuadro delirante y facilitar la recuperación.

Bernat la observaba con admiración y devoción. Mariona había enmudecido a los asistentes, que entre murmullos opinaban a favor del médico que exponía su discurso, pero poco a poco habían ido cambiando de opinión y la aplaudían.

—Quizá, doctora Losada —añadió el doctor Thressier—, su visión nos ayude a organizar una suerte de alianza terapéutica y de vigilancia, incluso en el mismo domicilio, y que sirva de estructura de apoyo a la díada madre e hijo.

Los aplausos llenaron el aforo y Bernat advirtió que el médico se había llevado el punto.

—Una cosa más, doctora. ¿Tiene algo que ver con el doctor Losada, presente en este congreso?

—Es mi hermano.

—Entonces, ahora entiendo su entusiasmo y su visión de la salud mental de las enfermas. Le viene de familia.

Mariona tomó asiento y Bernat vio que se ruborizaba al cruzar una mirada con Gonzalo, que la observaba orgulloso y henchido de amor fraternal. Quiso decirle que había estado fantástica, que lo había enamorado más todavía, pero se limitó a sonreír.

Tras los aplausos anunciaron la última ponencia de la mañana, la de Gonzalo.

Ambos lo escuchaban con devoción. Desde hacía varios años, Gonzalo dirigía un sanatorio en la ciudad de Barcelona. Su disertación se centró en la afinidad de las patologías que algunos decían que eran propias de mujeres, con otras enfermedades más severas en las que la mente se escindía y eran de índole hereditaria o genética, e incluso consecuencia de una infección, como la sífilis, o producto del entorno o del ambiente en el que se desarrollaban las personas. Gonzalo se detuvo en la descripción de síntomas psicológicos y emocionales que podían confundir los cuadros y concluyó abogando por la necesidad de que los especialistas en enfermedades mentales hicieran cada vez mejor el diagnóstico diferencial, por el bien de la evolución de los enfermos y una buena praxis de la medicina.

9

Las últimas ponencias habían suscitado gran interés y los asistentes tenían muchas preguntas, lo que alargó media hora la conclusión de la primera parte de la jornada médica. Bernat invitó a Mariona a salir del auditorio y esperar a Tom y a Gonzalo en el vestíbulo. Pensó que así podría compartir con ella unos minutos a solas.

—Me has impresionado con tu intervención —comentó.

—Gracias, pensaba en algunos casos.

Que ella dijera más de dos palabras seguidas lo animó.

—¿Tienes pacientes con cuadros complejos? ¿Enfermas mentales?

—Por supuesto. La enfermedad mental es una desconocida, nadie quiere saber de ella y a menudo se camufla con otras dolencias.

—Debiste estudiar para «loquera», como tu hermano.

Ella rio y eso le pareció un gran avance.

—Estoy cómoda en mi puesto. La psiquiatría puede ser la hermana fea de la medicina, pero a la ginecología y la pediatría tampoco se les tiene muy en cuenta. A las mujeres no nos escuchan mucho, ni siquiera aunque hayamos estudiado una carrera. Con demasiada premura nos dicen que somos neurasténicas, histéricas, y nos recetan sales o baños. Pero creo que el camino para conseguir avanzar es empezar a caminar, a pesar de los obstáculos.

No le dio tiempo a alabar sus palabras, que, aunque estaban teñidas de queja, lo dejaron impresionado. Unas jóvenes se acercaron hasta ellos y felicitaron a Mariona por atreverse a intervenir en la conferencia del doctor Thressier.

—Me pareció que hablaba de oídas —bromeó, pero luego mirando por encima del hombro de las muchachas, preguntó—: ¿Dónde está la doctora Garrett? La esperaba para comer con mi hermano y unos amigos.

—Ha acompañado a la doctora Blackwell, que había quedado en visitar a la enfermera Florence Nightingale. Nos ha pedido que la disculpara y que le dijéramos que se verían en el New Hospital —informó una de ellas, que miró a Bernat de reojo. Este se vio en la obligación de sonreír y saludarlas, pues Mariona no se había dignado presentarlo.

—¿Usted también es uno de los conferenciantes? —añadió otra de las jóvenes.

—Es periodista. Es un amigo de mi tierra —intervino Mariona, sin dejarlo responder, pero que lo llamara amigo, sin incluir la coletilla «de mi hermano», le gustó. Luego le presentó a cada una de las mujeres por su nombre y su ocupación—. Él es el señor Bernat Ferrer, hará la crónica del congreso para su diario.

—Espero que le guste la ciudad, no todo debe ser trabajo —dijo una tercera.

—Esa es mi filosofía —bromeó él.

—Bueno, doctora Losada, ha sido un placer conocerla, quizá nos veamos mañana.

—Me será imposible acudir, tengo algunos casos graves que atender —se disculpó Mariona—, pero seguro que nos vemos en otra ocasión.

Las enfermeras se despidieron con amabilidad y ellos volvieron a quedarse solos en mitad del amplio vestíbulo, donde todavía había pequeños corrillos de gente hablando.

—Parece que se retrasan —murmuró ella, que paseó la vista por la concurrencia—. Ah, ya llegan.

Tom y Gonzalo venían bastante acalorados por su propia disertación. Al llegar junto a ellos, los hermanos compartieron una mirada y Mariona soltó con fastidio.

—¿No me digas que no puedes escaparte?

—Te lo compensaré —afirmó él con una amplia sonrisa—. No había tenido en cuenta que convocarían a los conferenciantes para una comida, y estaría feo no acudir. Además, me muero por conocer a algunos de mis colegas. Resulta que entre el público estaba un estrecho colaborador de Emile Kraepelin, que hablará mañana.

—¿En serio? —inquirió Mariona y miró el grupo de médicos, entre los que se encontraban algunas mujeres. Bernat no supo si doctoras o no, y que parecían esperar a Tom y a Gonzalo.

—Es aquel, el que tiene pinta de alemán —señaló Tom entre risas y luego aclaró—: Lamento el malentendido, Mariona, creí que Gonzalo te lo había comentado. Yo sí sabía lo de la comida, vamos todos los ponentes a un hotel, uno de los mejores de Londres.

Bernat sabía que Gonzalo admiraba a aquel alienista que tan solo diez años atrás había desarrollado una de las nosologías clasificatorias de las enfermedades mentales que más se usaban en psiquiatría. Era toda una eminencia.

—Entonces ve, yo regresaré al hospital.

—No, nada de eso —exclamó Gonzalo—. Ve a comer con Bernat, acompáñalo y enséñale la ciudad, por favor.

—No tengo tiempo para hacer de niñera.

—Es una pena perder la reserva en el Wiltons —comentó Tom.

—Vamos, Mariona, no soy tan mala compañía y prometo portarme bien —bromeó Bernat.

—Está bien, solo porque quiero probar las ostras del Wiltons, pero no pienso hacer de cicerone.

Aquel restaurante era uno de los más antiguos de Londres y Bernat había leído que eran los distribuidores oficiales de ostras a la reina, por tanto, alabó el gusto de su estimada; serían una delicia si el local tenía tan alta consideración. Así que se dio por satisfecho, tenía a Mariona un par de horas para él solo.

—Entonces, hermanita, nos vamos. —Gonzalo le dio un beso en la mejilla a Mariona y Tom también se despidió. Bernat percibió que ninguno de los dos podía ocultar su impaciencia por regresar con el grupo de médicos.

—Parecen satisfechos de librarse de nosotros, ¿no te lo parece? —conjeturó Mariona con un deje de humor.

—Creo que al fin estamos de acuerdo en algo.

Mariona suspiró. No le parecía tan buena idea estar a solas con Bernat, pero ya buscaría una excusa para retirarse. De momento estaba famélica.

—Vamos, cogeremos un coche —dijo Bernat, a la vez que estiraba la mano con la que sujetaba el sombrero y le cedía el paso. Ella lo miró con los ojos muy abiertos—. ¿Está cerca? ¿Prefieres caminar?

—No, mejor ir en coche, tenemos que cruzar al otro lado del Támesis.

No sabía qué le apetecía menos, compartir el pequeño espacio del vehículo de alquiler o dar un largo paseo con Bernat; por supuesto, si no hubiese una distancia considerable, la opción habría sido caminar. Así que emprendió la marcha para salir del hospital.

Sin embargo, al poco tiempo, por más que quería odiarlo,

Mariona tuvo que reconocer que se sentía cómoda con él. Justificó aquella sensación con la excusa de que le traía recuerdos de otra época, en la que conversaban en el salón de su casa como los amigos que empezaron siendo. Además, él se había mostrado educado y no la había pinchado para sacarla de sus casillas. Esa actitud la mantuvo en alerta; que no intentara chincharla no era lo más común en él. Pensó que tres años era tiempo suficiente para que una persona cambiara, y lo mismo que ella no era la joven que fue, él tampoco lo sería.

Llegaron al restaurante, uno de los más antiguos de la ciudad, envueltos en una conversación sobre la situación social en Barcelona. Mariona puso mucha distancia al inicio, pero era un terreno neutro en el que podía navegar sin implicarse. Se dio cuenta de que Bernat estaba muy entregado a su trabajo y que no solo se había dedicado a cubrir los grandes acontecimientos de trascendencia social y cultural de la ciudad o de otros lugares, sino que llevaba a cabo una labor de investigación, en colaboración con la policía. Bernat le había explicado de una manera bastante resumida cómo había entablado cierta amistad con un policía con el que había empezado a trabajar.

—¿Y eso no es peligroso? —indagó ella al saber que se había infiltrado en una reunión de supuestos anarquistas.

—Un poco, pero yo tengo cuidado —Bernat sonrió. El camarero les había tomado nota y les acababa de servir un champán bastante frío. Bebieron un sorbo casi a la vez y dejaron ambas copas sobre el mantel blanco. Él continuó como si no viera el peligro de sus acciones—. Alguien tiene que informar de lo que está pasando en la ciudad. Los trabajadores de las fábricas están muy cansados de ver cómo los ricos siguen siendo ricos y ellos, pobres, sin apenas unos cuartos que les den para vivir. El descontento empuja a las huelgas y algunos trabajadores se reúnen de forma clandestina e invitan al resto a la lucha.

—Pero Inés y Manuel llevan bien la fábrica. —Mariona se alarmó. Su hermano mayor administraba la fábrica textil que su cuñada había heredado de su padre—. No tienen problemas con sus empleados.

—No todos los casos son iguales, hay muchos dueños de empresas que explotan a los trabajadores, y si uno tiene la desgracia de herirse en el transcurso de su tarea, adiós muy buenas.

Mariona escuchó con cierta sorpresa lo que Bernat le decía. La propaganda anarquista se había hecho eco en muchos artistas y escritores, quienes compartían esas ideas y opinaban que cualquier hombre honrado tenía derecho a ejercer la protesta.

—Tener derecho a la protesta no significa tener que hacer uso de la violencia para imponer sus ideas —murmuró, indignada.

—Otra cosa en la que estamos de acuerdo —bromeó él—. Pero las organizaciones anarquistas han sido ilegalizadas y perseguidas, y sus militantes, obligados a actuar en la clandestinidad. Muchos reclaman venganza contra la burguesía, a la que culpan de sus males, y la han puesto en el punto de mira de sus reproches. Optan por el ejercicio de acciones violentas para que se les escuche.

—Qué disparate, ¿dónde vamos a ir a parar? Inés me contó que algunos empresarios habían sufrido atentados en sus fábricas, que les habían puesto una bomba. ¡Bombas! —enfatizó, alarmada—. Yo creí que la Exposición nos había llenado de cultura y modernidad, pero parece que algunos se han convertido en unos bárbaros.

—La Exposición trajo mucho trabajo a la ciudad, pero se acabó, y los empleos empezaron a desaparecer —explicó Bernat.

—¿Los justificas?

—No. Por supuesto que no, pero la gente tiene el vicio

de comer, quiere trabajar y ganarse la vida; el desempleo trae miedo. Muchos obreros huyen de las jerarquías y se reúnen en sindicatos para sentirse protegidos y seguros.

Mariona no recordaba haber hablado de esos temas con Bernat. Sí que lo había hecho en casa con su padre y su abuelo, incluso con sus hermanos, claro. Siempre esperaban a que su madre no estuviera presente, porque cuando los descubría, de un modo muy poco sutil hacía una intervención con la que acababa zanjando el tema. Aquellas cuestiones no eran las más apropiadas para que las escucharan los tiernos oídos de una señorita.

—Algo se cuece en la ciudad —concluyó Bernat en tono solemne—. Espero que la sangre no llegue al río.

El camarero los interrumpió con una bandeja de ostras como entrantes, y el tema viró casi sin darse cuenta. A las ostras les siguió una sopa, pues Bernat quería algo caliente porque tenía el frío metido en los huesos, según dijo, y luego pescado, para acabar con un pedacito de tarta de manzana. Mariona intentó mantener las distancias y más de una vez no solo pensó en el señor Allen, sino que también lo coló de forma intencionada en la conversación, aunque Bernat no se dio por aludido. En un par de ocasiones él había mencionado un «nosotros» refiriéndose a ellos dos y ella lo había interrumpido para decir que no sabía a qué se refería. Así que pensaba en Howard para no olvidarse de cómo era su vida en aquellos momentos.

Al terminar ella quiso excusarse y marcharse, pero Bernat no lo aceptó.

—Un caballero jamás dejaría sola a una dama sin acompañarla a su casa —le dijo con un toque de humor—. Demos un paseo.

Resignada por no poder deshacerse de él, aceptó caminar. No llovía, aunque tampoco hacía sol y la temperatura no era ni siquiera parecida a la de su querida Barcelona. Le propuso hacerlo hasta una calle más amplia donde tomar un coche. Ella podía estar acostumbrada a aquel clima, pero estaba convencida de que Bernat no.

Mariona quiso profundizar más en las razones por las que habían apartado del trabajo a Bernat y él aprovechó para contarle también que estaba metido en una investigación. Una joven había desaparecido y ayudaba a la policía en su búsqueda. Sin embargo, había escrito un artículo sobre un político y eso había causado la situación en la que se encontraba.

—Pero eso no importa... Me he dado cuenta de... —vaciló Bernat y ella presintió que de nuevo él mencionaría un «nosotros» o algo peor, diría que había ido a Londres a verla.

—Cambiemos de tema, Bernat, la política es muy interesante, pero me genera zozobra. Lamento lo que te ha ocurrido, pero seguro que pronto resuelves tus problemas y puedes regresar a casa y a tus cosas.

Él la miró por un instante y sonrió.

—Los tiempos se mueven rápido —dijo él—. ¿De qué quieres hablar? ¿De libros? ¿De trabajo? ¿De ese dandi que te ronda?

Ella le dedicó una mirada airada.

—El señor Allen es un excelente hombre de negocios que no teme reconocer lo que siente.

—¿Y qué siente? Con este clima dudo que encuentre su corazón. —Parecía molesto y Mariona sintió un agradable placer al responder.

—Te aseguro que su corazón no es frío. Me ha pedido que sea su esposa y nos hemos prometido.

Aquella mentira a medias no le causó el regocijo que esperaba al ver la expresión de indiferencia en el rostro de Bernat. Esperaba que dijera algo mordaz tras lo que esconderse, pero lo único que hizo fue parar un coche. Tras darle al cochero la dirección de la residencia de señoritas y acomodarse frente a ella en la pequeña cabina, por fin habló:

—Necesito contarte algo que debí decirte hace mucho tiempo.

—No hace falta —replicó Mariona, no sin cierta alarma—. No preciso ninguna disculpa.

—Quizá no, pero yo sí. Sé que te hice daño, Mariona, que cometí un error al marcharme a Cuba, sin... sin hablar contigo, sin decirte que te amaba..., pero en aquel momento no podía. —Mariona abrió mucho los ojos ante aquella confesión que la alteró profundamente e, incapaz de mantener su mirada, dejó que esta se perdiera más allá de la ventanilla. De repente, le pareció que la tarde empezaba a estropearse.

—¿No vas a decir nada?

Lo miró con rabia.

—¿Qué quieres que te diga? ¿Acaso crees que con esas palabras voy a lanzarme a tus brazos?

—No, por supuesto que no. Sin embargo, siempre fuiste comprensiva. La Mariona que conozco nunca fue fría e indiferente. —Volvió la vista a la calle que corría fuera de aquel reducido espacio para evitar sus ojos—. Te he echado de menos. No es excusa, pero necesito contarte qué pasó. —Se enfrentó por fin a su mirada. Nunca había sido cobarde y pensó que era mejor hablar y cerrar de una vez aquella puerta que nunca se había cerrado del todo entre ellos dos y así seguir adelante.

—No te creo, Bernat. Di lo que tengas que decir si así dejas de sentirte culpable, pero te aviso que no soy la joven ingenua que era.

Bernat retomó la conversación.

—Mi madre me escribió pidiéndome que fuera a verla. Me sentí dividido. Tenía que hablar contigo y quería hacerlo bien, dirigirme primero a tu padre... Pero... aquella carta me confundió. Necesitaba verla, saber por qué me alejó de ella. Había perdido a mi padre y ella me abandonó prácticamente en casa de mi tío cuando era apenas un niño. Pensé que sería un viaje corto, solo unos meses. Creí que me llevaría más tiempo cruzar el océano que lo que estaría en aquellas tierras, pero al llegar me enteré de que estaba enferma de muerte, y decidí quedarme. Sí, me quedé hasta el final y, cuando regresé, tú te habías marchado de Barcelona. Aunque te escribí, nunca me contestaste.

—Lo siento, no lo sabía —le dijo, sin querer entrar en el reproche que le hacía—. Espero que hayas podido cerrar tu herida.

Mariona se había prometido que jamás lo perdonaría, pero no podía ser cruel, pues sabía el dolor que Bernat había experimentado siempre al sentirse abandonado por su madre. La amistad con Gonzalo le había devuelto la sonrisa, había dicho una vez el abuelo Calixto, quien era gran amigo del tío de Bernat.

—Sí, hablamos mucho. No había vuelto a casarse. Heredé su finca de Reus.

—No te imagino en el campo.

Bernat rio, pero luego se puso serio, y Mariona presintió que lo que seguía no iba a gustarle.

—No he sido honesto contigo, aunque es cierto lo que te dije mientras bailábamos, que no soportaba estar más tiempo sin verte.

—Bernat, no sigamos por ese camino.

—Déjame continuar. —Bernat se cambió de asiento y se colocó junto a ella, que se sintió incómoda con la cercanía. Él la miró a los ojos con tanta intensidad que creyó que podía caerse en la oscuridad de sus iris—. He venido a reconquistarte y esperaré lo que haga falta. Te quiero, Mariona, siempre te he querido y no me importa si es aquí o en Barcelona, pero voy a esperar hasta que te des cuenta de que tú también me amas.

Mariona tuvo que gobernar todo su cuerpo para no alzar el brazo y propinarle una bofetada. Había deseado escuchar aquellas palabras desde hacía tanto tiempo que al ser consciente de lo tarde que llegaban se enfureció.

Su mente regresó por un instante a aquella tarde en el parque de la Ciutadella, en Barcelona. Aquella tarde tan lejana en la que él la besó por segunda vez en su vida. Si lo hubiera dicho entonces o el día de la boda de Gonzalo, cuando al verlo hablar con su padre pensó que al fin se iba a decidir a pedir su mano... Pero no lo hizo, y ella quedó decepcionada. Se habían visto algunas veces, habían tonteado, habría jurado que la pretendía. Su corazón no podía haberla engañado tanto, había creído que él sentía por ella lo mismo que ella por él. Aunque aquel día, en la Ciutadella, Bernat estuvo extraño y se limitó a decirle que no era un hombre apropiado para ella. ¿Por qué afirmaba, entonces, que la había amado siempre? ¿Acaso quería volverla loca? No. Lo que ocurría era que Bernat Ferrer no soportaba que ella estuviera interesada en otro hombre. Podía entender que se marchara a Cuba para rehacer la relación con su madre, rota desde su niñez, y despedirse de ella como Dios mandaba, pero que pretendiera confundirla la sacó de sus casillas.

—¿Qué quieres, Bernat? Llegas tarde, muy tarde —espetó, indignada—. Ya te he dicho que el señor Allen me ha pedido que sea su esposa.

—¿Y lo amas?

—¿Acaso lo dudas? Si no fuese así no estaríamos prometidos —replicó molesta, con la intención de fastidiarlo y zanjar aquella conversación. Bernat no tenía por qué saber que no estaba prometida con Howard ni que le había pedido tiempo para darle una respuesta.

—¿Lo amas como me amabas a mí? —preguntó con curiosidad.

—Eres demasiado arrogante. No voy a permitir que te burles.

Si hubiese podido hacer que al chasquear los dedos se encontrara en su habitación, lejos de Bernat, lejos de la emoción que le traía a su recuerdo, lejos de lo que una vez sintió y había enterrado, lejos de lo que le provocaba en aquel instante al verse reflejada en sus ojos, lo habría hecho. Pero no podía. Era una doctora que creía en la ciencia y no iba a dejar que una simple frase la turbara.

—Te conozco más de lo que crees... Tu sueño no es convertirte en la esposa de un estirado. Tu destino no está en Londres.

Ella rio de forma sarcástica.

—Ah, ¿no? ¿Ahora conoces el destino de las personas? Sería más conveniente que te ocuparas del tuyo.

—Y es lo que hago. Tu destino y el mío están unidos, siguen la misma línea. —Bernat tomó su mano enguantada y con un dedo, enguantado también, le rozó la palma, como si resiguiera una de las líneas de la vida. Le causó cosquillas y se estremeció.

—¿Qué haces? —inquirió indignada y recuperó la mano con gesto brusco—. Tuviste tu oportunidad, pero fuiste cobarde y pusiste todo un océano de por medio sin preocuparte de lo que yo podía sentir. Si te hubieras dignado hablar conmigo, te habría esperado. ¿Y ahora pretendes que me crea que me amas, que siempre lo has hecho? Lo admito, hubo un tiempo en que te idolatraba, pero ahora todo mi afecto es para Howard Allen. Es tierno, atento y no le cuesta reconocer sus sentimientos.

Mariona estaba tan tensa que pronunció esas últimas palabras con el rostro muy cerca del de Bernat; las soltó con toda la intención de hacerle daño. Sin embargo, él sonrió de medio lado, como si no la creyera.

Se encontraba tan cerca, tan cerca del hombre que lo

había sido todo para ella... Tan cerca de su bello rostro... No fue capaz de decir ni una sola palabra más; todo su entendimiento se limitó a controlar la respiración que se agitaba en su pecho. Sus ojos se perdieron en los iris oscuros de Bernat y comprendió con dolorosa intensidad que deseaba que él la besara.

Bernat.

Deseaba un beso de Bernat.

Pero... No. No podía caer en la tentación de unos labios, aunque conociera su sabor. Aunque no lo hubiera olvidado.

No debía desear aquel beso ni ningún otro, solo los de Howard. Iba a casarse con él, ¿no? O al menos tenía que pensarlo.

No tuvo tiempo de reaccionar. En un segundo él sonreía prepotente, al otro la contemplaba sin mover un músculo de la cara y al siguiente la agarró con una mano por la nuca y la pegó a sus labios.

Unos labios suaves, ardientes y llenos de lujuria que asaltaron su boca con un beso apasionado, sin avisar ni pedir permiso. Otro segundo duró la cordura en Mariona, antes de dejarse llevar a la locura de aquellos labios carnosos y tan deseados en lo más profundo de su ser.

El tiempo se detuvo dentro del pequeño espacio del carruaje que la llevaba a su casa y Mariona cayó en la tentación, rompiendo todas las barreras que había levantado.

Tan solo un beso y se olvidó de Howard, del New Hospital y de que se había prometido no dejarse llevar por las emociones. Cuando él separó su boca de la de ella, se sintió expuesta a su mirada; luego, él le susurró algo al oído:

—Querida, si amaras al señor Allen como aseguras, no me besarías así.

El fuego que sintió Mariona correr por sus venas se reflejó en la ira con que lo miró e, incapaz de controlarse, le cruzó la cara con una sonora bofetada justo en el mismo instante en el que el carruaje se detenía frente a la residencia de señoritas.

Abrió la portezuela sin esperar a que el cochero lo hiciera y pusiera la pequeña escalera para que bajaran. La rabia que sentía la hizo dar un salto y correr hacia la entrada. Él la siguió. En un instante estuvo junto a ella y la sujetó por el brazo, para que se detuviera, justo cuando había traspasado la verja de forja y cruzaba el patio antes de alcanzar la puerta principal. Por un segundo no pudo escapar de él.

—¡Mariona! —exclamó con angustia—. ¡Podrías haberte hecho daño!

—Déjame, Bernat, déjame y vete cuanto antes.

—No pienso irme a ningún lado, pienso quedarme aquí. Me quedaré hasta que reconozcas que no puedes casarte con ese hombre, porque es a mí a quien amas.

Ella se zafó de él con un gesto brusco y, antes de volverse para entrar en la casa, le espetó:

—Eres muy libre de hacer lo que quieras.

10

Mariona regresaba de hacer su ronda cuando vio a Gonzalo, que la esperaba a la puerta de su despacho. Agradeció al cielo que estuviera solo. No sabía si podría tolerar la presencia de Bernat.

—Doctor Losada, ¿usted por aquí? —inquirió con humor.

—Vengo a verte, hermanita, ayer no supe de ti en todo el día.

Gonzalo le dio un beso en la mejilla y ella sonrió con cariño. Adoraba a su hermano y, hasta que no lo había visto allí, en Londres, no había sido consciente de lo mucho que extrañaba a su familia. Entraron en el despacho y se acomodaron a ambos lados del escritorio, en sendas butacas.

—Antes de que se me olvide —anunció él—. Pasado mañana, Tom y Mathilda darán una fiesta en su casa y me han pedido que te invitara en su nombre. Ven con el señor Allen o con tus amigas, como prefieras.

—Hablaré con Howard.

—¿Hasta qué punto es de seria tu relación con él? —La pregunta directa de su hermano la dejó un momento sin saber qué contestar, pero si le mentía, él lo adivinaría, así que fue sincera.

—Me pidió que me casara con él, y yo le pedí tiempo para pensarlo.

—¿Tienes que pensarlo?

—Vive en Surrey y, aunque me siento muy a gusto con él, tendría que dejar el hospital y, además, nunca había pensado quedarme aquí para siempre.

—¿Pero lo amas?

Ella dudó antes de responder.

—No sé qué hacer, Gonzalo. Adoro mi trabajo aquí, pero os echo de menos.

Él arqueó una ceja y Mariona fue consciente de que no había contestado la pregunta, porque no sabía qué responder. Y eso decía mucho de sus sentimientos. Su hermano era psiquiatra y cazaba al vuelo esas cosas, sobre todo lo que tenía que ver con las emociones y los afectos. Resultaba difícil engañarlo.

—No puedo aconsejarte, Mariona —dijo, cortés—. Tampoco lo pretendo, solo te diré que sigas los dictados de tu corazón. Eso debe primar sobre cualquier cosa.

—Lo sé, por eso no quiero precipitar mi decisión.

Necesitaba cambiar de tema y buscó uno lo bastante seguro para que su corazón no se alterara más de lo necesario. Y hablar de trabajo era lo más seguro que encontró. Durante un rato le explicó algunos casos que había atendido, incluso le habló de la paciente que había ingresado y cuya identidad seguían ignorando. No conseguían que hablara.

—Es un caso interesante que deberías seguir de cerca —aconsejó su hermano—. A veces las heridas más profundas y que mayores síntomas producen son las del alma. Como médica puedes sanar su cuerpo, pero si no cuidas su estado de ánimo, no lograrás su cura completa.

Gonzalo miró su reloj de bolsillo y ella supuso que tenía prisa.

—¿Has terminado? Podrías acompañarme a comer —comentó casi con desinterés—. He quedado con Bernat.

Mariona trató de fingir que el hecho de que lo nombrara no la afectaba. No sabía hasta qué punto su hermano estaba al tanto de las intenciones de su amigo, pero no quiso averiguarlo.

Su mente buscó la figura de Howard, como un lugar seguro. Ese día no se verían. Él tenía que resolver algunos asuntos de sus negocios y ella no le había insistido en verse. Tenía toda la tarde libre, pero era de esas mujeres que no se aburría y siempre llenaba su tiempo con cosas que le apetecía hacer. Con todo, dedicó un momento a pensar su respuesta. Le encantaba pasar tiempo con su hermano, pero compartirlo con Bernat... No, no estaba tan segura de eso...

Podría haber dicho que no, tenía un buen libro esperando en su mesilla de noche y, además, se había convencido de que lo mejor era evitar al periodista, dejar que los días pasaran, seguir con su vida y una mañana él se habría marchado. Pero no había olvidado aquel beso que la atormentaba y, cada vez que lo recordaba, ardía de ira y quería reprochárselo. Otras veces se regañaba a sí misma mentalmente y se decía que debería haberlo evitado, separarse y poner distancia, tendría que haber sorteado el embrujo de sus ojos y haber llenado el silencio de reproches, pero no hizo nada de eso, solo se quedó hechizada con su mirada.

Se censuró al pensar que tal vez había sido ella la que había provocado aquel beso. Al reprenderlo, sus caras habían quedado tan cerca que el archivo de su memoria rescató otros momentos como aquel vividos tiempo atrás, y se perdió en ellos, deseando que todo siguiera igual, que no hubiera pasado el tiempo y que ella fuese la señora de Bernat Ferrer. Debió de enajenarse unos instantes para anhelar aquellas cosas.

Se dio cuenta de que Gonzalo la miraba y se azoró al

pensar que se había perdido en ideas absurdas que rondaban su cerebro mientras él esperaba una respuesta. Las apartó todas como si las espantara de un manotazo y se justificó a sí misma repitiéndose que quería pasar tiempo con su hermano y que Bernat no era nadie para robarle esos momentos. Quería conversar con Gonzalo, hablar de Barcelona, de la consulta de su padre, de los abuelos y de la pequeña Sofía.

Se levantó decidida. «Nunca has sido cobarde», se dijo para darse ánimos, con una sonrisa pintada en la cara. Se quitó la bata que llevaba sobre el vestido celeste y la colgó en un perchero de pie que había en una esquina del despacho.

—Estoy lista en dos minutos.

Bernat aguardaba impaciente en el restaurante, sentado a una mesa pulcramente preparada. Era un salón bastante lujoso, con lámparas de araña, cuya luz amarillenta se expandía por toda la sala. En las mesas redondas, dos, cuatro o más comensales se reunían en lo que dedujo que serían comidas de negocios o bien grupos de señoras que compartían confidencias. También había varias parejas y sospechó que alguna de ellas no estaban unidas por más relación que la de compartir cama.

Tamborileó con los dedos sobre el blanco mantel. Gonzalo se retrasaba y se temía que acabaría recibiendo una nota en la que su amigo se excusaría diciéndole que se había quedado a comer con su hermana. Estaba convencido de que ella habría hecho todo lo posible por retenerlo y eludir acompañarlo.

Mariona intentaría evitarlo a toda costa.

No podía culparla, después de lo que había ocurrido entre ellos dos. La había besado y, para su tormento, después había percibido en su cara todo lo que ella había experimentado. Fue un solo segundo, pero aquella imagen lo había perseguido. Aunque no contento con eso, con tenerla abandonada en sus brazos mientras el deseo se reflejaba en su rostro, tuvo que susurrarle al oído que se engañaba.

No era la mejor forma de actuar para un hombre que esperaba conquistar a su dama, pensó irónico. En vez de decirle algo tierno, que la embriagara más todavía y que le habría asegurado nuevos besos, la había enfrentado a un dilema: si lo besaba a él de aquella forma tan entregada, es que no amaba al maldito dandi.

Y ella había hecho lo único que podía hacer: abofetearlo y salir huyendo. De haber estado en su mano, lo habría hecho detener.

Sin embargo, tenía que ser sincero consigo mismo: le encantaba provocarla. Aunque si lo que quería era que ella lo viera de forma distinta, que volviera a quererlo, no había representado bien el papel. Había sido un cretino y lo había estropeado todo por un beso.

Pero ¡qué beso!

Mariona era apasionada y le había demostrado que, muy a su pesar, aún quedaban en su interior los rescoldos de lo que un día tuvieron. No iba a rendirse, y mucho menos después de haber vuelto a probar sus labios y de saber que no le era indiferente, aunque ella no fuera consciente de ello o no quisiera aceptarlo.

Estaba ya decidido a llamar al camarero y a pedir algo para llenar el estómago, cuando el movimiento de algunas personas le hizo levantar la vista. Allí, a unos pasos, Gonzalo se acercaba hacia él, en compañía de Mariona.

Controló la emoción que lo embargó al verla y la observó con aire de indiferencia. Ella no estaba tan tranquila como pretendía aparentar.

La comida prometía ser interesante.

Se levantó cortésmente y saludó a la mujer que le robaba el sueño. Esperaba una sonrisa, una mirada de complicidad, pero ella se limitó a ignorarlo y eso le agradó. «Disimula», se dijo mordaz. Luego se dirigió a su amigo:

—Pensé que tendría que comer solo. Y muero por hablar en nuestro idioma.

—Eres un quejica, Bernat —bromeó Gonzalo—. Seguro que no hace mucho que has llegado. ¿Cómo te ha ido?

Bernat esperó a que un camarero con pinta de estirado tomara nota de lo que iban a comer y luego, con calma, explicó que había pasado la mañana en las oficinas del *Times* con su editor, el señor George Earle Buckle.

—¿El amigo del hermano de Tom? —se interesó Mariona, con sorpresa. Él asintió a la vez que bebía de su copa y la miraba por encima del borde—. ¿Y para qué has ido a verlo?

—Hay que tener amigos en todas las esferas —respondió—. Nunca se sabe si necesitaré un nuevo trabajo.

—Bobadas —replicó ella—. Seguro que tu puesto te espera cuando regreses. Por eso es mejor que no alargues tu estancia aquí.

Haciendo caso omiso del comentario, Bernat relató la buena sintonía con el editor, quien, tras la entrevista, pidió a un redactor que le enseñara las instalaciones. Se congratuló al comprobar que la redacción de *La Vanguardia* no tenía mucho que envidiar a aquel diario, en cuyas salas hervía el mismo gusanillo por la noticia.

Le pareció que ella se ponía nerviosa y quiso provocarla.

—¿Acaso no quieres que me quede?

—Puedes hacer lo que te plazca, como siempre —apostilló.

—¿Qué os parece si comemos en paz? —sugirió Gonzalo con un deje de humor en la voz, al ver que les servían la comida.

—Por supuesto —respondió Bernat—. Aunque no hay nada como la verdadera comida, la de casa. Esto es... diferente.

—Una razón más para regresar —añadió Mariona, mordaz, y se ganó el escrutinio de Gonzalo que, aunque parecía que se divertía, la censuró con la mirada.

Tras unos minutos de silencio en los que cada uno degustó su plato, Mariona comentó algo de lo que había hablado Gonzalo en el congreso y los hermanos se centraron en aquellos temas sin darse cuenta de que Bernat se limitaba a mirar a uno y otro. Pero llegados a los postres y un poco cansado de que lo ningunearan, preguntó con toda la intención de volver a provocar a Mariona:

—Por curiosidad, ¿ese prometido tuyo vendrá a la fiesta de Tom?

Ella abrió mucho los ojos. Bernat miró a Gonzalo, luego a ella de nuevo, e indagó curioso:

—Se lo has comentado, ¿no?

—¿Prometido? —Gonzalo contempló a su hermana con desconcierto.

Mariona, con toda la parsimonia que pudo, pero con los ojos cargados de reproche, lo miró mientras se llevaba la servilleta a los labios y, tras dejarla de nuevo en su regazo, respondió airosa:

—Ese prometido, como tú lo llamas, tiene nombre —enfatizó. Bernat se sentía confuso. ¿Acaso Gonzalo no sabía de esa relación? Tenía que sonsacar a su amigo—. Howard Allen. Él sí tiene un trabajo de verdad.

—No he preguntado eso.

—Chicos, no volváis a empezar. Tal como yo lo veo tenéis una conversación pendiente.

Ni Bernat ni Mariona dijeron nada.

Tras la comida barajaron diferentes sitios adonde ir. Gonzalo quería comprar algún detalle para su hija y Mariona se mostró encantada con la idea. Conocía el lugar perfecto para encontrar algo que fuera la delicia de la niña.

—Un cuento y una muñeca y seré su héroe un día más

—señaló el psiquiatra con el amor de padre pintado en la cara.

Iban camino de parar un coche cuando Bernat se detuvo detrás de ellos.

—Si me disculpáis, yo no os acompaño, tengo un compromiso.

—¿Ya te hemos aburrido? —señaló su amigo con burla.

—No, me encanta escucharos, los Losada sois muy entretenidos, pero he quedado con una amiga para que me enseñe Hyde Park —señaló con ironía.

A ella no pareció agradarle aquel comentario; sin embargo, observó con burla.

—Qué rapidez. ¿Ya tienes amigas?

—Por supuesto. Y no he engañado a nadie, si es lo que piensas. La señorita Allen se ofreció a hacerme de cicerone.

—¿Has quedado con Emma?

—Sí, se mostró encantada de enseñarme la ciudad, pero me dijo que hasta esta tarde no podría. Hemos quedado en Hyde Park Corner, en el Arco de Wellington.

—Espero que tengas paraguas, amenaza lluvia —dijo ella y Bernat intuyó que no le había gustado nada que se viera con su amiga—. Vamos, Gonzalo, me gustaría pasar a ver a Mathilda después de las compras.

Mariona llegó a la casa de Tom y Mathilda acompañada de Howard y Emma.

Tras los saludos a los anfitriones entró en el gran salón, impaciente por ver a su hermano, pero no le fue fácil encontrarlo. Parecía que en aquel salón de baile estaba reunido medio Londres. Había muchas personalidades importantes, incluso miembros de la aristocracia.

Cuando por fin lo halló, le sorprendió ver quién estaba a su lado. Era Charles Leduc, amigo de Mathilda desde su infancia y primo hermano por parte de madre de Tom Bellamy. En ese momento pensó en Inés. Él la había pretendido cuando ella había visitado París, y a pesar de los celos que en un principio Gonzalo había sentido hacia el señor Leduc al ver cómo hablaban, Mariona intuyó que aquella rivalidad había quedado en el olvido.

—Buenas noches, caballeros —saludó. Ambos hombres la miraron con una sonrisa en la cara.

—Señorita Losada, perdón, doctora Losada —dijo Leduc con reconocimiento. Tomó su mano y la besó con ceremonia. Seguía siendo un seductor. Alto, atlético y con una sonrisa peligrosa que delataba un aire de libertino.

—Señor Leduc, no esperaba encontrarlo aquí.

—Estoy en Londres por negocios y al visitar a mis primos me enteré de esta fantástica fiesta que daban, de modo que no he querido perdérmela.

Mariona se había soltado del brazo de Howard al llegar hasta los hombres, pero se dio cuenta de que tanto él como su hermana esperaban ser presentados.

—Permítame presentarle a unos amigos. El señor Howard Allen y su hermana, mi colega la doctora Emma Allen.

A Mariona le extrañó no ver a Bernat, pero se negó a preguntar por él; lo cierto era que había tenido una seria conversación consigo misma. Bernat era el pasado y Howard...

Howard era...

Estaba hecha un lío. Howard era atento y un encanto con ella, pero le metía prisa para tomar una decisión que no le apetecía como debería. Sobre todo, desde que su hermano le había hablado de la familia, de lo mucho que la echaban de menos en casa. Allí estaba su hogar y allí quería regresar algún día, quizá al cabo de unos años. En Londres empezaba a ser reconocida profesionalmente y no quería cambiar todo aquello por un esposo. Por Howard. No todavía.

El grupo se deshizo, Gonzalo dijo que había visto a un conocido y Leduc fue a saludar a otro de sus primos.

—Si no os importa, voy a socializar —anunció Emma con una amplia sonrisa.

—No, claro. Ve —respondió Howard, pero antes de que se alejara la tomó del codo y compartieron algunas frases.

Mariona observó la sala con interés. Era impresionante, como toda la mansión. El suelo era de mármol muy blanco, con algunas vetas grises, y brillaba tanto que parecía un espejo. En un lateral, varios ventanales daban al jardín, aunque solo uno estaba abierto. La noche estaba fría, pero pensó que alguien lo había entreabierto para dejar entrar algo de brisa y aliviar el ambiente cargado por el gentío.

No era su intención buscar a Bernat, pero mientras paseaba la vista por los diferentes grupos, lo encontró. Allí estaba, pecaminosamente vestido de gala, con un elegante traje negro. Para su sorpresa, estaba rodeado de mujeres, aunque si lo pensaba con frialdad, no era de extrañar. Era un excelente conversador y un gran partido. Tanto en Londres como en Barcelona, todo el mundo sabía apreciar a los caballeros, y los solteros eran muy cotizados; eran presa fácil para algunas madres deseosas por casar a sus hijas. Además, Bernat tenía unos modales impecables y una sonrisa que encandilaba a toda mujer menor de cien años, tampoco podía olvidar que era un gran seductor.

Lo contempló con descaro, casi el mismo que vio en él cuando se acercó a una de las damas del grupo y le susurró algo al oído. La dama en cuestión se cubrió la boca con la mano enguantada, pero no por eso evitó dejar ver la sonrisa pícara que le dedicó a Bernat.

Elevó los ojos al techo.

—¡Señor!

—¿Qué dices? —preguntó Howard a su lado.

En ese momento fue consciente de que había suspirado

de indignación en voz alta y casi se ruborizó por si el señor Allen se había percatado de hacia dónde estaban dirigidos sus ojos.

—Nada, es solo que esperaba menos gente.

—Los Bellamy son muy conocidos. Son de esas familias que todo el mundo quiere tener en su lista de amigos —afirmó Howard con admiración—. ¿Quieres tomar algo?

—Sí, vamos —respondió y ambos se dirigieron hacia la sala donde servían los refrigerios.

Estaban a punto de salir del salón cuando un hombre regordete los abordó. Mariona casi maldijo el momento, pues el grupo de Bernat estaba relativamente cerca. Howard se lo presentó, era un abogado del bufete que llevaba sus asuntos.

—No sabía que conocía a los Bellamy... Ya que nos vemos, ¿tiene un momento?

Howard asintió y, casi sin darse cuenta, los hombres se enfrascaron en una conversación de negocios. Mariona, de espaldas al salón, trató de concentrarse en lo que hablaban, pero a pesar de ello era consciente de que su atención huía hacia otro lugar. Uno no muy lejos de ellos, en el que Bernat seguía rodeado de señoras.

Desde siempre había tenido una especie de sexto sentido con él, era capaz de percibir su cercanía o lejanía, incluso su presencia en una sala. Era una sensación turbadora y, a la vez, le generaba cierto placer. Llevaba tres años sin sentirla y de repente la sensación era tan real que pensaba que se ahogaba.

Oyó las risas y las frases aduladoras como si cada una de aquellas mujeres se sintiera especial para Bernat, por encima de las otras, por el solo hecho de que él les dijera alguna galantería. Estaba convencida, no le hacía falta verlo, de que él se mostraba indolente y despreocupado, sin querer ofender a ninguna. Qué ironía, pensó, él sabía manejarse bien en aquel ruedo y ella empezaba a sentir que le afectaba más de lo que esperaba.

Su tormento aumentó cuando le llegó la voz sensual con que él se dirigía a una de las mujeres, a la que imaginó joven y bonita.

—Resérveme un baile, por favor, quiero bailar con todas y cada una de ustedes —añadió y Mariona supuso que se dirigía a las otras damas, también, que emocionadas daban pequeños aplausos. «Dios bendito, serán tontas», pensó con ironía.

De repente oyó que Howard la llamaba y por su tono se dio cuenta de que no era la primera vez que lo hacía.

—¿María Elvira?

—Sí, perdona.

—¿Vamos? —Él le señaló el camino que habían iniciado antes. Mariona se despidió del hombre regordete y se encaminó hacia la sala de bebidas. Necesitaba una copa... o dos.

Bernat observaba a Mariona mientras ella bailaba con el señor Allen. La veía sonreír con una expresión de dicha que quería para él, y tomó una decisión: iba a seducirla, no le daría tregua.

Desde que la besó, se habían visto en contadas ocasiones y ella había levantado un muro entre ellos, un muro de indiferencia que él podría haber derribado con facilidad, pero ella se lo impedía.

Había sido muy consciente del momento en que entró en el salón de baile. Siempre era consciente de dónde estaba cuando ambos coincidían en un lugar. No sabía si aquello era un don o una maldición, pero lo había aceptado con resignación. Había echado de menos el cosquilleo que aquella sensación le había causado en otro tiempo y allí estaba de nuevo, algo que casi agradeció.

Iba del brazo de ese dandi que quería quedarse con lo que era suyo. Si el señor Allen la hacía su esposa y la encerraba en un pueblo, iba a marchitarse y Mariona estaba llamada a hacer grandes cosas. Ser doctora en una pequeña población la iba a deprimir. Tenía que actuar y abrirle los ojos.

Sabía que cuando llegara a la fiesta ella buscaría a su hermano entre los invitados, y él quería mirarla bien, sin ser visto. Por eso se alejó de Gonzalo, pero fue interceptado por una dama que le presentó a varias jóvenes, y se demoró tratando de ser amable. Aunque no podía negar que alguna de aquellas jóvenes no había conocido nunca lo que era la timidez y el recato, y tuvo que admitir que se lo había pasado bien charlando con ellas. Por desgracia, la situación lo distrajo y, cuando quiso darse cuenta, Mariona pasaba de largo hacia la zona de las bebidas.

Sí, iba a tener que seducirla. Solo si recurría a la pasión podría tenerla, se dijo sin dejar de contemplarla, apoyado en una columna, muy cerca de la chimenea que presidía el salón. Por su mente empezaron a desfilar ideas de cómo lo haría, qué cosas podría decirle para desarmarla. Y la imaginó rendida a sus besos y prodigándole caricias incendiarias.

«¡Por Dios! —pensó, agitado y molesto consigo mismo—. El corazón se te va a salir del pecho si no alejas estas fantasías. Además, darás de qué hablar si no te tranquilizas».

Se dio la vuelta con disimulo. Se había excitado como si fuera un colegial. Inhaló una bocanada de aire y se serenó.

Más calmado, la idea de que Mariona no abandonaría al señor Allen lo entristeció. Si había dado su palabra no la rompería fácilmente. Era así de cabezota y de leal.

Había tratado de sonsacar a su amigo sobre la situación y los progresos de la relación. Con bastante poca discreción le había preguntado, de forma directa, si el dandi le había pedido la mano de su hermana, pero Gonzalo decidió ser honesto y se limitó a decirle que respetaba lo que Mariona decidiera. Era una mujer moderna y nunca aceptaría una intromisión ni que le impusiera su criterio, por lo que se limitaba a no desalentarla.

Aunque comprendía la postura de su amigo, no había podido evitar preguntarle con mordacidad:

—¿Prefieres tener de cuñado a un inglés?

—Prefiero tener de cuñado a un amigo, pero eso no depende de mí. Así que aplícate.

Y allí estaba, mirándola como un bobo, con una única idea en la mente: seducirla.

Y la deseaba tanto.

Tanto.

Que le dolía el cuerpo y el alma.

La deseaba con tanta fuerza e intensidad que no sabía que se pudiera desear más a alguien, pero eso había sido antes de besarla. Porque desde que lo había hecho, vivía medio enajenado.

La amaba desde no sabía cuándo. La había perdido por una decisión que en su día consideró correcta, pero el tiempo lo cambiaba todo y no iba a darse por vencido. Ni siquiera la tentación de otros besos lo habían apartado de su idea de enamorarla. Conocía a las mujeres y sabía cuándo les agradaba, cuándo deseaban ser besadas y acariciadas, cuándo querían ser seducidas. Y con Emma podría haber intentado algo, pero la joven no se merecía que él la besara pensando en otra mujer.

Mariona se había convertido en una necesidad para él y tenía la dolorosa convicción de que solo algo físico entre ellos dos rompería sus barreras y haría que se decidiera por él. Aquel beso que habían compartido le había abierto su alma. No le era indiferente. Mariona Losada escondía un secreto que él había descubierto tan solo con un beso. Y saberlo lo tenía en un estado febril de deseo y ansiedad.

No podía convencerla solo con palabras. Ella era la más lista de los dos, no se avergonzaba de reconocerlo; podría rebatir todos sus argumentos acerca de por qué debían estar juntos y se daría cuenta de sus intenciones, pero cuando lo hiciera ya sería tarde. Porque él la tentaría y le hablaría con el lenguaje de la pasión.

Aquella idea casi lo enloqueció.

Volvió a mirarla y la vio feliz con el señor Allen. Era un infierno observarla, ser testigo de aquella sonrisa que le regalaba a otro que no era él.

No podía soportarlo y se escabulló por el ventanal abierto. Necesitaba despejarse.

Sintió el frío de la noche en los huesos, pero casi lo prefirió al ardor que había experimentado hacía unos instantes. Se rio de sí mismo.

«Pensar en ella te calienta la sangre».

La vista era preciosa, tenía que reconocerlo. Una terraza de baldosas, iluminada con la luz de pequeñas bombillas, daba paso al amplio jardín a través de unas escaleras con balaustrada. A pesar del ligero viento otoñal y de que la noche presagiaba lluvia, no era el único que se había animado a salir al fresco. Algunas parejas paseaban por la zona ajardinada, aunque demasiado lejos para saber quiénes eran.

Buscó un lugar que lo protegiera del aire que se había levantado y lo encontró junto a unos grandes maceteros de abetos que hacían de linde con una zona de la terraza menos iluminada y el final de la escalera.

No llevaba allí ni diez minutos cuando, de repente, sintió la presencia de alguien que se asomaba a la balaustrada de las escaleras, delante de él. Su corazón vibró.

Era Mariona. Durante unos segundos se deleitó mirándola, pero como siempre que la tenía cerca y no sabía cómo abordarla, la provocó.

—¿Me buscabas? —preguntó.

Ella se volvió, sorprendida. Debió de asustarla, porque lo hizo con una mano en el pecho y su respiración pareció agitada. Aunque supuso que con eso trataba de encontrar una excusa convincente.

—Eres un presuntuoso, ¿por qué iba a buscarte a ti?

Bernat se acercó con pasos cortos y no contestó hasta estar bastante cerca de ella, pero a una distancia decorosa, porque estaban a la vista de cualquiera.

—¿Necesitas que te lo diga?

—No necesito nada.

—¿Y tu dandi? ¿Te ha dejado sola o le has dado esquinazo?

—Eres incorregible, Bernat. Pensé... pensé que no estás en tu ambiente y podrías aburrirte.

—Ah, claro..., y venías a... ¿sacarme a bailar?

—¿Por qué iba a hacer eso?

—No sé, ¿porque te apetecía?

Ella se volvió como si fuera a marcharse.

—¿Te lo estás pasando bien? —preguntó él sin burla ni humor en la voz.

—Sí, es una fiesta magnífica. Hay muchas damas, seguro que hay alguna a la que ya le has echado el ojo.

—Sí, no voy a engañarte.

—Quizá es a quien esperabas.

—No, no la esperaba, pero me gusta que me sorprendan.

Ella dio un paso y Bernat supo que tenía que aprovechar el momento o se marcharía. La agarró de la mano, tiró de ella y la llevó junto a los maceteros, donde la luz se difuminaba y dejaba aquella parte de la terraza casi a oscuras. Con pasmosa rapidez, la cogió por los hombros y la apoyó en la pared. La miró un segundo, concediéndole tiempo para que escapara, y al siguiente sus labios presionaron sobre los de ella, al tiempo que la presionaba con todo su cuerpo, sin importarle nada más.

Mariona no tardó en rendirse y devolverle el beso con ansia, incluso levantó los brazos para colgarse de su cuello. Él exploró todos los rincones de su boca y luego repartió miles de besos por su mandíbula hasta llegar al lóbulo de la oreja. Ella gimoteó con el ronroneo de un gatito.

Quiso cogerla en volandas y llevársela lejos. Lejos de aquella mansión, del dandi y de Londres. Por alguna razón la imaginó en su casa, en Barcelona, donde nunca había estado con ninguna mujer. Un lugar que sería de ellos dos. Pero la música que se filtraba por el ventanal lo devolvió a la realidad y, sobre todo, le hizo ser consciente de que alguien podía sorprenderlos y manchar la reputación de Mariona.

Al separarse de ella, quiso contemplar su cara para deleitarse con su rostro, pero esta vez ella controlaba sus emociones y no vio lo que deseaba.

—No puedes besarme cada vez que te apetezca —le espetó.

—Me ha parecido que participabas de buen grado —dijo en tono burlón.

Ella se llevó la mano al recogido, como si quisiera asegurarse de que el pelo estaba en su sitio.

—Debo recordarte que estoy... —murmuró ella—. ¡Oh! Mi pendiente. He perdido un pendiente.

Bernat no supo qué hacer y casi se quedó petrificado cuando oyó la voz del dandi que la llamaba desde la terraza.

—¡María Elvira! ¡María Elvira!

—¡Oh, Dios mío! No puede encontrarme aquí, contigo.

No le dio tiempo a contestar nada, porque de repente Bernat se vio rodando por el escalón que había junto a los setos.

—¡Qué...!

¡Inaudito!

Mariona se había atrevido a darle un empujón y sacarlo de escena, empujándolo como si fuera un canto rodado.

Ella lo miró por encima del hombro y debió de pensar que estaba bien, porque salió de su escondite.

—Estoy aquí.

—¿Estás sola? —A Bernat le pareció que la voz del señor Allen sonaba desconfiada. Trató de incorporarse sin ser visto.

—Claro... Vamos. Creo que he perdido un pendiente.

11

Mariona tuvo que marcharse de la fiesta antes de que esta acabara. Al día siguiente debía trabajar en el hospital y si estaba cansada no rendiría. Había sido una velada emocionante, pero tocaba a su fin. Se despidió de los anfitriones y de su hermano, que insistió en que se quedara a dormir en su casa, para poder conversar un poco más. Bernat, a su lado, sonrió de una forma canalla que le conocía muy bien.

Lo descartó, solo le faltaba compartir techo con él.

—Imposible, algunos trabajamos mañana.

—Eso es porque quieres —se burló Bernat, pero luego dirigió la mirada hacia su amiga—. ¿También se va, Emma?

Esta sonrió coqueta y asintió.

—A primera hora tengo una visita en un domicilio —argumentó—. Y la ronda de consultas de la mañana es bastante larga.

Howard se despidió de Gonzalo y Mariona oyó que le proponía almorzar juntos algún día, antes de irse.

—Por supuesto, buscaremos el momento —contestó Gonzalo con voz alegre. Luego sonrió a Mariona, que los miraba con curiosidad.

De vuelta a la residencia, acompañada de Emma y Howard en el carruaje, Mariona se preguntaba si no padecería algún tipo de alteración que le arrebataba la cordura cuando Bernat se le acercaba. Tras el episodio de la terraza no se había separado de Howard o de su hermano, y si lo había hecho había sido para bailar con quien fuese, menos con Bernat, a quien había evitado como si tuviera una enfermedad contagiosa. Gonzalo le había preguntado si tenía que decirle algo, pero ella le dijo que no había nada importante que quisiera comentarle. Supuso que sospechaba que algo se traía entre manos y se temió que el señor Allen le hubiera comentado sus intenciones.

Pero lo que más la preocupaba era que desde el momento en que Howard la encontró en la terraza, parecía molesto. A pesar de su humor en las conversaciones, lo atento que estaba con ella, incluso durante el vals que compartieron, Mariona lo notaba raro.

Por suerte, Emma llenaba el silencio hablando de la elegancia de las damas, la imponente fiesta y lo bien que lo había pasado con Bernat. Al llegar el coche a la verja de forja de la residencia de señoritas, Howard las ayudó a bajar y las acompañó hasta el vestíbulo. Emma, intuyendo que querían intimidad, los dejó solos.

—¿Nos veremos mañana? —preguntó Mariona vacilante, cuando quedaron solos.

—Espero que sí, pero al final de la tarde. Tengo que resolver algunos asuntos.

—Yo también pasaré todo el día en el hospital. Me preocupa una paciente y quiero pedir consejo a otras colegas. He comentado el caso con mi hermano.

—Seguro que todo irá bien.

Howard se le acercó bastante y le habló con una voz que era apenas un murmullo. Se puso nerviosa cuando él dejó caer, como por casualidad, que no habían encontrado el pendiente y con curiosidad indagó por qué creía que lo había perdido en la terraza.

—Había salido con mi hermano un rato antes —mintió—. Pensé que se me habría caído allí.

—María Elvira. No soy un jovencito, si hay algo que quieras decirme este es un buen momento.

—¿A qué te refieres? —preguntó—. No te entiendo.

—¿Hay algo entre el señor Ferrer y tú?

—Pues claro que lo hay —soltó, indignada—. Lo conozco desde que yo jugaba al aro. Somos amigos. Es alguien muy querido en mi casa. ¿Qué insinúas?

Se sintió malvada al negar que una vez hubo algo y que desde que había regresado a su vida la estaba volviendo loca, pero eso no podía confesarlo.

—Mi hermana me dijo que entre vosotros... que tú tenías expectativas con él.

—No voy a detenerme en dar explicaciones de cómo era mi vida hace años. ¿Acaso no has tenido a nadie en tu vida antes?

—Sí, por supuesto, y me gustaría poder explicártelo en algún momento.

—Howard... no peleemos, estoy cansada.

—Lo siento, a veces uno ve cosas que no son... Para ser tan amigos, no habéis bailado.

—¿Vuelves con eso? Él estaba interesado en otras jóvenes.

Era una mentirosa y una miserable por no confesar que la había besado, pero ¿cómo podía hacer tal cosa? Una vez podía considerarse un error, dos, no había manera de justificarlo. Algo había en ella que lo había permitido. Y reconocerlo no le agradó demasiado.

—Bueno, dejémoslo. ¿Puedo besarte?

Ella cerró los ojos y esperó un beso apasionado, pero solo notó los labios de Howard rozando los suyos.

—Si estuviéramos en otro lugar me detendría más, pero creo que aquí pueden vernos —se excusó él y, luego, con voz más animada añadió—: Sigo esperando tu respuesta; cuando me la des, no voy a parar de besarte.

Mariona subió las escaleras hacia su cuarto con la idea de que estaba cada día más desconcertada.

Y la culpa la tenía Bernat.

Había llegado el momento de la partida de Gonzalo, y para su cordura, Mariona esperaba que también de Bernat. Estaba muy confundida. Él le había asegurado que se quedaba por ella. No tenía prisa en regresar; incluso estaba en conversaciones con el editor del *Times* para colaborar con el periódico como corresponsal. Según estuviera su ánimo, deseaba que luchara por ella y planificaba no ponérselo fácil; otras veces, decidía que todo aquello era una locura. Lo que hubo entre los dos se había diluido cuando tomaron caminos distintos, en ese momento ya era demasiado tarde.

La noche anterior se lo había dicho por última vez.

Tom y Mathilda habían preparado una cena de despedida a su hermano. Le había pedido a Howard que la acompañara, pues no confiaba en sí misma. Creía que así mantenía, ante Bernat, su media farsa de que estaban comprometidos, aunque no mentía del todo en eso, pues él la pretendía y para estar prometidos solo quedaba solventar el pequeño escollo de que ella lo aceptara. Por supuesto, el inglés no estaba al corriente de sus pensamientos, algo que Mariona se reprochó. Nunca había sido casquivana y se reprochó haberle hecho creer que pronto le respondería, cuando en realidad ella dudaba y cambiaba de opinión más rápido que de vestido.

Conversaban en un saloncito, antes de pasar al comedor. Tom, Howard y Gonzalo debatían sobre la caza del zorro y Mathilda comentó a Mariona que le habían pintado un cuadro. Ella se interesó por él y su amiga se ofreció a enseñárselo. Para su sorpresa, al levantarse del sillón, Bernat, que estaba de pie, se propuso acompañarlas. Entraron en una galería ancha y larga, donde varios cuadros de la familia Bellamy decoraban las paredes.

Mariona había pensado que se trataría de un retrato, pero no, era un cuadro de una escena de juego entre Mathilda y su hijo. La emocionó la ternura con la que el pintor había captado una mano en su vientre y otra en la cabecita del niño, que tenía unos cubos con letras alrededor y un caballito de madera a su espalda. Ambos estaban sentados en una alfombra de una habitación infantil.

—Es precioso —dijo Bernat, que miraba la pintura con las manos a la espalda.

—Sí que lo es... —respondió ella, sin saber qué añadir. Era una escena tan tierna que la emocionó.

—Fue nuestro regalo a Tom, por su cumpleaños —afirmó Mathilda, orgullosa—. Este es un sitio provisional. Él lo quiere en su estudio, pero de momento lo han instalado aquí.

Un lacayo se acercó sigiloso, llamó la atención de su señora y le dijo algo en un murmullo.

—Disculpadme, he de resolver un pequeño problema —les dijo—. Mi pequeño príncipe se ha escapado de su nana y está sentado en las escaleras... Muy pronto quiere empezar la vida social —añadió una vez que se había girado y caminaba por el pasillo, en dirección al lugar del conflicto.

Mariona quiso seguirla para regresar al saloncito, donde los demás esperaban, pero Bernat la tomó del codo y la retuvo. Su corazón se saltó un latido ante aquella proximidad, pero con un gesto brusco se separó lo suficiente.

—No seas indecoroso.

—No creo que tu novio se moleste, estaba muy entusiasmado hablando de perseguir a un animal con una jauría de perros.

—No creo que sea mejor matar a un toro en un ruedo.

—Cierto, pero al menos nosotros no somos clasistas.

Ella lo miró con burla en los ojos y él aprovechó la intimidad para acercarse más y susurrarle si podían verse a la tarde siguiente.

—Pierdes el tiempo, Bernat.

—Te conozco, y el dandi no te hace feliz. ¿Acaso sus besos te estremecen como lo hacen los míos?

—¡Eres un descarado! No te soporto. Es mejor que te marches mañana, con Gonzalo. Es muy tarde para lo que planeas —soltó con indignación. Se marchó del corredor apresuradamente y lo dejó allí plantado.

Mariona hubiera deseado que Howard la acompañara a despedir a su hermano, pero él tenía reuniones importantes que no podía posponer. Así que acudió a casa de los Bellamy y todos juntos se dirigieron hasta el puerto, donde Gonzalo tomaba un vapor hasta Santander y una vez allí un tren lo llevaría a Barcelona.

—Dile a Inés que se cuide mucho, y que me escriba —murmuró Mariona con la voz tomada ante la inminente despedida—. Y tú, cuídala, y no trabajes tanto.

Lo abrazó y le susurró al oído:

—Te quiero mucho, hermano. Gracias por estos días.

—Yo también, Mariona, no olvides que en casa te esperamos con ansia.

—Prometo ir en Navidades.

—Y tú, amigo. —Gonzalo estiró la mano para estrecharla con la de Bernat—. No te metas en líos.

—Lo intentaré.

La despedida fue triste y Mariona se quedó sumida en una pena que no sentía desde hacía mucho tiempo. Pena por la añoranza de la familia y de su casa.

—¿Te acercamos al hospital, Mariona? —preguntó Tom mientras ayudaba a Mathilda a acomodarse en el carruaje.

—No, necesito comprar unos libros. ¿Podéis dejarme en Piccadilly?

—Por supuesto. Bernat, ¿te llevamos?

—Sí, por favor, yo también he de comprar algunos libros. —Mariona lo miró con desconfianza, pero él, colocándose junto a ella, ya que el matrimonio ocupaba el asiento de enfrente, dijo con condescendencia—: Hatchards es tan buen lugar como cualquier otro.

Mariona nunca habría imaginado que Bernat supiera dónde estaba la librería más antigua de Londres.

Entrar en aquel lugar venerable siempre impregnaba de paz a Mariona. No sabía si era por el olor característico de los libros o porque durante sus primeros tiempos en Londres fue una especie de refugio y visitarla se había hecho una costumbre. Pero estar en aquel lugar tan suyo con Bernat le generó cierto malestar.

Había repasado varias estanterías buscando una novela que la enganchara tanto que su mente pudiera centrarse en otra cosa que no fuese el trabajo o las dudas que le había generado Bernat en su relación con Howard.

Situados a ambos lados de un mostrador bajo, donde se acumulaban diferentes novelas, Mariona ojeaba un libro de Dickens, *Oliver Twist*. La historia de aquel muchacho bueno que pasaba por diferentes penurias podría servir para distraerse. No quería mirar a Bernat, pero tampoco era capaz de no hacerlo, así que de reojo contemplaba sus movimientos. Frente a ella observaba los libros expuestos con cierto desinterés. De repente lo vio alzar las cejas y, con un gesto de curiosidad, cogió un ejemplar y lo abrió por la primera página. Intrigada, dirigió sus ojos al título: *Las aventuras de Sherlock Holmes*, de Arthur Conan Doyle.

—Creo que cuando llegué leí algunas de sus historias en el *Strand Magazine*, una revista mensual que publica relatos —explicó sin que él levantara la vista de la página que parecía leer con atención—. Parece ser que los han reunido en un libro.

De pronto él cerró el volumen y la miró con fijeza.

—¿Y mis cartas?

—¿Cómo dices? —La pregunta la pilló por sorpresa.

—¿Que qué hiciste con mis cartas? ¿Las quemaste después de leerlas?

—No... Simplemente... no las leí —mintió.

—Muy bonito —soltó Bernat con humor. Despacio, con el libro en la mano, rodeó el mostrador para acercarse a ella—. Menos mal que no te envié más, aunque tengo un cajón lleno.

Mariona retrocedió de forma instintiva. Quería saber a qué se refería, pero se negaba a preguntarle. De pronto se percató de que estaban solos en aquella sección y se maldijo por que la gente se hubiera esfumado y no le sirviera de protección.

—Creo que deberíamos irnos —propuso, inquieta—. Si ya has elegido un libro, yo también.

—¿Acaso te pongo nerviosa?

Él la había acorralado entre una estantería que hacía esquina, pero aún estaba a más de un paso de distancia, como si le diera la oportunidad de escapar.

—En absoluto —afirmó—. ¿Por qué ibas a ponerme nerviosa?

—No sé... Por tantas cosas...

—Debemos marcharnos, se hace tarde.

Mariona lo sorteó, pero él la agarró por la cintura. Ella se detuvo, aunque no se volvió.

—Tienes que saberlo, no quiero que te quepa duda —le dijo Bernat con un susurro cerca de su oído—. Me quedo por ti, para demostrarte que voy a luchar por tu cariño. Te quiero en mi vida y voy a demostrarte que te amo, pero no voy a presionarte, esperaré hasta que vuelvas a confiar en mí.

—No quieres enterarte —le espetó ella, mirándolo a la cara. Bernat había ganado terreno: estaba junto a su costado y todavía tenía la mano en su cintura, con gesto posesivo. Mariona la sentía como si le quemara la piel desnuda. Trató de no hacer caso al sentimiento que le generaba aquel contacto y añadió—: Howard está en mi vida y él fue de frente desde el principio. No voy a traicionarlo.

—Cariño, no lo traicionarás a él, sino a ti misma si eliges al hombre inadecuado.

Bernat no le dio tiempo a pensar más y la besó. La besó de esa manera que tenía de hacerlo, hasta conseguir que ella rindiera todas sus defensas. No podía permitir que él leyera su alma y descubriera todo lo que le provocaba, aturdía y perturbaba. Con un férreo control de sus emociones, lo separó empujándolo sin brusquedad, pero decidida. Lo atravesó con una mirada.

—No tienes derecho a besarme, no lo hagas más, por favor.

—¿No? Pero si te encanta —murmuró él, mordaz—. ¡Estás temblando!

—Eres un abusador. Te he dicho mil veces que estoy prometida.

—Y yo te he dicho en más de una ocasión que si de verdad amaras al señor Allen, no responderías a mis besos así.

—¿Así? ¿Así cómo? —preguntó turbada, para ocultar su vergüenza—. ¡No! No me lo digas. Eres capaz de manipularme y confundirme con tus adulaciones.

—Es más fácil echarle la culpa al otro que asumir la parte de responsabilidad que tenemos en lo que nos pasa.

—Te pareces a Gonzalo con esa interpretación —se burló, y caminó para salir del pasillo repleto de estanterías.

Bernat volvió a cogerla del brazo y la miró muy serio.

—Prometo no volver a besarte hasta que me lo pidas, y te aseguro que lo harás, lo estarás deseando.

—No apostaría por ello.

—Pues yo no apostaría por tu noviazgo, le quedan los días contados. —Bernat se pasó las manos por el pelo, como si así se contuviera, y, con el tono serio del que no quiere perder la batalla de sus nervios, añadió—: Te conozco, María Elvira Losada, y sé que no quieres quererme, pero así son las cosas, de modo que aclárate de una vez —espetó—. Y vámonos, me estás entreteniendo.

Mariona observó cómo pasaba por delante de ella con muy pocos modales y al llegar al mostrador de caja pagó los dos ejemplares, sin siquiera preguntarle. Estuvo a punto de decirle que ella corría con sus gastos, pero pensó que era mejor no forzarlo más.

Cogieron un coche cerca de la librería y la acompañó a la residencia. Hicieron todo el camino en silencio. Mariona se sentía mal porque era ella la que quería estar molesta y parecía que fuera él quien lo estaba. Ni siquiera se bajó para ayudarla a salir del coche cuando llegaron al destino y, por toda despedida, le oyó decir un simple «adiós».

Al entrar en el vestíbulo pensó que podría descansar un poco antes de irse al hospital. Para su sorpresa, Howard la estaba esperando para llevarla a comer; por lo visto había acabado sus asuntos antes de lo previsto y había pasado a visitarla. Dejó el paquete con el libro en una mesita cerca de donde él la esperaba sentado y se quitó la capa. Había empezado a lloviznar al bajar del coche y la prenda se había mojado un poco.

—Has tardado.

Lo recibió algo abatida. Se sentía una mentirosa, y él no se merecía que lo traicionara. Los nervios empezaron a ganarle la batalla y notó que los ojos se le llenaban de lágrimas.

—Vamos, vamos, María Elvira. No llores. —Howard le tomó las manos—. Entiendo que es triste despedir a la familia y que echarás de menos tu hogar, pero te prometo que te acompañaré en Navidad, ¿te parece bien? Nos quedaremos todo el tiempo que quieras.

Ella aprovechó la ventana que él le abría y justificó su estado alterado. Iba a ir al infierno por mentirle a un hombre tan bueno.

—¡Oh! ¿De verdad? Los echo muchísimo de menos. No me había dado cuenta hasta que lo he visto partir. Han sido unos días estupendos. Ojalá hubieras podido acompañarme.

—No podía, tenía una reunión importante. Pero ayer me despedí, comí con él. ¿No te lo ha dicho?

—¿Ayer? No, no me ha comentado nada.

—Sé que no querías que le adelantara nada, pero no sería un caballero si no le hubiera comentado mis intenciones. Quiero que le transmita a tu padre que son sinceras y honestas.

—Habíamos acordado que esperaríamos —comentó ella, y añadió con curiosidad—: ¿Qué te dijo?

—Que esperaba que te respetara, pero que no era a él a quien debía pedir tu mano.

—¿Le pediste mi mano?

—Sí, ya te he dicho que pronto he de regresar a Surrey y quería aprovechar que estaba aquí. Pero me dijo que tú tienes el derecho de aceptar o rechazar una petición de matrimonio.

«Bendito Gonzalo».

Tendría que darle las gracias a su hermano en cuanto le escribiera. Como familiar varón, podía haber tomado alguna decisión sobre ella, pero por suerte su padre había educado a sus hermanos en valores de respeto y le había otorgado a ella una cierta independencia dentro del marco social que limitaba sus actuaciones como mujer.

No tenía ganas de discutir, podía hacer una lista con las razones para esperar: que el trabajo era lo más importante para ella, que tenía dudas, que era todo muy precipitado, que no estaba segura de querer ir a Surrey, que pensaba que quería regresar a casa... ¿Había anotado ya que tenía dudas?

Howard la sacó de sus pensamientos con una invitación.

—Vamos a comer, luego te acerco al hospital.

Y como si su vida fuera un libro, pasó de página y se centró en Howard y lo que este le empezaba a explicar sobre fusiones y socios para nuevos negocios que quería emprender.

No podía negar que lo veía entusiasmado.

12

Bernat intuyó que algo pasaba cuando llegó al hospital, las caras serias y largas de algunas compañeras de Mariona eran un indicio claro. Vio a Emma entrar en una sala de curas y la llamó. Esta le dijo que Mariona estaba en su despacho, por lo visto había perdido a una paciente y se culpaba.

—Ha pasado toda la noche con ella, pero no ha podido salvarla —murmuró—. Quizá la anime verte.

Entró en el despacho y la encontró mirando a través de la ventana. Le pareció que no se parecía en nada a la chica alegre que él conocía. Siempre había sabido poner distancia con los pacientes, no entendía por qué ese caso la afectaba así. Quizá era el clima, pero Londres no le sentaba muy bien.

Le había dado espacio y hacía días que no se veían; sin embargo, algo lo empujó a visitarla aquella mañana y se congratuló de haber cedido a su impulso.

—Buenos días, doctora —saludó comedido.

Ella no se volvió, seguía con la mirada perdida más allá de los cristales.

—No estoy de humor, Bernat. ¿Qué quieres?

—Me han dicho que has perdido a una paciente. ¿Se trata de la desconocida? ¿Esa enferma que no hablaba y trajeron los «bobbies»?

Ella se dio la vuelta, sorprendida.

—Sí, ella. No sabía que escuchabas cuando hablo.

—¿Por qué no iba a hacerlo? Me interesa todo lo que dices.

Su aspecto delataba las horas de vigilia y la preocupación. Bernat tuvo la impresión de que se sentía derrotada y aquella idea no le gustó. La profesión que había escogido era desagradecida, se lo había oído decir tanto a don Rodrigo como a Gonzalo. Había pacientes que se perdían, la medicina no era una ciencia exacta y aún había mucho camino que recorrer; otros, tras recibir algunos remedios o la cura que los libraba del mal que los aquejaba, se marchaban sin dar siquiera las gracias. Don Rodrigo decía que quedaba la satisfacción de haber ayudado y que no podían llevarse a casa las desgracias ajenas, porque eso no les permitiría tratar al siguiente paciente. Sospechó que Mariona no había perdido a muchas enfermas y que tenía que lidiar con aquel aprendizaje.

—No creo que tengas la culpa de lo ocurrido, según creo estaba bastante delicada. ¿Qué ha pasado?

—Sí, lo estaba, incluso pedí consejo a Tom y a mi hermano. Sus heridas mejoraban, pero su ánimo cada vez era más preocupante. Quien fuese que la atacó era un pervertido o un loco. Pobre mujer, lo que ha sufrido. —Mariona se había sentado a su escritorio y Bernat, aunque ella no lo invitó a que lo hiciera, también tomó asiento. Un silencio fue suficiente para que ella empezara a hablar de lo ocurrido. Era una historia triste la de aquella mujer, quienquiera que fuese, reconoció al escucharla. Se maravilló de los datos que había descubierto sin necesidad de que la joven hablara, Mariona había sabido leer en su cuerpo, con cada herida. Concluyó su explicación de forma abrupta, como lo hicieron las penurias de la muchacha muerta—. Ha saltado por la ventana en un descuido de las asistentas que la estaban aseando. No murió al instante y ha tenido una lenta agonía.

—¡Dios santo! Creí que no podía moverse.

—Ya nos veremos otro día, Bernat —murmuró con fastidio—. Estoy agotada, he doblado el turno y me marcho a casa, a descansar.

Mariona se levantó con elegancia y él la imitó. La observó acercarse al perchero donde colgaba un abrigo, un bolso y un sombrero y quitarse con desgana la bata que usaba de guardapolvo.

—Y el señor Allen, ¿habéis hablado? ¿No viene a buscarte?

—No necesito que venga a recogerme —argumentó con voz apagada.

—Me refiero a si...

—Ya sé a qué te refieres, y no, no he hablado con él. No lo llamo cada vez que algo no va bien en el trabajo, ¿sabes?

Bernat prefirió cambiar de tema y una idea cruzó su mente.

—¿Has tomado algo? —preguntó. Mejor para él si el dandi no estaba por allí

—No, no me apetece.

—Al menos no te acuestes con el estómago vacío. A saber qué cenaste anoche —bromeó él—. Permíteme acompañarte y desayunamos juntos. Seguro que en algún lugar hacen tartas deliciosas.

—Está bien. Vamos, has hecho que me entre hambre.

Ella le miró con curiosidad la mano, en la que llevaba un bombín comprado el día anterior y un paraguas. Al darse cuenta, Bernat se puso el sombrero con gesto distinguido.

—He pensado que, ya que voy a estar por aquí un tiempo, será mejor camuflarme con la gente y no parecer un paleto.

Le arrancó una risa y eso le agradó, aunque ella la amortiguó con la mano muy rápidamente.

—Tú nunca has sido un paleto, te vistes en la mejor sastrería de Barcelona, tus sombreros son de muy buena calidad y vas siempre a la moda.

—Pero a mi vestuario le faltaba un paraguas que hiciera de bastón, por eso me lo he comprado, para estar prevenido. Aquí llueve cuando menos te lo esperas.

Salieron del hospital y Mariona enterró sus manos en un manguito. Bernat notó que se iba animando mientras caminaban. Ella sugirió una cafetería donde tomar un café, unos bollos y bromeó al decir que también tenían tartas. Supo que se burlaba, porque era un goloso, pero no le importó, le gustó verla sonreír. Sería su segundo desayuno, pero ¿qué importaba eso? Iba a compartirlo con ella.

Una vez acomodados en una elegante cafetería donde se reunían bastantes damas, le contó los planes que tenía. No sabía estar ocioso y con perseverancia había logrado que el director del *Times* lo aceptara como periodista y corresponsal. No le había prometido un artículo diario, pero saber que iba a tener algo en que ocuparse ya le satisfacía.

—Pero tu trabajo, el que te espera en *La Vanguardia*, ¿qué piensas hacer con él? No sé si te estás equivocando al quedarte aquí...

—He apostado por algo... —empezó él. Ella levantó los ojos al techo, pero Bernat no quiso seguir por ese camino—. Mi trabajo seguirá allí cuando regrese.

—Estás muy seguro.

Había hablado con muy poca gente de lo que le había pasado en el periódico tras su artículo sobre Pons, y sin darse cuenta se encontró explicándole a Mariona su inquina por aquel hombre y sus sospechas sobre los abusos que perpetraba en el consistorio. De ahí pasó a explicarle que, aunque estuviera lejos, había llamado por teléfono alguna vez al inspector de policía con el que había empezado a colaborar, Miguel Galán, para que lo tuviera al corriente del caso de Jacinta, quien no había aparecido: daba la impresión de que se la había tragado la tierra.

—¿Tú también crees que se escapó de casa? —indagó Mariona, tras escuchar con atención el relato de lo ocurrido con la chica.

—Prefiero pensar eso a que la dejaron en el borde de un camino.

—Pues sí, es mejor. Nos cuesta aceptar, pero hay gente mala ahí fuera. La maldad existe.

Habían terminado hacía rato y, por mucho que deseaba alargar aquel momento, Bernat se dio cuenta de que ella había bostezado un par de veces. También se percató de que era la primera ocasión en que charlaban sin tirarse ninguna puya. Al menos habían avanzado un poco. Se alegró de ir por el buen camino.

Le propuso acompañarla a la residencia, luego él quería visitar el Museo Británico.

—No te olvides de ver la piedra de Rosetta —le dijo Mariona antes de despedirse, al llegar a la verja de forja de la casa.

Bernat pidió al cochero que esperara hasta que ella entrara en el edificio. Luego, cuando el coche de caballos retomó el paso, se sintió contento de repente. Había sido algo espontáneo, pero calificó el encuentro como fabuloso. Pensó que le hubiera gustado poder obtener una cita para otro día, pero ya encontraría el modo. Ella le había comentado que, por las tardes, si no trabajaba, solía ir con Howard a algún evento, y acudirían al teatro dos noches. Aquel sería un buen momento para hacerse el encontradizo. Sonrió al pensar que podía invitar a Emma, pero luego descartó aquella idea. No quería dar esperanzas a la amiga de Mariona, por eso había sido muy claro con ella. Tampoco pretendía causar celos ni situaciones que pudieran malinterpretarse.

Bernat se levantó con ánimo renovado, aunque más tarde de lo que solía. Había coincidido en el teatro con Mariona y el señor Allen. Él iba con el matrimonio Bellamy y el hermano mayor de Tom, con quien después acudió a una fiesta. Ella también iba con un grupo de amigos, aunque su prometido no pareció tan contento de verlo como ella. No es que lo hubiera tratado de forma incorrecta, pero algunos detalles no pasaban desapercibidos a los ojos de un hombre, como cuando los celos se veían en la mirada de otro.

Cuando entró en el salón del desayuno se sorprendió de encontrar a Tom, solo, con el periódico.

—Buenos días. Parece que se nos han pegado las sábanas —se burló el inglés, mientras él iba hacia el mueble donde estaban expuestos varios platos con alimentos y se sirvió unas tostadas con jamón cocido—. Te dije que Philip te iba a liar.

—Estuvimos en una fiesta no sé dónde, pero con gente muy interesante —explicó ya en la mesa. Eligió una de las jarras que tenía frente a sí y se sirvió una taza humeante de café—. Eso sí, acabamos en una partida de cartas, donde he de decir que no se me dio mal del todo. Por eso no pude retirarme antes. No era educado llevarme las ganancias sin dar la oportunidad a recuperar lo perdido a mis contrincantes.

—¿Eso significa que Philip perdió? —Tom soltó una carcajada al ver que Bernat asentía con una mueca de suficiencia—. A mi hermano no le habrá sentado muy bien.

—Solo perdió un pedacito de su fortuna —soltó burlón.

—Bueno, podrá soportarlo, gana más veces de las que debería. Tiene la maldición de la buena suerte con las cartas. Por eso jamás juego contra él. Se cree invencible, pero por lo visto ha encontrado la horma de su zapato.

—Y Mathilda, ¿se encuentra bien?

—Sí, muy bien. —Tom sonrió con la expresión de un hombre feliz—. Ha querido desayunar en la cama, un capricho que se toma de vez en cuando.

—¿Y qué haces por aquí, hoy no vas al hospital?

—Sí, iré en un rato. Estoy recopilando las ponencias del congreso, una revista científica va a publicarlas.

—Eso es una idea fantástica. Deberías escribir el prólogo y pedir que les dieran formato de libro.

—No se me había ocurrido, pero tendrán mayor proyección que si salen aisladas en diferentes números mensuales. ¿Podrías supervisarlas?

—¿Te refieres a corregirlas?

—Sí, prepararlas para la lectura. No es lo mismo un escrito creado para ser escuchado que leído. Y se te pagará el trabajo. El comité de organización tiene fondos.

—Pues acepto el trabajo. Me mantendrá ocupado, porque no tengo nada para el *Times.* Había pensado...

En ese momento un lacayo hizo su entrada en el salón del desayuno y se dirigió a Bernat.

—Señor Ferrer, tiene una conferencia.

Miró a Tom, extrañado, pero al cavilar se le ocurrió quién podría llamarlo.

—Será Gonzalo, que se aburre a estas horas —señaló con humor, y luego añadió más serio—: O tal vez pueden llamarme desde *La Vanguardia*, di este número de teléfono para que pudieran localizarme si surgía algo importante.

Se levantó de la mesa y siguió al sirviente, que lo dirigió a la biblioteca y, desde la puerta, le señaló una pequeña mesa junto a un sillón, donde el auricular estaba descolgado. Lo tomó y se lo llevó a la oreja. Tuvo que esperar unos segundos hasta que escuchó una voz.

—¡Gonzalo! Sabía que te aburrirías a estas horas.

Pero el motivo de su llamada no era ese.

A medida que lo escuchaba, Bernat necesitó sentarse en el sillón orejero que debía de estar allí precisamente para acoger al hablante, aunque no fue capaz de permanecer así mucho tiempo.

—¡Santo Dios! ¿Y cómo está?

La voz de su amigo se rompió ante aquella pregunta, así y todo, le habló con entereza.

—Puedo decir que está viva y mis padres también. Otras personas han corrido distinta suerte. Ha sido horrible, Bernat, horrible. Nunca había pasado tanto miedo ni visto tanto horror.

Gonzalo se emocionó mientras le contaba lo que había ocurrido la noche anterior en el teatro del Liceo. Un atentado con bomba había segado la vida a una veintena de personas y herido a otras tantas. Era la primera vez que Bernat notaba a su amigo tan lleno de angustia y desaliento, pero la magnitud de la atrocidad que le relataba no era para menos.

Se inauguraba la temporada de invierno del gran teatro y el aforo estaba completo; Gonzalo había asistido con su esposa y sus padres. Empezaba el segundo acto de la ópera *Guillermo Tell*, de Rossini, cuando el caos se hizo dueño del lugar. Alguien había arrojado desde el cuarto o quinto piso una bomba cargada con abundante explosivo, además de metralla. La explosión había acabado al instante con la vida de muchas personas. A los pocos segundos otro artefacto era lanzado al patio de butacas, pero fue a parar a la falda de una mujer, muerta en la primera explosión, y aquello había impedido que estallara y ocasionara nuevos muertos.

Gonzalo seguía hablando como si reviviera lo ocurrido.

—Yo no estaba en aquel momento en mi asiento, me entretuvo un conocido en el entreacto. El estallido me sorprendió. Hubo un ruido seco, todo tembló, y por unos instantes la confusión se apoderó de cuantos se encontraban allí. La humareda me impedía llegar hasta donde estaba Inés. La gente corría despavorida, entre gritos de pánico, sin darse cuenta de que pisaban a otros que también querían salir. No sé cómo pude abrirme paso entre la gente y llegar hasta ellos, el espectáculo era desolador. Había gente herida por todas partes, rostros desencajados por el miedo y el dolor que buscaban a sus allegados. La gente chillaba de miedo y sus quejidos se mezclaban con los de los moribundos. Mi madre tenía la cara ensangrentada y la pobre mujer ni se daba cuenta, trataba de ayudar a mi padre, pero Inés... Inés...

—Cálmate, amigo. Dices que está bien, ¿no?

—No, Bernat. No lo está —sollozó Gonzalo—. Mi padre tiene una costilla rota y heridas en una pierna, y mi madre, múltiples contusiones y magulladuras, además de una herida a la altura de la sien que le recordará siempre este día. Pero mi esposa... Inés ha perdido al bebé.

—¡Oh, Dios mío!

Bernat necesitó tomar aire. Se le rompió el corazón al oír el llanto lleno de rabia, impotencia y dolor de su amigo.

La puerta de la biblioteca estaba abierta y Tom debió de oírlo, porque asomó la cabeza con preocupación. Él le pidió con un gesto que entrara.

—Lo siento mucho, de verdad que lo lamento. Dime qué necesitas que haga y lo haré. ¿Has hablado con Mariona?

—Tienes que decírselo y traerla a casa. No sé si soy capaz de hablar con ella, no puedo derrumbarme.

Escuchó lo que Gonzalo le decía mientras asentía con la cabeza a la vez que acompañaba sus palabras con algún: «por supuesto», «cuenta conmigo», «lo antes posible».

Se despidió con la promesa de que llevaría a Mariona junto a los suyos.

Al colgar, Tom lo interrogó.

—¿Qué ha ocurrido?

—Anoche hubo un atentado en el teatro del Liceo. Gonzalo estaba allí con Inés y sus padres. Han sufrido heridas e Inés ha perdido al bebé —resumió con pesadumbre—. Debo hablar con Mariona y llevarla a casa.

—¿Quién ha sido el malnacido?

—Dice que la policía sospecha de los anarquistas, que incluso cerraron las puertas del teatro para que el criminal no escapara, pero me parece que ignoran quién ha sido.

—He de decírselo a Mathilda, querrá saber de su prima. No es la mejor de las noticias en su estado, pero no puedo ocultárselo.

—Tom, tengo que abusar un poco más de tu hospitalidad, he de hacer algunas llamadas a España. Mi jefe debe de saber algo más, los periodistas siempre saben más.

—Estás en tu casa. Instálate en mi despacho, estarás más cómodo y nadie te molestará. ¿Quieres que te acompañe a hablar con Mariona?

—No, prefiero ir solo. Pero gracias.

Bernat aguardaba en una sala a que Mariona apareciera. Tras buscarla por el hospital y no hallarla, fue directo a hablar con la directora. Esta le dijo que regresaría en una hora porque había ido a una visita domiciliaria, pero se retrasaba. Decidió que podía aprovechar el tiempo. Necesitaba informarse de los vapores que zarpaban para España y también pensó que era importante comunicar en el *Times* lo ocurrido en Barcelona, con seguridad lo sabían a aquellas alturas, pero contar con información de primera mano sobre algunos detalles quizá les interesaba.

Dejó recado para Mariona de que volvería más tarde.

Primero se acercó al periódico. El señor George Earle Buckle lo atendió consternado por lo que le transmitía y le pidió que escribiera algo.

—Tengo pensado regresar a Barcelona lo antes posible —le informó—. Un amigo muy querido y su familia se encuentran entre los heridos y mi lugar está con ellos.

Buckle se retrepó en la silla y con mirada astuta le preguntó.

—Eso le honra. Pero dígame, ¿qué opinión tiene sobre este atentado?

—Está claro que es un ataque contra la burguesía. Ese lugar, el teatro del Liceo, es su sanctasanctórum. Barcelona es una gran ciudad industrial, pero la clase obrera está descontenta y nacen grupos anarquistas hasta debajo de las piedras. En el último año la ciudad ha sufrido unos veinte atentados. El garrote vil no asusta a los criminales, que ven en la gente rica el origen de sus males. Atentar en el Liceo es atentar en sus corazones y con él paralizan la ciudad.

—Por lo que cuenta está muy claro que, al escoger la hora y el lugar, un espacio cerrado y lleno, lo que querían era causar un gran daño y conmoción. Además ¿usted cree que la trama de la ópera pudo tener alguna relación con el atentado? Trata sobre la lucha por la libertad.

—Vaya usted a saber las interpretaciones de esa gente. Tell luchó contra un tirano.

Conversaron durante un rato, pero Bernat tenía otros quehaceres. Consultó su reloj y descubrió que se había quedado sin tiempo para ir a ver si conseguía dos pasajes para el primer vapor que saliera del puerto de Londres hacia España. Pensó que lo haría después de hablar con Mariona.

Se despidió del editor con todos sus respetos. Antes de que cruzara la puerta, este lo detuvo.

—Señor Ferrer, agradeceré que nos envíe alguna crónica del suceso. Buena suerte.

Cuando Bernat llegó al hospital, le informaron de que encontraría a Mariona en su despacho, pues todavía no había comenzado las visitas. Cuando llamó a su puerta con los nudillos, respiró con profundidad al escuchar su voz darle paso.

Nunca le había gustado dar malas noticias.

Mariona escribía en un cuaderno y lo miró con sorpresa.

—Bernat —lo saludó, con cierta ironía en la voz—. Tus visitas se van a convertir en una costumbre.

—¿Y eso te molestaría?

—Un poco, no puedo mentirte. Estoy muy ocupada, ¿pasabas por aquí?

—No, he venido antes, ¿no te han avisado? Dejé recado de que volvería.

—No, nadie me lo dijo. —Mariona se levantó y se dirigió hacia el perchero donde la bata que solía utilizar para visitar a sus pacientes colgaba de uno de los ganchos. Por un momento, Bernat no supo cómo enfocar el tema. Quería ser cauto, darle la noticia con calma para no asustarla, pero no había modo alguno de que ella no se preocupara. Sin embargo, no contó con su perspicacia—. ¿Qué ocurre, Bernat? Conozco esa mirada huidiza de querer escurrir el bulto. ¿Ya te has cansado de Londres? ¿Has decidido marcharte?

—María Elvira, ven, siéntate. He de hablarte. —Señaló uno de los sillones que había frente al escritorio.

—¿María Elvira? ¿Que me siente? —preguntó con suspicacia, pero luego su voz se tornó seria y preocupada—. ¿Qué ocurre? Nunca me llamas así, o al menos solo cuando quieres molestarme.

—Creo que es mejor que te sientes.

—Deja de protegerme tanto —espetó, airada—. Suelta lo que tengas que decir, porque me estás preocupando de veras.

Estaban frente a frente y le nacieron unas ganas terribles de abrazarla, pero en cambio la miró controlando toda la tensión que sentía.

—Tus padres e Inés han sufrido un accidente... —dijo lo más sereno que pudo.

Ella abrió mucho los ojos, aunque Bernat no supo si era para darle tiempo a terminar su mensaje o porque se había quedado sin palabras.

—Haz el favor de ser más claro, porque serás periodista, pero te explicas fatal. ¿Qué tipo de accidente?

—Anoche hubo un atentado en el Liceo.

Mariona soltó un grito que parecía más el aullido de un animal herido que el chillido de una mujer adulta. Entonces se sentó, con las manos sobre la boca y los ojos llenos de lágrimas.

—¿Qué... qué ha ocurrido? No me mientas, por favor, cuéntamelo todo. Te aseguro que puedo soportarlo, soy más fuerte de lo que crees. ¿Alguno ha... alguno ha muerto? ¡Dios mío! ¡Gonzalo! ¿Qué le ha pasado a Gonzalo?

Se había levantado como impulsada por un resorte y casi cayó en sus brazos. Él la abrazó, no sabía si para reconfortarla a ella o a sí mismo. Mariona también lo rodeó con sus brazos y por unos segundos permanecieron así, unidos en el dolor.

Después de casi una eternidad, él se apartó y la tomó de la mano, la acercó al sillón que había ocupado y se sentó en el de al lado.

—Tu hermano está bien. Él mismo me telefoneó esta mañana para darme la noticia. Me dijo que había habido un atentado en el teatro y que tus padres e Inés habían sufrido algunas heridas, pero que estaban bien.

—¿Qué tipo de heridas? ¿Qué tipo de atentado?

Mariona no le daba tregua y Bernat decidió que lo mejor sería soltarlo todo, sin paños calientes. Era médica, parecía encajar las cosas mejor que él.

—Mariona, arrojaron una bomba desde alguno de los pisos altos. Tus padres e Inés estaban en la platea, pero Gonzalo todavía no había ocupado su asiento. Supongo que eso lo salvó, o al menos le permitió ayudar a los heridos. Tus padres están relativamente bien, algún hueso roto y algunas heridas, pero Inés ha perdido al bebé.

—¡Oh! Pobre Inés, estará destrozada —sollozó y con un ímpetu que le desconocía, se levantó del sillón y exclamó—. He de ir a casa.

—Esa es mi chica. —La imitó y se puso en pie—. Necesitaba escucharte decir eso. He venido a buscarte. Voy a comprar los pasajes para lo antes posible.

—¿Los abuelos están bien? —preguntó con vacilación.

—Sí, no me ha hablado de ellos. Supongo que sí.

Mariona se limpió las lágrimas de la cara. Bernat quería volver a abrazarla, pero ella parecía haber levantado un muro. Sobre todo, cuando pensó en quien menos pensaba él.

—No compres mi pasaje, he de hablar con Howard y con la doctora Garrett.

Se enfadó, se enfadó no por lo que decía, sino porque le molestó que pensara en el dandi.

—Mariona, me da igual si ese hombre se viene contigo o no, pero he hecho una promesa a mi amigo y la cumpliré. «Tráela a casa», me ha pedido, y por los clavos de Cristo que voy a hacerlo. Hablamos más tarde.

Salió del despacho y se le rompió el corazón al oír que, tras la puerta, estallaba en llanto.

Mariona no quiso pensar si Bernat era un insensible o si ella tenía razón, pero necesitó sacar la angustia que la noticia le había causado. Después se lavó la cara y reordenó su pensamiento. Lo primero era llamar a casa, oír a su padre, a su madre o a los abuelos. Solo así, al escuchar su voz, sabría cómo estaban.

Salió hacia la recepción a buscar a una de las secretarias, y le dijo que necesitaba contactar con urgencia con su casa, en España, porque había habido un atentado en Barcelona y su familia se contaba entre los heridos. Aquella noticia corrió como la pólvora por el hospital.

Mientras conseguían establecer la conferencia, fue a hablar con la doctora Garrett, la puso al corriente de la situación.

—Mi familia me necesita, doctora Garrett, y yo a ellos.

—Sí, yo también lo creo —le dijo con una sonrisa amable—. ¿Cuándo se marcha?

—No lo sé, lo antes posible, pero...

—Vaya y esté con los suyos el tiempo que precise. La familia es lo más importante. Nosotras podemos arreglarnos sin usted. Tómese su tiempo.

—Volveré...

—Vuelva, si así lo desea, cuando pueda.

Cuando Mariona se levantó aquella mañana, no sabía que iba a ser un día de despedidas.

Salió del despacho y se dirigió de nuevo a recepción para saber cómo estaba el tema de la conferencia.

—Estoy en ello, doctora.

—Pásamela al despacho cuando la tengas.

A los pocos minutos, Mariona pudo hablar con su abuelo, quien ratificó todo lo que Bernat le había dicho. Su padre tenía una costilla rota y metralla alojada en la pierna, que requería una intervención, y su madre sufría varias heridas, la más importante en la sien, pero quien les preocupaba era Inés.

—Cariño, ven pronto —dijo su abuela entre sollozos por el auricular que, supuso Mariona, le había quitado al abuelo—. ¡Todo es tan triste! Mi amiga Aurelia y su hija han muerto.

La abuela se echó a llorar y el abuelo recuperó el teléfono.

—Voy a casa, abuelito, voy a casa —gimoteó llena de angustia—. Bernat me llevará lo antes posible, díselo a papá. Dile que vuelvo a casa.

—Sí, tesoro, él te traerá con nosotros.

Mariona habló con Emma y le explicó lo que había pasado en Barcelona y a su familia. Le dijo que Bernat había ido a buscar el pasaje para regresar y que no sabía cómo se iba a tomar Howard todo aquello. Su amiga la sorprendió con su consejo.

—No se puede obligar al corazón. Tú debes irte a casa, ayudar a los tuyos, y él debe entender la situación; si no lo hace será su problema.

Tres horas después, consiguió ver a Howard, en la residencia. En la sala de visitas le contó lo ocurrido y le comunicó que se marchaba con Bernat. También le dio la opción de ir con ellos.

—Lamento muchísimo lo ocurrido a tu familia, de veras que lo siento mucho, pero sabes que no puedo acompañarte. Tengo que regresar a Surrey, he de atender la empresa y los negocios. Ya llevo mucho tiempo alejado y en la distancia no se puede dirigir nada, pero no me gusta que sea el señor Ferrer quien te acompañe y esté contigo en estos momentos.

—Por favor, Howard. No quiero discutir. Es mejor viajar con él que sola.

—No, no me entiendes. Me gustaría acompañarte, ser ese hombro en el que descansas y mi mano la que cojas para consolarte, pero no puedo. Iré a buscarte, quiero estar a tu lado, que seas mi esposa. —Howard había tomado sus manos entre las de él y con una voz serena y tierna añadió—: Creo que es el momento de decir qué deseas tú. Dame una palabra para que mis sentimientos no se diluyan en el tiempo... ¿Quieres...?

—¡Howard! —exclamó y soltó sus manos de golpe—. ¿Me estás pidiendo matrimonio? No creo que sea el mejor momento.

—¿Por qué no? —murmuró, molesto.

—Porque te estoy diciendo que he de regresar a casa, que mi familia me necesita.

—Pero te vas con el señor Ferrer. Y eso es un poco peligroso, por no mencionar que muy decoroso no resulta. Los dos sois solteros, estaréis solos demasiado tiempo, él puede... —alegó cada vez más irritado.

—¡Basta! Bernat Ferrer es un hombre honesto, jamás se propasaría conmigo. Deja lo que está empezando en el *Times* por llevarme con los míos, y se lo agradezco. Y tú, ¿qué haces tú por mí?

—Cuando nos casemos iremos a Surrey. Allí podrás ejercer la medicina, tener tu propia consulta y será todo más tranquilo que aquí, te lo aseguro. —Howard respiró profundo—. Necesito saber si soy yo quien está en tu corazón o si es él. Dímelo, responde a mi pregunta, ¿te casarás conmigo? Creo que merezco tu sinceridad.

Mariona se restregó una mano contra la otra. No podía responder, no quería responder.

—No puedo darte la respuesta que me pides. No es justo que me pidas matrimonio ahora, ¿no ves que estoy destrozada por la angustia?

Él le dedicó una mirada triste.

—Sí, sí lo veo. Vas a tener que disculparme. —Howard tomó el sombrero y el bastón que había abandonado en un sillón y volvió a acercarse a ella—. Espero de corazón que tu familia se recupere y que todos seáis felices. Que tú seas feliz, María Elvira. Yo lo seré; quizá tarde un poco, pero lo seré. Buen viaje.

Le besó su mano y Mariona, con la sorpresa en el cuerpo por cómo se había desarrollado la conversación y el final inesperado, se sentó en una butaca cuando él cruzó la puerta y desapareció de su vista, y estalló en llanto.

13

Transcurrieron cinco días desde que Mariona supo del atentado en el Liceo y que sus padres e Inés habían sido heridos hasta que pudo abrazarlos. Cinco angustiosos días en los que, tras romper la relación que tenía con Howard, tuvo que esperar a que un vapor zarpara rumbo a España y luego realizar el largo viaje desde Santander hasta Barcelona.

Un larguísimo viaje en el que Bernat fue un acompañante paciente ante los diferentes estados emocionales por los que ella iba pasando. Desde la intranquilidad a la más absoluta histeria; se había convertido en una mujer caprichosa, dominada por los nervios y que tan pronto aceptaba algo como lo rechazaba. Su madre la habría tildado de malcriada a la primera, pero debía reconocer que Bernat había tenido más paciencia que un santo.

Pero por fin podía abrazarlos. El abuelo Calixto había sido el encargado de ir a recogerlos a la estación.

—¡Mi niña, mi niña bonita! —exclamó con afecto y emoción contenida.

La abuela Carmen lo riñó dándole un golpecito en el brazo.

—Es toda una mujer, una mujer moderna que ha labrado su destino.

—Abuelos, no sabéis cómo os he echado de menos.

Mariona se abrazó a los dos a la vez y, por un instante, se sintió aquella niña a la que su abuelo había nombrado y a la que tanto consentía. Al separarse notó la mirada de ambos como si la evaluaran. Agradeció que Bernat decidiera intervenir.

—Don Calixto, doña Carmen, encantado de verlos. —Estrechó las manos de ambos, pero Carmen se le acercó y lo besó en la mejilla.

—Sé que mi nieta hubiera podido muy bien hacer este viaje sola, pero te agradezco que hayas estado a su lado en estos momentos difíciles.

—Ha sido un honor —respondió él—. Y era mi deber traerla a casa.

Mariona fue a protestar diciendo que no era una propiedad ni un objeto que había que llevar de un sitio a otro, y que se valía sola, pero se mordió el carrillo. Tenía que reconocer que en el primer momento estaba tan aturdida que lo mismo se hubiera subido al primer barco que hubiera encontrado, y en aquel instante estaría a saber dónde. Y, aunque no lo reconocería delante de Bernat, se había sentido más segura viajando con él.

—Tengo el carruaje esperando. ¿Por qué no os adelantáis mientras yo acompaño a Bernat a recoger el equipaje?

—Sí, salgamos.

Mariona siguió a su abuela, pero al dar unos pasos se volvió para buscar a Bernat con la mirada. No habían sido muchos días, pero desde que emprendieron el viaje él había estado a su lado en todo momento, de modo que aquella separación casi la afectó.

—Ve —la animó él, que también la observaba—. Enseguida estamos, buscaré la ayuda de un mozo.

Emprendió el camino de nuevo y su abuela se le acercó para decirle una confidencia.

—Qué suerte que Bernat estuviera en Londres por trabajo. Un viaje de este tipo siempre es más agradable en compañía de un apuesto galán.

—¡Abuela! No... no ha pasado nada entre Bernat y yo. Que quede claro. Ha estado de lo más correcto. Además, no ha consentido que pagara nada.

—¡Es un caballero! No esperaba menos de él. Pero yo solo digo que ha sido una suerte que estuviera allí, para darte al menos apoyo en tu regreso.

La abuela le dedicó una mirada de complicidad que ella no quiso ver.

—¿Cómo están todos? —preguntó, cambiando de tema—. Dime la verdad, por favor. No ver a papá aquí, en la estación, me ha roto el corazón. ¿De verdad está bien?

—No han podido quitarle toda la metralla de la pierna, quizá no vuelva a caminar bien. Hay que esperar. Tu madre, para ser como es, siempre tan sensible, lo lleva con bastante entereza. E Inés... —La abuela se emocionó y la voz se le quebró—. Inés no ha vuelto a levantarse de la cama desde que regresó del hospital.

—Comprendo. Estaba tan ilusionada con el bebé...

Mientras esperaban a los hombres, se acomodaron en el carruaje. No hacía el frío, ni mucho menos la niebla, que dominaba Londres, también el aroma del aire era distinto, y Mariona respiró hondo. De pronto la asaltó un sentimiento que no tenía desde hacía mucho tiempo.

Estaba en casa.

—¿Cuánto tiempo piensas quedarte?

La pregunta directa de la abuela la enfrentó con su realidad.

—No lo sé, según cómo vayan las cosas.

Los hombres llegaron en compañía de un mozo que se

encargó de colocar el equipaje en el carruaje ante la atenta mirada del cochero, mientras ellos tomaban asiento en su interior.

Una doncella a la que Mariona no conocía los recibió y les informó de que los señores estaban en la salita. La viajera pisó el vestíbulo del que había sido su hogar hasta que lo abandonó, con una emoción contenida. Aquel aroma sí era estar en casa.

Con paso ligero se dirigió hacia la estancia donde, desde la puerta, contempló a sus padres, ajenos a su llegada. Cada uno estaba sentado en un sillón; su madre cosía y su padre leía el periódico. Tenía la pierna derecha estirada sobre una otomana pequeña y un bastón descansaba a su lado. Parecían haber envejecido bastante, luego pensó que sus rostros todavía reflejaban el susto de la bomba y el dolor de la pérdida.

—Mamá, papá..., ya estoy aquí.

Doña Elvira se levantó casi de un salto, pero a su padre le costaba, de modo que ella corrió a su lado y se abrazó a su cuello, arrodillada en el suelo, como hacía de niña.

—Vamos, vamos... Estoy mejor de lo que debo de parecer —murmuró su padre con unas suaves palmadas en su brazo.

Mariona se levantó con los ojos llenos de lágrimas y se acercó a su madre. Ambas se miraron unos segundos, evaluando a la mujer que tenían delante. Mariona posó la palma de la mano en el rostro materno, sobre el apósito que cubría parte del lado derecho. Su madre se encogió de hombros como si le restara importancia, pero con la emoción en los labios, y ambas se fundieron en un sentido abrazo.

—¿Has visto, Rodrigo? Se fue una niña, regresa una mujer.

—¡Madre! No era una niña, y además, me viste cuando fuiste a visitarme.

—Pero no te tenía conmigo. —Su madre volvió a abrazarla. Luego, como si algo cruzara su campo de visión en la distancia, se separó de ella y se dirigió a la entrada de la sala—. Querido Bernat, no tengo palabras para agradecerte haberme traído a mi hija en estos duros momentos.

—No tiene por qué agradecérmelo, ha sido un placer. ¿Qué tal está Gonzalo?

—Parece que lleva la procesión por dentro —dijo doña Elvira con pena.

—Bueno, será mejor que me marche —afirmó Bernat de pronto—, ustedes tienen muchas cosas de que hablar y yo he de resolver algunos asuntos antes de reincorporarme a mi trabajo.

—¿Cómo? ¿Vas a marcharte sin tomar nada? —inquirió doña Elvira e hizo sonar una campanita. Al momento la doncella que había abierto la puerta se personó—. Avelina, por favor, que sirvan en el comedor un refrigerio. Ya sé que es pronto para la cena, pero la señorita María Elvira y nuestro querido amigo, el señor Ferrer, acaban de regresar y deben de estar famélicos después del larguísimo viaje.

Mariona vio que su madre cobraba vigor y, en un santiamén, con la autoridad que la caracterizaba, organizó una merienda tardía o una cena temprana, según se mirara. Habían tomado algo en el tren, pero la comida había sido horrible, y agradeció echarse algo al estómago. Observó que Bernat sonreía complacido.

—Si es posible, Avelina… —Mariona llamó a la sirvienta cuando casi desaparecía por la puerta y, con una sonrisa, que la doncella le devolvió, le hizo un encargo—. Pregunta a María, la señora Morente, si tiene croquetas de las suyas, me encantará probarlas. Dile a la cocinera que el señor Bernat está aquí, para que lo tenga en cuenta, y que luego me pasaré a saludarla.

La chica desapareció y Bernat le inquirió con tono curioso.

—¿Qué quieres decir, que soy un glotón?

—En cuanto a los pasteles y las croquetas, sí.

Aquel comentario provocó la risa de los presentes y por un instante la pena que había en el aire desapareció un poco.

Los seis pasaron al salón comedor. Mariona estuvo muy pendiente de su padre, que, con cierta dificultad, pero rechazando cualquier ayuda, se puso en pie y, bastón en mano, caminó despacio detrás de ellos.

Una vez alrededor de la mesa, la conversación giró en torno al atentado y a lo que se sabía de él. Habían pasado seis días.

—¿Han atrapado al que tiró las bombas? —preguntó Bernat.

—No, parece ser que escapó entre la confusión. Han detenido a los habituales —respondió don Rodrigo—. Los periódicos solo hablan de los muertos que se van enterrando.

El abuelo comentó que les había visitado en casa el general Martínez Campos quien, en nombre de la reina regente, se interesaba por los heridos y las familias de los fallecidos en la catástrofe. También explicó que habían nombrado un juez especial y se había designado al del distrito de Atarazanas, don Dionisio Calvo.

La vida social en Barcelona se había resentido tras la bomba. La gente apenas salía a grandes eventos y el teatro, sobre todo, notaba el miedo del público a reunirse en espacios cerrados. Una ola de tristeza parecía haberse adueñado de la ciudad y todos los locales que servían para el entretenimiento veían mermados sus ingresos.

—Espero que den pronto con el culpable —gimoteó doña Carmen—. De nada sirve tener la cárcel de Montjuïc o la Reina Amàlia llena de sospechosos y el responsable por ahí, libre y tan contento. La gente tiene miedo, esos canallas no respetan la vida y a base de ir poniendo bombas no se cambian las cosas.

Durante más de una hora compartieron refrigerio y conversación, luego Bernat se despidió de los Losada. Mariona lo acompañó a la puerta.

—Gracias, Bernat, gracias por acompañarme de vuelta a casa. Has sido un gran amigo.

—Gracias a ti por permitirme hacerlo. Ese novio tuyo no estuvo muy fino en el último momento.

Mariona no había pensado en Howard. No le había dicho a Bernat que habían roto, que ella no pudo aceptar lo que él le proponía y que alguna parte de culpa la tenía él, por haber regresado a su vida, confundirla y removerle las entrañas. Simplemente lo había excusado por los negocios y dejó caer que viajaría a Barcelona cuando pudiera.

Tenía que reconocer que, aunque no le hubiese dicho la verdad, a lo largo de todo el viaje Howard siempre estuvo entre ellos dos. Ella no lo nombraba, él tampoco y, a pesar de que viajaban solos, Bernat no le había tocado ni un solo pelo. Y eso le había fastidiado en algún momento, porque en más de una ocasión se descubrió pensando en una intimidad entre ellos dos y la calidez de sus besos. Pero Bernat había cumplido su palabra de no volver a besarla y, desde luego, ella no se lo había suplicado.

—Te veré mañana, Mariona —dijo Bernat en un murmullo—. Quiero que sepas que no pienso retirarme, que todo lo que te dije en Londres lo mantengo y que este viaje casi me enloquece. Tenerte tan cerca y tan lejos a la vez ha sido duro. No quiero que te confundas y pienses que he olvidado mis intenciones.

—Ya veremos —señaló ella como un desafío.

Bernat cruzó el umbral de la puerta, pero se volvió de

golpe, tan rápido que sorprendió a Mariona, que apenas tuvo tiempo de reaccionar. Posó los labios en los suyos en una tierna caricia para robarle un beso y, antes de darse la vuelta de nuevo y marcharse, le susurró muy bajito:

—No quiero ser tu amigo, quiero ser todo tu mundo.

Bernat se entretuvo con el portero de su finca, quien le entregó algunas cartas, entre ellas una de su tío, y le estuvo contando el susto de la bomba. Era la comidilla que se oía en todos los cafés. El hombre, muy solícito, lo ayudó con el equipaje y le dijo que su mujer había estado aquella misma mañana aireando la casa.

Subió tras él los escalones que dirigían a su vivienda, un piso bastante grande para un hombre soltero, con entrada independiente a los demás vecinos del inmueble, y que le encantaba porque lo compró con lo que recibió de la herencia de su padre cuando fue mayor de edad. Su tío le había aconsejado que invirtiera aquel dinero, casi se lo había exigido, y él había tardado en ver que aquella insistencia no era otra cosa que el temor a que lo despilfarra en las mesas de juego, a las que se aficionó durante un tiempo.

Despidió al portero, que había dejado el equipaje en el vestíbulo y, tras quitarse el abrigo, fue a su despacho e hizo varias llamadas de teléfono. La primera a Gonzalo. Este le dijo que Mariona se había presentado en su casa y estaba conversando con Inés, quien hablaba poco, pero al menos se había mostrado receptiva y le gustó verla. Pensó que si lo hubiera sabido la habría acompañado, pero luego imaginó que la decisión habría sido un impulso.

Gonzalo le contó que él había regresado al trabajo. La ansiedad y la angustia se habían extendido no solo entre sus pacientes ingresados, sino también entre los familiares, y ni siquiera los médicos estaban exentos de ella. A todos les había afectado la bomba y más de uno tenía conocidos entre los heridos. También los nuevos pacientes desarrollaban diferentes síntomas, sin causa física, pero con una clara reacción a lo sucedido. Por suerte, Teresa, la madre de Inés, los estaba ayudando mucho y él podía ir al trabajo unas horas, aunque no quería dejar a su esposa mucho rato sola, porque ni siquiera tenía ánimo para ocuparse de su hija Sofía. Mariona iría a buscarla por la mañana, para pasar el día juntas.

Lo escuchó abatido y pensó que Gonzalo estaba muy pendiente de todo el mundo menos de sí mismo, y, si había aprendido algo de él, decir que uno estaba bien no significaba que fuera cierto, sino una defensa para que la gente dejara de preguntar. Su amigo sufría por su mujer y por el bebé perdido, pero no lo decía. Tenía que hacer algo por él, aunque solo fuera acompañarlo y escuchar su silencio sentado a su lado. Quedó con él para el día siguiente, cuando Gonzalo hubiera acabado sus visitas.

Su última llamada fue a Miguel Galán. Quería saber cómo estaban las investigaciones, tanto de lo que un mes atrás había tenido que abandonar, la desaparición de Jacinta Soler, la hija de la actriz, como sobre la detención del criminal que había causado el terror en el Liceo. Pensó con malicia en Arcadi Pons, preguntándose si la bomba lo habría pillado con su amante de turno en el teatro, pero enseguida templó su rabia hacia el político. Lo ocurrido en la ciudad era demasiado serio como para que él se centrara en sus prioridades, no podía seguir con su cruzada personal contra Pons. Si se lo proponía podía acabar con su carrera y él tenía que ser más inteligente.

Pero, aunque intentó en varias ocasiones dar con el policía, solo pudo dejar recado para él en comisaría. No sabían darle razón de dónde se encontraba. Bien podría estar en una de las tabernas de la plaza Real o en su casa, descansando de la jornada.

Hizo tiempo para meterse en la cama y leyó con interés los periódicos que la casera le había dejado amontonados. Se acostó con la idea de que las noticias no eran muy alentadoras.

No pasó una buena noche. No por el clima social y político, no, eso no le quitaba el sueño; se lo había robado Mariona hasta bien entrada la madrugada. Sin querer, y queriendo, daba vueltas a algunas situaciones vividas durante el viaje. Había reservado un camarote para cada uno en el barco en el que hicieron la travesía. Era más cómodo para descansar, pero pasearon por cubierta y comieron juntos. Quizá Mariona no se daba cuenta, pero cuando ella bajaba la guardia, entre ambos se establecía una gran complicidad. Ya en tierras españolas, tardaron bastante en poder enlazar con el tren que cruzaría el territorio hasta llegar a Barcelona. Fue un viaje pesado y largo, bastante incómodo. Pero Bernat guardaba como un tesoro algunos de los momentos vividos que le parecieron de una intimidad arrolladora. Ella había dormitado durante un rato, apoyada en su hombro, sin darse apenas cuenta, mientras compartían asiento en el vagón, y él no había osado moverse para no desvelarla. Cualquiera que los observara podía pensar que eran un joven matrimonio en viaje de novios. Aquella idea se le había instalado en la cabeza y era la que no le había dejado dormir.

Se levantó temprano y se vistió cuidando su aspecto. Recordó a los ingleses, siempre tan elegantes, y trató de emularlos, aunque dándole su estilo. Luego escribió una nota a la señora Antonia, la mujer del portero que cuidaba su casa, para que le arreglara la ropa del viaje. Cuando iba a salir, cogió su bombín comprado en una de las exclusivas tiendas de Londres, miró el paraguas que había dejado colgado en el perchero la noche anterior y, sin hacer caso del tiempo, salió a la calle. Estaba seguro de que no lo necesitaría.

Desayunó donde solía hacerlo cada mañana antes de subir a su puesto en la redacción de *La Vanguardia*. Allí encontró a algunos compañeros que con guasa le preguntaron si ya estaba de vuelta. Otro murmuró con bastante desacierto, ya que se ganó la censura de otros allí presentes, que se había perdido los fuegos artificiales, y los más burlones le dijeron que se parecía a un inglés.

Don Modesto Sánchez Ortiz, el director del diario, lo recibió como si lo hubiera visto el día anterior.

—Ferrer, ¿qué me trae?

—Señor Sánchez, la verdad es que todo lo que podía ofrecerle se ha quedado desfasado con las novedades que hay en la ciudad y en España. —Recordó las noticias que había leído—. Hay que ponerse a trabajar y ser más incisivos en la noticia. La guerra de Melilla del gobernador Margallo contra las tribus o cabilas que le costó la vida ha dado un vuelco con la llegada de los cruceros *Alfonso XII* e *Isla de Luzón*, los criminales del Liceo... Espero poder reincorporarme y que no sean los políticos los que decidan sobre sus redactores. Si es así, dígamelo, porque el *Times* me espera.

Don Modesto buscaba algo sobre su mesa y aquel último comentario hizo que detuviera su mano en el aire.

—¿Qué quiere decir?

—El señor George Earle Buckle, editor del *Times*...

—Sé quién es el señor Buckle —espetó molesto—. ¿Es que pretende robarme a mis redactores? ¿Nos deja para siempre?

—En absoluto, él está interesado en que haga de corresponsal. Pero necesito saber si cuenta conmigo para saber mi disponibilidad.

—Por supuesto que cuento con usted. ¿Acaso lo he despedido? —bramó autoritario—. Céntrese en su trabajo y olvídese de Pons. Y ahora vaya y tráigame algún texto decente.

Bernat salió contento del despacho del director, usar la baza del *Times* le había servido. No dudaba de que escribiría algo para el diario inglés, pero de momento iba a centrarse en el trabajo que había dejado en espera el último mes.

Se fue a su mesa y de una colleja sacó al aprendiz que había tomado posesión de su espacio.

—Disculpe, señor Ferrer, me dijeron que estaba en el extranjero y que tardaría en volver.

—Pues ya ves que he regresado.

A Bernat no le pasaron desapercibidas las risas de otros compañeros, Mariano Nuño y Juan Cámara entre ellos, y pensó que se habrían estado burlando del chico desde el día que había llegado. El muchacho, un joven de unos diecisiete años, apiló sus pocas pertenencias en sus brazos y se dispuso a cambiarse de lugar.

—¡Espera! ¿Cómo te llamas?

—Rufino Pujalte. Rufo o Puja, me llaman.

—¿Qué función haces?

—Ayudo aquí y allí, hago recados. A veces hago lo que puedo, tengo otro trabajo —explicó. Mariano y Juan se hicieron los despistados, y el chico soltó orgulloso—: Pero no me gusta. Quiero ser periodista.

—¿Y ninguno de estos mamarrachos se ha dignado enseñarte? —Miró a sus compañeros y, como si se disculpara por lo dicho, inclinó la cabeza.

El muchacho se encogió de hombros y luego hizo un gesto que bien podría significar que sí o que no.

—Cógete una silla y busca un lugar cerca de mi mesa. Necesito un ayudante.

Rufino lo miró con los ojos muy abiertos, como si le costara creerlo. Dudó por unos instantes, pero ante la expresión de Bernat, dejó los papeles en una esquina de la mesa.

—Sí, señor —soltó, agradecido—. No se arrepentirá. Sé mantener la boca cerrada y los ojos bien abiertos.

Unas palmadas sonaron desde el fondo de la sala. Era don Modesto.

—¡Y ahora, a trabajar todo el mundo!

A la hora de comer, Bernat recibió noticia de Miguel Galán. Lo esperaba en el restaurante donde habían comido otras veces.

El periodista se presentó con el joven Rufino.

—Parece un dandi inglés —se burló el policía, a la vez que le estrechaba la mano. Luego añadió, dándole un repaso al muchacho—: ¿Se ha traído compañía?

—Hola, Miguel. Este es Rufino, mi nuevo ayudante.

Se sentaron a la mesa y una mujer tomó nota de lo que querían comer. Tras las bromas y pullas iniciales, Bernat fue directo a lo que le interesaba.

—¿Qué se sabe de Jacinta? ¿La han encontrado?

—No, es como si la tierra se la hubiera tragado. Ya le dije que todo se paralizó con el atentado, pero ¿no quiere saber antes de su persona favorita, Arcadi Pons?

—Creo que ese hombre y yo, cuanto más lejos mejor.

—Hace bien, es como un grano en el culo. Se dice que ha perdido dinero en un negocio de ultramar, pero está bastante calladito. Lo de la bomba tiene al consistorio revolucionado y el gobernador civil quiere resultados y ha puesto a todo el departamento de policía en danza, buscando a los criminales, hasta debajo de las piedras.

—¿Y saben algo?

—Para mí que esos están ya en otro país. Sin embargo, hay muchas detenciones; lo peor en estos momentos es ser anarquista, los tenemos vigilados. Alguno acabará yéndose de la lengua.

Mientras hablaban, Rufino daba cuenta del plato que le habían servido: un par de huevos fritos con patatas y chorizo. Se le veía más entusiasmado por su comida que por la conversación.

—¿No tienen ninguna línea de investigación?

Galán lo señaló con el tenedor.

—De esto ni mu, ¿estamos?

—Estamos, pero algo podré decir a los lectores, ¿no? Estoy cansado de leer nombres de muertos y heridos desmembrados en los diarios, incluso en el que trabajo yo.

El inspector le comentó que se habían infiltrado en algunos grupos de obreros y de ahí habían salido algunas detenciones de distintos dirigentes con antecedentes anarquistas. Pero buscaban al que lanzó los explosivos. Dos bombas Orsini, con seguridad compradas en medios anarquistas. Por suerte, si se le podía llamar suerte, solo había explotado una, la otra había caído en la falda de una mujer que había muerto con la primera explosión y eso amortiguó el golpe y evitó que el dispositivo estallara, causando mayores daños.

El muchacho se limpió la boca con la servilleta y soltó de pronto:

—Esa gente se conocen todos, pero no delatarán a nadie en concreto, y menos ante un desconocido. Por ahí se dice que ese atentado es en represalia por el juicio y ejecución de Paulino Pallás, el que le tiró las bombas a Martínez Campos en el atentado de la Gran Vía.

—Y aquel atentado, Pallás lo justificó como una venganza por los incidentes ocurridos un año antes en Jerez de la Frontera —añadió Bernat, quien había escrito un artículo sobre aquel asunto—. También declaró que había atentado contra el general Martínez Campos porque representaba un agravio para el pueblo catalán.

—¡Son unos bárbaros! —exclamó Galán—. Ese hombre, Pallás, fue condenado a muerte; quizá su fusilamiento ha propiciado el ojo por ojo, varias semanas después, pero somos más fuertes y ganaremos. Son un grupo insurrecto, sin cabeza que los gobierne, y eso los llevará a cometer errores. Entonces yo estaré ahí para apresarlos y llevarlos ante el juez.

Miguel Galán hizo un silencio prolongado, rumiaba alguna idea y Bernat, tras tomar un sorbo de su copa de vino, lo interrogó con la mirada.

—¿Cómo sabes lo que se dice por ahí? —preguntó Galán con los ojos clavados en Rufino.

—Tengo amigos anarquistas, o al menos eso dicen ellos. Los he acompañado a algunas reuniones en la calle Diputación o en las calles del puerto... Pero no daré sus nombres para que los detenga.

—¿Y si son responsables de algo serio? —preguntó Bernat, inquisitivo.

—Esos no matarían ni a una mosca, lo más que hacen es repartir octavillas e impresionar a las chicas —replicó el muchacho. Luego, como si analizara sus propios pensamientos añadió—: Pero estaré atento.

14

Bernat se despidió de Miguel Galán y envió a Rufino de vuelta al periódico. Quería ver a María del Rosario, pero prefería hacerlo solo. Pensaba que le debía una visita. Se había marchado algo precipitado de la ciudad y, aunque le había mandado una nota, tenía la convicción de que lo correcto era conservar las buenas maneras.

Se personó en el teatro para hablar con ella, sin embargo, al llegar le explicaron que la actriz no estaba. Las funciones habían sido anuladas por la escasez de público. Ese dato le confirmó el miedo de la burguesía catalana a sufrir otra catástrofe de dimensiones similares a la de la noche del 7 de noviembre. Aunque, para ser justo, la sorpresa se la llevó cuando, a modo de confidencia, le dijeron que, en realidad, ella ya no trabajaba allí, porque había abandonado la escena. Se había retirado tras la desaparición de su hija.

Por unos momentos calibró qué hacer. Le debía una visita, aunque fuera en recuerdo del pasado, cuando jugaba con él de niño. Revisó su reloj de bolsillo y vio que le daba tiempo de ir a su casa y luego acudir puntual a su cita con Gonzalo.

Le habría gustado tener entre sus planes un encuentro

con Mariona. Se preguntó cómo le iría su primer día en casa, pero recordó que estaría con Sofía; al menos la niña la tendría entretenida.

Cuando llegó a casa de la actriz, lo primero que le dijo el sirviente que lo atendió fue que la señora no recibía visitas. Tuvo que usar todas sus dotes de persuasión para que el rígido criado aceptara informarle de que Bernat Ferrer estaba en su puerta.

—Dígale que acabo de regresar de Londres y solo quería saber de ella. Si no desea verme, me iré por donde he venido.

Cinco minutos después, el mismo sirviente lo dirigió a una salita, donde le pidió que esperara. Bernat dejó su bombín sobre una mesa pequeña y tomó asiento en un sillón.

María del Rosario entró a paso lento y él se levantó con presteza para recibirla. No le hizo falta mirarla durante demasiados segundos para darse cuenta de que aquella mujer bella había envejecido diez años en el último mes.

—Señor Ferrer. Disculpe mi aspecto, no recibo visitas y me gusta estar cómoda en casa.

Bernat se consideraba un gran seguidor de las modas y no le pareció que aquel vestido fuese «de estar por casa», sin embargo, sí le llamó la atención la tonalidad. Parecía de medio luto.

—¿Le apetece tomar un café? ¿O quizá un té? —inquirió con un deje de humor—. Tan solo son las cuatro de la tarde, pero tengo entendido que a esta hora los ingleses toman religiosamente el té, y en la cocina hay. Tengo un amigo de gustos ingleses.

—Cierto, a las cuatro de la tarde... allí. Aquí sería a una hora más tarde, a las cinco en punto, por eso de la diferencia horaria —contestó Bernat en tono igualmente ligero—. Pero prefiero un café, gracias. Hay costumbres que es mejor conservarlas.

María del Rosario llamó a una doncella y le pidió que

trajera café para ambos y algunas pastas, luego tomó asiento en un extremo del sofá que había cerca de donde Bernat había estado acomodado. Él esperó a que ella se sentara para hacer lo mismo.

—¿Así que ha estado por Londres? ¿Un viaje de placer?

—Bueno... he de decir que ha sido muy agradable estar allí, pero en un principio tuve que marcharme por, digamos, algunas imposiciones.

—¿Le han despedido del periódico?

—No, no. Es que hay políticos que ejercen su poder cuando no les gusta lo que se dice de ellos. Se podría decir que tuve que desaparecer de escena un tiempo.

—Sí, me temo que ese es un mal que aqueja a este país. El poderoso siempre encuentra el punto débil del que está por debajo de él.

—He querido venir a visitarte porque sé que las investigaciones sobre la desaparición de Jacinta llegaron a punto muerto y...

—Ya va para dos meses... —lo cortó—. Mi hija no se escapó de casa —señaló con rotundidad—. Si ha venido a decirme eso, no lo haga, por favor. No acepto esa conclusión. Puedo entender que han pasado cosas en la ciudad que han desviado la atención de una simple muchacha a la que no se encuentra y que, además, es hija de una actriz soltera. Todo un escándalo para la moral burguesa. Pero yo cada vez estoy más convencida de que alguien se la llevó.

La actriz sacó un pañuelo de su manga y se enjugó las lágrimas que amenazaban con inundar sus ojos. Su voz se había quebrado y precisó un instante para recomponerse.

—Estoy desesperada, Bernat, tienes que ayudarme —dijo, tuteándolo.

Él se sintió confuso por el trato personal, pero no fue eso lo que lo sorprendió, sino que ella le agarró la mano y se la apretó con bastante angustia.

—Quisiera hacerlo, y has de saber que la policía no se rendiría si supiera por dónde tirar —respondió con sinceridad—. No querías hablar con ellos y eso les dificulta el trabajo.

—No sé de quién fiarme. Me preguntaron por su padre. Supongo que pensaron lo mismo que tú, que estaría con él, y yo callé por protegerlo. Pero no merece ni siquiera eso.

Bernat escuchó atento el relato de María del Rosario. Ante su desesperación por no saber del paradero de su hija había recurrido al padre de la muchacha. Había tratado de citarlo en su casa, en un restaurante, incluso le había propuesto verse en el teatro, pero él le enviaba siempre la misma respuesta: «No me es posible». Así que se personó en su residencia.

Su esposa la recibió sin saber quién era en realidad. Ella inventó una excusa y representó un papel. Le contó que presidía una asociación que buscaba fondos para ayudar a las jóvenes desfavorecidas de la ciudad. La mujer, impresionada por que una actriz de la talla de María del Rosario fuese personalmente a su casa, la invitó a merendar. Allí la encontró Arcadi Pons.

—¡Pons! —exclamó Bernat, y se levantó del asiento como impulsado por un resorte. Luego, tras un gesto de disculpa, volvió a sentarse—. ¿Arcadi Pons es el padre de Jacinta?

—Sí. Mi historia es como la de muchas jovencitas que entran a servir en una casa bien y son seducidas por sus señores. Él era el hijo de los patronos, pero se pasaba allí casi todo el día. Yo quedé deslumbrada por su palabrería, llegué a creer que me quería. No me daba cuenta de que él solo veía a una chica bonita y tonta a la que meter en su cama. Mi sueño se rompió cuando quedé embarazada. Me dijo que tenía que irme de la casa, del pueblo y que tenía que deshacerme del «problema», incluso me amenazó con denunciarme por robo si le contaba a alguien que el hijo era suyo. Entonces me dio dinero, metió la mano en el bolsillo y sacó un puñado, y otro del otro bolsillo, y del otro. Yo no había visto tantos billetes juntos en mi vida. Cogí lo que me daba y me fui a casa.

Bernat tuvo la impresión de que María del Rosario se liberaba al poder contar aquella historia. Con amargura le explicó que fue su madre la que se percató del embarazo, al descubrir que no sangraba, y se lo contó al padre. Este la sacó a la calle agarrándola del pelo, tiró un hatillo a sus pies y le exigió que no volviera.

—Nunca olvidaré sus palabras —relató la actriz a la vez que le caía una lágrima del ojo derecho—. Me gritó que, si había sido tan espabilada para encamarme con cualquiera, podía serlo para ganarme las habichuelas. Cerró la puerta y nunca más volví a verlos.

—¿Y Pons sabía de Jacinta? —preguntó Bernat con curiosidad.

—Nunca se lo conté, hasta hace unas semanas. La primera vez que me vio en el teatro, no me reconoció. Habían pasado los años y yo venía de triunfar en París. Fue muy insistente para acercarse a mí. Me enviaba ramos de flores tras cada función, con una tarjeta en la que me invitaba a una cena privada, en el Set Portes. Lo hizo durante todo un mes. Mi negativa lo enfureció, así que un día, sin avisar, se coló en mi camerino. Había atado cabos, dijo, y quería enterrar agravios pasados. Enseguida le vi el deseo pintado en la cara, sabía que lo que pretendía era meterme en su cama de nuevo, y jamás acepté salir con él, aunque lo veía en fiestas y espectáculos y actuábamos como si nada hubiera ocurrido entre los dos. Cuando desapareció Jacinta, y tal como estaban las cosas en la ciudad, recurrí a él. La policía tenía otras preocupaciones que buscar a mi hija. Le pedí ayuda, le conté que era el padre, le rogué y le supliqué, pero no quiso ayudarme.

—¿Qué dijo al saber que tenía una hija?

—Que él solo tenía un hijo, su único heredero... ¡Como si lo que yo buscara fuera dinero!

María del Rosario se acomodó en el sofá y templó su ánimo.

—Ese hombre no me ayudará, pero Dios que está en todas partes, pone a cada cual en su lugar, y he prometido a la Virgen que el día que mi hija regrese, le contaré la verdad a ella y a quien quiera escucharme.

—La policía me ha dicho que no tienen ninguna pista.

—Lo sé, pero lo único que pido es que no se olviden de mi Jacinta, mi hija está en algún lugar. Alguien la retiene, ella jamás se habría ido sin decírmelo. Aunque solo fuera por decirme a la cara que me odiaba y que por eso se iba de casa.

Bernat fue testigo de cómo a la mujer se le humedecían los ojos, de nuevo. El sufrimiento era algo que llevaba por dentro, pero se le reflejaba en la cara, que es el espejo del alma. Se sintió en la obligación de decirle que él no la olvidaría y que haría todo lo que estuviera en su mano para que siguieran buscándola. Incluso le prometió que escribiría algo sobre el caso.

Le preguntó por qué había dejado el teatro y su respuesta lo conmovió.

—Actuaba para sentirme viva, pero he descubierto que quien me hacía sentir viva era mi hija. Sin ella nada tiene sentido.

Bernat se despidió con un sentimiento de impotencia por no poder ofrecerle ningún tipo de consuelo.

Mariona tuvo que reconocer que Sofía era una niña muy espabilada para la edad que tenía, pero también agotaba a cualquiera. Hablaba por los codos y le dio pena oírle decir en varias ocasiones que su madre estaba triste. Indagó si sabía el motivo y le sorprendió que una niña que aún no contaba cinco años pudiera resumir tan bien algo doloroso de explicar.

—El bebé se ha ido al cielo y mamá llora porque ya no vendrá la cigüeña a casa. Quien se va al cielo ya no vuelve. Pero tendrá que encargar otro, porque yo quiero un hermanito.

Los niños resumían todo de una forma tan simple que hasta parecía fácil.

Jugaba con Sofía y una muñeca a que tomaban el té, en mitad del salón de la casa de sus padres, y ella se había quedado sin saber qué decir. Simuló que bebía de la tacita de porcelana que la niña había dispuesto sobre la alfombra con un cuidado exquisito e hizo lo único que podía hacer: salir del paso y no mentirle.

—Pues tendremos que ponerla contenta —admitió como si hablara con una persona adulta, y dejó la taza en su platillo—. Y cuando esté bien, entonces a lo mejor la cigüeña trae un bebé envuelto en un paño, colgando de su pico.

La niña pareció rumiar su explicación.

—Podemos llevarle chocolate a mamá —añadió, convencida—. A mí me gusta mucho y cuando me dan un trocito, me pongo contenta.

—Creo que tienes razón, vamos a comprar chocolate. Es lo mejor del mundo.

Cuando regresó a casa de su hermano, esperaba que este hubiera llegado. Se había alargado más de lo acordado y había ido con la niña a merendar a una cafetería de la calle Petritxol, donde tenían los mejores melindros y el mejor chocolate de Barcelona. Pensó que así le daba espacio a Gonzalo para que pudiera tener algo de tiempo para distraerse y, también, para estar a solas con su esposa. Pero cuando entró en la casa descubrió que no solo estaba allí, sino que además se había traído visita.

No pudo controlarlo: cuando oyó gritar a su sobrina, el corazón le dio un brinco de emoción.

—¡Tío Bernat! Has venido.

Allí, vestido con la elegancia de un inglés, estaba Bernat. Este se levantó deprisa al verlas entrar en la sala y acogió el abrazo espontáneo que la niña le daba. Ella lo saludó con cortesía, inclinando la cabeza, y se dirigió al fondo de la sala a ver a Inés que, junto a Gonzalo, permanecía sentada en el sofá. Mariona observó que su rostro mostraba unas marcadas manchas oscuras bajo los ojos y tuvo la impresión de que la habían obligado a salir de la cama y de la habitación. Cuando había ido por la mañana a recoger a Sofía, estuvo largo rato con ella, incluso la ayudó a bañarse. Había sido toda una suerte que Inés se lo permitiera, le había dicho su hermano, porque nadie había conseguido que se moviera del lecho en varios días. Como médica, era consciente del intenso dolor que abrumaba el alma de su cuñada. Las heridas del cuerpo iban cicatrizando, pero Inés era un pajarillo herido que necesitaba tiempo y todo el cariño de su familia para superar la tragedia.

La niña se acercó a su madre con una sonrisa en los labios y una bolsa entre las manos.

—Mira, mamá, la tía Mariona me ha comprado chocolates, pero son para compartir. Estos son para ti.

Inés cogió el presente que la niña le entregaba y forzó una sonrisa, luego dejó el paquetito en su regazo sin mirarlo siquiera.

—Gracias, cariño.

Sofía debía de esperar algo más de su madre, porque al no recibirlo, miró a su padre buscando una respuesta. Gonzalo se dio una palmadita en el muslo y la niña se encaramó en su regazo. Él la besó en la frente.

—Mamá lo probará más tarde —le dijo con ternura—. Qué buena idea traer este regalito.

Inés miraba más allá de la escena, como si estuviera centrada en sus pensamientos, ajena a lo que pasaba a su alrededor. Mariona pensó en la cantidad de mujeres a las que había tratado tras la pérdida de un hijo recién nacido o nonato, incluso algunas que, después de haber dado a luz, desarrollaban una pena intrínseca. La melancolía que afectaba a Inés le preocupaba mucho a Gonzalo que, desde su visión de psiquiatra, no podía obviar que años atrás la madre de Inés había desarrollado un trastorno similar por la pérdida de su esposo, una enfermedad que casi le costó la vida. Ella, sin embargo, era más optimista. Las crisis de llanto de Inés, su profunda tristeza, la angustia, incluso los problemas de sueño que presentaba tenían que ser tratados, pero a la vez había que darle tiempo para asimilar lo ocurrido. Gonzalo no era objetivo con su esposa, estaba demasiado implicado emocionalmente.

Habían tenido aquella conversación esa mañana, pero con Bernat allí quizá era buena idea retomarla. Gonzalo era un psiquiatra excelente, pero un ciego en su casa.

Inés se levantó de repente, casi se tambaleó. Los ojos se le habían humedecido y los tres adultos, más la niña, la miraron con preocupación.

—¿Adónde vas, mami? —preguntó la pequeña.

Inés solo dijo que estaba cansada y Gonzalo, con Sofía en brazos, se irguió también y dijo que la acompañaba.

—Puedo ir yo, si quieres —propuso Mariona.

—No, ya me apaño. Me llevo a mis chicas a descansar, ahora regreso. No te vayas.

Mariona miró con tristeza a su hermano, que sostenía en un brazo a la niña mientras con el otro rodeaba los hombros de Inés, que parecía que había empequeñecido, y la conducía a su habitación. Antes de salir del salón, una de las doncellas agarró a Sofía, la colgó en su cadera y le anunció que tenía que darse un baño. La niña se volvió hacia ellos y con la manita extendida se despidió hasta otro día.

—Qué triste todo —se lamentó Mariona antes de tomar asiento.

—Sí, bastante. Pero Inés es fuerte, lo superará —respondió Bernat, que ocupó una butaca no muy lejos de ella.

—Me preocupa Gonzalo.

Bernat hizo una mueca con los labios dando a entender que a él también; sin embargo, cambió de tema y se centró en ella.

—Y tú, ¿cómo estás? —preguntó con interés.

—No sé, no quiero pensar mucho. Parece que una ola de pena lo inunda todo.

—¿Te apetece dar un paseo mañana por la tarde? —preguntó Bernat sin dejar de mirarla. Mariona sintió aquellos ojos oscuros clavados en ella como si fueran una daga ardiente.

—No, tengo trabajo, y además no se me ha perdido nada para ir contigo.

—Entiendo... Yo solo había pensado que te sentaría bien distraerte, no pretendo ir a hablar con el párroco.

Nerviosa, ella se levantó del asiento y puso distancia con él. Por Dios, no era para tanto. Él quería provocarla y por lo visto lo había conseguido. El corazón le había dado un brinco, aunque tenía que reconocer que desde que lo había visto se sentía acalorada, y no podía culpar de ello al chocolate que se había tomado.

—Sí, claro... —respondió y le dio la espalda, aunque era muy consciente de que él se había levantado y estaba a unos pasos de distancia. Cuando consideró que podía enfrentarlo, se dio la vuelta. Bernat la miraba con ademán despreocupado.

—Bueno, no te enfurruñes, dime, ¿qué es eso de que tienes trabajo?

—Papá tenía algunas visitas programadas y me ha preguntado si puedo ayudarlo.

—Pero eso es fantástico, así no te aburrirás. Aunque no veo cómo impide eso que demos un paseo, puedo adaptar mi horario —dijo con burla. Ella lo miró con una expresión que pretendía ser de fastidio, pero por cómo él la observó se dio cuenta de que había provocado todo lo contrario. No lo había disuadido.

»Cariño, no te resistas —soltó Bernat con guasa y una mueca divertida. Luego en un tono más serio continuó—: La ciudad ha cambiado en tu ausencia, podría mostrarte todo lo nuevo, o lugares muy populares de reunión. Pero si quieres podemos ir a la Gran Cascada de la Ciutadella, el antiguo recinto de la Exposición es un bonito parque, supongo que lo recuerdas.

¿Cómo olvidarlo? Aquel lugar era especial para ella, allí se besaron una vez. No quería que aquellos recuerdos la turbaran, así que le pidió que hablara de esos lugares nuevos y populares.

Bernat se recreó en explicarle algunas cosas de la ciudad que ella no sabía. Locales nuevos que en su ausencia habían abierto las puertas. Aunque, insistió, para él un simple paseo por las calles barcelonesas ya era suficiente. Aquel último comentario le revolvió las entrañas, no por lo simple de la frase, sino por el tono que utilizó. Un tono ronco, profundo y cargado de sensualidad. El maldito Bernat sabía modular la voz para que su traicionero corazón se volviera un revoltoso.

Mariona luchó contra la emoción y los sentimientos que le provocaba y se obligó a no olvidar su desidia años atrás para no caer rendida en sus brazos.

—Sabes que un día de estos escribirás al dandi y romperás con él —la provocó.

—Ah, ¿sí? —respondió con burla—. ¿Y eso por qué?

—Porque te vas a casar conmigo.

Mariona soltó una carcajada, pero la emoción casi le

estropea el momento de mostrar indiferencia. Él se le acercó mucho, tanto que si hubiera entrado alguien en la sala los habría pillado en una posición bastante indecorosa. Ella no se movió ni un milímetro y Bernat aprovechó para susurrarle muy cerca de los labios, tanto que pudo notar el cálido aliento sobre su boca, y el deseo que se iba apoderando de ella se le hizo lava en las venas, pero se mantuvo estoica. Se estaba convirtiendo en una gran mentirosa, aunque ni siquiera sabía cómo era capaz de controlar sus sentimientos.

—No te quieres enterar de que te amo, y tú también me amas. Que tu lugar está a mi lado y no lejos de mí, de tu familia y de tu ciudad. Pierdes el tiempo con ese inglés. Voy a ser muy cruel contigo porque te lo voy a recordar todos los días hasta que confieses que me quieres.

Sin darle tiempo a reaccionar, Bernat la sujetó por los brazos y la besó. La besó como deseaba que lo hiciera, por mucho que se negara a reconocerlo. Sintió que las piernas se le aflojaban y que se abandonaba a aquella caricia sin pudor. Antes de lo que esperaba, él se separó y con dulzura le puso un bucle de pelo detrás de la oreja.

—Creo que ya te tengo medio convencida.

Enmudeció desconcertada tras esas palabras que la incitaron a responder con rabia, sobre todo al verlo dirigirse con indiferencia hacia el lugar que había ocupado hacía tan solo unos instantes, pero antes de que pudiera abrir la boca él soltó mordaz.

—Tomaré asiento. Gonzalo puede aparecer en cualquier momento y no quiero que piense que te presiono de algún modo.

—¿Sabes, Bernat? Tienes la facultad de sacarme de quicio. Eres un prepotente y...

Gonzalo entró en aquel instante en la sala y los miró con curiosidad.

—Me encanta que algo siga igual, echaba de menos vuestras peleas.

Mariona se obligó a olvidarse de Bernat y se acercó a su hermano, que tomó asiento junto a su amigo y, con gesto cansado, se presionó la frente con ambas manos.

—Sé que es normal que esté así, pero me da tanto miedo de que no lo supere... —se lamentó Gonzalo.

—¿La ha visitado el doctor Giné y Partagás? —preguntó Bernat.

—He visto muchos cuadros así para saber qué le ocurre a mi esposa —respondió malhumorado. Mariona lo justificó para sus adentros: Gonzalo sufría en silencio, pero Bernat no había hecho una pregunta equivocada. Ella también se la hacía. Giné y Partagás era un gran alienista, el mentor de su hermano y un médico de reconocido prestigio en la ciudad.

—Cierto, amigo, pero tú también sufres, quizá has regresado al trabajo demasiado pronto.

—Todos lamentamos lo que ha ocurrido, Gonzalo —dijo Mariona con cautela—, pero creo que no debes hacer de médico y de esposo a la vez. Deja que la vea otro especialista; si no es Giné y Partagás que sea Galcerán. Bernat tiene razón. Además, no le conviene abusar del láudano, puede refugiarse en él para evitar el dolor.

—¿Crees que no guardo a buen recaudo la medicina? —preguntó Gonzalo, suspicaz.

—Por supuesto, pero ¿quién te dice que ella no lo encuentra cuando no estás, o que Teresa o alguna de las doncellas le da más de la cuenta, porque no quieren verla sufrir? ¿Crees que estará mejor adormecida? Sabes mejor que nadie lo que pasó Inés hace años.

—¡Maldita sea, Mariona! —exclamó él con enfado—. Solo he salido unas horas, tenía que ir al hospital, no soportaba el dolor de la casa, su llanto. La angustia en mi pecho por el hijo que no tendré. A mí también me duele... Yo insistí en ir al teatro. Es mi culpa... Y tal como lo dices parece que he abandonado a mi esposa.

—Amigo, ¿te estás escuchando? Voy a decirte algo que no te va a gustar —observó Bernat con vehemencia—. La culpa no es tuya... A veces pasan cosas que no podemos controlar.

Durante unos segundos el silencio reinó en la estancia, luego, Gonzalo, con un tono más sereno se disculpó.

—Lo siento, de verdad que lo siento. Pierdo la objetividad cuando se trata de mi esposa, de mi familia. Ese horroroso atentado me ha hecho ver la fragilidad de la vida. Tengo miedo de perderla. Y está viva, me digo, pero me parte el corazón verla tan destrozada.

—Inés es fuerte, solo necesita sacar su pena —afirmó Mariona—. Y tú, tómate también un tiempo, los dos lo necesitáis. Es mucho lo que has perdido. Sabes mejor que yo lo importante que es liberar las emociones, por eso me ha gustado haberte visto perder los papeles. Empezaba a pensar que todo lo procesabas a través de la razón.

—¿Vas a quedarte?

La pregunta de su hermano, con la que cambiaba de tema de forma radical, la sorprendió y la pilló desprevenida.

—Sé que soy egoísta y que no tengo derecho a pedírtelo, pero esta mañana mientras estabas con Inés y la peinabas después del baño, la vi casi bien. Ella no había estado tan bien conmigo, como lo ha hecho contigo.

—Sí que lo está, lo que pasa es que no lo ves. Inés te necesita, Gonzalo, no te escondas en el trabajo, pero en casa tampoco seas el psiquiatra, el médico.

—Entonces... ¿qué harás?

—La doctora Garrett me dio un mes —señaló por acotar el tiempo y no tener que concretar qué iba a hacer, pues todavía no lo sabía—. Acabo de llegar.

Mariona prefirió obviarlo, pero su madre le había hecho

la misma pregunta a la hora del desayuno. Sin embargo, doña Elvira había metido el dedo en la llaga aludiendo al deber de la familia, a que tenía que ayudarlos. Su padre no se lo pediría, pero no podía atender su consulta solo, al menos en unos meses.

Desde la distancia habría sido más fácil tomar aquella decisión. Allí, en casa, aunque se sentía escindida entre el deber familiar y la obligación profesional, también le había nacido el deseo de quedarse, de estar junto a su familia. En Londres se había sentido sola muchas veces y, no podía engañarse a sí misma, sentía curiosidad por ver hacia dónde iba aquel juego que se traía con Bernat.

Maldito Bernat, casi lo tenía olvidado, pero al entrar de nuevo en su vida con toda la artillería, la había puesto patas arriba. Desde luego, se lo estaba poniendo muy difícil.

Aquella noche, ya en su casa y en la intimidad de su habitación, Mariona tuvo un pensamiento que le generó un escalofrío.

«¿Sería cierto que él la amaba?».

15

Desde que Mariona llegó a Barcelona había estado muy ocupada. Para organizarse, los primeros días decidió establecerse una rutina: por la mañana ayudaba a su padre en la consulta y por las tardes visitaba a Inés.

Tras atender a sus primeros pacientes, don Rodrigo se vio obligado a admitir que le hacía falta. Era muy difícil palpar el abdomen de un hombre, en una revisión rutinaria, sin soltar el bastón para no perder el equilibrio. Doña Elvira, mucho más concienciada con la nueva situación, había sido bastante directa con él.

—¿No querías que la niña fuera médico? Pues acepta su ayuda y dale el lugar que le corresponde.

Al oír aquellas palabras, Mariona tuvo que reconocer que su madre había cambiado.

Don Rodrigo había refunfuñado. Sus costillas se curaban bien y creía que tras varios días de descanso podría retomar su labor con normalidad. Sobre todo, desde que, en una de sus curas, Mariona, a base de paciencia y precisión, había logrado extraerle con unas pinzas los trozos de metralla que aún tenía incrustados en el muslo. Sin embargo, la dirección del hospital de la Santa Creu, donde era médico cirujano desde hacía muchos años, le había dicho que no regresara hasta que estuviera restablecido del todo: «El cuerpo tiene su propio ritmo para recuperarse», le habían recordado.

Mariona no sabía si su padre era consciente de que solo el tiempo diría si volvería a caminar con normalidad. Un trozo de aquellos metales había afectado a un nervio. Pese a ello, él pretendió seguir con su consulta privada. Había muchos pacientes a los que atendía que no podían quedarse sin su médico. Allí, además, no tenía un jefe que le dijera qué debía hacer. Aunque no contaba con la férrea decisión de su esposa, quien insistió como nunca lo había hecho en que Mariona se ocupara de la consulta y él la supervisara si era necesario.

Aquella mañana, bajo la estricta vigilancia y guía de don Rodrigo, como si ella nunca hubiese hecho aquella acción, Mariona le retiró a su madre los puntos de la herida que tenía entre el pómulo y la sien.

—Yo creo que está muy bien, mamá —señaló con sinceridad—. Me parece que si cambias un poco tu peinado, ni siquiera se verá.

Doña Elvira movía un espejo de mano buscando el ángulo adecuado para verse el rostro en su totalidad y en particular la zona que había llevado cubierta con un apósito desde el atentado.

—Le dije al cirujano que me cosía que esta es la única cara que tengo, así que debía esmerarse y hacer los puntos muy seguidos para que no quedara marca. —La mujer sonrió ante la mirada perpleja de su hija. Aquel debió de ser un momento duro para su madre y, no obstante, se permitió bromear. Doña Elvira la miró de frente y aclaró—. ¿Qué? Se lo he oído decir a tu padre miles de veces.

Don Rodrigo se acercó a su esposa y revisó la cicatriz con el ojo clínico de cirujano.

—Querida, sigues siendo hermosa, si es eso lo que te preocupa.

Mariona sonrió ante aquella galantería de su padre.

—Muchas gracias, Rodrigo, pero si he de ser sincera esta cicatriz no me importa, porque estoy viva. Las señales que nos han quedado a ti y a mí no son nada comparadas con la pérdida de Inés y Gonzalo.

La tristeza pareció adueñarse de los tres, pero doña Elvira se recompuso enseguida y comentó.

—Esta noche podemos ir al Novedades —comentó con ánimo renovado—. No debemos dejarnos asustar por esa gente. Tenemos que celebrar que estamos vivos. La burguesía debe salir a la calle y demostrar que no tiene miedo...

—Es una excelente idea, querida —remarcó su padre.

—Está decidido, esta noche vamos al teatro —afirmó doña Elvira—. Llamaré a Bernat.

Mariona observaba a su madre hacer planes y se preguntó si la detonación del artefacto no le habría afectado. No recordaba haberla visto así nunca: le había brindado su apoyo desde que había llegado de Londres, no intentaba meterla en el mercado matrimonial a la mínima y... Un momento, ¿pretendía llamar a Bernat? ¿Para qué?

—Espera, espera... —Doña Elvira, junto a su esposo, se disponía a salir de la sala de visitas de la consulta, que estaba en un ala de la casa y, sin duda, se dirigía al salón donde había un teléfono—. ¿Se puede saber para qué necesitas a Bernat?

—¿Para qué va a ser, María Elvira? Para que nos acompañe.

Siguió a sus padres azorada. Se moriría de vergüenza si su madre osaba telefonear a Bernat y pedirle que fuese su acompañante. Por suerte, justo cuando entraron en el salón, vio que junto a los abuelos estaban sentados Manuel y Lali, con Lucía, su hija.

—¡Esto sí que es una alegría! —exclamó su madre y, por su expresión, Mariona pensó que se olvidaba del teléfono—. No os esperaba.

—Hemos venido a ver a Inés —explicó Lali tras saludar a su suegra con un beso en la mejilla—. Manuel tiene que comentarle unas cosillas de la fábrica, y quiero preguntarle a Gonzalo si deja que Sofía se venga unos días a casa.

Aquello era una idea estupenda, sobre todo para Sofía que, aunque era un año mayor que Lucía, hacía un buen tándem con ella. Las dos niñas se entendían muy bien.

Tanto su cuñada como su hermano mayor reconocieron lo bien que le había quedado a su madre la cicatriz, apenas una línea en su rostro, y también alabaron la evolución de su padre, incluso bromearon sobre lo bien que le sentaba llevar bastón.

—La señal de la tragedia que nunca olvidaremos —remarcó Manuel con sentimiento para concluir la conversación.

El abuelo Calixto cambió de tema, tenían que celebrar que estaban vivos.

En un santiamén su madre y su abuela lo organizaron todo para que trajeran a Sofía y, así, las niñas se quedarían allí a comer con ellos. Por la tarde ya las llevarían a casa; así ellos estaban más libres.

Lali e Inés eran muy amigas y convertirse en cuñadas las había unido mucho más. Lali se hacía cargo de la tienda de modas cuando Inés estaba muy ocupada con los temas de la fábrica. Entre las dos la habían hecho crecer y era un lugar de referencia en la ciudad, sobre todo por los modelos exclusivos y las creaciones de la diseñadora. Por unos instantes, Mariona tuvo un pensamiento que la llevó años atrás, cuando su hermano la había hecho ir a aquella tienda de paseo de Gràcia buscando un vestido para un baile. Allí conoció a Lali, y lo que fue una visita para mirar se convirtió en una tarde de conversaciones sobre temas femeninos. Que ella fuese una médica recién licenciada había impresionado a Lali. «Eres la primera mujer médica que conozco, espero que pronto haya cien como tú», le había dicho. Siete años después no podía decir que hubiera cien mujeres doctoras, por desgracia todavía era una profesión ocupada por hombres, pero sí que era el destino que otras mujeres se iban labrando y no dudaba de que cada vez serían más.

Cuando tiempo después conoció a Inés, tuvo la impresión de que aquellas dos señoritas eran como ella: inconformes con el papel que la vida les había otorgado. Entonces comprendió que por fin había encontrado a unas amigas que la entendían.

—Hemos pensado ir al teatro esta noche —anunció su madre—. Os diría que vinierais, pero...

—Gracias, madre, pero no —la interrumpió Manuel—. Si viene Sofía a casa, no dejaremos a las niñas con la niñera el primer día. En otra ocasión. Pero llama a Bernat, Gonzalo dice que trabaja mucho y necesita distraerse.

Por el gesto que hizo doña Elvira, Mariona entendió que no se había olvidado de nada.

Lali le sonrió de una forma que solo ellas entendieron, pero en vez de responderle con el mismo gesto se cubrió la cara con ambas manos y negó con la cabeza, resignada.

Bernat llegó al teatro Novedades, situado en la esquina de paseo de Gràcia con la calle Caspe, por donde se accedía al recinto, con ganas de ver a Mariona.

Era una suerte que doña Elvira le hubiese avisado de que pensaban acudir a la función y que necesitaba un acompañante para su hija. Él había aprovechado para bromear con la mujer.

—¿Me está asignando el lugar de un pretendiente, señora Losada?

—¿Yo? Jamás osaría tal cosa —respondió. Él rio y ella se puso a la defensiva—. Te conozco desde que ibas con pantalón corto. Aún te recuerdo con las rodillas llenas de churretes, y yo lavándotelas en la fuente de nuestro jardín, para que no te las viera tu tío. Así que aún puedo darte una colleja.

—Solo quería aclarar en calidad de qué me invita.

—¿Tan malo sería?

Aquella pregunta lo desconcertó. Durante mucho tiempo dudó sobre si ella había sabido de sus intenciones, aunque sí estaba convencido de que nunca le había gustado para Mariona.

—Seré franca: mi hija necesita salir y entretenerse. La veo distraída y creo que piensa demasiado en ese inglés. Yo no tengo ninguna intención de que se regrese a Londres, así que ahí lo dejo... Y si la ven acompañada de un caballero, seguro que llama la atención de otros —explicó ella. La sinceridad de doña Elvira le resultó dolorosa, pero aceptó la invitación. Cuando ya iba a colgar el auricular, ella dijo una última cosa—. Por cierto, Bernat, ni una palabra de esto a mi hija. ¿Estamos?

—Estamos, señora Losada. Nos vemos esta noche en el Novedades.

Y allí estaba, con la capa colgando de su brazo y el sombrero alto en la mano. Dejó las prendas en el guardarropa y pensó en Mariona. Se habían visto algunas tardes, no muchas, pero recordaba cada momento en el que habían coincidido en casa de Gonzalo, aunque no habían podido estar a solas. Ella lo evitaba por todos los medios. ¿Sería que pensaba en el inglés, como decía su madre? Sin embargo, había respondido a su beso de forma apasionada. Estaba seguro de que Mariona lo deseaba tanto como él a ella. Solo tenía que hallar el modo de que bajara la guardia y rindiera sus defensas.

Se abrió paso entre el gentío que llenaba el vestíbulo del local. Parecía que la buena sociedad quería olvidar la catástrofe y muchos se habían reunido allí. El Novedades era uno de los teatros, junto al Tívoli y al Liceo, que más aforo tenía en la ciudad.

Observó los diferentes grupos que se habían formado para ver si entre ellos se encontraban los Losada. No tardó en encontrarlos, en compañía de dos matrimonios. Al fijarse bien, descubrió que uno de los caballeros con los que hablaban era Arcadi Pons; el otro, Germán Buendía, uno de los empresarios más influyentes de la ciudad y, por lo que parecía, amigo del sinvergüenza de Pons. Sintió que la sangre le bullía y trató de serenarse. No era lugar para escándalos. Con paso ligero se acercó hasta ellos y los saludó.

—Buenas noches. Querido concejal, espero que no esté aprovechando este evento para ganar afines a su causa. Los Losada son gente decente.

—Señor Ferrer. Me dijeron que estaba en Londres —lo saludó Pons con la misma ironía en la voz que había usado él—. No sabía que había regresado.

—El señor Ferrer es uno de los mejores periodistas que tiene *La Vanguardia* —intervino Mariona—. Dada la situación en la ciudad, es lógico que retome sus funciones informativas, sobre todo ahora que, además, es corresponsal para el *Times*.

—¿En serio? —preguntó Pons con incredulidad.

—Ya ve. Uno cree que puede perder su empleo y lo quieren en todos lados.

—Eso es que debe de hacer bien su trabajo —comentó la esposa del concejal.

—Eso creo yo también, señora Pons.

—Bueno, doctor Losada —dijo Pons, tomando la palabra—. Me alegro de que estén bien los dos, dentro de lo que cabe. Lamento mucho lo de su nuera, espero que pronto esté recuperada del todo.

El grupo se despidió y Bernat los vio alejarse y detenerse con otras personas. Entonces necesitó soltar el aire que retenía. No se dio cuenta, pero tanto Mariona como sus padres lo observaban con curiosidad.

—Lo siento —dijo de forma amigable, abarcándolos a los tres—. Me temo que no soy muy diplomático.

El doctor Losada bajó la voz y le dijo en confidencia:

—Te daré un consejo, ten cerca a tus amigos, pero más a tus enemigos.

—¿Tanto se me ha notado que no es una de mis personas favoritas? —preguntó con curiosidad.

—Para los que te conocemos y sabemos de tu historia, sí —respondió el médico. Luego, con voz más animada, añadió—: Vamos, ocupemos nuestros asientos, que hoy promete ser una velada extraordinaria.

—Han tirado la casa por la ventana —bromeó Mariona—. Luego vamos al Círculo Ecuestre.

—Me parece estupendo —contestó. Cedió su brazo para que Mariona se apoyara en él y entraron en la platea.

Una vez en el palco que el señor Losada había reservado, Bernat comprobó que podía conversar con Mariona con bastante intimidad. Se dio cuenta de que ella observaba los otros palcos con entusiasmo. Siempre había sido un juego cuando acudía con los hermanos Losada al teatro y trataban de adivinar quién había acudido a la función.

—¿Conoces a aquel hombre? —preguntó ella con curiosidad. Bernat afinó la mirada—. El que está en un palco lleno de gente.

—Creo que es Alfredo Fiveller, no sabía que estaba en la ciudad. Suele vivir en Londres.

—Tiene una gran fortuna, ¿se casó?

—No, a sus cuarenta años sigue soltero y no creo que busque esposa, no le faltan las amantes —respondió, y añadió vehemente—: Y la fortuna la heredó, no ha trabajado en la vida para ganar una peseta; sus antepasados se enriquecieron en Cuba con las plantaciones de algodón y tabaco, por no mencionar la trata de esclavos, y él vive del trabajo de otros.

Ella lo miró con una sonrisa y Bernat intuyó que iba a soltar una puya.

—Mira, casi como tú. Vivías de tu herencia y casi dilapidas tu fortuna en el juego. Fue una suerte que no se te acabara. Menos mal que tu tío te puso a trabajar, aunque no lo necesitaras... —Mariona tenía la capacidad de decir verdades como puños con una sonrisa que hacía imposible molestarse. Él sonrió a su vez—. Eso te hizo mejor persona.

—Si tus ojos me ven mejor ahora, me doy por satisfecho. Pero lo de madrugar no es humano —bromeó. Como sentía curiosidad por saber desde cuándo se trataban con los Pons, cambió de tema—. No sabía que tus padres conocían al concejal y a su esposa.

—Papá es el médico de la señora Pons —respondió ella, olvidándose del público del local.

—¿Está enferma?

—Sí, del corazón. —Por el gesto que hizo Mariona, Bernat se dio cuenta de que se arrepentía de lo dicho. Ella lo miró con cautela y añadió—: Pero no se te ocurra publicarlo.

—¿Me crees un insensible? —Alargó la conversación por el simple placer de oler su aroma—. Que odie a su marido no significa que también a ella; creo que es una pobre mujer que no tiene ni voz ni voto en su casa.

—Esa señora es miembro de varias asociaciones para ayudar a los desfavorecidos.

—Querida, los que son muy ricos acallan sus conciencias haciendo ver que ayudan a los pobres.

—Está claro que no hay nada que pueda hacerte cambiar de opinión.

—Sí, sí que lo hay. —Cambió de tema de forma radical,

bajó el tono de voz y la sorprendió—. Te dije que no volvería a besarte y no pude contenerme la otra tarde. Me embrujas.

Ella debió de ruborizarse. La penumbra de la sala no dejó que lo viera bien, pero así lo entendió porque Mariona se llevó el dorso de la mano enguantada a los labios.

—No seas atrevido —observó ella, y con los ojos señaló a sus padres.

Le sonrió por respuesta y se sumó el tanto.

Aquella noche, ya entre las sábanas de su cama, Bernat tuvo problemas para conciliar el sueño. En su mente no cesaban de representarse momentos junto a Mariona. La cercanía en el teatro lo había alterado bastante y, como si fuera un colegial, se había dejado embriagar por el aroma a flores de su perfume. Además, para su tormento, una de las veces que ella se movió, quedó mucho más próxima a él de lo que su cordura recomendaba. Si alguien se hubiera detenido a observarlos, podría haber sacado conclusiones erróneas: no eran novios y mucho menos amantes. Además, estaban junto a los padres de ella, por tanto, nadie que viera la inocente cercanía podía pensar nada indecoroso. Sin embargo, llevado por una locura momentánea, tan solo con reposar la mano en su propia rodilla y estirar los dedos, pudo tocar el volante de la falda del vestido de su amada. Aquel contacto lo enardeció, como si acariciara la tersa piel que cubrían aquellas ropas. Debía de estar loco, sí, porque aquella sensación lo había acompañado el resto de la velada.

En el Círculo Ecuestre había baile aquella noche y maldijo la atención que Mariona había generado al llegar. Su madre tenía razón. Al verla acompañada y tras su ausencia, por el tiempo que había estado en el extranjero, otros caballeros acudieron a ella como las abejas a la miel. Tan solo había podido bailar con Mariona una única vez, pero estaba seguro de que ambos habían puesto todos sus sentidos en aquella pieza y, sin necesidad de hablar, sus cuerpos habían reaccionado.

Quizá debido a aquella locura transitoria que se apoderaba de él cuando la tenía cerca, por todo lo que su corazón reprimía, cuando la música se detuvo y la orquesta anunció que hacía un descanso, sin saber muy bien qué decirle, le pidió que lo siguiera.

—¿Qué quieres, Bernat? —inquirió ella a su espalda.

—Un momento, no te robaré demasiado tiempo, es solo que...

Bernat había girado por uno de los pasillos adyacentes que se abrían al salir del salón. Pasaron por varias salas y, sin saber bien qué encontraría tras una puerta, la abrió y encendió la luz. Era una estancia que debía de usarse como comedor privado. Una gran mesa la presidia con varias sillas alrededor. La hizo entrar con un gesto de premura y luego cerró con la llave que estaba insertada en la cerradura interna. Ella lo miró con los ojos muy abiertos.

—No quiero que nos interrumpan ni que te encuentren aquí sola con un hombre —se justificó.

—¿Ocurre algo?

—Sí, que me estás volviendo loco y no puedo esperar.

—¿Qué...?

Bernat se acercó a ella con pasos lentos. Le daba tiempo para frenarlo, pero Mariona lo único que hizo fue dar unos pasos hacia atrás, hasta que se topó con la mesa. Con ambas manos Bernat le cogió la cara.

—Voy a besarte.

Y sin tiempo a que ella dijera algo que estropeara el momento, hundió su lengua en la boca jugosa que se le entreabrió al posar sus labios. Con un brazo le rodeó la cintura y la atrajo hacia él mientras con la mano libre la agarraba por la nuca. En un primer momento ella interpuso la mano cerrada entre los dos, pero a los pocos segundos la abrió y apoyó sobre su pecho. Sintió que Mariona desfallecía y se pegaba más a él, buscando su contacto, se volvía osada y profundizaba el beso. Aquello lo hizo enloquecer.

La deseaba, cuánto la deseaba, aunque Mariona Losada era una mentirosa. Se hacía la indiferente, pero en aquel instante temblaba en sus brazos. Se dijo que tenía que jugárselo todo si quería conseguirla.

Sus manos cobraron vida: se posaron en su cintura y subieron por sus costados. La notó inquieta, pero no interrumpió el beso. Cuando ella pasó sus brazos alrededor de su cuello y enterró los dedos en su nuca, quiso más. Al pasar las manos por la altura de sus senos, atrapó un pecho y ella gimió en su boca. Le gustaba; le gustaba y quería más, se dijo.

La miró para leer en su rostro aquel deleite y ella no se lo ocultó. Entonces, con un gesto brusco, la tomó por la cintura y la sentó en la mesa, entre dos sillones grandes. Quiso acercarse hasta que sus cuerpos se rozaran, para que ella sintiera lo que provocaba en él, pero el vestido no le dejaba.

—Si pudiera te quitaba este traje, solo para poder tocarte.

—Eres muy atrevido, Bernat —dijo ella sin dejar de mirarlo—. No es tan fácil, llevo varias enaguas debajo.

Mariona era la perfecta señorita en sociedad, pero en la intimidad era apasionada y curiosa. Y lo incitaba.

Lo agarró por las solapas, lo acercó a su boca y le acarició la comisura de los labios con la punta de la lengua, como si quisiera averiguar si ella también podía tentarlo. Él gimió y le dijo que era una provocadora. Entonces ella lo besó con descaro y ansias renovadas y Bernat comprendió que era suya. Por un instante recordó al señor Allen, pero de un manotazo imaginario lo espantó. No era él quien iba a tenerlo en cuenta. Aunque aquella conducta de su adorada lo confundía, se dijo que si de verdad quisiera al inglés no lo besaría a él con tanto arrebato.

Bernat abandonó sus labios para bajar por su mandíbula hasta la parte alta de sus senos, que subían y bajaban apretados por el corsé en una respiración dificultosa.

Sin dejar de mirarla a los ojos, rozó uno de sus pechos y lo acarició con pequeños círculos, amasándolo. Ella se estremeció. Sus pupilas parecían arder y en un movimiento sinuoso, Mariona onduló su cuerpo como si bailara para él. Cómo le gustaría poder aliviar aquella sensación que, como bien sabía, le abrasaba su zona más íntima. Pensó en meter las manos bajo la falda y darle el placer que ella buscaba y no sabía cómo obtener, pero temía que los descubrieran.

—Esta es una parte muy sensible —le dijo para provocarla. Ella se mordió el labio y él continuó con círculos concéntricos sobre su pecho por encima del vestido. Luego llevó dos dedos a la boca de Mariona y los introdujo un poco; ella los chupó enajenada. Ya húmedos, los pasó por el borde del escote e introdujo uno hasta rozar el pezón. Mariona estaba tan entregada a aquellas sensaciones que, sin darse cuenta, dejó caer su cabeza hacia atrás y arqueó la espalda. Bernat hundió su boca y su lengua en aquel pecho que se le entregaba.

Por unos segundos los gemidos de ella se mezclaron con la música que desde fuera le llegaba. Los músicos habían vuelto de su descanso. Si hubiese podido, la habría tomado allí mismo, pero le sobraba ropa y le faltaba tiempo. Así que, sin pensarlo, pinzó con dos dedos el pezón enhiesto y se bebió el gemido que ella soltó.

—Vamos a tener que detenernos, preciosa, pero más pronto que tarde acabaremos esto.

Ella lo miró como si saliera de un encantamiento y, azorada, se bajó de la mesa y compuso sus ropas. Ni siquiera lo esperó para salir de allí.

A la mañana siguiente, cuando Bernat llegó al periódico, Rufino lo esperaba. Sin darle tregua, empezó a hablarle de una bodega reconvertida en sala de espectáculos cerca del puerto. Un lugar al que antes solo iban estibadores y ahora parecía un espacio que agradaba a todo el mundo, y donde personas de diferentes clases sociales no se inmutaban por compartirlo. Allí se mezclaban obreros de las fábricas y trabajadores de los comercios con jóvenes burgueses, ávidos de sensaciones. El muchacho, emocionado, le explicaba algo sobre mujeres fáciles y hombres que soltaban la lengua tras beberse algunos vinos. Bernat no sabía de qué le hablaba y le pidió que se detuviera y le diera tiempo a despejarse.

Aunque se había dado un baño bien temprano, no había conseguido aliviar el cansancio tras una noche de insomnio. Y no era por haber trasnochado, sino porque no lograba sacarse a Mariona de la cabeza. La evocaba una y otra vez entregada a sus besos y caricias. Sabía que tenía que dormir y descansar, pero no podía. ¡Si hasta había contado ovejas de forma imaginaria para atrapar al sueño! Aunque el resultado obtenido había sido un fiasco, a él no le había servido. Así que pensó que quien le había hablado de aquel remedio se había burlado de él a base de bien.

«Jamás volveré a hacer caso a palabras de bares», se dijo mentalmente, y presionándose las sienes con ambas manos, se dirigió al muchacho.

—A ver, Rufino, no te entiendo un carajo. ¿Se puede saber de qué me estás hablando?

—Anoche acompañé a mi primo a un sitio nuevo. Está muy concurrido, porque varias artistas amenizan la velada, cantan y bailan para el personal. No es el Novedades, pero no tiene mucho que envidiarle, es más bien como el Edén Concert. El dueño lo ha renovado y ha traído a una cantante de éxito, así que mucha gente se acerca al local. Hasta van señoritos estirados como tú —dijo el muchacho para provocarlo. Luego añadió—: Ya había ido otras veces antes y siempre había visto grupos de hombres hablando de política y diciendo bravuconadas, señoritingos con sus novias o sus amantes escondidos entre la plebe en una mesa en un rincón oscuro. Pensé que no tenía nada que perder y quizá podría enterarme de algo. Y así fue.

Aquella última frase captó la atención de Bernat.

—Me estaba bebiendo un vino apoyado en el mostrador cuando dos jóvenes no mucho mayores que yo se pusieron a mi lado. Eran del mundo del espectáculo, o eso dijo el camarero que se burló de uno de ellos diciendo que estaba algo *torrado*. Ese, un tal Blas, hablaba de una mujer y dijo: «Su madre es actriz, pagará todo el dinero que tiene por recuperarla» —repitió, bajando el tono para imitar la voz del tipo.

—¿Has dicho Blas? —Aquel nombre le sonaba, pero no recordaba de qué—. ¿Lo seguiste?

—No. Una mujer de esas que alegran el rato de los obreros se le acercó y le plantó en la cara dos buenos cántaros que hubiesen distraído a cualquiera. Le preguntó si quería quitarse las penas con ella.

Bernat se frustró al imaginar que había perdido la pista, pero el aprendiz era un joven de recursos. Resultó que no fue el tal Blas quien se fue con la puta, sino el amigo, y Rufino dio conversación al desconocido al tiempo que pedía al camarero que rellenara ambos vasos, con la esperanza de soltarle más la lengua. Pero lo único que obtuvo fueron las lamentaciones de un novio al que por lo visto habían abandonado.

—¡Blas! El tramoyista —exclamó Bernat de pronto, y se dio con la mano abierta en la frente—. ¿Cómo he podido olvidarme de él?

—¿Lo conoce, jefe?

—No, pero lo vamos a conocer. La madre de Jacinta lo mencionó.

Aquella conversación lo había espabilado. Todavía no podían ir al teatro, así que subieron a la redacción y se dedicó a escribir algo publicable para su jefe. Luego incluso tuvo tiempo de redactar un artículo acerca de las escasas pistas sobre el autor del atentado del Liceo y una descripción de los arreglos que se estaban haciendo en el teatro para el señor George Earle Buckle, editor del *Times*.

Antes de comer localizó a Miguel Galán. Si quería ir a hablar con el tal Blas, pensó que era mejor hacerse acompañar por el policía, no porque temiera que el muchacho fuese a escapar, sino porque habían acordado compartir la información y no podía ser el primero en saltarse el trato.

Cuando llegaron al teatro, Rufino le dijo que él prefería no acompañarlos.

—Nunca se sabe el sambenito que van a colgarle a uno por ir de amigo con la policía —dijo burlón—. Así no me asocian con ustedes y yo puedo seguir yendo por libre, incluso seguir al maromo o hacerme amigo de él, según convenga.

A Bernat le pareció buena idea. Rufino tenía madera de periodista de investigación.

Tras la denuncia de la desaparición de la muchacha, Galán ya había hablado con Blas, y con la gente del teatro, quienes parecían ser los últimos que la habían visto, pero al escuchar lo que Rufo había descubierto, pensó que algo no había dicho el tramoyista.

El teatro parecía una leonera. Ante la baja asistencia de público, el productor y promotor del espectáculo había decidido renovar la decoración. El personal que se ocupaba de los mecanismos que se usaban durante la representación para cambiar decorados parecían haber hecho una pausa y algunos cortinajes y entoldados yacían sobre la tarima del escenario.

Miguel Galán fue directo hacia dos jóvenes que, sentados en el suelo, fumaban un cigarrillo.

—¿El señor Blas Pungolas...?

—Si buscan al Blas es aquel.

Por un segundo, Bernat se quedó absorto en los malabares que el hombre hacía con el cigarro que tenía entre los dedos, moviéndolos al tiempo que señalaba hacia un muchacho que parecía leer un folletín en un aparte, bastante retirado del grupo.

Sin mucha ceremonia se despidieron y se acercaron al solitario joven. Al percibir la cercanía de alguien, este levantó la vista de las hojas que leía.

—¿Blas Pungolas? —preguntó Miguel Galán con voz autoritaria.

Les faltaban unos pasos para llegar a él, pero el muchacho debió de intuir que eran problemas, porque se levantó con rapidez y salió corriendo.

—Odio que hagan eso —espetó el inspector.

Bernat y el policía lo siguieron. La suerte no acompañó al mozo, cuya huida se vio interceptada por una puerta cerrada. Galán lo cogió por la chaqueta y lo zarandeó a la vez que le decía muy cerca de su cara.

—¿Adónde ibas, estúpido? Así pareces culpable de lo que sea.

—No tengo el dinero.

—¿Qué dinero?

—¿No son gente de Peláez?

—¿Tenemos pinta de ser unos matones? —preguntó Bernat con furia. Con la carrera se había enganchado el abrigo y se lo había agujereado.

El otro se encogió de hombros y negó con la cabeza. Galán, menos beligerante, le dijo quién era y le explicó que querían que les hablara de la señorita Jacinta. Bernat añadió que sabían que eran «amigos», pronunciando la palabra con una entonación que implicaba otra cosa.

—No soy su novio, si es lo que insinúa. Y no sé dónde está. Ya se lo dije a su madre y a la policía.

—Pues no te creo —señaló Bernat.

—Bueno, como si eso me importara.

Se ganó una colleja de Galán. El muchacho pareció pensarse lo que iba a decir y soltó, preocupado:

—Lo juro, no sé dónde está. Salíamos a veces, esa niña estaba muy sola y quería molestar a su madre. La llevé a una reunión de anarquistas, en la trastienda de un comercio, de ahí sacó los papeles políticos que tenía, pero ella no estaba interesada en esas cosas...

—¿Y tú sí? —preguntó con rabia el policía—. ¿Eres amigo de esos locos que ponen bombas para atemorizar al pueblo?

—Yo de las bombas no sé nada, pero algunos de esos líderes de los sindicatos saben lo que dicen: el empresario nos explota, el trabajador quiere comer y vivir tranquilo de su trabajo.

—¡Eh! Que no estamos en un mitin —se impacientó Bernat—. ¿Sabes dónde puede estar la señorita Jacinta?

Blas trató de esquivar el nuevo zarandeo que le dio Galán y se zafó con rabia.

—Vienen un poco tarde a preguntar, ¿no les parece?

La cara de malas pulgas del policía debió de animarlo a soltar la lengua.

—No, no lo sé. No era el único con el que se juntaba. Creo que conoció a alguien, alguien que debía de tener más dinero que yo, claro. Jacinta es muy inocente, yo le decía que no podía fiarse de cualquiera.

—Pues yo creo que sí lo sabes —señaló Bernat, e hizo alusión a lo que Rufino había escuchado en la sala para calibrar la expresión de su cara al sentirse descubierto—. Pienso que la tienes escondida y quieres pedir un rescate, porque su madre tiene dinero.

Galán lo sujetó fuerte por el brazo, quizá para que no tratara de escapar de nuevo, y le dijo que si les mentía iba a meterlo en el agujero más oscuro de los calabozos hasta que dieran con ella. Blas, con los ojos muy abiertos, quizá extrañado por que supieran aquel dato, declaró su inocencia entre quejas.

—Eso... eso lo digo cuando voy preguntando por ella, le prometo a la gente que su madre pagará dinero por saber de su paradero. Yo... la estoy buscando...

—¿Has descubierto algo? —quiso saber Galán con curiosidad.

Él negó con la cabeza en actitud de derrota.

—Nada, y eso es lo que me preocupa. Parece como si se la hubiera tragado la tierra.

16

Mariona llevaba varios días sin quitarse de la cabeza la noche del teatro y el Círculo Ecuestre, aunque, en realidad, a quien no se sacaba de la mente era a Bernat. Los besos que habían compartido, aquellas caricias tan indecentes que él le había prodigado, la habían dejado al borde del colapso. Ni siquiera recordaba cómo había sido capaz de aguantar el resto de la velada sin que se le notara nada en la cara.

Reconocía que Bernat la seducía con la mirada y hacía que le temblaran hasta las piernas, pero su corazón no se fiaba, por mucho que lo alterara. Ya la había abandonado una vez, aunque entonces no se habían besado con la pasión que lo habían hecho en aquel reservado, pero sí que habían compartido algunos besos.

Tenía una lucha interna consigo misma: dejarse llevar por las sensaciones que le generaba o aferrarse a la negación de que lo seguía queriendo. Se engañaba a sí misma, lo sabía, pero no podía dejar de pensar que el día menos pensado él se marcharía de su lado. Aunque si eso pasaba, ya se preocuparía entonces, en aquellos momentos la idea de volver a sentir lo que le había provocado era un anhelo tan imperioso que no le importaba estar de nuevo entre sus brazos.

Debía de haber perdido el juicio, pero a pesar de no fiarse de las intenciones de Bernat, de las palabras que le decía, ni de su propio corazón, ella era una chica moderna. Mientras no se casara —porque algún día lo haría, quería tener hijos—, no tenía por qué perderse la emoción del placer de las caricias de un hombre. Y aquel hombre era Bernat Ferrer.

Se había vuelto una descocada, pensó, pero aquellas emociones que le despertó habían sido lo más placentero que había vivido. No podía ser pecado algo tan maravilloso.

Ante aquellos pensamientos que la llenaban de dudas tuvo la necesidad de compartirlos con Inés y fue a verla. Sin embargo, no se atrevió a hablarle de sus cosas, pues su cuñada la recibió con un estado de ánimo decaído. Hablaron de Sofía, de sus diseños, que en aquellos momentos no le motivaban nada. Le costó encontrar una conversación en la que participara de forma activa. Inés llenaba de silencio la conversación y en muchas ocasiones Mariona la descubrió distraída mirando a nada en particular.

—¿Quieres que hablemos de lo que te preocupa? —le propuso, suponiendo que no respondería. No era la primera pregunta que se quedaba en el aire.

—Deseaba tanto ese bebé... —dijo Inés con voz angustiada y, por instinto, Mariona le agarró la mano y le dio un afectuoso apretón. La convaleciente hizo un nuevo silencio, pero su amiga intuyó que estaba reuniendo fuerzas para decir algo más—. ¿Has atendido a mujeres que después de un aborto trágico han vuelto a concebir?

No podía darle la garantía de lo que podía pasar; sin embargo, podía darle una esperanza a la que agarrarse.

—Cada mujer es un mundo. Yo creo que el cuerpo tiene su *tempo*. Primero has de recuperarte, alimentarte bien y distraerte, y entonces quizá puedas quedarte de nuevo embarazada. Pero para eso tienes que dejar que un médico te haga una revisión. ¿Quieres que...?

Inés negó, ni siquiera la dejó concluir su pregunta y, como si ya hubiera obtenido la respuesta que deseaba saber, se encerró de nuevo en su mutismo.

Mariona pensó que aquella tristeza podría enquistarse y se hizo una nota mental para hablar muy seriamente con su hermano. Luego recapacitó. Él poco podría ayudarla, Inés necesitaba otro médico y, a ser posible, que fuera mujer. No un médico de los nervios, ni uno general, ni siquiera un cirujano, sino una doctora que entendiera del cuerpo femenino, una ginecóloga que le diera respuestas.

Había estado tentada de hacerle un reconocimiento ella misma, de hecho, si hubiera sido otra paciente la habría tratado, pero Inés era su familia, y mal la ayudaría si pretendía ser también su médico. Aunque al verla tan abatida casi se lo había llegado a proponer.

Pero que ella no la atendiera no significaba que no tuviera en mente quién podía hacerlo. Solo tuvo en cuenta a una persona para que la ayudara. Alguien en quien confiaba plenamente.

Mariona salió de casa con la intención de visitar a la doctora Aleu. Le había enviado una nota el día que vio a Inés y su mentora le contestó que podía recibirla esa tarde, a primera hora, en su consulta de las Ramblas.

Dolors Aleu Riera tenía el honor de ser una de las primeras mujeres en España en licenciarse en Medicina y Cirugía. Había estudiado en la Universidad de Barcelona, donde años después lo hizo ella, y la consideraba una de las personas que más la habían influenciado en escoger su carrera. Aún recordaba las palabras de reconocimiento que el doctor Joan Giné había pronunciado en referencia a Aleu alabando su tesis, que definió como un trabajo «valiente, apasionado y revolucionario» sobre la condición de ser mujer. Mariona se había especializado en ginecología y pediatría, la misma rama de la medicina que había escogido, en su día, la doctora Aleu. Tanto su padre como Gonzalo le habían sugerido que lo hiciera en sus propias especialidades, pero aceptaron de buen grado su decisión.

Dolors había sido tenaz y perseverante. Otras dos compañeras no lograron aquel objetivo. Había abierto su propia consulta y era un modelo para otras tantas jóvenes que querían seguir sus pasos. Aunque el sistema educativo lo había puesto mucho más difícil para que las chicas accedieran a la universidad. Por suerte, Mariona se había librado, pero desde el año de la Exposición Universal, se había instaurado el requisito de solicitar un permiso especial para matricularse en la universidad.

Mariona estaba deseosa de poder hablar y compartir con su colega; tenía cientos de preguntas para ella. En Londres había tenido el respaldo de una gran institución, el hospital de mujeres, pero allí, en el de la Santa Creu, por ejemplo, seguían los mismos médicos de mentes estrechas que, amparados en la moralidad y las ideas de la Iglesia católica, apoyaban la opción de vetar el acceso de la mujer a la medicina esgrimiendo que era en defensa de su pudor u otras cuestiones, como que debía cuidar del hogar y de los hijos.

Cuando llegó a la consulta la hicieron pasar a una sala de espera. No tardaron mucho en ir a recogerla para conducirla a otra sala más confortable, donde Dolors la recibió con afecto y amabilidad, antes de invitarla a sentarse.

Empezaron a hablar de varios temas: sobre su trabajo en Londres y de cómo había encontrado la ciudad a su regreso. Dolors se apenó al saber que su familia había sido víctima del atentado, causa por la que ella había regresado a Barcelona.

Sin darse cuenta, centraron la charla en cuestiones más profesionales y en las trabas que habían encontrado en el camino. Mientras conversaban, una doncella dejó sobre una mesa una bandeja con un juego de café de porcelana blanca ribeteado en oro y salió de la estancia. La propia anfitriona sirvió dos tazas de café y un chorrito de leche en cada taza y le ofreció una.

—En todos los países las mujeres practican la profesión médica con mayor o menor éxito —dijo Dolors—. Aunque me atrevo a decir que en Gran Bretaña y América es donde parece que son más permisivos y están consiguiendo más adelantos en cuestión de igualdad de oportunidades. En España hemos sido siempre numéricamente inferiores y no nos ayuda mucho ese pensamiento reprochable de que no tenemos la aptitud, es indecoroso o que nuestro cerebro es distinto.

—Hay tantas cosas que deben cambiar... —se lamentó Mariona—. Está mal visto que una dama quiera trabajar y nos tildan de transgresoras por romper el papel tradicional como sustentadoras del hogar familiar. Ah, y no nos olvidemos de esas ideas científicas de que el órgano que dirige nuestra personalidad es el útero, mientras que en el caso de los hombres es el cerebro. Como si las mujeres no tuviéramos cerebros y no supiéramos usarlo bien.

Ambas mujeres compartieron una risa sarcástica.

—Somos muy pocas ejerciendo, pero menos es nada. Faltan unos años, pero con suerte cuando cambiemos de siglo tal vez seamos media docena —añadió Dolors con resignación. Un número ridículo en comparación con los médicos varones, en todas las disciplinas—. Lo que contrasta con la idea de que la enfermería es un campo prioritariamente femenino; aunque están supeditadas al médico y al cirujano, no ponen trabas a su formación. ¿Sabes? En mi consulta atiendo a muchas pacientes con problemas de mujeres que nunca fueron atendidas por un médico varón porque les daba vergüenza. Las parteras y comadronas pasan su saber de madres a hijas y en nuestro campo tenemos mucho trabajo. Hay que educar en higiene y llegar a estamentos sociales desfavorecidos.

Mariona escuchó con atención y admiración la labor que Dolors llevaba a cabo en varios dispensarios donde atendía a mujeres de bajo nivel adquisitivo. Mujeres obreras, incluso prostitutas que no tenían fácil el acceso a la atención médica.

—Yo colaboraba con algo similar en Londres —explicó Mariona—. Tuve una paciente que los «bobbies» trajeron al hospital. Nunca logré saber lo que le había ocurrido, pero sus heridas hacían pensar en un abuso sexual. Por sus ropas no parecía ser una mujer de la calle. La curamos, pero eran heridas que había provocado un bárbaro. Acabó quitándose la vida. Su mente no respondía bien, tenía sífilis, la tratamos con mercurio, pero encontró el modo de acabar con su sufrimiento, a pesar de parecer catatónica.

—Cuando una mujer es objeto de vejación y maltrato puede enloquecer, si la sífilis no lo hace primero. Si tenía la enfermedad quizá había sufrido abusos antes. He visto muchas cosas en esos dispensarios de los que te hablo. En uno de ellos, en las Atarazanas, nos vendrían bien unas nuevas manos. Lo gestionan monjas y estarían encantadas de contar con una doctora. Yo he ido colaborando, pero no doy abasto con mis obligaciones.

Por un momento Mariona no supo qué decir. Dolors Aleu le ofrecía un lugar de trabajo, y de su especialidad, nada menos.

—Es una buena oferta, pero no puedo dejar a mi padre. Todavía me necesita en su consulta.

—Tu padre se recuperará algún día. Si quieres puedes combinarlos. ¿O piensas regresar a Londres?

—No lo sé. Volver a casa mueve tantas cosas... Además, mi cuñada, ahora que ha perdido el niño, está tan desolada que no soy capaz de marcharme. Por eso quería hablar contigo, me gustaría que la visitaras. Quizá si la atiendes podrías tratarla; su mayor deseo es volver a ser madre. Los médicos que la atendieron de urgencias tras el atentado le anunciaron que había perdido al bebé, le hicieron el legrado y le comunicaron que nunca volvería a ser madre. Sé que es pronto, pero en aquel momento la situación era de locos, y tal vez se equivocaron. Ha perdido la ilusión y la energía que la caracterizaba y temo que no salga del cuadro depresivo en el que se ha metido.

—Por supuesto, estaré encantada de atenderla y espero poder ayudarla. Cuenta con ello.

Mariona salió contenta de la consulta de Dolors Aleu y, como era temprano, se fue a los almacenes El Siglo, que le quedaban cerca. Tras una vuelta por distintas secciones en las que no vio nada que le llamara la atención, decidió marcharse, pero al pasar de nuevo por la sección femenina vio unas faldas sencillas que le parecieron de lo más útil. Había aceptado el ofrecimiento de la doctora Aleu de trabajar en el dispensario de las Atarazanas y empezaría la semana próxima. Tenía bastantes vestidos, pero ninguno le pareció adecuado ni cómodo para la labor y el sitio al que iba a acudir. No quería llamar la atención con prendas elegantes. Tras varias pruebas encontró una vestimenta con la que se sentía cómoda: una falda azul oscuro y una camisa blanca, sin volantes ni encajes, como había vestido en Londres cuando estaba en el hospital y en las visitas domiciliarias. Unas prendas que podría dejar en el centro médico sin que su madre se enterara. Había decidido no decírselo, le daría un síncope. En cambio, sí que aceptaría que fuese a trabajar algunas tardes a la consulta de la doctora Aleu, para ayudarla. Le había costado un poco que Dolors aceptara ser su cómplice, pero al final había aceptado.

Caminó por la Rambla del Centro mirando los establecimientos en los laterales y descubriendo nuevos lugares. El bullicio a aquellas horas era descomunal. Las aceras estaban atestadas de gente que entraba y salía de los comercios o se detenía ante los escaparates, los puestos de flores daban un aspecto colorido y llenaban el ambiente de aromas que enriquecían los sentidos, y el piar de los pajarillos que se arremolinaban en jaulas, grandes y pequeñas, en otros tantos puestos, hacían de reclamo a niños y adultos que jugaban a introducir el dedo para esquivar un pequeño picotazo.

A pesar de la desgracia sufrida en el Liceo, situado en aquella misma Rambla, la vida seguía su curso, como las aguas de los ríos que conducen hacia el mar.

Atravesó la calzada para dirigirse a un lugar donde coger un coche de alquiler, lo prefería al tranvía. De repente, al pasar por delante del Suizo, uno de los cafés de moda de la ciudad y donde sabía que se reunían en largas tertulias artistas y escritores, oyó a su espalda una frase que, sin ser grosera, la ruborizó.

—Ahí van las mujeres guapas.

Al instante otra voz censuró a la primera.

—¿Quieres callarte, zopenco?

Se volvió intrigada al reconocer la voz de Bernat.

En pocas zancadas se acercó hasta ella y el corazón de Mariona se detuvo por un instante. No lo veía desde la noche en el Círculo Ecuestre y a su mente acudieron las imágenes de ellos dos juntos, besándose.

—Disculpa, Mariona, mi ayudante tiene hoy un día simpático.

La naturalidad con la que él la saludó, pese a su mirada insistente y profunda, hizo que su corazón continuara su ritmo.

Ella volvió la vista hacia la puerta del local, donde un

muchacho la contemplaba compungido. Luego sonrió a Bernat para hacerle saber que no se había ofendido.

—Ven, te presentaré —dijo él. Ella lo siguió hasta la puerta del local, pero él la hizo entrar y ambos siguieron al muchacho. Sentado a una mesa redonda de mármol blanco, esperaba otro hombre. Al detenerse, Bernat los presentó—. Mi ayudante, Rufino Pujalte, y él es policía, el inspector Miguel Galán.

—Puede llamarme Rufo o Puja —aclaró el muchacho de pie frente a ella y se quitó la gorra. Avergonzado, añadió—: Discúlpeme, señorita, es que cuando uno ve chicas bonitas... pues eso, que hay que decirlo. La he visto pasar a través del ventanal y... No sabía que era la novia del jefe.

—No soy la novia de nadie —aclaró Mariona y aceptó su disculpa. El muchacho miró a Bernat, que se encogió de hombros, y luego a ella de nuevo.

—Bueno, imagino que es porque usted no quiere.

Rufo se ganó una colleja de Bernat, pero ella prestó atención al policía, que la miraba a su vez en silencio, escrutándola de pies a cabeza. Como si cayera en la cuenta, el hombre se levantó, le tendió la mano y ella se la estrechó.

—Miguel Galán, para servirla.

—¿Qué haces por aquí? —preguntó Bernat con cierto nerviosismo—. Estás lejos de casa.

—He ido a visitar a la doctora Aleu. Tiene la consulta aquí, en las Ramblas.

—Si me esperas un momento, te acompaño a casa.

—No es necesario, cogeré un coche un poco más arriba.

Mariona sintió que eran el centro de atención de los ocupantes de aquella mesa y que permanecían de pie, pero no se sintió incómoda; Bernat era otra cosa. Estaba muy amable y algo parecido al vuelo de mil mariposas empezó a moverse en su estómago. Se centró en sus nuevos conocidos, eran un aliciente para ella.

Un camarero se acercó a la mesa y le preguntó si quería tomar algo. Ella dudó, pero al final se excusó, aunque le pareció que no le hicieron mucho caso.

—Siéntese, por favor, un café o un chocolate caliente le sentará bien —ofreció Galán.

—Muchas gracias, pero no quiero molestar.

—No molestas, tómate un chocolate y luego te llevo a casa. —Bernat le dedicó una mirada expectante y ella no supo resistirse.

—De acuerdo.

Bernat pidió al camarero un suizo y ella sonrió. Le encantaba el chocolate cubierto de nata, algo que él parecía recordar. También solicitó al camarero una silla para ella y en unos segundos se encontró sentada, flanqueada por Bernat y el policía.

Se retiró la capa corta que llevaba. No hacía frío, al menos no el que hacía en Londres en aquella época, pero tampoco calor.

—¿Estás bien? —preguntó él, acercándosele.

—Sí, muy bien.

—¿Qué has comprado?

Bernat miró el paquete que sostenía en su regazo.

—Unas faldas para la consulta.

—Usted es la doctora —afirmó Galán como si en aquel momento comprendiera quién era—. Debe de ser agradable ser atendido por una dama, creo que voy a cambiar de médico —bromeó. Mariona sonrió y de reojo vio que Bernat no lo hacía.

—¿Y qué hacen aquí? ¿Han venido a escuchar a Narcís Oller o a Àngél Guimerà? —preguntó con humor, pues sabía que muchos intelectuales iban a aquel lugar a hacer sus tertulias.

—Estamos compartiendo confidencias —respondió el muchacho en el mismo tono jovial.

—¡Oh! Me encantan los misterios —bromeó.

El camarero le sirvió el suizo con unos *melindros*, como se conocían los bizcochos de soletilla, y los hombres retomaron su conversación. Aquel encuentro inesperado le permitía ver a Bernat en otro ambiente y le llamó la atención. Quizá no era muy adecuado estar sentada en aquel café con tres hombres, pero su familia aprobaría la compañía de uno de ellos, al menos, y, además, era lo más entretenido que había hecho en los últimos días. En casa sin tarea fija se aburría y le apetecía socializar.

Escuchó la conversación sin interrumpir. Al principio el policía se había mostrado renuente, pero Bernat dijo que ella era de confianza y aquello pareció bastar para que hablaran como si no estuviera presente. Estaban decidiendo si debían visitar un local y, por lo que sobreentendió, buscaban a alguien, pero no querían que los descubrieran. Con lo fácil que era ir de frente a los sitios. Le pareció algo extraño las vueltas que le daban, pero supuso que estaban siguiendo una pista poco fiable. Aplicó sus dotes científicas para analizar lo que hablaban. No le fue difícil descubrir que el tema de la investigación era la desaparición de la joven que Bernat le había comentado.

—No creo que sea tan difícil acudir a un lugar así. Si no quieren que los reconozcan, disfrácense —murmuró.

Los hombres la miraron expectantes, como si esperaran algo más, pero no supo qué añadir.

—No es mala idea —expresó el muchacho—, pero yo prefiero ir por libre. —Luego se dirigió a ella y le explicó—: Pretendemos espiar una sala de fiestas, de esas que empezó siendo un café cantante y es de todo un poco. El...

Rufo no había terminado de hablar cuando se ganó otra colleja, esta vez del policía. A Mariona no le pasó por alto que el muchacho enmudeció antes de revelar el nombre del local.

—Interesante —bromeó ella.

—No vamos a espiar, es una sala donde hay un espectáculo y nos interesa saber la gente que va por allí, sin levantar la liebre —aclaró Bernat.

—¿Andan tras alguien en concreto? —preguntó Mariona, dirigiéndose al policía.

Él negó con la cabeza, pero reconoció que buscaban pistas.

—Creo que buscar a esa muchacha desaparecida merece que se esfuercen —señaló Mariona—. Dejen de pensar que si los descubren perderán ese lugar como sitio en el que la policía obtiene información de confidentes. La gente se mueve por la calle, no está fija en un sitio.

—No es por eso; bueno, no del todo —murmuró Bernat y el policía asintió confirmando sus palabras—. El tema es que no nos interesa que descubran que vamos a husmear y ver qué ambiente hay por allí. Antes era un lugar poco recomendable, pero dicen que lo han remodelado.

Que Bernat le hablara sin tapujos le agradó, pero se dio cuenta de que el policía no soltaba demasiados datos, intuyó que era precavido al estar ella delante.

Sin darse cuenta ni esperarlo, Bernat se puso en pie de pronto y dijo a los otros que ya se verían al día siguiente y concretarían qué hacer. Dejó unas monedas sobre la mesa que cubrían su bebida y el suizo y la invitó a levantarse.

—Vamos, Mariona, te llevo a casa.

Ella se despidió con amabilidad.

—Encantada de conocerlos, quizá nos veamos otro día.

—Estoy seguro de que lo haremos —sonrió Galán.

Bernat la sujetó del codo, aunque la soltó a los pocos pasos. Caminaron Rambla arriba hasta un coche que lo esperaba. Ya dentro del carruaje, sentados uno frente al otro, Mariona se debatía entre contarle lo de que iba a trabajar en el dispensario o no. Quería hacerlo, aunque no sabía bien por qué, pero se le había quedado una espinita de la reunión con los compañeros de Bernat, así que evitó hablar de su trabajo secreto indagando sobre aquella salida a la sala de fiestas.

—¿Tan importante es ir a ese lugar? No creo que sea para tanto que te descubran allí. —Él sonrió y ella se imaginó que no le habían contado la verdad—. ¿Acaso es peligroso?

—No, no lo es —respondió él en un murmullo—. Es solo que no interesa que vean a un policía por allí, y yo soy periodista, la gente no actuaría con normalidad. Es mejor jugar al despiste. Verás, el otro día Rufino habló allí con un muchacho amigo de Jacinta. Sospechamos que alguien de ese sitio podría saber algo y, además, a veces viendo qué y quién hay en el local puedes saber por dónde seguir tirando del hilo.

—Pero ¿creéis que ese joven miente, o no os dice la verdad del todo?

—En efecto.

No fue consciente de lo que empezó a decir hasta que se escuchó a sí misma, pero no rectificó. Nunca había vivido una aventura.

—Pero ¿si fueras acompañado de una mujer pasarías desapercibido?

—Supongo que sí. Muchos hombres van allí con sus queridas.

—Pues ya tienes quien vaya contigo.

—¿Quién? —preguntó él distraído.

Mariona abrió los brazos de modo teatral y el paquete cayó al suelo del coche.

—Yo.

Él la miró con sorpresa, pero como buen caballero se inclinó a coger el bulto. Ella hizo lo mismo y sus cabezas chocaron. Por un segundo quedaron a escasos centímetros y cada uno con la mirada fija en los ojos del otro.

Bernat posó la mano enguantada en su mejilla y desvió la vista de las pupilas a sus labios. Ella lo imitó y, sin saber quién de los dos lo provocó, se besaron con pasión.

El paquete con las faldas quedó en el suelo y él la tomó por la cintura, se sentó a su lado y la reclinó sobre el respaldo para seguir castigando su boca y sus labios con unas ansias que despertaron las suyas.

Mariona se olvidó de dónde estaban y disfrutó aquel beso que le sabía a gloria bendita.

Cuando se separaron, él le dijo que no podía ir a ese sitio con ella.

—No lo entiendo, ¿por qué?

—Porque no es el Novedades ni el Tívoli. No es un sitio donde la burguesía va a cenar con sus esposas. En el fondo, no sé qué tipo de lugar es.

—Pero ¿hay un espectáculo?

—Sí, una cantante. Aunque también puede haber mujeres...

—¿Te refieres a prostitutas?

—Sí, mujeres que acuden en busca de...

—Mira, Bernat, no soy una mojigata. Esas mujeres tendrán sus razones para dedicarse a lo que se dedican. Conocí a algunas en Londres y, detrás de la apariencia, tienen historias bastante tristes. Así que si quieres podemos ir esta noche.

—¿Esta noche?

Mariona se sentía poderosa, tenía a Bernat sorprendido por su entusiasmo. Levantó la cortinilla que cubría parte de la ventana, descubrió que estaba cerca de su casa y lo apremió.

—Supongo que no hace falta que vaya muy elegante.

—Claro, no es necesario. Pero ¿de verdad estás dispuesta a ir a ese lugar?

—Por supuesto, quizá pueda ayudarte, pero además tengo ganas de vivir una aventura, y esto es lo más emocionante que viviré en un tiempo —confesó.

Él se le acercó mucho y le dio un fugaz beso en los labios.

—Te aseguro, doctora, que procuraré que vivas más emociones.

Esperó otro beso que no llegó. No se había equivocado sobre la proximidad de su casa, porque al minuto el cochero se detuvo delante de la misma. Bernat hizo un gesto para salir y acompañarla, pero ella se lo impidió y le dijo con seguridad:

—A las ocho pasaré por tu casa, espérame allí, por si tengo que cambiarme. He de pensar una excusa para mamá.

Salió del carruaje con el corazón repiqueteando. Ni siquiera se reconocía, pero ir a un sitio de aquellos donde creía que la gente no llevaba el corsé social de la hipocresía le hacía una ilusión desbordante.

Encontró a su madre en el vestíbulo, camino del saloncito. Todavía no había pensado qué decirle.

—Qué bien que llegas. Vamos a cenar a casa de Juanita Perejoan. ¿Te apetece venir?

—Pues... no demasiado. Además, la doctora Aleu me ha invitado a... a una reunión para hablar sobre temas médicos de las mujeres.

—Hija, eso no parece muy divertido. Vente a casa de los Perejoan, al menos habrá música.

—No me apetece, de verdad. Otro día.

—Pues yo después de lo del Liceo... —le confesó su madre al entrar en la sala donde estaban los abuelos y su padre—, considero que no hay que dejar para mañana lo que puedas hacer hoy.

Tenía que reconocer que aquel atentado había cambiado la actitud con la que su madre enfrentaba la vida. Parecía que verle las orejas al lobo tan cerca le había hecho desprenderse de su rigidez. Los reproches sobre lo que quería o no quería hacer habían desaparecido, aunque ella dudaba de que, si le contaba su verdadera intención con su nueva ocupación, por ejemplo, no fuera a poner el grito en el cielo. Aunque tenía que agradecer a aquella nueva actitud que cejara en su empeño de buscarle pretendientes a cada rato, y ya no tratara de manipularla.

—Tu madre está en una segunda juventud —bromeó su padre. Doña Elvira le dedicó una mirada de complicidad a su esposo y Mariona sonrió sin poder evitarlo. Ver felices a sus padres, después de tantos años de casados y con aquella camaradería entre ellos, era algo que siempre había admirado.

—¿Vosotros también vais? —preguntó a los abuelos.

—Ese hombre tiene los mejores puros que llegan a la ciudad desde Cuba. Por supuesto —bromeó el abuelo Calixto.

—Podrías venir, seguro que está Adrián, es un joven muy cabal —sugirió la abuela.

—Carmen, ese joven parece uno de esos que van a la calle Diputación con sotana —replicó el abuelo, y generó la risa de su padre.

—Yo también le había visto pinta de curilla.

—Pues no lo es, su madre dice que tiene éxito con las mujeres —apuntó doña Elvira.

—¿Qué quieres que diga su madre? —se burló don Rodrigo.

Mariona miró el reloj de la repisa de la chimenea. Calculaba que sus padres y los abuelos se marcharían en media hora, así que solo tenía que esperar y luego correr a casa de Bernat. Pero la nueva doña Elvira no veía bien que se quedara sola.

—No me gustan estos planes, deberías venir. Adrián es un buen bailarín y seguro que obtienes su atención. Él ha viajado bastante a Londres y podríais hablar de esa ciudad.

—No, mamá, no insistas.

—Pues pide a Bernat que te acompañe.

—A... ¿a Bernat...? Mamá, no es mi niñera.

—Deja que la niña vaya a esa reunión de médicos, seguro que hay alguien interesante.

Agradeció con una sonrisa la intervención de don Rodrigo. Esperó un poco más con ellos en la sala y luego se excusó diciendo que tenía que prepararse si no quería llegar tarde. Se despidió sintiendo un pellizco en el corazón.

Era la primera vez que mentía a sus padres.

17

Bernat no estaba muy seguro de que Mariona apareciera por su casa, aunque a decir verdad la había visto verdaderamente entusiasmada con la idea de acudir a aquel lugar de la zona del puerto. Y él no había sabido desencantarla y persuadirla de que era un tremendo error. Si alguien la reconocía en aquel sitio, iba a arruinarla socialmente. Solo de pensar en lo que diría doña Elvira, ahora que parecía tenerla de su parte, le hacía rumiar excusas por si ella se dignaba aparecer.

Miró el reloj y se relajó, pasaban diez minutos de las ocho. Ya no vendría.

Debió de convocarla con el pensamiento, porque en aquel instante alguien llamó con insistencia a su puerta y no dudó de que fuese ella.

Vivía en el principal de un edificio señorial de la calle Balmes, tenía bastante independencia y un acceso privado a su hogar desde el vestíbulo de la portería a través de una pequeña escalinata de mármol blanco, capricho de quien diseñó el edificio, pero también tenía vecinos en los pisos que se distribuían a través de la otra escalera. La señora Amalia, viuda de Lafont, por ejemplo, aunque vivía en la otra zona y parecía medio sorda, tenía un oído muy fino cuando quería y era la más chismosa de la calle. Era capaz de cruzar la distancia que separaba ambos domicilios solo por averiguar quién aporreaba su puerta.

Se levantó deprisa y dejó el libro que leía abandonado de cualquier manera antes de abrir con entusiasmo.

No se equivocaba. Era Mariona.

La cubría una capa oscura con capucha y sujetaba una especie de hatillo en las manos. El brillo que detectó en sus ojos y el rubor en sus mejillas hizo que su corazón palpitara más deprisa. Tiró de su brazo y la hizo pasar.

—Ya no te esperaba —dijo con calma, disimulando la agitación que le había provocado.

—Mamá entró en mi cuarto en el último momento y tuve que cambiarme de vestido, el que había escogido le parecía demasiado sencillo para una reunión social.

La escuchó hablar deprisa, explicándole que los Losada habían salido a cenar a casa de unos amigos, los Perejoan. El padre era uno de los arquitectos más solicitados en la ciudad y el hijo parecía seguir sus pasos, o ese era el deseo de su familia, aunque él no estaba muy seguro. Desechó pensar en aquel personaje y se centró en lo que le decía. Ella concluyó: sus padres y abuelos habían salido y, para no acompañarlos, ella había inventado la excusa de que iba a una reunión con la doctora Aleu. Bernat elevó los ojos al cielo y deseó que nadie descubriera aquel engaño. Mariona se deshizo de la capa que la cubría hasta los pies y él tuvo que contener la respiración.

Estaba muy hermosa con aquel vestido. Uno muy inapropiado para el lugar al que pretendían acudir. Llamarían la atención.

—Pero... —No era capaz de decirle que estaba preciosa, pero que su atuendo no era adecuado. Prefirió eludir la cuestión proponiendo otros planes—. Mejor será que lo dejemos estar. Vayamos al Tívoli, cenemos en el Círculo Ecuestre, acudamos a una fiesta, seguro que Camil Fabra tiene alguna organizada en su palacete.

—No creo que Camil Fabra, como lo llamas tan amigablemente, tenga una fiesta organizada hoy, y menos que pudiéramos colarnos. Además, desde que hace años la reina regente le concedió el título de marqués de Alella, me temo que en su lista de invitados solo figuraban la aristocracia y la alta burguesía. Tú y yo nos quedamos fuera, somos meros trabajadores.

Bernat soltó una carcajada ante aquella perorata.

—Cariño, ¿meros trabajadores? Me encanta tu inteligencia, se nota que don Calixto te instruye con sus conversaciones. Pero no somos cualquiera. Mi tío, tu abuelo y él son amigos, y me consta que los Fabra tienen en buena estima a nuestras familias. No será la primera vez que vamos a una de sus celebraciones. Además, te olvidas de que Fernando, su hijo mayor, y yo somos amigos. Más de una vez nos ha dado el alba en alguna fiesta.

Ella frunció los labios de un modo delicioso.

—Bueno, así la cosas, será mejor que me cambie. He sido previsora y he traído otra indumentaria. —Señaló el hatillo.

Bernat se le acercó a pasos lentos, necesitaba probar aquellos labios que lo estaban torturando y de repente se le cruzó una frase, un fragmento de la conversación que habían mantenido en el Suizo de las Ramblas.

—Aseguraste que no eras novia de nadie —dijo a escasos centímetros de ella—. ¿Y el dandi?, ¿qué pasa con el inglés?

—¡Howard! —Mariona quiso separarse, pero él la cogió por la cintura y la mantuvo donde estaba—. No vi necesario dar explicaciones.

—¿Y qué opinaría él si supiese que hago esto...?

No esperó a terminar la frase para besarla y en un segundo notó que ella se abandonaba. No solo no rechazaba el beso, sino que lo profundizaba. Iba a enloquecerlo. No quería pensar que había otro, pero tampoco podía olvidarlo.

—No juegues conmigo, Mariona —dijo con voz ronca y rasposa—. No deberías besarme así si tienes un novio que te espera, que vendrá a buscarte.

—Tú no deberías besarme.

—Pero te gusta.

Sus ojos no le mintieron, pero había algo oculto en ellos que no supo interpretar. Ella, en un intento de zafarse de su cercanía, dio un paso hacia atrás y él uno hacia delante. No quería perder aquella proximidad. Percibía que a Mariona se le aceleraba el pulso en el cuello y cómo trataba de evitar mirarle los labios y perdía la batalla. Mariona lo deseaba y aquel pensamiento le dio el coraje de seguir provocándola. Un nuevo paso de ella hacia atrás y otro que avanzaba él, hasta que algo le impidió el retroceso.

—No tienes escapatoria. —Bernat sonrió al ver que había topado con el aparador bajo.

—¿Y qué piensas hacer?

—Puedo parecer un canalla, pero no voy a pensar en el señor Allen si tú no lo haces —la avisó—. Dime que me detenga, que esto es una locura, y no volveré a intentar probar tus labios.

Bernat hizo trampas en su juego: había levantado la mano y le acariciaba un pecho trazando círculos concéntricos con el pulgar hasta llegar al pezón, que se empezó a marcar, enhiesto, a través de la tela del vestido.

—Voy a arder en el infierno...

Fueron las únicas palabras que dijo Mariona antes de buscar su boca. Su lengua fue al encuentro de la de ella y sus manos se apoderaron de ambos senos y los torturaron hasta escuchar los gemidos que salían de la garganta femenina y se perdían en la suya.

—Arderemos juntos.

Bernat, seguro de lo que quería, pero con pasos de plomo, se arrodilló, tomó una pierna y, ante la mirada expectante de ella, la posó en su muslo y le quitó el botín. La falda había quedado alzada y podía ver la media blanca que le cubría la pierna. Metió la mano para acariciar la pantorrilla y un nuevo suspiro lo animó. Mariona dejó caer la cabeza hacia atrás. Él se incorporó y, sin pensarlo, la tomó por la cintura y la sentó en el aparador. Volvió a besarla y a explorar todos los rincones de aquella jugosa fresa que lo tenía excitado y medio loco por lo que estaba ocurriendo. Ella lo atraía hacia sí con una pierna, de modo que Bernat no podía obviar la cercanía que había entre ellos. Llevó de nuevo la palma de la mano a su pantorrilla y la acarició.

—¿Quieres que me detenga?

Ella negó con la cabeza y su corazón casi se paralizó.

—¿Qué quieres?

—No sé... pero me gusta lo que haces.

—Hay muchas formas en las que un hombre y una mujer pueden gozar sin... Quiero decir que hay juegos en los que tu inocencia queda intacta.

Su silencio lo tambaleó. Bernat se quitó la chaqueta y la tiró al suelo de cualquier modo, y ella le desligó el pañuelo que rodeaba su cuello. Al sentir sus labios en la piel creyó morir.

Maldijo su suerte. No quería pensar que lo que más deseaba sería de otro, pero en aquel momento Mariona era más suya que de nadie, de modo que borró su pensamiento para centrarse solo en ella y así, hacer que recordara siempre que había sido él quien le había enseñado el camino del placer.

Se deshizo del otro botín y le acarició el empeine, ascendió sobre las medias, por sus pantorrillas, y ella se estremeció. Lo observaba con los ojos muy abiertos, como buena científica debía de estar analizando cada una de las sensaciones que la invadían. Traspasó la parte trasera de las rodillas despacio, pero no pudo evitar dibujar unos círculos con sus dedos. Debió de hacerle cosquillas y se mordió el labio. Si ella supiera todo lo que le provocaba, seguro que desistiría de hincar el diente en aquel pedazo de carne que él deseaba morder también. Siguió con sus caricias incendiarias y se extrañó de la ropa interior que llevaba.

—Pero ¿qué te has puesto?

—Es una invención de Inés, muy cómoda, por cierto.

—Y muy práctica, también.

Bernat era buen conocedor de la vestimenta femenina y sabía que las enaguas llevaban volantes en la parte trasera, al estilo polisón. Las que vestía Mariona no tenían ningún armazón, pero daban a su vestido el volumen que la moda del momento dictaba. Intuía que lucía un corsé sobre una camisola, que se moría por ver porque debía de cubrir solo la parte baja de sus senos, pero lo que lo tenía desquiciado era la cercanía del vértice de sus piernas y el acceso parecía no tener demasiado obstáculo de tela encima, porque no palpó pololos y sí las ligas que sujetaban las medias. Al tacto, aquellas calzas eran una delicia.

Se perdió en el interior de sus muslos y acarició la piel desnuda que se le ofrecía ya sin medias. Imaginó que Mariona no se había puesto algunas prendas pensando en lucir de otro modo.

—Bernat, bésame, por Dios, y deja de mirarme así.

—¿Quieres que me detenga?

—Ni se te ocurra —dijo en un jadeo—. Esto es un pequeño experimento.

—Eso es, cariño, un experimento, y creo que te conducirá a un gran descubrimiento.

Bernat tocó su zona más íntima y ella dio un brinco y posó las manos en su torso.

—No sé qué hacer...

—No hagas nada, solo disfruta.

Se apoderó de sus labios y, a la vez que rozaba aquella suave piel, los devoró. Primero aplanó la mano y la deslizó arriba y abajo hasta que encontró el lugar secreto del placer femenino, y entonces lo acarició con un dedo, en pequeños círculos. Los suspiros de Mariona le indicaron que estaba en el cielo. Notó que abría más las piernas para darle mejor acceso. Se acercó más. Iba a arder, pero tenía que contenerse, ese momento era para ella.

Besó su cuello y, con la mano libre, abrió los botoncillos del corpiño para bajar la tela que cubría los senos. Como había imaginado, los suaves montículos blancos asomaban sobre el corsé. Apretó el pezón con dos dedos, a la vez que aquel botoncito del centro de su ser. Ella aulló, pero no de dolor, sino que se removió con más vigor en aquel asiento improvisado.

—Esto, esto es...

—Sí, cariño, esto es una experiencia maravillosa.

En aquel momento en que Mariona se dejaba llevar por todas las sensaciones del placer, alguien tocó la aldaba de su puerta. Ambos se quedaron inmóviles.

—¿Esperas a alguien?

—No, y no pienso abrir.

Un nuevo llamado, esta vez unos golpes secos con los nudillos. Estaban en una sala no muy lejos de la entrada.

—Parece importante —murmuró ella, y de un saltó se bajó del aparador y recompuso sus ropas.

—Quien sea no puede verte aquí —reconoció Bernat, mientras llamaban por tercera vez.

Mariona cogió el hatillo que yacía olvidado en el suelo. Él le pidió que se metiera en una de las habitaciones del fondo del corredor, tenía que averiguar quién aporreaba su puerta y allí no la descubrirían.

—Me desharé de quien sea en un segundo.

Bernat esperó a que Mariona se introdujera por el pasillo

y desapareciera de allí. Se llevó las manos a la cabeza y se echó el cabello hacia atrás tratando de serenarse.

La visita no podía ser más inoportuna.

Mariona sentía que el corazón se le iba a salir por la boca. Se metió en la habitación más alejada que encontró y tuvo la certeza de que era la de Bernat. Una cama con cuatro postes presidía el gran dormitorio, con un armario muy grande de pared a pared. En una de las puertas centrales había un espejo; al mirar su reflejo en él, casi no se reconoció. Tenía las mejillas arreboladas, el peinado casi deshecho y una mirada brillante.

«¡Ay, madre! Jamás pensé que eso de lo que hablaban algunas mujeres sobre juegos con los esposos o sus novios provocara estas sensaciones».

Sonrió a su imagen.

Con aquel experimento había obtenido unos resultados asombrosos. Bernat era un hombre muy apasionado, no quería comparar, pero Howard había sido siempre muy respetuoso.

«Demasiado. Howard».

Iba a tener que confesarle la verdad a Bernat, era cruel engañarlo.

Dejó el hatillo sobre la cama y de repente se dio cuenta de que había olvidado la capa, pero lo que la angustió de veras fue descubrir que estaba descalza.

Aunque ya nada podía hacer, si la casa tuviera otra salida, Bernat se la habría ofrecido, así que tenía que esperar.

De puntillas se acercó a la puerta de la alcoba con la idea de saber quién tenía tanta urgencia por verlo y afinó el oído. Las voces le llegaban lejanas, pero... debía de estar ya en el infierno, porque aquella voz era la de su hermano.

—Lamento la interrupción —se burlaba Gonzalo—. Ya

me voy. Solo pasaba por aquí camino de casa... ¡Oh! No mientas, estabas ocupado...

Mariona imaginó que había descubierto sus botines o su capa.

—¿Te parece que nos veamos mañana? Ven a cenar a casa, le pediré a Mariona que venga también. Vuestra compañía anima a Inés, ahora está con su madre. Y mi hermana necesita distracciones.

—De acuerdo, me gusta tu idea.

—¿Quieres ser la distracción de mi hermana?

—No me importaría. ¿Sabes que tiene novio?

—¿El señor Allen? Me pidió su mano cuando estuvimos en Londres. Pretendía llevársela al campo y allí, si quería ser médico, abriría una pequeña consulta.

—¿Eso te dijo?

—Sí, no dudo de que la quiera, pero no creo que la conozca. Me dijo que como hombre debía aconsejarla bien, y él era un partido seguro.

—Caray con el dandi. ¿Y esto lo sabe ella?

—Supongo. Me limité a decirle al señor Allen que yo no tenía que aceptarlo, que ella era dueña de su persona.

—¿Crees que vendrá a buscarla?

—Amigo mío, eso no me incumbe, y si tú quieres algo, espabílate. Ahora me voy a casa, para que sigas con tu romance. Me debes un brandy.

Tras escuchar aquella conversación, Mariona se sentó a los pies de la cama, con las manos en el regazo, Sabía que Howard había hablado con su hermano, pero desde que había llegado a Barcelona, quería otras cosas. Por suerte había sido franca con Howard antes de marcharse, quizá debería ser igual de honesta con Bernat, pero le preocupaba lo que pensaría de ella. Sí, se lo diría, pero en otro momento.

Notó su presencia en la habitación. Miró hacia la entrada y lo vio apoyado en el marco de la puerta, con su capa colgando del brazo y los botines en una mano.

Él entró despacio y se sentó a su lado.

—¿Lo has oído?

Mariona asintió, sin atreverse a mirarlo. Él le sujetó la barbilla con dos dedos y le volvió la cabeza para encontrar sus ojos.

—Cielo, no sé qué pasa por esa cabecita en estos momentos, pero lo que ha sucedido antes ha sido maravilloso. Muero por tenerte desnuda sobre esta cama y llevarte al placer más exquisito. Quiero besar todos los rincones de tu piel y escuchar mi nombre en tus labios mientras te abandonas a mí, pero hoy no va a ser.

—Yo... yo quería ir a ese sitio —confesó—. Y no pienses que me arrepiento de lo que ha ocurrido. Es solo que... No quiero hacerte daño si no soy lo que quieres. Ahora mi vida es un caos. He dejado Londres, no sé si podré regresar, y ayudo a mi padre, pero quiero mi lugar en una consulta, como doctora. No ser la «hija de», la «ayudante de»... Además, sobre Howard...

Bernat le puso dos dedos sobre los labios y le impidió decir lo que no le había confesado.

—Me gusta vivir el presente. He sido jugador y apuesto por ti, María Elvira, así que no me importa cómo están las cosas ahora. Cuando lo tengas claro me lo dirás.

—Nunca me llamas María Elvira.

—En las cuestiones importantes, sí, para que no las olvides.

Besó sus labios con ternura y Mariona buscó algo más intenso, abrió sus labios y sacó su lengua para salir al encuentro de la de él, para que bailaran lento la una enroscada en la otra.

—Me vuelves loco, lo sabes, ¿verdad?

—Sí, y me está gustando este juego —bromeó.

—Yo también puedo torturarte, no lo olvides.

—Son las nueve, ¿crees que es muy tarde para ir a ese lugar?

—No, podemos estar un rato y cenamos algo allí.

—Tengo que cambiarme, ¿me dejas?

Él se levantó de la cama con una media sonrisa pintada en la comisura de la boca.

—Me encantaría quedarme a mirar cómo lo haces, pero en la expectación está el disfrute. Te espero en la sala.

Mariona sintió que un relámpago le atravesaba el estómago al oír aquellas palabras. Estaba jugando con fuego e iba a quemarse.

«Ya te has quemado, tonta, solo tienes que reconocerlo».

Se desnudó con prisa y dejó el vestido sobre la cama. Había escogido unas enaguas de algodón con bastantes volantes detrás, para que su falda obtuviera el volumen necesario. Sacó las prendas que guardaba en aquel paquete y las estiró un poco sobre el colchón. Al hacerlo no pudo evitar pensar que allí dormía Bernat y se imaginó en sus brazos, allí tumbados. Tuvo que borrar aquellos pensamientos, porque notaba que las mejillas le ardían.

Se colocó la blusa sobre el corsé de color marfil y luego la falda. Era una de las que había comprado aquella tarde. Había pensado en un vestido sencillo, pero cuando su madre la hizo cambiar de ropa, se dio cuenta de que era mejor una falda y una blusa para su disfraz. Se compuso el peinado después de calzarse y sacó un pequeño bolsito donde llevaba algunos cosméticos. Se maquilló con esmero y cerca de la comisura de los labios se pintó un lunar, como había visto a una señora francesa que atendió en Londres y que había encadenado un amante con otro. Aquella paciente, sin pelos en la lengua, le había dicho que las mujeres tenían más poder sobre los hombres de lo que imaginaban, tal como la propia Mariona acababa de descubrir.

Se dio un último repaso, la falda era lisa, de color verde oscuro, y se colocó sobre los hombros un viejo chal de lana. Pero no le gustó el conjunto y lo descartó por la capa. Estaba lista para su aventura.

—¿Qué tal? —preguntó a Bernat, que la miró con sorpresa.

Le pareció que él había aprovechado aquel tiempo de espera para revisar su correspondencia. Sobre la pequeña mesita que tenía al lado había una navaja que debía de utilizar de abrecartas y varios sobres abiertos. Él se levantó enseguida al verla y abandonó aquella tarea. Con pocos pasos se situó frente a ella. Se había puesto una chaqueta menos elegante de lo que era su costumbre, pero que le sentaba igual de bien.

—Estoy dudando de si llevarte a ese lugar o guardarte para el postre. He descubierto que me muero de hambre.

—Pero ¿crees que pasaré desapercibida?

—Por supuesto. No mires a nadie a la cara aunque reconozcas a alguien y no te separes de mí ni un segundo.

Mariona estaba emocionada. Él se colocó un abrigo que reposaba en el respaldo de una silla y en el vestíbulo cogió el bombín inglés e hizo un gesto divertido al ponérselo. Mariona fingió haber olvidado algo y regresó a la sala. Con un rápido movimiento cogió la navaja que reposaba sobre la mesa y la metió en su bolsito. «Por si acaso». Salió recolocándose los guantes.

Subieron al carruaje que los esperaba. Era el cochero que solía utilizar Bernat y aquello la reconfortó. Él se sentó a su lado y ella, por pura necesidad para aplacar sus nervios, le tomó la mano y la colocó en su regazo.

—No estés nerviosa, ni siquiera tienes que hablar con nadie.

Llegaron al local. Estaba en una calle estrecha, en la que morían otras callejuelas. La entrada no pasaba desapercibida. Las puertas eran dobles, de cristales emplomados y con un excelente marco pintado de dorado y negro; el nombre del local estaba iluminado por varios farolillos. Delante había un hombre corpulento, con pinta de estibador, que hacía las veces de portero y seguridad del recinto.

—Bienvenidos al Paradís —saludó el portero.

Mariona se agarró del brazo de Bernat y sonrió, como si acceder a aquel local fuese lo más natural del mundo para ella.

Al entrar en la sala principal sus ojos se acomodaron a la luz y ambos se sorprendieron de la decoración y limpieza del local. Bernat silbó.

—Pensé que era otra cosa.

La elegancia de aquel lugar le llamó la atención. No sabía qué esperaba, pero no aquel sitio. No tenía nada que envidiar al mejor salón de fiestas de la ciudad.

—Yo también. Me arrepiento de haberme cambiado el vestido.

—¿Decepcionada?

Ella cruzó con él una mirada divertida, levantó las cejas y en un susurro le dijo que la noche no había terminado. Aquella faceta suya, como si fuese una descocada, la sorprendía hasta a ella misma. Bernat se limitó a abrir los ojos y a sonreírle de forma pícara.

Se había metido bien en el papel que representaba, pensó.

Un hombre con uniforme de chaqueta y pantalón negro y guantes blancos se les acercó. Tenía apariencia de ostentar algún cargo en aquel sitio.

—¿Tienen mesa reservada?

—No —respondió Bernat, y metió los dedos en el bolsillo del chaleco. Mariona intuyó que iba a sacar unas monedas cuando le vio depositar algo en la mano del hombre. Este dio un ligero repaso a lo que Bernat le había entregado y se lo guardó sin mover un músculo del rostro. Como si aquella transacción no se hubiera llevado a cabo, Bernat aña-dió—: Si es tan amable, ¿podría buscarnos un rincón íntimo?

El encargado la miró y, sin esbozar sonrisa alguna, con-testó:

—Por supuesto, acompáñenme.

Bernat le cedió el paso y, con ademán posesivo, colocó la mano en la parte baja de su espalda, un gesto que, en una sala mucho más decente, solo hacían los esposos, los preten-dientes o prometidos con sus novias. Sin embargo, a pesar de sentir el calor que le provocó, Mariona agradeció aquel contacto.

Al llegar al lugar escogido por el encargado, un rincón bastante agradable, Bernat se quitó la capa y la ayudó con la suya. Tras retirarle una silla para que tomara asiento, dejó la prenda sobre el respaldo. Luego se acomodó a su lado. Era el lugar perfecto, se veía toda la sala, los que entraban y los que salían, el escenario, incluso una escalera por la que subía y bajaba gente, la mayoría en buena compañía. El hombre los observó mientras encendía una lamparita que había sobre la mesa.

—Si necesitan cualquier cosa, no duden en preguntar por mí —dijo con un gesto estudiado de cortesía, antes de des-pedirse—. Mi nombre es Rogelio Artigas, y mi misión es hacerles más agradable, si cabe, la velada.

Bernat le hizo un gesto con la cabeza y ella se desenten-dió del hombre. Tampoco quería pensar qué podría ofrecer-les para que la noche fuese más agradable.

—¿Vienes mucho a este lugar?

—Es la primera vez, pero pensé que era como algunos salones del Raval, incluso otros en el puerto, con cupletistas malas y prostitutas tratando de embaucar a los hombres que salen de las partidas de cartas, o a los marineros que llegan en tropel a la ciudad.

—Quizá no estás tan equivocado.

En un lado de la sala se veía a un grupo de marineros, que por los gritos que soltaban no eran españoles, y más de uno sostenía en sus rodillas a una mujer.

Bernat le explicó que aquel sitio era muy parecido al Moulin Rouge de París. Una sala de espectáculos de cabaret con la que había quedado cautivado cuando lo conoció, por la variedad de espectáculos, y que tenía su antecedente en el Music Hall inglés. A ella le pareció un lugar muy interesante y recordó la obra de Toulouse Lautrec, un pintor que inmortalizaba en sus cuadros la vida nocturna parisina.

—Me parece fascinante que alguien haya creado aquí, en la ciudad, un sitio como este —musitó con entusiasmo. Ella no había conocido un lugar así.

Bernat se le acercó al oído y le dijo en un susurro que no era el único, pero que no debería haberla llevado. Mariona se giró despacio y quedó frente a sus labios. Con picardía, murmuró sobre ellos:

—¿Por qué no? Estoy segura de que cuidarás de mí. Además, me gusta que tú también tengas una primera vez en este sitio y sea conmigo.

Una camarera se acercó a pedirles qué deseaban tomar y enumeró, como si recitara el padrenuestro, las especialidades de la carta. Se miraron indecisos y, al final, Bernat escogió para los dos varios platos, más una botella de vino. Luego preguntó si el espectáculo había acabado.

—La primera función sí, pero a las diez hay otra. —Y, como si tuviera que dar más explicaciones, añadió—: El local está tan concurrido porque hoy canta la Bella Lis. Su fama la precede, viene de París, pero empezó aquí, cuando este local todavía era otra cosa —aclaró—. Todos aquellos vienen a verla.

La camarera sin tapujos señaló varias mesas donde hombres elegantes se mezclaban con gentes del pueblo; en una armonía que llamaba la atención.

La camarera, que no tendría más de diecisiete años, se retiró. Mariona observó el local. Había muchos caballeros con chicas jóvenes, mucho más jóvenes que ella. Le pareció indecente, pero no iba a rasgarse las vestiduras, en el hospital y el dispensario en Londres había visto bastantes cosas que la habían endurecido. Una muchacha no elegía la prostitución por gusto, sino porque la necesidad la apremiaba y muchos hombres, caballeros o no, se aprovechaban de ello.

Se dio cuenta de que no le había dicho a Bernat nada de la nueva ocupación que tendría y quiso compartirlo con él.

—Parece que ha pasado más tiempo, pero esta tarde visité a la doctora Aleu.

Él sonrió.

—Sí, han ocurrido muchas cosas desde entonces. ¿Y qué te dijo?

—Hablamos de Inés y... y me ha propuesto que la ayude, necesita una médica. —La mirada que él le dedicó la hizo flaquear. No se atrevió a decirle lo del dispensario, por si Bernat no lo veía bien y la censuraba. No quería tener que considerar si le parecía bien o mal, así que lo dejó en el aire.

—Eso es fantástico, te sentará bien trabajar de lo tuyo.

Que él sacara aquella conclusión la complació y mitigó su culpabilidad por no decirle la verdad completa. Ella iba a hacer su trabajo, daba igual dónde, y le parecía bien aportar su ayuda a las mujeres más desfavorecidas, algo que llevaba varios años haciendo.

Distraída, paseó la vista por la sala. Algunas jóvenes, y no tan jóvenes, besaban a sus acompañantes sin pudor de que las vieran, incluso descubrió a alguno de aquellos hombres metiendo la mano bajo sus faldas. Se fijó en un grupo de jóvenes con sus esmóquines y chisteras, sin duda salidos de alguna fiesta de la alta sociedad, en busca de nuevas emociones.

—¿Ves a alguien que te llame la atención? —le preguntó Bernat.

—¿Y tú?

—No, quizá nos hemos equivocado. No creo que Blas regrese por aquí. La verdad es que este sitio me tiene confundido.

Bernat la había puesto al corriente del caso de Jacinta y de la investigación que su ayudante y él llevaban a cabo con Galán, el policía. Lamentó el sufrimiento que soportaría su madre y pensó en la suya; si a ella le ocurría algo, también viviría en un tormento.

La camarera sirvió los platos que habían pedido y dejó sobre la mesa las copas y el vino. Bernat se ofreció a servirlo y la despidió.

—¿Por la primera vez? —susurró en su oído, y ambos bebieron un sorbo.

No le dio tiempo a contestar, pues el escenario se iluminó y apareció una mujer que se contoneaba como si bailara una danza exótica. Lucía un traje que se le pegaba al cuerpo y unas joyas que no pasaban desapercibidas. A la vez que cimbreaba la cintura, empezó a cantar, mezclando el castellano y el francés. Tenía buena voz. En la melodía Mariona adivinó palabras picantes, que la artista pronunciaba en francés, pero dudaba de que aquella gente supiera a qué se refería, aunque podía adivinarse.

—Sin duda, algunas cosas suenan mejor en francés —bromeó.

El último de los tres pisos del local rodeaba la sala formando una especie de galería, a la que se accedía por una escalera bastante escondida y donde algunas personas estaban asomadas. En el segundo, a ambos lados del escenario había pequeños reservados a modo de palcos, que estaban llenos. En varios de ellos se reunían hombres y mujeres que bebían champán y parecían divertirse, aunque uno parecía vacío; sin embargo, la brasa de un cigarro delataba que al menos había un ocupante. En el mismo nivel en el que ellos estaban se mezclaba la gente sencilla con señoritos, todos ajenos a la diferencia de clases, con el mismo objetivo de divertirse. Varios caballeros otearon la sala como si buscaran a alguien y entre ellos descubrió al santurrón de Adrián, que por lo visto no era tan santurrón. Pensando que podría descubrirla, decidió pegarse a Bernat, le pasó los brazos alrededor de su cuello y lo besó. Él no tardó ni un segundo en responder.

—¿Y esto?

—Donde fueres haz lo que vieres —sonrió.

—Sabes que ese lunar me está matando.

Frunció los labios y cogió una croqueta. Tenía que reconocer que estaban buenas.

Durante más de una hora, la Bella Lis se contoneó, bailó y cantó, pero ellos no vieron nada que les llamara la atención. El público aplaudía con fervor y la artista correspondía con gestos provocativos. La actuación se alargó ante las demandas de que cantara una nueva pieza, por lo que ella obsequió a la concurrencia con un baile flamenco muy sensual. A continuación subieron al escenario otras dos jóvenes, que pronto embelesaron al personal.

Mariona se fijó en que algunos hombres subían por las escaleras, unos en solitario, otros acompañados.

—¿Adónde irá esa gente?

—Supongo que el local tiene reservados.

—Eso parece, pero aquellos dos entran juntos, fíjate en la actitud de sus cuerpos. ¡Son dos hombres!

Bernat fijó la mirada, eran un caballero y un muchacho que guardaban cierta distancia, pero el primero miraba de reojo al que lo seguía, y no con recelo. Detrás subían otros caballeros, uno de ellos solo, pero un tercero con una jovencita.

Mariona rezó en silencio para que nadie la descubriera. Aquel local era muchas más cosas de lo que a simple vista parecía.

Bernat seguía con la vista en las escaleras y, por el gesto que hizo, ella pensó que algo lo contrariaba. Le extrañó, porque a ella le turbaba casi todo lo que veía.

—¿Ocurre algo?

—No, solo que he visto al hijo del concejal Pons. Es el que subía detrás de la pareja de hombres, el que iba solo. Si mañana publicara que frecuenta este lugar se armaría un buen escándalo. Y... ¡Dios! Esto sí que es un buen titular. Creo que he visto a su padre, aquella puerta debe de ser la que da acceso a los camerinos.

—¿A quién dices que has visto? —Ella estiraba el cuello, pero no lograba ver a quién se refería.

—A Arcadi Pons. Voy a ver.

Bernat se levantó como si quisiera seguirlo y ella lo agarró de brazo.

—¿Estás loco? Primero, no puedes dejarme aquí sola, y segundo, ¿qué crees que hará ese hombre si se sabe descubierto? Yo también he visto al hijo de los Perejoan y no se me ocurre ir a saludarlo.

Bernat pareció recapacitar.

—Tienes razón, creo que debemos irnos.

Con un gesto llamó a la camarera. Pidió la cuenta y, tras abonarla, salieron del local.

En la puerta se arremolinaba mucha gente. Bernat observó a ambos lados de la calle antes de cruzar a otra y de repente tiró de su mano.

—¡Lo sabía! ¿Ves a aquella pareja?

Mariona se fijó. Era la Bella Lis, envuelta en pieles, con un acompañante. Habían salido por una puerta lateral.

—Ese hombre que va con ella no es otro que Arcadi Pons, el concejal que dice que no tiene amantes.

—Déjalo, Bernat. Olvida a ese hombre.

Mariona se agarró de su brazo de forma cercana y él le acarició la mano.

—Sí, vamos.

Los gritos se sucedían a su espalda, los hombres se hablaban a chillidos debido a la algarabía que se había creado.

Bernat había pedido al cochero que los esperara en la esquina de la calle de enfrente. No estaba permitido aparcar cerca de la puerta, no a todo el mundo, al menos, ya que la cantante y el político se habían subido a un coche que los esperaba sin problemas.

Se adentraron en el pasaje, donde unas míseras bombillas alumbraban con más pena que gloria. El ambiente del lugar cambió de repente y Mariona, con el corazón en un puño, pensó que el carruaje estaba bastante lejos. No le gustaba caminar por aquel sitio. Apretó su bolsito y se mantuvo muy alerta.

Jamás había estado en aquella zona de la ciudad. En los portales se arremolinaban hombres con mujeres en abrazos indecentes; al otro lado de la calle, dos borrachos vaciaban sus estómagos en vómitos de olor agridulce y putrefacto, como si concursaran entre ellos.

Apreció una voz que los llamaba, se giró un poco y vio a dos tipos que parecían seguirlos. Agilizó sus pasos, pero a medida que se adentraban en la calleja, los otros dos iban acercándose a ellos en zancadas más rápidas. Mariona temió que les robaran o les hicieran algo peor. Aquella era la zona donde más agresiones y robos se producían, tanto a los turistas como a los despistados que pasaban por allí.

Apretó el bolsito más a su pecho, bajo la capa, y recordó la navaja que había cogido en casa de Bernat. Aquel «por si acaso» había sido una premonición. Se soltó de su acompañante, pero este la riñó.

—No te sueltes y sigue, Eusebio está aquí mismo.

—Bernat, confieso que tengo un poco de miedo.

—No te asustes, que no nos va a pasar nada.

Eusebio Cruz era el cochero al que Bernat solía recurrir cuando salía de noche o en sus recados. Le pareció que desde la distancia avistó que estaban en problemas, porque azuzó a los caballos y estos echaron a trotar hasta ellos. Con el rabillo del ojo, Mariona percibió que, al tiempo que Bernat la agarraba de la mano con su izquierda, metía la otra en el bolsillo interior de su chaqueta.

—¡Eh, eh! —oyó que les gritaban.

Todo fue muy rápido. Los otros casi los habían alcanzado y Mariona, con el bullicio de fondo, no lograba distinguir sus palabras. Bernat se volvió y se interpuso para protegerla cuando los otros estaban a un paso. Estiró el brazo y Mariona se sobresaltó al verle empuñar un arma pequeña, tan pequeña que habría cabido en su bolso.

Los otros soltaron un aullido casi a la vez y levantaron las manos en señal de rendición.

—¡Jefe, jefe! Que soy Pujalte.

—¡Por los clavos de Cristo, Rufino! Podía haberte matado. —Bernat abrió la mano y mostró el arma. Tenía las cachas de madera, era de metal plateado y tenía dos cañones.

—Lo hemos visto salir —señaló el muchacho, ya más sereno—. ¿Ha venido con una amiga?

—¿Y tú?

Mariona se dio cuenta de que el ayudante no la había reconocido y agradeció que Bernat evitara el tema.

—Me encontré con mi primo. Tendríamos que hablar.

—Mañana.

Cruz llegó hasta ellos y bajó del pescante con un madero en la mano. Evaluó la situación y debió de comprender que todo estaba en orden, porque prestó su ayuda a Mariona para subir al coche. Ella se despidió con un seco adiós y al momento Bernat también entró.

—¿No querías aventuras? —bromeó—. Tu hermano me matará si se entera de que te he traído a un lugar como este. No se te ocurra mencionar nada de lo que hemos visto mañana por la noche, ni nunca, ¿de acuerdo? —Ella asintió—. Ahora te llevo a casa, ya está bien de emociones por hoy.

—No. He de pasar a por mi ropa. Mamá podría preguntar por el vestido. —Mariona se acomodó en el respaldo del asiento y, sin dejar de observar a Bernat, que iba frente a ella, musitó con curiosidad—: No sabía que llevabas un arma.

—La tengo desde hace poco, me la traje de Chicago, cuando estuve en la inauguración de la Exposición Universal, un capricho. No estaba muy seguro de adónde veníamos y nunca se sabe.

Ella abrió su bolso y mostró la navaja.

—Es cierto, nunca se sabe —soltó con humor.

Bernat abrió mucho los ojos y contestó en el mismo tono.

—Chica valiente.

Aquella noche, cuando Mariona ya estaba metida en su cama, el corazón aún le latía con fuerza. Pensó que en aquella salida había vivido las horas más emocionantes de toda su vida. Antes de apagar la lámpara de la mesilla, miró al techo y cruzó las manos sobre el torso, sonriendo como una boba.

«Y mañana vuelves a verlo».

18

Bernat estaba deseoso de hablar con Rufino Pujalte y averiguar qué había descubierto él, pero el condenado no aparecía por el periódico. Así que estaba en su mesa fingiendo que escribía, cuando en realidad no hacía más que revivir lo que había ocurrido entre Mariona y él la noche anterior. Si se lo hubiesen dicho unos días antes no lo habría creído.

Pero no podía confiarse, ella quería experimentar lo que era el placer, conocer los juegos entre un hombre y una mujer. Era tonto si no era él quien la enseñara, estaba enamorado y ella lo sabía, pero no podía decírselo a cada rato. Tenía que darle lo que quería, pero tampoco parecer un pelele. El amor volvía idiotas a los hombres y Bernat tenía que conseguir que ella, entre juego y juego, se enamorara de él.

Esa noche se verían en casa de Gonzalo y solo de pensar en cómo la tentaría le daban ganas de que las horas pasaran.

La recordó en el local al que habían ido. Se había mostrado desinhibida, revelando a una Mariona que no había visto antes. Además, fue observadora. Él no se habría dado cuenta de aquella escalera por la que subía y bajaba gente; bueno, sí la habría visto, no estaba oculta, pero no se habría percatado de los que accedían a aquella zona y menos si estaban juntos o no.

De aquella salida había aprendido algunas cosas de ella: era valiente y decidida. El hecho de coger aquella navaja de su casa por prevención, por muy loca que le pareciera la idea, no tenía desperdicio. Aunque, bien pensado, ¿qué pretendía hacer con el arma? Le asaltó la idea de que al menos sabía usar un escalpelo, y la navaja podía ser peligrosa si la usaba como un bisturí, pues sabría dónde cortar para hacer más daño.

«¡Qué temeraria! —se dijo, no sin cierta ironía—. Si esa navaja solo corta bien el papel de los sobres».

Procuró apartar aquellos pensamientos para centrarse en algo que no fuese ella, y Arcadi Pons cruzó la neblina de su mente.

No podía escribir nada de lo que había descubierto sobre él. Bueno, poder, podía, pero no debía; si lo hiciera tenía muchos números de que las consecuencias fueran negativas para él. Ese hombre no lo dejaría pasar y se lo cobraría bien. «Quién sabe si esta vez te echan del periódico». Le daba coraje, pero había decidido olvidarse del político y eso iba a hacer.

Una hora tardó Rufino en aparecer.

—¿Dónde te has metido?

—Me fui con mi primo y me enredé. Pero esta mañana temprano tenía recados en la fábrica —explicó el muchacho. A veces a Bernat se le olvidaba que tenía dos trabajos—. Apenas he dormido, pero he descubierto muchas cosas, jefe —reconoció el ayudante—. ¿Me invita a un bocadillo de chorizo y se lo cuento?

—¿Un bocadillo? Sí, hombre, faltaría más, y de jamón si quieres —respondió con sorna.

—Pues mejor, me gusta más. ¿Vamos?

Bernat lo miró por un instante y recibió otra mirada

impaciente. Cogió su chaqueta que había dejado en el respaldo de la silla y salió con el muchacho. Le intrigó la cafetería que escogía, no la habitual donde solían ir, sino otra a la que acudía menos gente a aquellas horas. Pidieron el bocadillo de jamón y un vaso de agua para Rufo, que no consintió otra bebida, y un café y una magdalena para él. Pese a que el local estaba más bien vacío, el muchacho miró a ambos lados antes de empezar a hablar.

—Verá, jefe, el Paradís no es lo que parece...

—¿Qué averiguaste? —preguntó impaciente.

—Resulta que mi primo Antonio es novio de una de las que trabajan allí, pero ella es solo camarera. En el piso de arriba se arriendan habitaciones. Las he visto, son muy chicas, aunque tienen lo más importante: una cama. En algunas hay artilugios raros, unos con pinta de divertidos, dice mi primo, pero otros parecen asquerosos.

El camarero trajo el bocadillo y Rufino abrió el pan para ver el embutido.

—Un poco rácano, pero le han restregado bastante tomate al pan —aceptó. Bernat, sorprendido por lo que el muchacho había descubierto, lo apremió a continuar—. Tuve que esperar a que la novia de mi primo, Mari Carmen, terminara su turno. Ella estaba cansada, pero él quería echar un polvo, así que la convenció. A las cinco pude ver la parte de arriba. Los últimos parroquianos se marcharon y apenas quedaban cuatro putillas fatigadas. Mientras mi primo y Mari Carmen se daban el gusto, las invité a una botella de vino y unas nueces. No llevaba mucho en los bolsillos, pero agradecidas, largaron muchas cosas.

—¿Algo que nos sirva?

—Usted verá.

Casi con la boca abierta, Bernat escuchó el relato de Rufino, que había logrado obtener más información que la policía y él juntos. El local pertenecía a una sociedad empresarial cuyo titular desconocían, pero las mujeres alegaban que desde hacía unos meses era de un ricachón de la parte alta de la ciudad que había metido dinero para lavarle la cara al lugar y atraer mejor clientela. Incluso había prohibido las reuniones en las que se hablara de política. Contrató mejores cantantes y bailarinas y se diversificaron los espectáculos, hasta había uno de magia. El hombre iba poco por allí, pero los chulos y proxenetas que se paseaban libremente eran los de siempre.

Por el establecimiento pasaban bastantes hombres adinerados, sobre todo desde que estaba el nuevo dueño. Desde banqueros, empresarios y aristócratas rancios hasta jóvenes burgueses buscaban tras el espectáculo una diversión más carnal o la emoción que proporcionaban las mesas de juego. Se decía que más de un jovencito adinerado se había estrenado con las chicas que, con buenas artes, los atraían a las habitaciones del piso superior, antes de su boda, o acudían acompañados por sus padres para que los desvirgaran y, ya de paso, ellos aprovechaban el viaje.

Pero Rufino había dejado lo más interesante para el final. La hija de la actriz había acudido con un amigo y había vuelto más días, pero era otro joven el que la esperaba. No supieron decirle quién, porque ellas estaban trabajando, pero la habían visto esperando en las mesas de juego y luego se encerraban durante horas en la habitación que había al fondo del pasillo.

—Le aseguro, jefe, que es en la que hay las cosas más raras. Arriba hay un bar exclusivo para los que acceden a esa zona del local y uno puede traerse la pareja o escogerla allí.

—¿Hay mesas de juego? —Los ojos le brillaron, era un dato que desconocía—. ¿Dónde?

Se dio cuenta de que el hecho de ir con Mariona había impedido que él investigara qué tipo de local era. Se había dejado llevar por el entusiasmo de ella por vivir una aventura y él había desaprovechado una oportunidad de hacer un buen trabajo.

—Ese sitio tiene muchas puertas en la zona de arriba —continuó el ayudante—, pero hay un salón con una ruleta y varias mesas. Y el personal parece muy escogido. Ahí no juega cualquiera.

—Tendremos que ir a hablar con el encargado del local.

—O puede ir otro día sin su amiga.

Bernat tuvo la impresión de que Rufo no sabía que era Mariona, y estuvo a punto de decírselo, pero prefirió callar. No hacía falta desvelar aquel secreto.

Una de las cosas que mejor le habían funcionado siempre a Bernat cuando colaboraba con alguien en el campo laboral era ir de frente. Así que citó a Miguel Galán para comentarle lo que habían descubierto, o, mejor dicho, lo que había descubierto Rufino Pujalte, porque sus averiguaciones eran más bien pocas.

Este lo escuchó en silencio y ambos llegaron a la conclusión de que Blas Pungolas no había sido sincero del todo. Galán afirmó que volvería a interrogarlo y esta vez sería más incisivo. De momento era el mejor sospechoso que tenían. Pero el policía también le habló de los pocos recursos de que disponía para esa investigación.

—La mayor parte del personal está al acecho de los que ponen bombas; un día sí y otro también han causado un estropicio en alguna fábrica, pero no los pillamos.

—Corren más que la policía.

—¿Que si corren? Más que un galgo. Y nos dejan en ridículo. Están haciendo mucho ruido. Ayer mismo desmantelamos una reunión clandestina en la trastienda de una librería en la calle Diputación. El dueño no podía creérselo, su propio hijo era uno de los cabecillas.

El ruido de una bandeja que había caído al suelo los sobresaltó. Estaban en una cafetería, Galán, si podía evitarlo, prefería no pasarse por el periódico, y Bernat agradecía no tener que recibirlo allí. La comisaría tampoco era un sitio en el que poder intercambiar impresiones con tranquilidad. Sin necesidad de hablarlo habían establecido algunos lugares como puntos de encuentro: una cafetería cerca de *La Vanguardia,* el bar que había al lado de la comisaría, una taberna en la plaza Real a la que habían cogido el gusto y el Suizo, lugar emblemático de las Ramblas, que simplemente les gustaba.

—Así que fue al Paradís. ¿Y con quién, si puede saberse?

—Sabe que no revelo mis fuentes —respondió tajante, y cambió de tema—. ¿Tiene idea de quién es el dueño?

Galán frunció el ceño.

—Me enteraré, haré una visita oficial.

Cuando Miguel Galán hacía una visita oficial significaba que él no podía acudir. La policía se ocupaba del asunto.

—Espero que luego comparta lo que averigüe, mi jefe me pide un artículo y me gustaría poder decir algo que revele que se avanza en la investigación.

Omitió que escribir artículos en los que se informaba de lo que pasaba en ultramar o de otras cuestiones no era lo que más le agradaba. Él esperaba contar una gran historia, algo donde se valorara la investigación de fondo. Aquel caso lo tenía atrapado y había comenzado a escribir por orden, como si fuesen las escenas de una obra de teatro o los capítulos de un libro, todos los pasos que iban dando; allí nombraba y citaba todo lo que hasta el momento había descubierto y quién le había facilitado la información. Cuando todo estuviera concluido, de ahí sacaría su gran artículo, y entonces decidiría si desvelaba las fuentes, aunque previamente tuviera que contar con el beneplácito de algunos. Pero para eso aún faltaba lo importante: concluir la investigación y resolver el caso de la desaparición de Jacinta Soler. No era ingenuo, habían pasado muchos días y no se había pedido rescate, la chica podía estar muerta, si no había sido vendida a algún desaprensivo, pero lo que los motivaba era descubrir qué había ocurrido y detener al culpable.

—Sabe que si tengo algo que pueda hacerse público, se lo diré —aseguró el inspector. Bernat lo sabía, habían llegado a conocerse bien y la honestidad era algo que los caracterizaba a ambos—. Soy el primero al que le asquea esta situación. Nos faltan hombres y, por desgracia, el caso de la desaparición de esa joven se cerró como una huida de casa, de modo que he de investigar en mis ratos libres. Se me parte el alma cada vez que la madre me llama por teléfono y me pregunta si se sabe algo de su hija. No se imagina las ganas que tengo de poder decirle un día algo distinto al «seguimos investigando».

Mariona llegó a casa de su hermano con bastante tiempo antes de la cena. Quería jugar un rato con Sofía, pero sobre todo ver a Inés y conversar con ella y con Gonzalo a solas. Sin embargo, nada más entrar, la doncella le dijo que Sofía estaba con Lali; ella y Lucía habían pasado a recogerla y dormiría en casa de sus tíos aquella noche.

La condujo a la sala donde encontró a Gonzalo con Inés. Él leía un libro en voz alta, en un tono que parecía de confidencia, mientras ella lo escuchaba con la cabeza recostada en su hombro. La escena la emocionó. Era un libro de poemas de amor: *Rimas y leyendas* de Adolfo Bécquer.

Su hermano nunca había ocultado el gran afecto que sentía por su esposa. Era un hombre muy ocupado, pero siempre buscaba tiempo para compartirlo con su familia y guardaba celosamente espacios para ellos dos. Podría haber abierto su propia consulta para enfermedades nerviosas y combinarla, como hacía su padre, con el trabajo en el hospital. Pero Gonzalo tenía suficiente con ser el director del sanatorio mental e intercalaba sus tareas de dirección con la atención directa a pacientes, la mayoría gente de buena familia que solicitaba su intervención, pero no podía con todos y acababa seleccionando. Siempre bromeaba con que una de las cosas buenas que tenía ser director era poder escoger algunos casos.

Mariona se quitó la capa y se la entregó a la doncella junto con el sombrerito y los guantes. Saludó con un afectuoso beso a su cuñada, que permanecía sentada, y a su hermano, que se había levantado.

—Te veo con buen color, querida. A una no le leen poemas de amor todos los días —bromeó.

—Busca un hombre que te quiera —contestó Inés con poco entusiasmo. En otro momento, habría acompañado la frase con una sonrisa pícara o una mueca divertida, pero esa vez la pronunció en un tono monocorde.

—Espero tener tanta suerte como tú —respondió y tomó asiento en un sillón cerca de ellos—. ¿Cómo te encuentras?

—Bien.

Aquella respuesta era la que daba siempre. Pero bien no estaba, solo había que verla. Inés había perdido peso, en el mes transcurrido desde la desgracia su tez había perdido brillo. Estaba segura de que si no la obligaran, ni siquiera se quitaría la bata de salto de cama y, lo que era peor, no saldría del lecho ni se arreglaría. Por suerte, su doncella la conocía bien y tiraba de ella, y Gonzalo cuidaba sus horarios para compartir con ella el desayuno y las comidas principales. La madre de Inés, doña Teresa, también estaba muy atenta y la visitaba todas las tardes. Pero a pesar de todo lo que hacían los demás, si Inés no estiraba la mano y se agarraba a la ayuda que le ofrecía su familia, no saldría del pozo en el que había caído.

Por su parte, Gonzalo se había negado a que le dieran

medicación, aunque Mariona sospechaba, y temía, que Inés se había refugiado en el láudano en los momentos primeros de mayor dolor.

—¿Cómo te va en la consulta, con papá? ¿Te deja trabajar sin supervisarte a cada rato? —preguntó Gonzalo medio en broma, pero con la certeza de quien conoce bien a su progenitor.

—Sí y no. Depende del día. Cuanto mejor se encuentra, más necesidad tiene de ocuparse. Creo que pronto dejará de escuchar los consejos de mamá y volverá al trabajo. Dice que el bastón le da un aire más serio, pero me parece que se siente inseguro sin él. Mamá es la que está cambiadísima. Apenas discutimos.

—Tú también lo estás, Mariona —bromeó su hermano.

Viendo que el tema se podía alargar por aquellos derroteros y teniendo en cuenta que su intención no era hablar de sus padres, decidió ir por la línea más directa para lo que pretendía.

—Inés, cariño, ¿has vuelto al médico?

—Ya me hicieron las curas, no tengo que volver.

Gonzalo adoptó un aire profesional y le informó de la situación, pero Mariona se dio cuenta de que su hermano atendía a su mujer como un alienista hacía con un paciente. Sin embargo, ella consideraba que, al estar tan implicado, se había cerrado a otras opiniones.

—No pretendo desautorizarte, pero creo que estaría bien que Inés se visitara con la doctora Aleu.

—Creo que voy a recostarme un poquito antes de la cena —anunció Inés. Era evidente que no estaba interesada en aquella conversación. Como si no fuera con ella.

—Bernat está al llegar —adujo Gonzalo, pero su esposa se levantó sin hacer caso y se dirigió a la puerta.

—Estoy cansada —dijo antes de desaparecer por el corredor.

Gonzalo se llevó las manos a la cabeza y se apretó la sien.

—No desesperes, querido. Y deja de ver a tu esposa como una enferma.

—¡Yo no veo a Inés como una enferma! —replicó y la miró con los ojos muy abiertos.

—Mira, tú entiendes de la mente humana y yo de temas femeninos —alegó—. Lo que le pasa a Inés es normal. Está triste porque ha perdido a un hijo.

Le dolió la crudeza de las palabras, pero no ayudaba a su hermano si hablaba con indirectas y palabras de consuelo.

—La depresión es algo serio. ¿Y si se mete en una melancolía? —alegó él—. ¿Y si tengo que internarla?

Aquel era un miedo muy real de Gonzalo, aunque ella consideraba que era un poco excesivo.

—Pero, a ver..., que el psiquiatra eres tú, pero no estás viendo con claridad los síntomas. Todo lo interpretas como una patología mental, pero la depresión o la pena de Inés se debe a una pérdida, no es porque sí. No digo que eso no sea una alteración, y digo alteración, no enfermedad, pero tiene que asumirla poco a poco. Esto deberías saberlo mejor que yo. Lo que pasa es que tú hablas poco de lo que os ha pasado, de lo que tú sientes. Deberías hablar del tema con alguien. Un amigo o un colega. O si prefieres conmigo.

—¿Desde cuándo eres tan madura?

Mariona le habría dicho que no era madurez, sino sentido común sumado a sus conocimientos de medicina, pero no quiso detenerse en analizar que siempre sería la hermana pequeña y así la veía su hermano, al menos en aquel instante.

—He visto a mujeres así. Hay que ayudarlas, pero además a Inés le hace falta que una médica, y entiendes bien, una mujer médica, la examine con tiempo y le diga algo que necesita escuchar.

—No voy a permitir que le den falsas esperanzas.

—No se las darán. Pero de esta forma Inés podrá hacer preguntas que a veces un hombre no sabe contestar, o por vergüenza no se hacen.

Mariona lo observó de frente y le añadió muy seria:

—¿Sabes? Voy a hablar con ella y decirle lo que pienso. ¿Tienes algún inconveniente?

Gonzalo dejó pasar un segundo.

—Ninguno... Y gracias, necesitaba oír lo que me has dicho. Creo que trato de ser fuerte por los dos y tapo el problema. Ni había pensado en una segunda opinión. El doctor Molina, nuestro médico, la visitó tras el incidente y dijo que habían hecho un buen trabajo cuando le hicieron el legrado de urgencia. En ese momento sangraba tanto que creí que la perdía —dijo Gonzalo, y Mariona sintió el dolor de su hermano. Sentado en el mismo sofá en el que había estado su esposa, miraba al suelo y tenía los codos hincados en las rodillas, como un hombre que llevara todo el peso del mundo sobre los hombros—. Quería darle tiempo a salir de la depresión antes de ver a otro especialista, pero si tú consigues que acceda a visitar a la doctora, te lo agradeceré. A veces no sé cómo decirle las cosas.

Sin darle más rodeos Mariona se dirigió al dormitorio de su cuñada. Allí la encontró recostada sobre la cama.

—Inés, cariño, ¿puedo hablar contigo?

—¿No podemos dejarlo para mañana? —respondió en un tono muy bajo, sin siquiera mirarla—. No estoy con ánimo. Discúlpame con Bernat.

—No, no puedo dejarlo. Necesito hablarte de dos cosas, y son muy urgentes. Me urge hablar con mi cuñada, pero también con mi amiga. Tengo un problema.

Aquellas palabras parecieron sacar a Inés de su abulia, pues se incorporó y quedó sentada con los pies colgando por el lateral de la cama. Mariona no esperó la invitación y se sentó a su lado.

—Verás, fui a visitar a la doctora Aleu. En su momento ella me animó mucho con lo de mi especialidad y le debía una visita —explicó, considerando que lo mejor era dar un rodeo y no ponerla en el foco de la conversación, pues en ese caso Inés se defendería y se cerraría en banda—. Le hablé de mi trabajo en Londres. Ya sabes que allí atendía a mujeres con pocos recursos: las supervisaba en sus embarazos o cuando perdían a sus hijos o sufrían malos tratos... Bueno, no quiero aburrirte con esas cosas. La cuestión es que ella, aparte de su consulta, trabaja en un dispensario, como yo hacía en Londres. En resumen, que me ha ofrecido un puesto, pero si le digo a mi madre dónde es, no le gustará.

—¿Y dónde está?

—Por las Atarazanas. Ya sé que no es una buena zona, pero esas chicas necesitan de una mujer para que las revise y las ayude. He visto algunas que por vergüenza de preguntar se quedan sin saber qué les pasa.

—Yo no tengo vergüenza de preguntar.

Inés había picado, así que Mariona solo tuvo que recoger el sedal. Con mucho tacto le habló de algún caso, y no tuvo que inventar demasiado, de mujeres en situaciones similares a la suya a las que había atendido.

—No me refiero a tu caso, ¿eh?, ya sé que es distinto...

—Se sufre mucho, Mariona, los hombres no lo entienden. Si te dicen que ya nunca volverás a ser madre, entonces, ¿qué interés tienes para tu esposo?

Mariona se indignó. ¿Quién le habría dicho aquella barbaridad?

—Inés, la mujer no es un recipiente para tener hijos. Me consta que Gonzalo te quiere y que tú a él y estáis muy enamorados. Tenéis una hija preciosa y estoy convencida de que si te das el tiempo que tu cuerpo necesita, podrás volver a concebir. Todavía es pronto. Solo hace un mes de... de la desgracia.

—El doctor Molina dijo que como madre ya lo había hecho todo en la vida.

—¿Eso dijo? —Se levantó, se puso las manos en las caderas y dio varios pasos, dominada por la rabia. ¿Cómo había médicos tan insensibles?—. Mira, ese hombre solo se merece dos sopapos. Si tú quieres vamos a ver a la doctora Aleu y le preguntas. Deja que te examine. ¿Tienes la menstruación?

Su amiga negó con la cabeza.

—Vale, nos damos una semana. El cuerpo tiene sus tiempos, el útero debe cerrarse bien... —No quiso seguir por ahí—. Y los pechos, ¿te duelen?

—A veces creo que están inflados todavía.

—Puede ser una sensación normal. Lo importante es que no haya infección por ahí abajo, ya me entiendes. —Su cuñada se rio y ella dijo de forma más teatral—. Agüita y jabón, sin miedo, pero sin pasarse.

Mariona notó que Inés se iba relajando. Jamás habían hablado de cosas tan íntimas, pero se trataba de un tema femenino que hablaba con muchas mujeres en su consulta, ¿por qué no hacerlo con su cuñada? Las mujeres a veces callaban demasiadas cosas, sobre todo a otras mujeres amigas suyas.

—Y... ¡Ay, no! No puedo preguntarte esto, eres una señorita soltera.

Aquella curiosidad indicaba que su estrategia había funcionado. Le agradó comprobar que Inés no se dejaba caer del todo por el tobogán de la tristeza.

—Bueno, supongo que quieres preguntarme algo sobre relaciones íntimas... En ese caso, como médico, te diré que deberías hablar con tu ginecóloga —dijo, enfatizando esa palabra—, pero en el fondo depende de cuando quieras y tengas ánimos.

Inés se quedó callada. A Mariona le habría gustado poder decirle algo sobre lo que le pasaba con Bernat, pero en aquel instante llamaron a la puerta de la alcoba y entró Gonzalo.

—Querida, ha llegado Bernat.

Mariona no quiso que se le notara nada en el rostro, pero sintió que el corazón se le había acelerado.

—Si no te importa... —empezó a decir Inés, y él hundió los hombros—. Necesito un momento, quiero cambiarme de vestido. Este está arrugado.

Una sonrisa iluminó la cara de su esposo. Al menos Inés luchaba contra su apatía y se esforzaba, eso era siempre bueno para la recuperación. Se dio cuenta de que sobraba allí.

—Si no os importa, os espero en la sala.

Mariona caminó despacio por el corredor, pero sin darse cuenta alisaba la falda lo que daban de sí los brazos. Inhaló aire dos veces para serenarse; no terminaba de aceptar que tan solo con escuchar su nombre se agitara. Las razones del corazón eran caprichosas y a veces indescifrables. Antes de entrar en la sala se miró en un espejo que decoraba la pared sobre una mesa auxiliar y retocó la base de su peinado: un moño alto y flojo, con algunos tirabuzones sueltos que le enmarcaban el rostro.

Tuvo un instante de duda sobre su apariencia. Lucía un vestido de doble pieza, un cuerpo de encaje de color crema y una falda tobillera de color ocre claro, con una chaquetilla corta a juego. A la altura de las muñecas sobresalían los encajes de las mangas, que le cosquilleaba al no llevar los guantes que se había quitado al llegar. Calzaba unos zapatos de hebilla ancha y tacón alto, forrados del mismo tono que la chaqueta. Sin embargo, le pareció que iba desnuda cuando entró en la estancia donde, nada más aparecer, Bernat la contempló con deleite.

—E Inés, ¿está mejor? —preguntó él.

—Ahora sale.

Con pasos lentos él se le acercó con una copita en la mano.

—¿Te apetece uno?

—¿Qué es?

Él, en vez de contestar le dio a probar del suyo. Mariona pensó que iba a besarla, pero el muy truhan no lo hizo.

—Está delicioso, ¿verdad? —No la besó, pero con el pulgar repasó la comisura de sus labios. Debió de capturar una gota porque, sin dejar de mirarla, se introdujo aquel mismo dedo en su boca y lo lamió.

Ella sintió fuego en la piel que le había acariciado y un relámpago la atravesó.

—Bernat...

—Nada de juegos, lo sé —reconoció él—. Pero déjame decirte que estás preciosa.

—Eres un adulador, seguro que se lo dices a todas las mujeres.

—Sabes que no miento, para mí tú eres la más bonita de todas.

—Algún día tendremos que aclarar este juego que hemos empezado y deberíamos detener. Nos vamos a quemar.

—No sé qué quieres que te diga, pero para mí no es un juego, solo trato de enamorarte. —Sonrió y, separándose un poco, añadió—: Tú eres y serás todo lo que quieras ser en mi vida.

Mariona se quedó con la palabra en la boca. No era lugar para tratar aquel tema. Inés y Gonzalo entraron en la estancia, cogidos del brazo, y todo dejó de girar alrededor de ellos dos.

19

Mariona había organizado sus horarios para poder dedicar varias tardes y alguna mañana al dispensario. Al principio se había sentido un poco expuesta, porque solo otro profesional médico trabajaba allí. Se trataba del doctor Figueras, un dentista de más de cuarenta años que no la miró con buenos ojos el día que se presentó con las religiosas que la contrataron. Las salas en las que cada uno atendía estaban bastante separadas y en el fondo lo agradeció, porque aquel hombre, parco en palabras y de mirada huraña, la hizo sentir incómoda, como si estuviera robándole el pan a alguien. Luego supo que quería el puesto para un sobrino y trató de entenderlo.

Para su tarea contaba con una ayudanta, Concha, una mujer delgada como un palo que conocía bien a las pacientes y solía estar con ella en las curas, como enfermera. Ella le había dicho que no le echara cuentas a don Lorenzo, porque era así de seco con todo el mundo. Era bastante habladora y enseguida le cogió confianza.

—Las monjitas me dieron este trabajo —le dijo Concha el primer día— y me salvaron la vida. Si no es por ellas hubiera acabado en la calle.

Mariona supo que había aprendido el oficio siendo la ayudante de su esposo, un médico que no se complicaba demasiado, tan pronto ponía una inyección, como atendía un resfriado o hacía curas sencillas. Para las cosas complicadas enviaba a la gente al hospital. Pero el hombre había muerto de repente y la dejó sin haberla hecho madre y ni una peseta ahorrada.

—Luego supe que la mitad de las mujeres de los burdeles del Raval lo conocía mejor que yo, en algunos menesteres —añadió cuando le contó su historia—, y como ya estaba muerto, no pude maldecirlo a gusto. En el fondo tenía que agradecerle que me enseñara a leer y a valerme por mí misma. Para mi padre, con que una mujer supiera coser y cocinar bastaba, porque a mi madre ya le había ido bien así y, total, era el esposo el que valía para tomar decisiones. Yo era muy tonta cuando me casé, ¿sabe, doctora?

Su consulta tenía una ventana que daba a un jardín interior, donde alguien había sembrado algunas plantas que alegraban el recinto. Era una habitación mediana, bastante sencilla, y detrás de un biombo había colocado una camilla y una vitrina con el instrumental que podía necesitar. Allí hacía muchas de las revisiones y curas. Otras veces, sentada al escritorio, escuchaba las molestias que presentaban las personas usuarias de aquel servicio, en su mayoría mujeres y niños, y prescribía los remedios. Tenía que reconocer que el tipo de pacientes y sus quejas no se parecían mucho a los que atendía en la consulta de su padre. Pero estaba contenta. Muy contenta.

Doña Elvira se había alegrado de que encontrara aquel trabajo y le había hecho muchas preguntas. Ella las esquivó tan bien como pudo. Dio a entender que trabajaría en la consulta de la doctora Aleu y se ahorró dar otras explicaciones, aunque dejó muy claro que las visitas personales estaban prohibidas. Lo soltó como si le apenara que no pudieran ir a verla a su nuevo trabajo, pero era de vital importancia si no quería que su madre tuviera que echar mano de las sales. Estaba convencida de que no le agradaría que algunas de sus pacientes fueran prostitutas.

Por su parte, don Rodrigo había refunfuñado bastante alegando que con él podría hacer el mismo trabajo, solo cuando ella le aseguró que no pensaba dejar su consulta se apaciguó.

Al mes justo de estar de regreso en casa, escribió a la doctora Garrett una larga carta. Había hablado con ella unos días antes por conferencia, pero la conversación había sido muy corta; básicamente le había anunciado que no regresaría porque en casa la necesitaban y que abandonaba su puesto en el New Hospital, pero no quiso explicarle bien los motivos. Esta le respondió animándola a seguir las tareas que había comenzado en Londres y la exhortó a seguir su instinto, era una buena médica y no importaba dónde ejerciera, siempre que ella disfrutara con su labor y estuviera en un lugar donde se sintiera feliz; las pacientes a las que atendiera se beneficiarían de su buen hacer.

Su madre, al saber de su renuncia, habló con ella como hablan las madres, contenta de que las cosas salieran como había planeado.

—Este es tu lugar, hija —le había dicho—. La familia es más fuerte cuando está cerca y unida. Aquí también se te necesita y podrás ser quien quieras ser. Estoy orgullosa de la mujer en que te has convertido, pero no renuncio a que un día te cases y tengas tu propia familia.

Su progenitora había cambiado en algunos aspectos, pero en otros seguía igual.

Concha entró en la consulta y la sobresaltó.

—Doctora, me temo que se le ha acabado el descanso. Una joven viene con una herida en la cara.

—Hágala pasar.

Concha salió del despacho médico y volvió a entrar a los pocos minutos, acompañada de dos mujeres. La mayor tosía bastante, se notaba que tenía un buen resfriado, pero sin duda la atención era para la joven. Ambas parecieron sorprenderse de que fuese una mujer quien las atendiera, pero sin que eso la influyera, Mariona se dirigió a la muchacha.

—Buenas tardes. Soy la doctora Losada. Parece que trae una buena herida. —La joven llevaba un apósito junto a la ceja, pero no era el único golpe que decoraba su cara. Se acercó a una pila y se lavó las manos con jabón antes de acercarse a la paciente—. ¿Me permite?

La joven asintió. Ella se aproximó despacio y levantó el vendaje improvisado, que estaba lleno de sangre. Parecía que tenía la ceja rota. Sin levantar la vista de la herida se dirigió a la enfermera.

—Concha, por favor, voy a necesitar hacer unas curas. —Luego les preguntó a las mujeres—: ¿Qué le ha ocurrido?

—Se ha dado un golpe con una puerta —respondió la mayor de las dos.

—Pues ha debido de ser un buen golpe —comentó como si creyera lo que decía. Con el dedo índice y el pulgar trató de abrir la herida y la limpió con un paño que le facilitaba Concha. Era un corte limpio. Luego presionó sobre las marcas que tenía alrededor de la comisura de la boca. Otros morados empezaban a dibujarse—. ¿Y este golpe? ¿Con qué ha sido?

—¿Eh...? Es que me caí.

—Bueno, voy a explicarle qué vamos a hacer. Tengo que coserle la herida de la ceja, pero me gustaría que me dijera si tiene más marcas como esta del labio... en otras zonas del cuerpo. Tengo que revisarlas, por si hay alguna herida interna.

Nerviosa, la joven miró a la otra en busca de aprobación. Se la veía asustada, aunque trataba de ocultarlo.

—Mi hermana es muy torpe y se cae mucho.

—Entiendo. Si le parece necesito unos pocos datos...
—Invitó a la joven a seguir a Concha hacia la zona detrás del
biombo y habló a la mayor—. Mientras la enfermera la limpia y la prepara, le agradecería que me los facilitara. ¿Cómo
se llama?

—No... no queremos problemas, solo queremos que la
cure y nos marcharemos a casa.

Mariona se empleó a fondo para vencer la desconfianza
de aquella mujer. Por lo visto el médico anterior jamás había
preguntado el nombre a las pacientes y se limitaba a aten-
derlas con cierta condescendencia. Mariona le aseguró que
los datos que compartiera con ella no eran para enviarlos a
ningún lugar, sino para tener un control interno de las visitas que habían hecho y poder hacer un seguimiento. Así
descubrió que la chica tenía diecisiete años, que estaba em-
pleada en una carnicería y que la hermana trabajaba como
sirvienta en una casa. Cuando Concha ya había lavado la
herida con agua y jabón, la llamó y ella se acercó. La hermana la siguió sin que le dijera nada, pero aceptó que era mejor
que estuviera delante. La paciente se sentiría más tranquila
y colaboraría mejor. De uno de los cajones de la vitrina sacó
una cajita con agujas y seleccionó una curva. Luego cogió
hilo de suturas y le ofreció un preparado que la atontaría y
relajaría, de modo que ella podría coserla causándole la menor molestia. Nada más decírselo, y por el cruce de miradas
de las hermanas, intuyó que algo le habían ocultado.

—¿Algún problema?

—Doctora, mi hermana fue violada hace dos meses y...
y cree que está embarazada.

A la joven se le llenaron los ojos de lágrimas.

—No me violaron, yo... yo no sabía que podía quedarme
embarazada, era la primera vez. No quiero que me dé nada
que no sea bueno para mi bebé.

—¿Cuánto retraso lleva?

—Dos faltas.

—Bueno, tengo que curarla y también confirmar que esté embarazada. Eso es lo que hay que averiguar primero. Desnúdese y no tenga miedo, será rápido.

La joven no sabía si hacerle caso y buscó la aprobación de su hermana.

—¿Puedo ayudarla? —dijo la mayor.

—Por supuesto. Cuando estén, me avisan.

Mariona salió y las dejó en la zona del biombo. Los sollozos que oyó le hicieron pensar en las consecuencias de las relaciones íntimas, sin estar casados. Podían arruinar a cualquier mujer, la sociedad no veía bien a una mujer soltera embarazada, y la burguesía y la aristocracia no eran mejores.

Cuando la llamaron y entró en aquel espacio tras el biombo, Concha ya había colocado unas piezas a los pies de la camilla para que apoyara una pierna en cada una de ellas y así poder hacer la revisión ginecológica. La joven no miraba a ningún lado en concreto, estaba muerta de vergüenza. Le habían cubierto con una sabanita la parte inferior, pero, así y todo, se apreciaban los moratones de lo que sin duda era una paliza. Mariona ya sospechaba que le habían pegado, pero aquello se lo confirmó.

—Quiero que sea sincera, ¿quién le ha hecho esto?

Mariona volvió a lavarse las manos antes de colocarlas sobre la piel de la joven y revisó aquellos golpes, que destacaban especialmente en el costado izquierdo. Mientras los presionaba con la mano aplanada para saber si habían afectado a algún órgano interno, la hermana, tras obtener el permiso de la joven, relató que había sido su supuesto novio. El hijo de la dueña de la carnicería, tres años mayor, que cuando le dijo lo del posible embarazo no lo tomó bien y la acusó de querer atraparlo.

—Se enfadó y... no sabía lo que hacía, la culpa fue mía,

yo lo irrité —añadió en un sollozo la paciente—. Él me quiere.

—Preciosa... —intervino Concha a la vez que atendía a lo que Mariona iba necesitando: una venda con ungüento para los golpes y un desinfectante para las heridas—. Si un hombre pone la mano encima a una mujer para lastimarla, eso no es amor.

Una vez que Mariona comprobó que eran magulladuras que no habían dañado nada, palpó el bajo vientre por encima del monte de Venus y calibró el tamaño del útero para comprobar si había aumentado. Era pronto todavía para que su abdomen estuviera abultado. Pero no iba a ser la primera vez que una mujer errara en las fechas. Muchas ni se percataban de que habían dejado de sangrar hasta ver la barriga hinchada. Luego, frente a ella por los pies, le explicó que iba a tocarla. Sentada en una banqueta redonda, acercó una lámpara e hizo la revisión ginecológica. Enseguida comprobó que las paredes del útero tenían un color violeta, signo inequívoco de que, en efecto, estaba embarazada.

Todavía sin dar su diagnóstico, procedió a coser la herida de la ceja. Lo había dejado para lo último para poder sedarla un poco si no estaba embarazada.

Mariona le explicó lo que iba a ocurrir a continuación y pidió a la hermana que la sujetara por un lado del cuerpo, mientras Concha lo hacía por el otro, y le inmovilizó la cabeza. Era muy importante que no se moviera y no todo el mundo lo lograba. Con cuatro puntos cerró la herida. La joven había resultado ser más valiente de lo que parecía, y su hermana había hecho un gran esfuerzo por soportarlo, parecía que era a ella a la que clavaba la aguja, a cada puntada se encogía. Al terminar le dijo que las esperaba en el despacho.

Tras darle algunos consejos de cómo debía cuidarse y decirle que la vería en una semana para retirar los puntos, le informó que si quería podía poner una denuncia, ella les escribiría un informe con las lesiones. Pero ambas hermanas negaron con la cabeza. Y, así las cosas, no pudo hacer nada más. Si las mujeres no denunciaban a sus agresores, poco podía hacer la policía. Por otra parte, las entendía; una denuncia podía significar una nueva agresión, incluso alguien podría acusarla de ser ella la responsable. No sería la primera mujer que, tras acudir a la policía, el propio agente que la atendía la enviaba a casa acusándola de ser ella la provocadora del incidente, u otra cosa peor: que era algo que se merecía por desairar al novio o al esposo.

Bernat había decidido pasarse por el Círculo Ecuestre, esa noche había timba de póquer y todo aquel al que le gustaba el juego estaría por allí, examinando a los posibles contrincantes. Pensó que podría participar en alguna partida, pero las mesas que más le interesaban ya estaban completas, según le dijo el encargado.

Pidió un brandy y, como si la cosa no fuera con él, se sentó en un sillón orejero en un rincón desde donde podía ver bien la sala, y como hacía siempre, agudizó el oído. Observó varios corrillos. No había nada mejor que un salón repleto de caballeros para enterarse de posibles titulares. El tema seguía siendo los responsables del atentado en el Liceo. Algunos se atrevían a responsabilizar a la policía y al Gobierno Civil de no hacer suficiente, y otros opinaban lo contrario. Así que dejó la atención en el aire, sin centrarse mucho, pero sin dejar de oír.

Valoraba si había sido buena idea ir allí. La tentación del juego había sido durante años un aliciente para él, pero de eso hacía bastante tiempo y había aprendido a moderarse. Sin embargo, una buena partida siempre le había atraído. Perdido en esas ideas, no se dio cuenta de que alguien se le acercó. Al alzar la vista y ver al caballero se levantó con presteza de su asiento para saludarlo.

—Don Rodrigo, no esperaba verlo por aquí.

—He querido salir a dar una vuelta, tenía que hacer unas gestiones y ya en la calle he pensado en venir. Siempre se encuentra uno a alguien con quien poder conversar.

—¿Cómo sigue?

—Bien, al menos todo lo que se puede. Esto —el hombre dio con el pie un golpecito al bastón negro de empuñadura plateada en el que se apoyaba con la mano derecha—, según mi hija, me hace más interesante.

Los dos soltaron una carcajada. Bernat lo invitó a sentarse, pero don Rodrigo le propuso ir a un sitio menos ruidoso para conversar y se dirigieron a una de las salas que se usaban para reuniones más privadas.

—Antes de que nos enredemos en otros temas, quería invitarte a cenar —dijo el doctor Losada con confianza—. Mariona no sale apenas, y que nos acompañe a su madre y a mí o incluso a los abuelos alguna tarde o noche, si salimos, no es justo para ella. Necesita juventud a su alrededor. Perdió a la mayoría de las amistades que tenía cuando se marchó, y ya eran pocas. Inés y Lali eran sus mejores amigas y ya ves, mis nueras están en otras cosas: una no tiene muchos ánimos de nada y la otra está tan ocupada atendiendo la tienda de modas y los asuntos de Inés que no sé cómo llega a todo.

Y así, sin preámbulos ni paños calientes, el padre de Mariona empezó a hablar de ella y a interesarse por algunas cosas.

—Mi esposa está muy contenta de que María Elvira esté de nuevo en casa, la consiente para que no vuelva a marcharse, pero tengo entendido que había un pretendiente en Londres. ¿Qué sabes de eso?

—No mucho, la verdad. Ni siquiera sé cómo han quedado.

Él también tenía esa gran duda y, aunque ella se derretía cuando la besaba, las mujeres eran muy volubles.

—Gonzalo me dijo que tuvo una entrevista con él, pero que no había motivo de preocupación —explicó don Rodrigo. Bernat no opinaba igual; además, ella parecía no querer hablar del tema y aquello lo turbaba en noches de insomnio. El hombre continuó—: Comprenderás que para un padre eso es un poco difícil. Es mi hija menor y, no quiero hacer sangre, Bernat, pero un padre siempre quiere lo mejor para sus hijos. Yo siempre soñé con que fuera médico, pero no quiero que se quede sola y no tenga su propia familia. Por ahí he leído que otras mujeres médicas han consagrado su vida a la medicina y son solteronas.

—Eso, me temo, dependerá de ella.

—Yo lo que quiero saber es si tú sigues interesado en ella.

Bernat iba a contestar, pero su interlocutor, con la autoridad que lo caracterizaba, levantó la mano en señal de que no dijera nada, de modo que tal como abrió la boca, la cerró.

—Déjame continuar. Cuando aquella tarde viniste a verme, tras la boda de Gonzalo, y me pediste la mano de mi hija, yo no te la concedí, pero fui sincero contigo. Si te casabas con ella, jamás llegaría a ser la médica que podría ser. No porque tú no la dejaras ir por ese camino, ya me lo dejaste claro, y te lo agradezco, pero su madre habría hecho de ella la perfecta casada, la habría alejado de la medicina y de todo lo que la apasionaba —recordó don Rodrigo—. Por eso cuando ella dijo que quería ir a Londres, la apoyé. Si estaba en un ambiente profesional donde la mujer era respetada como colega, aprendería mucho, y ya habría tiempo para novios y bodas. Me arriesgué a perder a mi hija y no te tuve en cuenta a ti. Quizá fui un padre egoísta, pero tampoco me arrepiento.

La mente de Bernat regresó a los días siguientes a aquel fracaso. Había sido sincero e ilusamente creyó que el padre de Mariona le concedería su mano. Cuando escuchó el no, su mundo se desmoronó. Al principio pensó que era porque había sido un tarambana, pero a pesar del daño que le ocasionaba la negativa, entendió los motivos. Él mismo se llegó a convencer de que aquello era lo mejor, que se precipitaba. A la mente le acudieron las razones que le dio su corazón para dejarla ir. Ella iba en busca de su futuro; él tenía que hacerse a un lado y dejarla marchar. Debía acostumbrarse a verla, pero no tenerla. De amor nadie moría y él lo podría superar. Pero no supo hacerlo de otro modo y la salida que encontró fue marcharse el primero. No sabía que el amor doliera tanto, pero por amor se hizo a un lado, para que ella consiguiera su sueño y labrara su destino.

—No sé por qué me cuenta esto, don Rodrigo.

—Te lo cuento porque es una conversación que quedó pendiente entre tú y yo. Te di mi palabra de caballero de que no se lo diría y que sería algo entre tú y yo. Te lo cuento porque ella está aquí de nuevo, y, si te conozco bien, pienso que todavía la sigues queriendo. Hoy mi respuesta sería distinta a la de aquel día.

—Es bueno saberlo. —Bernat hizo un silencio, se miraron como si esperaran algo del otro y continuó tras dar un sorbo de su vaso—. Pero no voy a pedirle la mano de su hija.

Losada lo miró con sorpresa en el rostro y también con algo de turbación.

—Disculpa mi atrevimiento... No pretendía...

—Don Rodrigo —lo cortó—. Me halaga si ve en mí a un futuro yerno. Reconozco que siempre me sentí un poco..., ¿cómo lo diría? Algo parecido a un hijo postizo suyo.

—En casa se te estima, Bernat.

—Lo sé, pero no quiero que se haga una idea equivocada. Lo que acaba de decirme no es baladí para mí. Pero si algún día vuelvo a pedirle la mano de su hija será porque antes le habré propuesto a ella matrimonio y cuento con su aceptación.

—Hijo, voy a brindar por eso, y espero que mi hija sepa ver en ti al hombre honrado en el que te has convertido. Y si algo entiendo de mujeres, ese pretendiente inglés no la tiene contenta. ¿Puedes creerte que todavía no le ha escrito? Ha recibido varias cartas, pero todas de amigas. La veo muchas veces distraída, a saber en qué piensan las mujeres.

Bernat habría puesto la mano en el fuego de haber sabido que con aquel acto podía adivinarlo.

Uno de los camareros encargados de atender a los socios entró en la sala, previo aviso, y se acercó a Bernat.

—Señor Ferrer, en una de las mesas falta un jugador. Me preguntan si sé de algún socio interesado en la partida... Como usted se interesó antes, me he tomado la libertad de venir a preguntarle.

Momentos antes Bernat habría dicho que sí, pero acababan de invitarlo a cenar con los Losada, un plan que le agradaba mucho. Tenía ganas de ver a Mariona, y ya que contaba con el beneplácito de su padre, podría invitarla para pasear otro día.

—No, gracias, me ha salido otro compromiso —contestó escuetamente.

Mariona llegó a casa más tarde de lo acostumbrado. Nada más entrar, la doncella que se hizo cargo de su capa, el sombrero y los guantes, le dijo que tenía visita. Al entrar en la sala controló la emoción que se le desbordó al ver a Bernat, sentado junto a sus padres, y que al verla se levantó para saludarla.

—Buenas tardes, Bernat. ¿Pasabas por aquí?

—Hija. —Por el tono de voz supo que su madre la censuraba, pero no podía evitar ser mordaz, así calmaba mejor sus nervios.

—No exactamente, me han invitado a cenar.

—Anda, hija, ve a cambiarte. Hoy llegas más retrasada. Los abuelos están a punto de bajar.

—Sí, lo sé, pido disculpas. Pero en el último momento entró una paciente que no podía despachar como si estuviera en la carnicería.

Mariona prometió no tardar y subió las escaleras hacia su habitación. Sacó del armario una blusa blanca con mangas abullonadas y una falda granate. Se la colocó deprisa y en su estrecha cintura ciñó un cinturón. Eligió unos zapatos de hebilla y tacón y dedicó unos minutos a recomponer su peinado. Restituyó algunas horquillas que llevaba por otras más vistosas. Luego, tras dar algo de color a sus mejillas y sus labios, se puso un collar de perlas de dos vueltas a juego con los pendientes. Tras un último vistazo al espejo de cuerpo que decoraba un rincón de la alcoba, decidió que estaba lista, pero antes de salir cogió un chal por si le daba fresco, aunque en aquellos momentos, por el calor que recorría su cuerpo, no le hacía falta.

Al entrar en la sala los caballeros tenían una acalorada conversación sobre caballos. Por lo visto el abuelo había estado en el hipódromo de can Tunis, pero enseguida cambiaron de tema y decidieron pasar al comedor, donde doña Elvira pidió que sirvieran la cena. A los abuelos les gustaba cenar temprano y rara vez se empezaba después de las ocho en punto.

Su madre dispuso los asientos y Bernat y ella quedaron uno al lado del otro.

Las cenas no eran silenciosas en casa de los Losada. En ocasiones se rompía la regla de no hablar de política o de trabajo, y aquella noche fue una de esas veces. Como si se hubiesen puesto de acuerdo, su madre y su abuela comentaron que trabajaba mucho y que apenas salía a divertirse.

—Deberías invitarla a pasear, Bernat, o quizá acompañarla a alguna fiesta. Creo que mi hija se va a olvidar de que los jóvenes salen a divertirse de vez en cuando. Y así no le saldrá ningún pretendiente.

—¡Mamá! —la censuró, pero Bernat simplemente sonrió.

—Estaré encantado, creo que una noche de estas los Durán dan una fiesta. ¿O quizá prefieres ir al teatro y a cenar? —propuso mirándola con fijeza.

Para sorpresa de Mariona, don Rodrigo se sumó a aquella encerrona, así que murmuró defendiéndose:

—Ya veremos —respondió, más por disimular que porque le desagradara la idea —. Y sobre lo que comentas del trabajo, madre, me gusta lo que hago y no me pesa —respondió.

—Bueno, hoy he hablado con mi superior en el hospital de la Santa Creu y pronto regresaré a mi puesto —anunció don Rodrigo—. Así que en los próximos días iré retomando las visitas en la consulta privada...

—¡Rodrigo! —lo cortó la madre—. Me prometiste que lo harías después de Navidad.

—Mujer, no voy a empezar mañana mismo, lo haré a comienzo de año, y para Navidad faltan menos de dos semanas.

Don Rodrigo miró a Mariona con gratitud.

—Te estoy muy agradecido, hija, por la ayuda que me has prestado. Has sido un gran apoyo este tiempo. Pensé que tendría que cerrar y dejar a mis pacientes en la estacada. Aunque me parece que algunos no van a querer que sea yo quien los atienda, te los has ganado con tu carácter.

—¿Qué piensas hacer? —preguntó Bernat, mirándola fijamente—: ¿Regresarás a Londres?

—De momento no puedo dejar la labor que me ofreció la doctora Aleu, es una buena oportunidad. Aunque como tú, padre, quizá me guste tener mi propia consulta, pero para atender solo a mujeres.

—Qué gran idea —exclamó la abuela—. Todavía son muchas las que mueren al dar a luz por no estar bien atendidas. Qué labor más bonita has escogido, hija. La de traer niños al mundo y cuidar de las madres y de los pequeños.

—Bueno, de eso se ocupan las comadronas y parteras que asisten a las mujeres y los recién nacidos durante el embarazo y el parto. Pero sí, presenciar ese momento es emocionante —explicó—. Reconozco que en Londres aprendí que las disciplinas no son estancas y que hay muchas especialidades interrelacionadas en los temas femeninos. Así que creo que no soy una doctora al uso. A mí me gusta conocer a mis pacientes, hablar con ellos de cómo les va la vida, así descubro muchas cosas de sus malestares. Y tienes razón, abuela, en ocasiones he tenido que atender en algún parto para responder adecuadamente a algunas complicaciones.

—Siempre he pensado que una cosa es la enfermedad y otra los enfermos, no hay dos iguales con la misma afectación —explicó don Rodrigo—. Así ocurre también con la medicina. Uno aprende medicina y la vida con los pacientes te enseña a ser médico.

—O sea, que cada maestrillo tiene su librillo —concluyó Bernat.

Todos rieron y la cena transcurrió tan rápido que, al terminar y después de una larga tertulia, cuando Bernat dijo que tenía que marcharse, lo tentó por retenerlo un poco más.

—Si te apetece, podemos jugar una partida de ajedrez, seguro que estás desentrenado y te gano con facilidad.

—Quizá eres tú la que está desentrenada.

Sonrió con picardía y se acercó para decirle algo que los demás no oyeron.

—¿Si te gano aceptarás pasar la tarde del jueves conmigo a solas?

Mariona quiso preguntarle adónde la iba llevar, pero descubrió que en el fondo le daba igual, así que aceptó. De una forma deliberada no se esmeró mucho en el juego y perdió.

Ya en su cama, tuvo que aceptar dos cosas innegables: una, que su corazón no había olvidado el amor que había sentido por Bernat Ferrer. Dos, que no podía seguir negando que lo amaba, pero eso era algo que no pensaba confesar a la primera.

20

Bernat, distraído, revisó de nuevo su reloj. Había llegado a la conclusión de que las horas tenían más minutos, dado que se le hacían más largas. El día anterior se le había hecho eterno y, aunque por fin era jueves, aún era media mañana.

Había enviado una nota a Mariona en la que la avisaba de que pasaría a recogerla por su casa. No pensaba esconderse, y menos teniendo en cuenta que, el día de la cena, su propia familia lo había animado a que saliera con ella de paseo. De hecho, tuvo la impresión de que su madre algo tramaba, porque jamás había estado tan dispuesta a que actuara de pretendiente, claro está que la mujer usaba todas sus armas para que su hija no se marchara de nuevo, y él estaba de acuerdo en eso.

También estaba intrigado por la conversación con don Rodrigo; agradeció sus palabras y entendió que tenía el visto bueno si quería pretender a su hija para casarse con ella. Y lo deseaba, cómo lo deseaba; sin embargo, era Mariona quien tenía que aceptarlo y se andaba con pies de plomo porque no sabía si ella sentía algo verdadero por él o solo jugaba.

Dejó de mirar su reloj de bolsillo, que marcaba la misma

hora que el que colgaba en la pared de la oficina. Aunque quería que el tiempo transcurriese más rápido, mirar la hora a cada poco no lo hacía posible.

Trató de concentrarse en el texto que escribía.

En el encuentro que había tenido con Miguel Galán, este le había dicho que habían interrogado de nuevo a Blas Pungolas y que el joven se derrumbó como un castillo de naipes; sin embargo, habían tenido que soltarlo, y estaba convencido de que el tramoyista no sabía dónde estaba la chica.

Recordó la conversación.

—Tenemos gente experta en sacar información...

—¡¿Lo han torturado?! —espetó.

—Sé que no es lo mejor para que los malos canten —ironizó el inspector—, pero te aseguro que a veces hace falta. Sin embargo, con el chico no fue preciso.

Le alivió saberlo. Galán le explicó que Blas había reconocido que había llevado a Jacinta al local. Allí se había celebrado una reunión, de las últimas que el grupo de anarquistas celebró en aquel sitio. El nuevo dueño había amenazado a los trabajadores con despedirlos y denunciar al promotor de la reunión si usaban aquel lugar para temas de política. Les dijo que estaban allí para ganar dinero y quien creara conflictos iría a la calle sin recomendaciones.

Blas confesó que alguna vez había estado con una de las chicas que buscaban clientes por allí, una tal Fina, una prostituta amiga de la novia de su primo, y conocía aquellas salas que se alquilaban como reservados para ir con la amante o con quien se quisiera. Al comentarle a Jacinta que existían aquellos escondites donde los hombres podían ir con sus queridas y tenían su propia entrada, Jacinta quiso verlo. Y una cosa llevó a la otra, ella tenía curiosidad y a él le gustaba. Tras aquel encuentro, quedaron otras veces, pero un día él llegó tarde y ella no estaba. Fina le dijo que lo había esperado junto a la ruleta, pero que le parecía que se había ido con otro. El chico aseguraba que cuando volvió a verla estaba rara, pero no le contó nada. A los pocos días había desaparecido.

—Estamos como al principio —dijo Bernat.

El policía respondió que aún no había terminado. El periodista se alegró, estaba deseoso de poder darle a su jefe, que se impacientaba, algo sobre el caso.

—Hemos descubierto que no es la primera joven desaparecida en ese lugar, aunque del Edén Concert también desapareció alguna. Lo mismo se cansaron y huyeron de sus chulos...

—Entonces ¿ya no piensan que Jacinta se fugó con alguien?

—Sí, es la idea principal, porque es lo que suele haber ocurrido cuando una jovencita desaparece —explicó Galán—. No sería la primera que dentro de un tiempo aparece en un pueblo o en otra ciudad con el novio, o regresa humillada porque este la dejó. Si fuera una niña pequeña hablaríamos de rapto, pero nadie ha pedido un rescate por su secuestro. Aunque seré sincero, empezamos a sospechar que a las chicas desaparecidas las han robado...

—¿Y por qué no habló antes ese joven? ¿Está seguro de que no anda metido en el ajo? —preguntó Bernat.

—Dice que tenía miedo de que lo inculparan. De todas formas, lo estaremos vigilando. Nos resulta más útil en la calle.

Lo que de veras asombró a Bernat fue que la policía sabía desde hacía tiempo el dato de la desaparición de las otras muchachas, pero no había asociado los casos hasta que hablaron con Blas. Aunque no lo tenían muy claro, sospechaban que se las llevaban a otras ciudades para ejercer la prostitución. Aquello sí era una noticia que a su jefe le interesaría. Preguntó si tenían un sospechoso, pero no era así.

—¿Y sabéis quién es el propietario del local?

—Don Alfredo Fiveller, ya hemos hablado con él. Es un gran empresario, dueño de hoteles, restaurantes y salas de espectáculos. No sabía nada y se ha prestado a colaborar. Afirma que él no tiene nada que ver con el negocio de la prostitución, aunque reconoce que hace la vista gorda porque es un aliciente más en las mesas de juego —concluyó Galán.

A Bernat el nombre del empresario le resultaba bien conocido y durante unos segundos le costó creerlo.

—Pero no puedo asociar su nombre con las desapariciones, aunque sea el dueño de ese sitio.

—No lo haga, de hecho le pido que sea discreto, pero no puedo prohibirle escribir sobre esas desapariciones.

—No pensaba callarme. Hay que deshacer esa madeja.

—Cuéntelo, pero sin dar nombres. Y si de paso comenta que faltan investigadores, que todos están con casos de seguridad en busca de los responsables de la bomba del Liceo, quizá consigamos a alguien más que nos ayude. —Galán se encogió de hombros con una mueca de impotencia en los labios—. Hay más maleantes que policías y al señor gobernador civil y a los altos cargos policiales no les va a gustar que se publique que falta personal.

—¿Qué haría la policía sin la prensa?

—¿Y qué haría la prensa sin policías?

Bernat se centró en su texto y lo leyó antes de entregarlo. Si estaban desapareciendo jóvenes de cierta edad, estaba claro que alguien podía lucrarse con ello, y la prostitución siempre era un negocio. El mundo estaba lleno de desaprensivos.

Mariona había estado nerviosa toda la mañana. Esa tarde iba a salir con Bernat sin carabina, y no había oído ni una sola queja por parte de sus padres. Había conversado sobre ello con la abuela mientras daban un paseo; en el fondo era una romántica.

—El joven Ferrer es un buen mozo, su tío lo educó bien. Crecer sin padres lo marcó mucho, por cómo murió él y por el abandono de ella, pero ese hombre bebe los vientos por ti, querida, y no sé si tú te has dado cuenta.

—Abuela, es el mejor amigo de Gonzalo, le tengo aprecio, pero es como un familiar... —se justificó, aunque deseaba poder decirle a alguien que tenía sentimientos escondidos hacia él. Si Inés no estuviera como estaba ya se lo habría contado.

—¡Qué mal mientes, chiquilla! —dijo doña Carmen con una risita—. Mira, a mí tu abuelo no me era indiferente, pero tuve que hacérselo creer para que se fijara más en mí. Eran otros tiempos y yo iba con mi madre o una chica a todos lados, y aunque tu madre no va a desistir hasta verte casada, elige un hombre al que de verdad quieras. Y me parece que Bernat es algo más que un amigo.

—No voy a negar que es atractivo. —Mariona respiró hondo y decidió confiar en su abuela—. Tampoco negaré que me gusta, pero...

—Pero ¿qué? Tienes que comprobar si es el hombre con el que vivirías el resto de tu vida. Y para eso, las parejas deben conocerse, y un paseo es un comienzo. Solo así se sabe si se ama de verdad.

—Abuela, he paseado con Bernat en otras ocasiones.

—Pero no es lo mismo ir como amigos que como si fuera tu pretendiente, la persona a la que estás dispuesta a entregar tu corazón. Tú haz que te respete, eso siempre —enfatizó—, seguro que lo verás con otros ojos. Y otra cosa: buscar la penumbra para compartir unos besos lo hemos hecho casi todos.

—¡Abuela! —exclamó, risueña.

—Yo también fui joven, niña.

Rieron, doña Carmen siempre la sorprendía.

Ya lo veía con otros ojos, pensó, se había enamorado de nuevo, o quizá siempre lo estuvo. Además, había probado no solo la miel de sus labios, sino unas caricias que la habían catapultado al cielo, y deseaba repetirlo. Pero eso no podía decírselo a la abuela, pensaría de ella que era una descocada. Lo que sí le confesó fue que Howard Allen le había pedido matrimonio y ella no pudo aceptarlo.

—Si no pudiste decirle que sí a ese hombre, quizá es porque tu corazón ya estaba ocupado por otro.

—Eso me temo, pero no quiero que nadie se entere hasta estar segura.

Cuando regresó a casa sentía que se había quitado un peso de encima. Poder confesarle a alguien que se sentía enamorada y a la vez indecisa la había ayudado.

A media tarde, después de dos visitas que tenía concertadas, se retiró a su habitación y se acicaló. Le costó decidir qué traje ponerse. Quería lucir bonita. Escogió un vestido de dos piezas de color verde. El cuerpo era de encaje y muselina de color crema y la falda hacia aguas con unos volantes. Completaba el conjunto una chaquetilla corta. Le gustaban las perlas, de modo que se puso el mismo collar que había lucido la noche en que Bernat cenó en su casa. Buscó unos botines a juego con la estola y el abrigo que cogió. El invierno estaba a la vuelta de la esquina y las tardes eran mucho más frías cuando se iba el sol.

Bernat llegó puntual y, como estaba lista, se marcharon con rapidez. Mariona temía un interrogatorio por parte de su madre para saber adónde iba a llevarla y qué iban a hacer, pero una vez en el carruaje fue ella quien lo preguntó.

—Lamento que te hayas sentido en la obligación de llevarme de paseo —murmuró con modestia, para luego añadir—: ¿Adónde me llevas?

—En primer lugar, te diré que para mí no es una obligación, y para serte sincero confieso que contar con el beneplácito de tu familia es hasta sospechoso. Así que empieza a darte cuenta de que ellos me ven como tu pretendiente.

—¿Estás seguro? Yo también me he extrañado; mamá vuelve a buscarme novio. Debe de estar desesperada, si recurre a ti.

Él la miró con una ceja levantada y una sonrisa colgada en la comisura de los labios.

—Se habrán puesto de acuerdo, así que no los defraudemos.

Bernat escogió aquel instante para besarla, pero fue la caricia de un ángel, porque se limitó a rozarle los labios.

—¿Adónde te apetece ir? —preguntó—. Llevo dos días pensando en qué hacer contigo —dijo en tono malicioso—, pero no sé qué te gustaría.

—Demos un paseo por la Ciutadella. Veamos la Gran Cascada. Desde que regresé no he tenido un momento para pasear por el parque como me gustaría. Luego podemos ir a tomar un chocolate.

—De acuerdo, a mí también me encanta ese lugar. Por cierto, ¿te gusta la música?

—Ya sabes que sí.

—Entonces, luego iremos a merendar, creo que conozco el lugar perfecto.

—Me parece bien.

Bajaron del coche en la entrada del gran parque de la Ciutadella, el recinto que había albergado la Exposición Universal hacía cinco años. A aquellas horas, y por cómo había cambiado el clima, no estaba muy concurrido.

—Parece que va a llover —anunció Bernat—. Pero vengo preparado.

Señaló el paraguas que portaba a modo de bastón.

Mariona sintió que una oleada de recuerdos la sacudían cuando se encontró frente al monumento. Era una maravilla de la arquitectura, con una estructura central y dos pabellones a los costados con sendas alas de blancas escalinatas en los laterales. A sus pies acogía el lago que se dividía en dos niveles.

Recordó que Bernat conocía bien el conjunto escultórico, cuando empezó a describirlo. Durante la Exposición Universal había sido un gran cronista del evento.

—En la parte posterior está la gruta artificial sobre la que se halla el Acuario. Se entra por la parte superior de la escalinata, donde está *El nacimiento de Venus.* ¿Quieres verlo? Es una gran exposición de peces vivos.

Le gustó escucharlo, porque, sin esperar respuesta, con entusiasmo empezó a detallar esculturas y autores de las piezas más importantes y le explicó curiosidades sobre ellas. Ella admiraba las obras con el mismo interés con que él las mencionaba: *El nacimiento de Venus, Anfítrite, Neptuno, Leda y el cisne, Dánae,* y varios grifos: seres mitad león mitad águila.

—La *Cuadriga de la Aurora* es de hierro fundido y fue la última escultura en colocarse, tuvieron que reforzar la estructura de la cascada.

—Siempre olvido que tu tío fue uno de los hombres que junto al alcalde Rius i Taulet impulsó la Exposición y formaba parte del comité organizador —reconoció. Luego, con la vista clavada en un ángel regordete, preguntó—: ¿Cuántos angelotes hay?

Él sonrió.

—Creo que son ocho, pero podemos contarlos.

Mariona repasó la escultura y se cercioró de que los querubines alados y desnudos eran ocho, agrupados en los ángulos de la base del podio que sostenía la *Cuadriga de la Aurora,* pero contabilizó dos angelitos más, sobre las puertas laterales del primer nivel.

—En total hay diez.

Bernat se acercó mucho hasta ella y Mariona señaló hacia los lugares, pero él, en vez de contarlos, la distrajo y le sujetó la cara para darle un beso. Un beso al que ella no pudo mostrarse indiferente y, sin poder evitarlo, respondió a él con las mismas ganas. Luego se sintió avergonzada y lo cortó.

—¡Dios mío! Estamos en público —exclamó y miró a ambos lados para comprobar que nadie se había fijado en ellos.

—Cielo, jamás te expondría. Estamos solos. Nosotros y nadie más frente a la diosa. —Bernat señaló hacia *El nacimiento de Venus*, el motivo principal del conjunto. La estatua se hallaba con los brazos en alto y enmarcada por una concha marina y dos *náyades* a sus pies. De la base salía uno de los surtidores de agua generando una cascada—. Vamos, me temo que si seguimos aquí nos mojaremos —comentó, y señaló al cielo—. ¿Ves esas nubes negras? Están cargadas de agua.

—Bueno, otro día vendremos a ver el Acuario, me hacía ilusión.

—Perfecto, tomo nota de que quieres que volvamos a salir a pasear.

—Y ahora, ¿me llevas a casa? —preguntó decepcionada, pero a la vez con una propuesta—. Si no te importa la lluvia podemos seguir con este paseo. En el Suizo de las Ramblas o en la calle Petritxol hay una cafetería muy acogedora.

—También podemos ir a la calle Balmes...

Lo miró con el aire retenido en los pulmones. Ir a la calle Balmes significaba ir a su casa.

—Vamos, antes de que nos mojemos —respondió, consciente de que era como entrar en la cueva del lobo.

Mariona esperó a Bernat en la sala como este le había dicho, tras avivar el fuego de la chimenea. Lo vio regresar con una bandeja en la que había un bonito juego de café, una jarra de leche y unos pedazos de bizcocho y lo colocó todo sobre una mesa baja.

—No tengo chocolate, lo siento.

—No importa, veo que te manejas bien —bromeó ella.

—Vivo solo y aunque tengo una señora que limpia la casa y arregla mis cosas, un hombre soltero debe espabilarse —explicó—. Sé preparar café, calentar lo que ella me deja en la despensa y cortar algún pastelito que me trae de vez en cuando. Por lo tanto, puedo sobrevivir.

—¿Sigue lloviendo?

—Un poco. Podríamos habernos empapado si llegamos a retrasar la partida del parque.

Mariona estaba preocupada porque si llovía, sus padres se intranquilizarían al ver que no regresaba.

—No te inquietes, le dije a don Rodrigo que iríamos a una velada musical en casa de unos amigos del periódico y que cenaríamos con ellos.

Mariona se quedó tranquila. Nada de aquello entraba en los planes que le había comentado, pero le pareció bien. Era una buena coartada. Con seguridad tomó la jarra de café y sirvió dos tazas cargadas, luego vertió un chorro de leche humeante.

Sentados cada uno en un sillón tomaron, entre risas, aquel líquido caliente que les atemperó el cuerpo. Ella aprovechó para meterse con él por lo listillo que era, al recordar todos los datos que le había dado sobre la Cascada Monumental. Luego conversaron sobre otros temas y él le preguntó por lo que hacía.

—¿Te gusta el trabajo con la doctora Aleu?

Estuvo a punto de decirle que no colaboraba con ella, exactamente, pero no quiso arruinar aquel instante y esquivó la respuesta.

—Me encanta.

—Entonces no te marcharás. —Él la miró con tensión en la cara.

—No hablemos de eso, ¿de acuerdo?

Bernat se levantó sonriente y la ayudó a incorporarse. Ya de pie, le tomó la mano y la llevó con él.

—Quiero enseñarte una cosa.

Lo siguió hasta un mueble y al abrir las puertas observó que sacaba un aparato.

—Esto... Esto es...

—Un fonógrafo. Te dije que escucharíamos música.

Bernat puso en funcionamiento aquel artilugio, que tenía una especie de bocina y un cilindro con marcas diversas, y en un instante la música de una orquesta empezó a sonar.

—Graba sonidos y después puede reproducir —explicó—. Desde el periódico conseguimos grabaciones hechas en el Liceo mientras se representaban las obras, así que tengo varias óperas y la actuación de una soprano. Pero quiero comprarme un gramófono, Berliner ha mejorado el sistema de Edison, porque funciona con discos planos.

Mariona se quedó impresionada, le encantaba aquel aparato. Mientras la música llenaba el aire, Bernat la tomó por la mano y, con una teatral inclinación de cabeza, le solicitó un baile. Ella se lo concedió.

Al rato estaban sentados en el sofá y compartían besos y caricias que habían iniciado durante su particular danza.

La música seguía de fondo. Mariona estaba extasiada por las emociones que se le despertaban a través de los sentidos. El oído, con aquella bella melodía; el olfato, con el aroma a bergamota del perfume masculino; el tacto, a través de las tórridas caricias de Bernat, que ella no era capaz de frenar y cada vez eran más osadas. Aunque en realidad no es que ella quisiera detenerlas. Sentía que eran adictivas. Le había abierto la blusa y, cuando depositó los suaves labios sobre aquella piel tan sensible de la parte alta de sus senos, creyó desfallecer y se abandonó a esa locura. Casi sin darse cuenta, él le había abierto los corchetes del corsé y sus pechos aparecieron desnudos. Ella, llevada por la lujuria y en un alarde de valentía, le había bajado la chaqueta por los hombres; él acabó deshaciéndose de ella y la tiró al suelo de cualquier forma, sin dejar de asaltar su boca.

Mariona era consciente de que ambos se habían entregado a la pasión y que no podían dejar de besarse, de acariciarse, de gemir en el oído del otro.

Bernat, cada vez más atrevido, la recostó sobre el respaldo y pasó sus piernas por encima de las de él. Mariona estaba tan perdida en aquellos besos que se dejaba hacer, y cuando notó que sus manos ganaban terreno bajo la falda, tembló de expectación. Sabía lo que iba a pasar. Él decidió enloquecerla más y, mientras la boca se había apoderado de uno de sus senos y la lengua jugaba con su pezón, lamiéndolo con lascivia y alternando de uno a otro su devoción, la acarició en su zona más íntima hasta que ella suplicó que no se detuviera. Toda aquella estimulación se le hacía insoportablemente deliciosa.

—Bernat, por Dios, esto es una locura.

—Dime que pare y lo haré.

Tenía los ojos nublados por el humo del deseo y su voz le pareció más ronca de lo habitual.

—No es justo, tú... tú...

—Yo soy tu esclavo, ¿no me ves? —Bernat miró hacia el bulto que tenía en el pantalón y ella, al seguir su vista y ver dónde se detenía, se ruborizó. Que ella sin tocarlo le provocara tal excitación hizo que se sintiera poderosa. No quería detener aquel juego; lo único que la frenaba eran las fatídicas consecuencias que podía acarrear el acto—. Te juro que si sigo adelante y te hago mía no lo serás de ningún otro, jamás.

Lo miró sin saber qué decir, aún estaba decidiendo si quería más. Intuyó que él veía la duda en sus ojos.

—Te aseguro por mi honor que me voy a casar contigo —dijo Bernat con vehemencia—. Esta cabecita científica tuya debería empezar a asimilarlo.

Quizá Bernat adivinó que, por mucho que lo deseara, no estaba preparada para entregarse; sin embargo, no desistió en sus besos abrasadores y, con caricias expertas y dedos ágiles, le mostró hasta dónde podía llegar el placer solo con las manos.

Ni siquiera recordó de quién era el aria que sonaba cuando su cuerpo convulsionó y estalló en mil pedazos. Estrelló sus labios con los de Bernat, que la recibió gustoso y, apasionado, exploró todos los rincones de su boca. Al cortar aquel lujurioso beso le susurró que era la cosa más dulce del mundo y que pronto sería suya.

21

Había pasado una semana del encuentro con Bernat y cada vez que Mariona pensaba en la tarde del jueves, su corazón se aceleraba y sentía un cosquilleo en el estómago y en el vértice de sus piernas. Desde aquel día, Bernat la había visitado casi todas las tardes, incluso habían ido juntos a casa de Gonzalo e Inés. Su cuñada había ido a ver a la doctora Aleu y parecía que se sentía mejor, al menos se mostraba más animada.

Las fiestas de Navidad estaban a la vuelta de la esquina y doña Elvira tenía organizada una gran fiesta en casa, pero aún faltaban algunos días y Mariona se había propuesto trabajarlos.

Miró la lista de pacientes que tenía programados para aquella tarde y ella misma salió a buscar a la siguiente visita.

La joven a la que había tenido que coserle una ceja esperaba sentada en una silla junto a su hermana. Las hizo pasar.

—¿Cómo te encuentras? ¿Has tenido molestias?

—La muy tonta fue a quitarse el chiquillo —dijo la hermana con disgusto.

Aquella noticia la preocupó. Muchas mujeres perdían la vida en aquel acto desesperado. Las miró con interrogación.

—No me atreví —gimoteó la joven.

—Entiendo que tu situación es delicada, pero esas prácticas son peligrosas, puedes tener una hemorragia y morir desangrada sin darte ni cuenta.

—Yo le he dicho que lo cuidaremos las dos —volvió a intervenir la hermana.

—Cuando una puerta se cierra, se abre otra. Tu hermana no te deja sola —declaró Mariona. Las jóvenes se miraron, la mayor con ternura y la joven con agradecimiento—. Voy a retirarte los puntos de la ceja y dentro de unas semanas regresas y te haré una revisión para ver cómo marcha el embarazo.

—Vamos a irnos de Barcelona —comunicó la muchacha—. Empezaremos en Madrid. En la capital inventaremos una historia, diremos que a mi esposo lo enviaron a ultramar y luego ya veré.

—¿Y el padre del bebé?

—Ya me ha enseñado lo que puedo esperar a su lado. Cuanto más lejos, mejor.

—Seguro que te va bien, eres fuerte.

Mariona concluyó la cura y se despidió de las hermanas. Deseaba de corazón que en la capital la vida las tratara mejor.

Con la rutina de quien está habituada a una tarea, llamó a la siguiente visita y la enfermera la hizo pasar. Era una joven, quizá algo mayor que ella, que venía por un tema muy concreto. La asaltaban molestias muy particulares. Con desparpajo y de forma escueta le explicó qué le ocurría.

—Verá usted, tengo algunos picores ahí abajo. A veces un ardor al orinar me da tal dolor que me paraliza. Y eso para mi trabajo no es bueno.

Mariona lo suponía, pero así y todo lo preguntó.

—¿De qué trabaja usted?

—Soy puta, ¿es que no se me nota?

—Sé amable con la doctora, Charito —la increpó Concha—. Necesita saber a qué te dedicas para anotarlo en tu ficha.

Mariona había elaborado una ficha con los datos más importantes de los pacientes que atendía y le adjudicaba un número a cada uno, así cuando regresaban era más fácil saber otras dolencias o malestares por los que habían acudido y hacer un mejor seguimiento.

—Disculpe usted, doctora. Trabajo aquí y allí, pero a decir verdad siempre hago lo mismo. Hay que ganarse el pan y a mí no me quedó otra que elegir esta profesión, la más antigua del mundo.

—¿Desde cuándo tiene estas molestias?

—Desde hace unos días.

—¿Y ha seguido trabajando?

—Pues claro, aunque me duela ahí. Todos los días desde los doce años. Tuve un padre que me inició rápido, ¿sabe usted?

Tuvo la impresión de que Charito lo que quería era escandalizarla, pero ella la atendió como si no le afectara la crudeza de sus palabras, que no dudaba que fuesen ciertas.

—Señora Charito, si es tan amable, pase con mi enfermera y desnúdese de cintura para abajo, voy a revisarla.

—Mire usted que yo cobro por eso —soltó.

—Si quiere que la cure, es lo que hay —dijo en el mismo tono desafiante, con la mirada fija en la mujer. No era alta, pero tampoco baja, y tenía un color de pelo llamativo, rojizo como una zanahoria, recogido en un moño hecho de cualquier modo. Tenía los ojos verdes y era bonita, pero cuando abría la boca su sonrisa mostraba que le faltaba un diente.

La mujer pasó detrás del biombo y al momento ella la siguió. Concha ya la tenía preparada con las piernas sobre los soportes y una sabanita sobre su vientre hasta la mitad del muslo.

—El otro médico jamás me miró ahí.

—Pues es necesario para saber qué le ocurre.

Mariona hizo la revisión ginecológica prestando atención a posibles síntomas de enfermedad contagiosa, pero por suerte para la muchacha no había ninguno, solo cierto enrojecimiento en zonas que no deberían tener aquel color y un principio de infección. Algo que se eliminaría con higiene y un ungüento.

Cuando terminó de revisarla, le pidió que se vistiera y saliera hacia el escritorio, allí la esperaba. Cuando la mujer lo hizo, su rostro era mucho más amable.

—La tengo, ¿verdad?

—¿Qué cree que tiene?

—La sífilis.

—No, no la tiene. Es una simple infección. —Escribió una nota y se la entregó—. Compre este ungüento y aplíqueselo durante siete días, y si es posible no trabaje. Además, le aconsejo que empiece a cuidar un poco mejor esa zona de su cuerpo. Si se acostumbra a lavarla antes y después de tener una relación, le irá mejor. Quizá también puede asegurarse de que el caballero en cuestión se lave antes de estar con usted.

—Pero ¡¿qué dice?! ¿Cómo voy a estar sin trabajar? Doctora, yo no puedo decirle eso a mis clientes. Rogelio, el encargado del sitio donde trabajo, me cruzaría la cara.

—Pero ¿sigues con ese sinvergüenza? —preguntó Concha—. Ese solo quiere el dinero que sacas. Doctora, ese hombre, Rogelio Artigas, era uno de los jefecillos del Edén Concert, la sala de espectáculos. Mi difunto lo conocía bien; parece que ha ascendido, pero sigue con sus negocios turbios y aprovechándose de las chicas.

—Ahora dirige el Paradís y me busca la faena. No hay que morder la mano que te da de comer.

Mariona no quiso mover ni un músculo de la cara al escuchar el nombre de aquella sala de espectáculos. Le preocupaba que Charito la hubiera reconocido, aunque no recordaba haberla visto.

—Creo que el señor Artigas no le da de comer, se basta usted sola —intervino con seriedad—. Solo le doy estos consejos para prevenir otros males. Que no tenga sífilis u otra enfermedad contagiosa hoy no significa que no la contraiga mañana, y con estas medidas se ahorrará algún disgusto. Incluso tener que estar un largo tiempo sin trabajar.

La mujer pareció comprender.

—Eso ya es otra cosa —murmuró como si pensara en voz alta.

—Si no se le pasa, vuelva a verme.

Habían transcurrido los días y, casi sin darse cuenta, Bernat pasaba cada tarde que podía por casa de los Losada. No siempre salía con Mariona de paseo, al teatro, o a alguna fiesta, sino que a veces jugaban una partida de cartas, al ajedrez o conversaban sobre algún tema por el que compartían interés. También buscaban momentos a solas. Se habían besado, sí, pero no lo habían hecho con la pasión arrolladora de aquella tarde de lluvia. Bernat comprendió que, por la tensión que había mostrado Mariona, esta mantenía una lucha interna y, por mucho que lo deseaba, no estaba preparada para dar aquel paso. Sin embargo, si la hubiera llevado un poco más al límite, con probabilidad se habría entregado, pero él no quería eso, sino que cuando llegara aquel momento íntimo ella tuviera todos los sentidos dispuestos, y su cabeza la primera. No quería que al acabar se arrepintiera.

El día de Navidad lo había pasado con los Losada y se sintió tan en familia que cuando llegó a su propia casa se sintió solo y vacío. Gonzalo e Inés anunciaron que se marchaban de viaje a París. Se llevaban a la niña y también a doña Teresa, aunque viajarían solos a Giverny, el pueblo donde se conocieron y donde la familia Leduc tenía una mansión que les habían prestado para pasar unos días.

En aquel pueblo vivía un afamado pintor, Claude Monet, y Bernat, entre risas, le pidió a su amigo que le trajera un cuadro.

Como tenía por costumbre, a media mañana bajó a la cafetería que caía cerca del periódico para tomar un pequeño bocadillo y un café que le ayudara a llegar mejor a la hora de la comida. Distraído leía el diario cuando apareció Rufino a su lado.

—Jefe, tenemos que hablar.

Bernat estaba contrariado. El muchacho llevaba varios días sin dar señales de vida y no era la primera vez que ocurría. Sabía que en su casa había algunos problemas y que el aprendiz hacía malabarismos con los dos trabajos. El chico era el menor de seis hermanos y quería medrar, ser algo distinto de lo que era su abuelo, su padre y sus hermanos, y eso se había convertido en un tema de discusión frecuente en su casa. Todos eran operarios en la empresa metalúrgica La Maquinista Terrestre y Marítima, ubicada en una gran superficie de la Barceloneta y que albergaba a más de mil trabajadores. Rufino le había explicado que su padre había participado en la construcción de las calderas para el crucero de segunda categoría *Marqués de la Ensenada* y, desde entonces, siempre contaban con él en los diferentes proyectos militares de los que la empresa se hacía cargo; era uno de los capataces de aquella enorme fábrica.

Rufino le había contado que él tenía asignadas diferentes tareas en las que, más bien, era un aprendiz, aunque ninguna le gustaba, pero entre sus primeros trabajos importantes destacaba haber participado en la construcción de la estructura metálica que soportaba el mercado de la Concepción. Cada vez que pasaba cerca, iba a verlo para contemplar la obra final.

Sin embargo, en La Maquinista Terrestre y Marítima se hacían muchas cosas: puentes, estructuras, pasarelas, acueductos, diferentes máquinas de vapor fijas, máquinas para corbetas o goletas de hélice; incluso para la construcción de su primer sumergible, en el año 1862, el señor Cosme García Sáez había acudido a La Maquinista en busca de ayuda.

Su padre trataba de que fuera un buen operario, como lo eran sus hermanos, pero él quería ser periodista. Según le había contado un día, se había presentado en el despacho de don Modesto con un montón de papeles, en los que había escrito algo parecido a un artículo sobre la fábrica, detallando la evolución de lo que él llamaba «la empresa más destacada de todo el país que realizaba transformaciones metálicas».

Bernat era de los que opinaban que en la sociedad más valía caer en gracia que ser gracioso, porque aquel artículo, le constaba, nunca se publicó. Sin embargo, el editor le dijo que si quería aprender del oficio se arrimara a algún periodista serio para que se lo enseñara. Y eso había hecho. Sin embargo, en la redacción no lo tenían muy en cuenta, hasta que él regresó de Londres y, nada más conocerlo, lo tomó como aprendiz y lo hizo su ayudante.

—He tenido mucho lío en la fábrica —se excusó Rufo, ante su mirada de interrogación—. A un compañero se le cayó una plancha de hierro y le ha cortado una mano. He tenido que sustituirlo. Pero no he perdido el tiempo.

Entendía que no podía decirle que dejara aquel trabajo que no le gustaba y, por lo que decía, era peligroso.

—¿Qué quieres decir?

—Verá, resulta que mi primo pasa mucho tiempo en el Paradís; por si le levantan a la novia, ya me entiende. Yo le había contado que estábamos detrás de algunas pistas sobre la hija de la actriz y él, que es un buscavidas, medio vago y medio raterillo, resulta que es bueno sonsacando información. Me ha venido a buscar al trabajo para contarme lo que ha descubierto y yo, con la excusa de ir a hacer un mandado, cuando he podido escaparme he venido a buscarlo a usted.

—Suelta lo que sea, por Dios, me tienes en ascuas —se quejó Bernat. El muchacho tragó saliva y él supo que la confidencia no iba a gustarle.

—Resumiendo mucho, jefe. La chica por lo visto está retenida en una casa de la calle del Conde del Asalto, cerca del Edén Concert.

—¡Qué diablos estás contando! —exclamó Bernat.

—Lo que oye. La hija de la actriz está secuestrada.

—¿Estás seguro? Que yo sepa no han pedido rescate.

—Por la descripción, parece ella —espetó Rufino, alarmado—, pero eso no es todo. Por sus averiguaciones, mi primo Antonio cree que la tienen encerrada medio drogada y solo le dan de comer. No sabe si la muchacha sirve de entretenimiento a señoritos y gente sin escrúpulos.

—¡Por los clavos de Cristo!

Bernat arrastró la silla en la que estaba sentado, que arañó el suelo sin piedad, y se levantó de un salto.

—¿Estás seguro de que es ella? —repitió—. ¿De que es Jacinta Soler?

—Eso no lo sé a ciencia cierta, pero podríamos ir a averiguarlo.

—Dime dónde es. ¿No tienes que volver a la fábrica?

—No se preocupe por mí, ya me las apañaré.

Bernat pagó lo que había consumido y salieron rápido del local, pero tuvo que entrar de nuevo porque había olvidado el sombrero sobre la mesa.

Calibró lo que debía hacer y, aunque no estaba seguro de que la joven de la que hablaba fuese Jacinta, ni de lo que podían encontrar allí, decidió avisar a Miguel Galán para que los acompañara.

Bernat no se había imaginado lo que podía hallar una vez que llegaran, pero, aunque lo hubiera hecho, jamás habría estado preparado para lo que encontró en aquella habitación.

El piso, de unos escasos cincuenta metros cuadrados, tenía la puerta abierta cuando llegaron y, en una de las habitaciones, yacía una pareja sobre una cama. La mujer, con el pelo enmarañado sobre la cara, tenía las ropas ajadas y estaba manchada de sangre por todas partes.

Su sorpresa llegó cuando al querer separar al hombre de la joven, con dolorosa certeza descubrió que era Jacinta y él, el tramoyista del Eldorado, Blas Pungolas.

—Es Jacinta, está herida —murmuró el muchacho, llevándose la mano a la cabeza como si le doliera, pero sin querer soltar el cuerpo de ella, que ceñía con la otra mano.

—¿Qué le has hecho? —espetó con furia.

Al moverse, Blas dejó caer sobre el mugroso lecho a Jacinta, que parecía inerte, aunque una tímida lágrima resbaló del único ojo que podía abrir y en un susurro muy débil reclamó a su madre.

—Ayúdenla, está herida —pidió Blas.

Bernat agarró al muchacho por la pechera y del tirón que le dio lo levantó de la cama. Iba a golpearlo cuando Galán lo llamó.

—Ferrer, deje eso para más tarde, esta joven necesita ayuda urgente.

—¿No lo tenían vigilado? —preguntó con rabia.

—Sí, supongo que dio esquinazo a mis hombres. Ya me ocuparé después de eso —respondió el policía, antes de añadir con voz de mando—: Hay un dispensario en las Atarazanas, vaya. Yo me quedo. Y tú —pidió a Rufino, que contemplaba la escena con afectación y desagrado—, ve a la comisaría lo más rápido que puedas y entrega esta nota.

Bernat observó al inspector mientras este escribía cuatro

letras en un papel que arrancó de una libretilla que llevaba en el bolsillo y se lo entregó.

—Como un rayo —fue la respuesta de Puja, que salió disparado escaleras abajo.

Bernat perdió un instante en observar la escena.

Blas se arrodilló junto a la cama y agarró una de las manos de la joven.

—Jacinta, aguanta, ya ha acabado todo. Dime quién ha sido y te juro que lo mato.

Aquellas palabras lo sorprendieron, pero no pudo indagar lo que deseaba.

—Dese prisa —intervino Galán y él salió en busca de ayuda. Esperaba regresar a tiempo. Se había dado cuenta de las escasas fuerzas de Jacinta.

Mariona escribía el pronóstico en el historial clínico del último caso que había atendido. Se trataba de un niño de siete años con problemas en la piel. La abuela, asustada por que tuviera lepra, mantenía al crío medio oculto en casa, pero aconsejada por el sacerdote de su iglesia había decidido acudir al médico. El padre trabajaba en una de las fábricas de hilaturas del barrio y no se ocupaba mucho de él, y la madre había muerto al nacer el niño. Tras la exploración de las rojeces, algunas con costra, pero en su mayoría eczemas, y por la descamación seca que presentaba en diferentes partes del cuerpo, sobre todo en brazos y rodillas, dedujo que no era lo que la mujer temía y, por lo tanto, no era algo contagioso. Tenía que investigar un poco más sobre los síntomas que describió de forma meticulosa, pero antes de dar ninguna otra recomendación aconsejó a la abuela que procurara que el chiquillo estuviera al sol. La exposición a la luz solar era el remedio más antiguo y resultaba bastante eficaz.

No había terminado de enumerar las posibles causas de la erupción, cuando Concha entró en su sala, alarmada.

—Doctora, un hombre viene en busca de un médico. Dice que hay una muchacha en serias dificultades, está malherida.

—¿Por qué no la llevan al hospital de la Santa Creu?

—Dice que está muy mal y no pueden moverla.

Mariona no tuvo tiempo de salir para hablar con el hombre, porque de repente este apareció en la consulta.

—Disculpe, es muy urgente, no teng...

Las palabras se le quedaron al visitante en la boca y Mariona lo miró con los ojos muy abiertos. Frente a ella, Bernat, con el sombrero en la mano y cara de apremio, la contemplaba con sorpresa.

—¿Quizá se te olvidó comentarme algo? —preguntó con sarcasmo.

Concha los observó con curiosidad.

No era momento de dar explicaciones y ella salió del apuro de sentirse descubierta con una pregunta médica.

—¿Qué tipo de heridas?

—¿Eh? No las he visto bien, pero sospecho que graves.

Mariona no lo dudó: cogió su maletín de cuero que tenía sobre un armarito bajo y revisó su contenido. Siempre lo tenía preparado, pero no quería que le faltara algún instrumento. Mientras se retiraba la bata blanca y se ponía el abrigo, dio instrucciones a Concha sobre qué hacer con las siguientes visitas. Después siguió a Bernat a la calle, donde lo esperaba su carruaje.

—Creía que estaba cerca.

—A unas calles.

Durante el primer tramo del recorrido él no preguntó nada. Sentado frente a ella, se limitó a observarla en silencio. Esto hizo que Mariona se llenara de dudas y remordimientos.

—No quería que mi madre se alarmara si le decía que estaba en la zona de las Atarazanas y el paseo de Colón —se justificó—. Tengo muchos pacientes a mi cargo, la mayoría mujeres, y muchas nunca entrarían en el concepto de dama de mi señora madre.

—Me parece muy bien, pero yo no soy tu madre, pensé que me tenías confianza.

—Y la tengo, por eso te pido que me guardes el secreto.

—Si estás orgullosa de tu labor, deberías defenderla delante de tu familia.

Que precisamente fuera Bernat quien le daba ese tipo de consejos la turbó. Él, que siempre se había saltado las reglas. Para su consternación él debió de adivinar sus pensamientos, porque le contestó medio en serio, medio en broma.

—Es posible que yo haya sido un tarambana, pero me reformé y, de los dos, tú eres la que siempre hacía las cosas bien. Vas a tener que darme algo en prenda para que te guarde este secretillo.

A Mariona se le escapó una carcajada y contestó que ya hablarían.

Lo que le interesaba saber era qué le había ocurrido a la mujer a la que iban a ver. Bernat la puso al corriente. Se trataba de Jacinta, la hija de la actriz, que estaba desaparecida desde hacía unos meses. Mientras lo escuchaba, Mariona pensó en la maldad de la gente y en la condición del ser humano. ¿Qué hacía que alguien perdiera el respeto al semejante y le infligiera un daño gratuito y perverso? Sin duda su hermano podría decir muchas cosas sobre la personalidad de la gente, pero ella creía, pues lo había visto en muchas mujeres golpeadas, que la maldad existía, aunque la mayoría de las personas no quería darse cuenta.

Cuando entró en aquella habitación supo que no se había equivocado.

El ambiente estaba cargado, olía a sangre. El aroma metálico inundó sus fosas nasales y pidió que abrieran una ventana.

El muchacho al que, según Bernat le había contado, habían encontrado con ella estaba sentado en el suelo, con las ropas también ensangrentadas. Le preguntó si estaba herido, pero él no contestó. Estaba cabizbajo, pero pudo ver que tenía el rostro bañado en lágrimas. El espectáculo era dramático, y su actitud habría sido conmovedora si su acto no hubiese sido tan atroz. El policía que lo custodiaba le dio una patada en el pie y el muchacho alzó la vista, cruzó la mirada con la suya y susurró muy bajito:

—Sálvela.

—Él no está herido, doctora. No todavía —aclaró con rabia contenida el inspector Miguel Galán—. Es la joven la que necesita ayuda.

Mariona se acercó a ella. Tenía cortes afilados en los brazos y, por la sangre fresca y seca que había en sus ropas, sospechó que en otras zonas del cuerpo también. A primera vista tuvo la impresión de que habían sido hechos con un cuchillo muy afilado, como un bisturí.

—Soy la doctora Losada. Señorita Soler, Jacinta, ya está a salvo —murmuró Mariona con voz dulce, mientras la revisaba.

Trató de taponar alguna hemorragia, pero fue consciente de que la chica estaba muy mal, urgía trasladarla a un hospital donde hacerle unas curas mucho más profundas y eficaces y averiguar si tenía lesiones internas. Por cómo gimoteaba, sospechó que sí.

—Ma-ma.

—Tu madre te ha buscado desde el primer día —la reconfortó—. No ha perdido la esperanza de encontrarte.

Un atisbo de sonrisa se dibujó en el rostro magullado de la joven y Mariona maldijo al monstruo que había sido capaz de hacerle aquello a una niña inocente.

De pronto la pequeña habitación se llenó de otros agentes que, con voces altaneras y rabia al ver a la muchacha, insultaron al joven. Tras unas palabras con el inspector Galán, uno de los agentes, bastante robusto, lo agarró del brazo y lo izó del suelo de un tirón.

—Tú te vienes conmigo, te voy a sacar la verdad a base de hostias.

—No empecéis a interrogarlo hasta que yo llegue —espetó Galán con voz autoritaria.

—¡Yo no he sido! ¡Yo no he sido! —gritó Blas a Bernat, al darse cuenta de su situación, mientras se lo llevaban.

Mariona abrió la parte superior del vestido, si podía llamarlo así, con cuidado. Era imperioso facilitarle la respiración, pero a pesar de lo que había visto ya, se llevó otra sorpresa. No llevaba corsé ni camisola, ni siquiera ropa interior, solo aquel vestido ajado, y las heridas que presentaba en el torso la horrorizaron.

—¡Bernat! —exclamó consternada.

Este se acercó y la ayudó a cerrar la prenda. Apenas se atrevía a elucubrar lo que le había ocurrido a la joven. No sabía si habían abusado de ella, pero tenía heridas que solo un loco podría provocar. Había vivido un infierno.

—Un coche de la casa de socorro está al llegar. Pedí al muchacho que, tras avisar a mis hombres, fuese a por uno —avisó Galán.

—Ese bárbaro merece que lo encierren y tiren la llave —masculló Bernat.

La situación se complicó. Jacinta escupió sangre y ya no pudo parar de toser. Se ahogaba en su propio fluido.

Mariona hizo todo lo que estuvo en su mano para salvarla, pero fue inútil.

Jacinta Soler murió en aquella cama inmunda.

22

Desde que Mariona había atendido a Jacinta en aquel cuartucho de la calle del Conde del Asalto no se quitaba de la mente las heridas que la joven había sufrido.

Bernat le había explicado que la madre, al saber el destino que había tenido su hija, se había desmayado y necesitó que la reanimaran. De poco le sirvió el consuelo de saber que la había llamado en su último aliento, porque la mujer lloraba con angustia y desazón la desgracia de Jacinta. Pasados unos días, después de un exhaustivo estudio forense, las autoridades le habían entregado el cuerpo para que pudiera enterrarlo. Muy pocas personas asistieron al sepelio, Bernat y algunos pocos amigos íntimos de la actriz; no fue anunciado en la prensa por su deseo expreso. Tras el entierro, en el cementerio de Montjuïc, María del Rosario había ordenado cerrar su casa y se había marchado a Nueva York, donde su apoderado le había conseguido varios contratos.

Pero aquel suceso le supuso algunas consecuencias a Mariona. La más importante fue que su madre, y toda su familia, se enteró de que ella había sido la médica que había asistido a la joven desaparecida en sus últimos momentos. Aquel detalle la obligó a dar explicaciones que, por mucho que las maquillara, conducían a una única conclusión: que les había mentido, aunque ella considerara que omitir parte de la verdad no era mentir.

Faltó muy poco para que le prohibieran continuar con su actividad en el dispensario, o incluso salir a la calle sin acompañante, pero don Calixto había intervenido, como buen abogado que era, y tras una larga discusión Mariona tuvo que hacer algunas concesiones. Por suerte para ella, su padre había entendido su labor y acabó poniéndose de su parte, pero insistió, y no cedió, en que tendría un cochero que la llevaría a la consulta y la devolvería a casa, alguien que la protegiera. Por supuesto, su madre no estaba conforme y alegó algunas cosas que, como señorita y dama burguesa, debería hacer y no hacía; para su desgracia se iba a quedar para vestir santos, y eso, si estaba en su mano, no iba a consentirlo.

Mariona no quiso tentar a la suerte y claudicó en que asistiría a algunos eventos sociales que ella considerara oportunos. Aquello pareció agradar a doña Elvira, que como si fuera una debutante, le dijo que habían de visitar a una modista, ya que Inés no estaba para aquellas niñerías.

Retomó su tarea en el dispensario después de varios días de ausencia y mientras atendía, Silvio, uno de los hombres al servicio de su casa, hacía de protector y cochero particular y la esperaba en un cuartito de la entrada. Las visitas se sucedieron como si nada hubiera pasado en la ciudad, porque la vida no se detiene cuando ocurre una desgracia. Sin embargo, un *run run* la distraía, aunque en un principio no lo relacionó con nada.

Había recibido a una joven que trabajaba de lo que le surgía, ya fuera como cantante o acompañante de quien pagara su servicio, y esta, con más miedo que otra cosa, le mostró las heridas de mordeduras y cortes en los senos, brazos y vientre con las que se había despertado en una callejuela del

Raval. Sobre su blanca piel destacaba una herida circular, como si alguien hubiera querido rodear una marca rosada de nacimiento. En ese momento su mente empezó a elucubrar teorías mientras recordaba a Jacinta y la última paciente que había atendido en Londres, un caso muy difícil de olvidar.

—Son heridas superficiales —le dijo—, pero le quedarán marcas. Hay que curarlas bien para que no se infecten. Debería denunciar a quien le ha hecho esto.

—No serviría de nada, doctora. Además, hay tipos con gustos raros que precisamente son los que pagan más, y por comer una acaba haciendo lo que le piden. Pero no imaginé que acabaría así, yo solo fui a una fiesta. De todas formas, no pienso denunciar a nadie.

Por desgracia, aquella nueva paciente no regresó para la siguiente cura. Ella le había insistido en que debía denunciar el ataque, pero la joven no sabía, o no quería, dar razón de quién había podido ser. Por lo que le explicó, Mariona dedujo que la habían drogado, porque la paciente no recordaba con claridad qué había sucedido, aunque imaginaba que por otra parte no quería meterse en líos y por eso mantenía la boca cerrada. La chica solo le había contado que había ido con una amiga a una fiesta en un piso de soltero y lo último que recordaba era que sirvieron champán, y al no estar acostumbrada se le subió a la cabeza enseguida. Mariona esperaba que al menos la amiga le hubiera ayudado a recuperar la memoria de lo ocurrido y que se cuidara mejor.

Aquella tarde la consulta estaba muy tranquila, apenas habían tenido pacientes, así que pasaba el rato con el periódico. Le gustaba leer, en la intimidad de su consulta, los artículos de Bernat. Había escrito uno muy emotivo sobre la joven Jacinta en el que no hacía la menor alusión al padre de la chica, como si este no existiera. En él se lamentaba de que el único sospechoso no había arrojado ninguna luz sobre el crimen.

Bernat le había explicado que en los interrogatorios que siguieron a su detención, el joven tramoyista no aportó ningún dato que ayudara a la policía. Se limitaba a decir que él no había sido, que la había buscado por todos los antros en los que los proxenetas ganaban dinero a costa de las mujeres que controlaban, y que la había encontrado en ese estado. Sin embargo, su defensa hacía aguas por todos lados, ya que alegaba que le habían dado un papel con aquella dirección, pero no sabía decir quién. A falta de un sospechoso mejor, Blas Pungolas ingresó en la cárcel Reina Amalia, en el Raval.

En su casa, el abuelo, muy entendido en leyes, afirmaba que si el joven no era capaz de demostrar su inocencia, y todo apuntaba a que no podría hacerlo, la pena en consonancia con la magnitud de su acto sería la de muerte. Muerte que encontraría mediante garrote vil y, si las autoridades no tomaban otra decisión, sería un espectáculo público. Era común que en aquel tipo de sentencias el patio de la cárcel se abriera para que la ciudadanía pudiera contemplar la ejecución del reo.

Distraída, pasó las hojas de *La Vanguardia* cuando una noticia le llamó la atención. Habían encontrado a una joven muerta en un callejón, en la zona de la Ribera, y todo apuntaba a que la habían sorprendido de noche. La noticia daba una pequeña descripción de la joven, y si nadie la identificaba acabaría en una fosa común. No estaba del todo segura, pero le recordó a la paciente que había atendido. Con rapidez revisó las fichas que guardaba de sus pacientes. Al encontrarla leyó el nombre: Isidora Mariño, natural de Vigo, sin familia. Como señas había dado la dirección de la pensión en la que vivía.

Una idea prendió en su mente y, sin dejarla madurar, cogió su abrigo y su bolso y llamó a la enfermera para informarle de que se iba.

—He de hacer unos recados, Concha. Como está esto muy tranquilo, me marcho antes.

—Hace bien, doctora. Algunos días de frío la gente no sale de casa ni por un remedio para el resfriado. Vaya con Dios.

Bernat conversaba con Mariano Nuño y Juan Cámara, compañeros del periódico, cuando el portero del edificio le avisó de que tenía una visita.

—Señor Ferrer, una dama pregunta por usted. Está en portería.

—¿Una dama? —preguntó con extrañeza—. ¿Ha dado su nombre?

—Hay que ver, Ferrer, ya te buscan hasta en el periódico —bromeó Mariano Nuño.

—Y parecía que el dandi había cambiado —soltó el otro.

—Creo que ha dicho que era doctora —murmuró el hombre—. Doctora Losada.

—Si hasta tiene visita a domicilio —se burló de nuevo el primero.

—¡Seréis idiotas! —masculló y luego pidió al empleado que la acompañara hasta la sala de reuniones—. Bueno, os dejo. Es una visita importante.

Los otros lo siguieron para ver a la visitante, pero él los frenó.

—Cuidado, que esa dama ya tiene dueño —soltó con humor, pero en tono admonitorio.

Ambos compañeros levantaron las manos en actitud de rendición y él salió. Cerró la puerta del cuartito que usaban de descanso y para tomar un café o un refrigerio, pero eso no le evitó escuchar sus risas.

A los pocos minutos Mariona, envuelta en una capa negra forrada de armiño, entró en la estancia. Era un espacio amplio y allí tendrían intimidad. Una mesa ovalada de grandes dimensiones ocupaba la mayor parte del espacio, y una vitrina de pared a pared repleta de libros decoraba la parte frontal. Además, en un rinconcito había un espacio con varias butacas y una pequeña mesa redonda, ideal para aquel encuentro. No sabía el motivo de la visita, pero le era indiferente. Lo que le importaba era que Mariona había ido a verlo a su lugar de trabajo y aquello lo intrigaba y satisfacía a partes iguales.

Fue cortés en el saludo. Tuvo que reprimir su impulso de abrazarla y comérsela a besos, sobre todo porque alguno de sus compañeros podía aparecer de pronto y hacerse el despistado, solo por ver quién lo visitaba, y no quería exponer a Mariona.

—¿A qué debo el honor? No me digas que habíamos quedado para hacer algún recado y no me he acordado —dijo, como si no le impactara su presencia allí.

—No, no. —Ella se quitó la capa y la dejó en el respaldo de una silla, luego tomó asiento en una de las butacas que él le ofrecía y él ocupó otra a su lado—. Vengo del dispensario, y no es una visita de cortesía, sino de investigación. Creo que podrás ayudarme.

—Tendré que aceptar que no has venido solo por el placer de verme, pero me alegra igual —murmuró con humor, aunque preguntó más serio—: Dime, ¿en qué puedo ayudarte?

—Verás. Hace unos días, después de lo de Jacinta, atendí a una joven en la consulta de Atarazanas con unas heridas que me recordaron las de la difunta. Tenía que haber regresado para la siguiente cura, pero...

—¿Otra chica con mordeduras humanas y cortes? —preguntó Bernat con curiosidad.

—Sí, similares, pero no tan profundas ni hechas con saña. La verdad es que la atendí y no lo relacioné, pero me ha hecho pensar en el caso aquel que tuve en Londres, ¿te acuerdas que te hablé de él?

—Sí, el de la joven que acabó quitándose la vida.

—Salvando las distancias, porque las heridas no son iguales; aquella chica tenía lesiones verdaderamente salvajes, más que las de Jacinta, solo alguien con mucho odio podría haber hecho algo así. Ni ella ni Jacinta parecían ser mujeres «de vida alegre» —Bernat sonrió al oír que se refería así a las prostitutas, pero no hizo ningún comentario—, pero hoy en tu periódico he leído que se encontró un cadáver en un callejón y por la descripción lo he asociado a la paciente que atendí.

Bernat se sobresaltó, se levantó de golpe y salió de la oficina para buscar un ejemplar del periódico. Regresó al medio minuto y buscó la noticia. Ocupaba la última columna de la cuarta página.

—Debió de redactarlo Juan Cámara. Se trata de una de esas informaciones que nos pasan los agentes para dar a conocer la labor de la policía y buscar si alguien la reconoce y puede dar razón de ella —explicó Bernat—. ¿Estás segura de que te suena?

—Sí, además creo que si tiene las heridas que le atendí, podría reconocerla.

—Debería hablar con Miguel Galán —propuso Bernat y se levantó. Ella lo imitó.

—Voy contigo.

—¿Cómo que vas a venir conmigo? Una comisaría no es lugar para una señorita.

—Entonces no se lo diremos a mi madre —se burló y, decidida, añadió—: Tengo un carruaje en la puerta y Silvio, el cochero, me ha prometido no comentar nada de esta pequeña excursión. ¿No te parece fantástico?

Bernat no trató de disuadirla, habría sido en vano, así que agarró su abrigo y su sombrero del perchero donde los había dejado y la invitó a salir de la redacción.

Camino de la comisaría, Mariona le explicó una idea que le daba vueltas en la cabeza. A él no le pareció nada descabellada y la escuchó con interés.

—He pensado en el caso de Jacinta. Su desaparición se investigó porque su madre era importante y tenía grandes amigos, pero quizá hay más casos de los que nada se sabe. Tal vez hay otras mujeres que han sido atacadas de una manera similar, pero al ser prostitutas a las que nadie reclama, no han generado ni siquiera el interés para investigar.

—Podría ser, siempre desaparecen mujeres y niños. Aunque cuando hay un novio o un amante alrededor, lo más común es que se hayan escapado con ellos.

—He pensado también que el caso de Jacinta es especial. Había saña en sus heridas, como si fuera personal; en cambio en esa chica que atendí, Isidora, eran heridas que, si bien la han dejado marcada para siempre, no ponían en peligro su vida.

—Pues sí que has pensado cosas —murmuró él y se colocó en el mismo asiento que ella—. Pero todavía no me has dado un beso.

Sin esperar respuesta, Bernat la besó y, como en otras ocasiones, ella lo recibió gustosa. En estos momentos le entraban ganas de preguntarle por aquel prometido suyo al que ni siquiera mencionaba. Desde hacía días pensaba que quizá era el muro que Mariona había levantado entre ellos dos para no entregarse del todo. Relegó al fondo de su mente aquellas ideas y disfrutó de las caricias que en la intimidad de la cabina del carruaje podían prodigarse.

—¿Te he dicho ya lo bonita que estás? —preguntó zalamero en su oído a la vez que repartía besos infinitos por aquella piel tan suave de debajo del lóbulo.

—Bernat... No podemos despistarnos... —Otro beso la acalló, pero el carruaje empezó a detenerse y ella lo apartó—. ¿Ves?, ya llegamos —dijo risueña.

—Buscaremos a Miguel Galán y luego tal vez podamos tomar un chocolate caliente en algún sitio que te guste. No quiero que se acabe esta tarde que ha empezado tan bien —murmuró antes de bajar del coche.

Un hombre de uniforme los condujo hasta el despacho del inspector Galán, en la primera planta de la comisaría, donde él ya los esperaba. Los recibió de pie, junto a su escritorio, y les tendió la mano al verlos.

La estancia era sobria y austera, más equipada para el trabajo que para recibir visitas.

Con cortesía les ofreció asiento y, sin rodeos, fue directo al motivo que los había llevado allí.

—Me han dicho que les urgía hablar conmigo.

Bernat iba a tomar la palabra, pero Mariona se le adelantó, pues quería ser ella quien expusiera los hechos. Hizo un resumen de sus cavilaciones.

—¿Y cree que podrá reconocer a esa mujer? —preguntó el policía, tras un silencio que a Mariona le pareció excesivamente largo.

—Sí, tenía una marca de nacimiento en un costado y alguien se había dedicado a hacer un círculo alrededor de ella con una hoja muy precisa, como una lanceta o un escalpelo.

Mariona vio de reojo que los hombres intercambiaban una mirada, pero fingió que no se percataba.

—Y sobre lo que le he comentado, ¿tienen constancia de otros casos similares? Ya sabe, ataques a mujeres que por su condición no se investigaron o que guarden un parecido con el de la difunta Jacinta Soler.

El inspector empezó a disertar sobre el papel policial en el orden público y en cómo había crecido la ciudad tanto en población como en delincuencia, una actividad que, por desgracia, siempre rondaba los espacios más inmorales. En algunas zonas, sobre todo por el puerto, el Raval, la Ribera o la Barceloneta, se escondían maleantes, anarquistas y revolucionarios. Los pobres y la gente con pocos recursos se hacinaban en aquellos lugares, porque algunos estaban cerca de las fábricas de hilaturas o textiles en las que trabajaban y, sobre todo, porque eran más económicos para vivir. Sin embargo, en esos lugares la insalubridad, los viciosos, los alcohólicos y la inmoralidad vivían con los desfavorecidos, a veces juntos y otras revueltos.

Mariona se impacientaba e interrumpió al policía.

—Señor Galán, entiendo que la ciudad industrial trae aparejadas todas esas cuestiones de vicio e inmoralidad que está relatando. Tal vez yo tenga otra imagen de mi querida Barcelona, pero mi trabajo me enseña cada día que hay otra realidad, principalmente de noche, y en especial en esas zonas que menciona. Aunque la maldad no entiende de estamento, raza, sexo o religión. Le aseguro que quien más sufre ese desarraigo que la ciudad ocasiona al alejar a las personas de sus lugares de origen, más rurales y solidarios, son las mujeres y los niños. Estoy de acuerdo en que esos nuevos males son el vicio y la inmoralidad, pero también la explotación, las enfermedades venéreas, la prostitución, el alcoholismo y seguramente una larga lista de otros comportamientos inadecuados. Ahora dígame, y olvídese de que soy una señorita y deje de dar rodeos. ¿Hay más casos como este del que hablamos?

A Bernat se le escapó un chasquido de lengua.

—No quería importunarla, doctora Losada, y tampoco dejarla sin respuesta —alegó Galán mientras buscaba algo entre una pila de papeles que tenía en una de las esquinas de su mesa—. Es que a veces me gusta dejar claro que la policía tiene el cometido de velar por el cumplimiento de las ordenanzas municipales, así como mantener el buen orden y la salubridad pública, pero no llegamos a todo. ¿Ve toda esta cantidad de informes? Son casos no resueltos. Por desgracia, la mayoría sin cerrar por falta de pruebas o un hilo por donde iniciar la investigación y por escasez de personal. La mente humana idea crímenes y maldades dignos de una novela, aunque la realidad siempre supera la ficción.

—Entonces ¿había relacionado los casos? —indagó Bernat.

—No, no lo había hecho hasta que la doctora ha hablado de ese nuevo caso que aparece en el diario. Su teoría de que puede haber otros similares es muy interesante. Reconozco que los hay y no teníamos por dónde investigar, pero Ferrer, si lo publicas negaré que lo he dicho. —Galán miró a Bernat con un gesto de advertencia—. No quiero alarmar a la sociedad y menos que los jefazos se me echen encima como si no diéramos un palo al agua. Pero déjenme ver...

Miguel Galán se colocó unas gafas y revisó unas hojas que había extraído del montón. Mariona lo observó leer y comparar los papeles.

—Hace unos meses se encontraron los cuerpos sin vida de dos prostitutas con heridas similares —dijo al final, retirándose los anteojos.

—Pero Jacinta Soler no entra en ese perfil, ella no ejercía la prostitución —alegó Mariona.

—Pudieron confundirla —añadió Bernat—. Si hemos de creer lo que Blas Pungolas nos dijo cuando hablamos con él la primera vez, había ido con él al Paradís; allí pudieron pensar que era una de las chicas que se busca la vida entre las mesas.

—El nuevo dueño alega que él no tiene nada que ver con lo que ocurre en su local, dice que lo ha limpiado de maleantes, pero no lo creo —señaló el inspector—. Sacará algo de tajada, porque hay las mismas ratas extorsionando y los proxenetas campan por la sala a sus anchas.

Mariona pensó que, tal como habían comentado hacía unos minutos, esa sala de fiestas era un sitio en el que cuando la inmoralidad entraba por la puerta, la decencia salía por la ventana.

—Tengo un hombre de incógnito en ese lugar —informó Galán—. El establecimiento se ha refinado y a él acuden muchos señoritos, pero en la sala de juego se apuesta de todo. Parece ser que el encargado es un tipo poco decente y, según mi hombre, hay un proxeneta que tarda poco en descubrir al que ha ganado unas pesetas y lo tienta con mujeres, muchachos y los placeres más diversos.

—¿Y por qué no detienen a ese canalla? Lo mismo es él quien, como castigo, hace daño a esas mujeres —señaló Mariona, alarmada.

—No puedo hablarle de los casos que tenemos abiertos, pero no descartamos ninguna línea de investigación.

—¿Eso significa que el caso de Jacinta no está cerrado? —indagó Bernat con curiosidad periodística.

—Ferrer..., chitón —advirtió Galán—. No quiero ver en el periódico ni una palabra sobre esto.

Con un asentimiento de cabeza y una mueca, Bernat dio a entender a Galán que comprendía que no podía informar todavía de nada, para evitar que la investigación se fuera al traste. Mariona sintió alivio al pensar que el caso de Jacinta no estaba cerrado porque, aunque tenían al culpable entre rejas, podía haber cómplices. No le dio tiempo a pensar muchas cosas más, porque el inspector le preguntó si se sentía capaz de ir a identificar el cadáver de la mujer que yacía en la mesa del forense.

—Sé que le pido mucho, no es algo agradable, pero...

—No se preocupe, no será el primer cadáver que veo.

—He de decirles que, como nadie la ha reclamado, el cuerpo iba a ser usado en las clases prácticas para formar a nuevos médicos.

Mariona asintió. Hacía mucho que había pasado por aquel anfiteatro del anatómico forense en que presenció su primera disección de un cadáver.

Salieron de la comisaría y siguieron con su carruaje al de Miguel Galán y otro agente. Al llegar a su destino, en la calle del Carmen, Mariona agradeció la presencia de Bernat. No era el primer cadáver, pero no podía decir que fuera una de las clases que más le habían agradado.

El inspector había dado aviso de que iban a llegar y tenían preparado el cuerpo. La sala era oval, en forma de anfiteatro, con el techo en forma de cúpula y una lámpara de araña inmensa, alimentada con luz eléctrica. Mariona sintió que el tiempo había retrocedido, como si se encontrara en una de sus lecciones, y experimentó las mismas sensaciones que entonces. No era un lugar agradable, sobre todo por el olor que impregnaba el ambiente. Varias sillas de madera tallada rodeaban la mesa de mármol blanco con un agujero en el centro, por donde se canalizaban los fluidos que se derramaban y eran evacuados por un conducto.

El médico forense les dio al llegar unos paños húmedos de un líquido para mitigar el hedor que desprendía el cadáver, que estaba cubierto por una sábana, y alegó que tenían el cuerpo para una de sus clases. Al descubrir la cabeza, Mariona pidió que bajara la tela hasta las costillas, para ella era más fácil identificar las heridas que había curado que las facciones de la mujer, hinchadas y amoratadas.

La mancha de nacimiento rodeada de la costra que formaba la herida con los puntos que ella había suturado le confirmó que era ella.

—Se llamaba Isidora Mariño —dijo sin dejar de mirar su rostro y lamentando lo que le había ocurrido—. De veinte años, nacida en Vigo, dijo que no tenía familia en la ciudad, yo creo que, en realidad, tampoco tenía a nadie en su lugar de origen. Vivía en una pensión de la calle Marqués del Duero.

Miguel Galán y un ayudante del forense tomaron nota del nombre y de los otros datos. Luego cubrieron el cuerpo y salieron de allí. Galán se despidió de ellos y les agradeció la ayuda prestada.

Ya en la calle, Bernat ayudó a Mariona a subir al carruaje y una vez acomodados, trató de animarla.

—Has estado impresionante. Si no te conociera diría que no te has inmutado al entrar en ese lugar, pero creo que te ha afectado.

Ella le restó importancia.

—Ya he dicho que no es la primera vez que veo un cadáver, pero sí que me ha afectado. No es lo mismo cuando los cuerpos son anónimos.

Él la acurrucó en sus brazos y Mariona se sintió reconfortada.

No había nada mejor que unos brazos fuertes para guarecerse de la maldad del mundo.

Al llegar a casa, doña Elvira estaba muy interesada en saber si Adrián Perejoan la había visitado en el dispensario. A Mariona no le gustó nada aquella maniobra de su madre, y menos que la fueran a ver a su lugar de trabajo.

—Madre —enfatizó el tono para mostrar su malestar—. Ya comenté que el dispensario no era un lugar para visitas sociales. Espero que no le dieras la dirección.

—Hija, no sé qué tienes en contra de que te cortejen. No digo que dejes de lado tus ocupaciones, pero prometiste acudir a más eventos sociales, y no te he visto muy dispuesta. Deberías bailar y distraerte... La vida son cuatro días.

—Bueno, tesoro —intervino la abuela—, podrías acompañarnos esta noche. Vamos a la fiesta de Celestino y Agustina Casamunt, que celebran su aniversario de bodas en el Círculo Ecuestre.

Desde el atentado, su familia había evitado ir al Círculo del Liceo, ni siquiera se habían detenido ante las puertas del teatro, situado en las Ramblas. Aunque, una vez perdido el miedo a los eventos sociales, habían ido al Novedades y al Tívoli y, cuando no acudían al teatro, habían escogido en sus salidas el Círculo Ecuestre. Justificaban aquella exclusividad en que tanto el abuelo como su padre eran socios distinguidos y la buena sociedad burguesa catalana lo había elegido como lugar de reunión tras los primeros días de desconcierto. Aunque lo había fundado, hacía casi cuarenta años, un grupo de miembros que compartían interés por la hípica, con el paso del tiempo se había convertido en un lugar para la lectura, la reflexión y el debate, las reuniones familiares y la celebración de eventos sociales o empresariales. Mariona recordó que más de una fiesta familiar importante la había celebrado allí.

—No se te ocurra negarte —advirtió su madre—. Te avisé el otro día. Cuando baje arreglada, quiero verte con tu mejor vestido. Estarán allí los Buendía, los Perejoan y la flor y nata de la burguesía catalana. Quiero presumir de hija y, no voy a negarlo, también quiero que te vean. Si no asistes a estos actos, nunca encontrarás un marido.

—Madre, a lo mejor no quiero un marido —dijo molesta—. Y si fuera el caso, me gustaría escogerlo yo.

—Como no te veo muy dispuesta, es mi deber de madre darte un empujón.

—Pues precisamente hoy no estoy de ánimo para ir de fiesta. No he tenido un buen día y, por si fuera poco, creo que me estoy enfermando. Tengo el estómago revuelto —mintió.

—María Elvira, te conozco demasiado, así que no me vengas con milongas. Haz el favor de subir a tu cuarto y arreglarte.

Don Rodrigo se levantó como si con él no fuera el tema y salió de la sala. Aquello la enfadó. Esperaba algún apoyo por su parte, pero viendo que ni siquiera los abuelos intercedían por ella, no tuvo más remedio que claudicar.

Mariona subió las escaleras refunfuñando, como cuando era pequeña y la castigaban, y vio que su padre entraba en su despacho. Qué suerte tener un lugar donde esconderse, pensó. No había llegado al primer piso cuando escuchó la voz de mando de su madre, al pie de los peldaños, diciéndole que la quería en la salita arreglada y con una sonrisa en una hora.

Ya en su habitación decidió que era mejor tomárselo con calma. Tampoco era tan malo asistir a un evento. Necesitaba distraerse. Decidió darse un baño, pero antes revisó su ropero para escoger un vestido con el que se sintiera cómoda, pero también bonita. Su madre era capaz de hacérselo cambiar si escogía uno feo o que no fuese apropiado para acudir a una celebración. Nunca había sido coqueta, pero Inés le había enseñado la importancia de un buen traje: un vestido hermoso era como la segunda piel. Escogió uno azul verdoso, tenía los zapatos forrados del mismo tejido y aquel color le sentaba muy bien al tono de su piel. Pensó en Bernat. Si hubiese recordado lo de la fiesta del Círculo Ecuestre le habría pedido que acudiera como su acompañante. Iba a echarlo de menos. Se habían despedido en el carruaje con un sencillo adiós y un dulce beso en los labios.

Aquella idea revoloteó en su mente y, mientras estaba en la bañera, evocó momentos en los que habían estado a solas y su cuerpo vibró al imaginar sus caricias y sus besos. Aquel sentimiento había ganado terreno en su corazón y había desplazado el rencor que había sentido en el pasado. Bernat se le había vuelto a colar en el alma y esta vez él le había abierto su corazón.

Tenía que confiar en él.

23

Mariona llegó con su familia al Círculo Ecuestre y saludaron a los anfitriones, que en la entrada de la fiesta recibían a todos los invitados. Había bastante gente y se mentalizó para pasar allí unas cuantas horas y regresar a casa lo antes posible.

—Muchas felicidades, señores Casamunt —dijo Mariona.

Esperaba saludar y pasar de largo, como habían hecho sus padres tras un «luego hablamos» de su madre, pero a pesar de la concurrencia que quería saludar a la pareja, Agustina Casamunt debió de decidir torturarla un poco.

—Muchas gracias, María Elvira. Estás encantadora. Me alegra mucho tu presencia. Tu madre está feliz con tu regreso. Hoy celebramos nuestro aniversario de bodas, cuarenta años ya. Tú, a tu edad, deberías estar casada, pero ya que te has empeñado en trabajar, disfruta de tu posición y no dejes de lado tus compromisos sociales —soltó la mujer. Mariona forzó una sonrisa, aunque lo que le apetecía era cortar a aquella señora que se creía con el derecho de ser tan impertinente—. Han venido los hijos de muchos amigos, así que sin duda estarás muy solicitada en el baile. No hay nada como una mujer soltera que sabe lo que quiere para atraer las miradas masculinas.

—No entiendo esta costumbre de las jóvenes de querer trabajar cuando no lo necesitan —intervino el señor Casamunt—. Ya le dije a tu padre hace años que no comprendía el trato que te daba. ¿Para qué ibas a necesitar estudiar? A una señorita no le hace falta recibir clases, y menos de medicina.

Aquello la molestó, de hecho se sintió insultada, pero tragó saliva. El señor Casamunt era un hombre autoritario y severo en los negocios, según había oído más de una vez en su casa, pero, además, siempre tenía una palabra para decir cómo debían educar a sus hijos sus amigos, aunque no dejaba que nadie se metiera con los suyos. El mayor hacía tiempo que había desaparecido de Barcelona y el pequeño nadie sabía bien a lo que se dedicaba.

—Creo que es deber de toda persona buscar su felicidad, y a mí me gusta lo que hago —respondió, tratando de no resultar insolente, aunque sonrió con ironía.

La abuela acudió a su rescate. Mariona estaba segura de que lo había oído todo y dedujo que había intuido que su nieta acabaría diciendo algo indebido y había decidido intervenir.

—Es una joven muy talentosa. En casa estamos muy orgullosos. Ya sabemos que los jóvenes no siguen mucho los consejos de los padres, pero ¿quién escucha a los mayores a su edad? Creo que el hecho de que se labren un porvenir al margen de la herencia es muy loable. ¿Y Eduardo, sigue de viaje? —dejó caer.

La señora Casamunt sonrió y apretó los labios, pero su marido respondió:

—Cierto, muy cierto. Ese hijo mío debería estar en casa ganando los cuartos que tan alegremente gasta. Ni siquiera le ha dado tiempo a regresar para este evento. Pero ¿qué le vamos a hacer? Quiere ver mundo —murmuró con grandilocuencia.

La abuela se acercó a la señora Casamunt y, en tono de confidencia, añadió:

—Luego te veo, Agustina, tienes mucha gente a la que saludar.

Cuando se habían separado unos pasos de la pareja, Mariona miró a su abuela.

—Sabía que no era buena idea venir —le comentó en un susurro.

—Querida —dijo doña Carmen, entrelazando su brazo con el de ella—, siempre encontrarás gente que te diga lo que piensa, sea o no adecuado u oportuno, pero no puedes dejar que eso te afecte. Trata de pasártelo bien, seguro que hallas el modo.

Se reunieron con los demás miembros de la familia, que se habían adelantado y hablaban con otros invitados. Poco a poco Mariona se fue integrando en la reunión. Intentó tomarlo con humor, pero era como una maldición que su madre quisiera que la vieran. Se sentía como un personaje de feria. Muchos conocidos con sus hijos se acercaron a saludarla y se vio envuelta en conversaciones que no le interesaban nada. Echó un vistazo a la estancia. Había muchas personalidades importantes en la fiesta. Al fondo de la sala vio al concejal Pons con su mujer y su hijo, con los Buendía y otras personas a las que no conocía, y no pudo evitar pensar en Bernat. Cómo le gustaría que estuviera allí con ella.

—Tu madre está encantada de que hayas regresado de Londres —comentó la amiga de sus padres, la señora Perejoan—. Mi hijo Adrián viaja a menudo a esa ciudad, por negocios. Qué extraño que no hayáis coincidido nunca.

—Bueno, es una gran ciudad; es probable que no nos moviéramos en los mismos ambientes.

—Será eso. Está por aquí, luego coincidiréis, estoy segura.

Un lacayo avisó de que se podía pasar al comedor y Mariona se alegró de poder estar un rato sin tener que sonreír. Se sintió bastante estúpida y, por primera vez, deseó que Bernat la sacara de aquella situación, pero por mucho que lo buscaba por la sala, él no estaba en aquel lugar.

Como compañeros de mesa, aparte de sus padres y sus abuelos, estaban los señores Perejoan con su hijo Adrián. La madre hizo verdaderos intentos para que conversaran, como si por ellos mismos no lograran hacerlo. El joven, al saber que ella había vivido en Londres y trabajado en el hospital de mujeres, se interesó por su labor, pero tras empezar a hablar, Mariona se percató de que en el fondo aquel interés era fingido, un modo de quedar bien y de que su madre lo dejara tranquilo. Recordó que lo había visto en el Paradís y, con malicia, sonrió para sí misma. Podría preguntarle sobre ello, pero sería muy, pero muy indecoroso hacerlo, sobre todo porque tendría que justificar por qué estaba ella allí. Así que cambió de tema y recurrió a uno menos delicado.

—No lo quiero aburrir con cosas tediosas. Y a usted, ¿le agrada Londres?

—Me encanta esa ciudad, sobre todo saber que nadie me conoce —dijo, pero al darse cuenta de lo que había soltado, trató de arreglarlo—. Bueno, me refiero a que allí uno es más anónimo; aquí, en el fondo, todos nos conocemos y se pierde el misterio.

Mariona se sentía incómoda. Adrián parecía agradable, pero a la segunda copa de vino su madre lo miró mal y él reactivó la conversación, que más bien se convirtió en un monólogo. Trató de ser cordial, le sonreía y disimulaba su tedio, pero no podía evitar que de vez en cuando la vista se le perdiera por las otras mesas.

De repente se quedó absorta en una figura y la asaltó un

sentimiento que no supo si era de alegría, enfado o una mezcla de ambas cosas. Bernat estaba sentado a unas mesas de distancia de la suya, con una joven a la que parecía prestar mucha atención. Algo se disparó en el pecho y en la mente de Mariona. Sus miradas se encontraron y él le sonrió. ¡Le sonrió! Inclinó la cabeza a modo de saludo y siguió hablando con su joven acompañante, a la que ella no conocía, pero que le pareció muy bonita. Por mucho que quiso, el resto del convite no logró apartarlo de su mente.

«¿Por qué no comentó que vendría a esta fiesta?», se interrogó. Ella tampoco le había dicho nada al respecto, pero en su defensa tenía que decir que lo había olvidado por completo. Era una de esas cosas que su madre le comunicaba, pero como no tenían interés para ella, lo había olvidado.

Bernat no pensaba acudir a la fiesta de los Casamunt, pero la llamada telefónica que había recibido de casa de los Losada lo había dejado intrigado. Don Rodrigo, en una conversación muy breve, le informó de que iban a ir a esa celebración con Mariona. No se lo dijo abiertamente, pero le insinuó que su madre pretendía que conociera a otros caballeros e introducirla en un mercado matrimonial que su hija no deseaba. La conocía bien, le dijo, Mariona solo aceptaría a una persona, aunque ni ella misma lo sabía.

La casualidad había querido que al llegar al Círculo Ecuestre se encontrara con el juez Carreras, su hija y otros amigos. La situación lo llevó a ocupar la mesa con ellos. Había visto de lejos a Mariona, pero no tuvo ocasión de acercarse a saludarla, sin embargo, le gustó observarla desde la distancia. Si no la hubiese conocido tan bien, habría podido equivocarse, pero estaba convencido de que estaba deseando marcharse. Tenía que reconocer que se lo comían los celos. El joven Perejoan le hablaba continuamente, y ella le sonreía de forma cortés. Le molestaron todas aquellas sonrisas, sobre todo porque no iban dirigidas a él.

Después de la cena se acercó a la sala de fumadores con el juez, viejo conocido de su tío, y acabaron hablando de la desgracia que había sufrido la hija de María del Rosario.

—Ni siquiera sabía que había traído a su hija con ella a Barcelona —afirmó el juez—. No coincidíamos desde hacía tiempo, y cuando venía a cenar a casa con otros amigos, Jacinta nunca la acompañó. Yo estaba al corriente de su existencia, me lo contó en una ocasión, como una confidencia. Cuando la chica desapareció, ella me citó en su casa y traté de ayudarla, por eso nunca se cerró el caso de su desaparición y se puso al frente de él a Miguel Galán, que no dejaría la investigación en el olvido. Quizá debí hacer más por ella.

Bernat imaginó que el juez era uno de los amigos poderosos de la actriz y se preguntó si sería el que tenía gustos ingleses. Con resignación comentó que habían hecho todo lo que habían podido.

En ese momento varios caballeros entraron en la sala y se acercaron para saludar al juez. El periodista tuvo que templar su indignación al ver que entre ellos estaban Pons y su hijo.

—Buenas noches, caballeros, esperamos no interrumpir —saludó Germán Buendía.

Los hombres saludaron con cortesía y Bernat aceptó en silencio el gesto contenido de Arcadi Pons, incluso el de su hijo Vicente, que delante de su padre no se mostraba tan soberbio.

El juez siguió en su disertación, incluyendo a los otros en la conversación.

—Una pena lo de esa joven. Vi a María del Rosario antes de marcharse y estaba destrozada. Hemos perdido a una actriz maravillosa, con una voz como pocas.

—Ya perdimos hace mucho tiempo a otras dos sopranos

talentosas, Isabel Colbrán y María Malibrán —comentó Germán Buendía—. Una pena que nuestras mejores cantantes acaben brillando en Italia, como la Colbrán, o en París y Londres, como la Malibrán. Deberíamos cuidar más a nuestras mejores voces.

—La Soler no se ha marchado porque le ofrezcan mejores contratos o mayor reconocimiento en otros lugares, sino por la desgracia que ha sufrido —comentó Bernat con vehemencia, y no pudo evitar mirar de frente a Arcadi Pons.

—Nadie sabía que tenía una hija —añadió Evaristo Buendía—, ni que era tan joven.

—Lo sabía quien tenía que saberlo —replicó el juez, para satisfacción de Bernat. El rostro de Pons ni se inmutó.

—Un buen artículo, señor Ferrer, trató a la muchacha con mucho respeto —observó Buendía.

—Gracias, pero cuando el criminal que le hizo eso esté entre rejas la habré tratado con respeto.

—¿No lo han cogido ya? —preguntó Evaristo Buendía.

—A quien han cogido es un cabeza de turco. No creo que sea el culpable, pero como periodista seguiré investigando.

—No dudo de que lo haga. Es como un perro, cuando muerde una presa no la suelta —espetó el hijo de Pons con rabia. Bernat supo que lo decía por él, por el seguimiento que le había hecho a su familia, pero en vez de molestarse sonrió ufano.

—Así se hace bien mi trabajo —respondió. El joven Pons iba a replicar, pero su padre lo cortó.

—¡Vicente! —Pons miró a su hijo con expresión severa y este replegó velas.

—Haya paz, señores —dijo jocoso el juez.

—Bueno, no hablemos de cosas tristes, estamos en una fiesta. Dios la tenga en su gloria —señaló Evaristo, y con pedantería añadió—: Vamos, Vicente, hay jovencitas deseosas de que bailemos con ellas.

Bernat sintió la mirada fría de Arcadi Pons sobre él, pero se la sostuvo, y el concejal acabó por modificar la expresión de su cara. La tensión se habría podido cortar con un cuchillo durante unos segundos, pero el político, como buen actor que era, sonrió como si nada hubiese pasado.

—Carreras, estaba interesado en hablar contigo —dijo Pons—, pero veo que ahora no es buen momento.

Bernat supuso que lo decía por él.

—Ven mejor a mi despacho, allí trataremos lo que sea, más tranquilos.

Tras la cena, los asistentes fueron invitados a pasar al salón de baile, aunque Mariona se percató de que muchos caballeros decidieron pasar antes por la sala de fumadores. Era un lugar solo para hombres, así que antes de que el baile diera comienzo, muchas señoras escogían ese momento para acudir al tocador. Pensó que era un buen lugar para esconderse un rato.

Estaba contrariada, Bernat no se le había acercado siquiera. Repasó mentalmente la tarde que habían pasado y no encontró nada que los hubiera enojado el uno con el otro. No entendía entonces el porqué de su conducta.

Estuvo largo rato conversando con algunas damas que, al verla, se interesaron por su labor como médica. No faltó quien aprovechó la ocasión para relatarle alguna molestia en confidencia y, sin habérselo propuesto, acabó dando cita a dos señoras en la consulta privada, para hablar de un modo más profesional.

Al salir comprobó que el salón ya estaba mucho más concurrido y se dirigió hacia donde estaban sus padres. Los abuelos se habían encontrado con unos amigos que habían estado mucho tiempo fuera de Barcelona.

Aceptó el baile que le pidió Adrián Perejoan. No esperaba que él se mostrara tan conversador, ni que fuera tan transparente en su pedantería, pues solo hablaba de sí mismo. Era aburrido hasta el empalago. Sin embargo, al divisar a Bernat también en la pista de baile, fingió que estaba muy interesada en la charla y hasta se rio como si lo que escuchaba fuese gracioso y entretenido, una actitud que animó a su acompañante. No sabía por qué se comportaba así, pero le dio mucho coraje que Bernat bailara con otra.

Tras aquella pieza le siguieron otras, pero ninguna con él. Le turbaba su conducta y se estrujó el cerebro intentando adivinar qué había ocurrido entre ellos. No era capaz de distraerse con nada, solo deseaba que él la mirara. En un intento de quitárselo del pensamiento, se acercó a la mesa de los refrescos. No soportaba aquella situación e ideó una excusa para marcharse. Bullía de celos porque Bernat no le había hecho caso, ni siquiera le había pedido un baile. Se le hacía cada vez más difícil estar allí. De pronto vio que se acercaba.

—¿Dónde has metido a tu pareja? —preguntó, dolida.

—¿Celosa?

—En absoluto, solo esperaba que como amigo hubieras venido a saludarme antes.

—¿Amigo? Tú no quieres que sea tu amigo y, para ser honesto, yo tampoco quiero serlo.

Ella lo miró casi asustada.

—¿Qué quieres decir?

—Lo sabes muy bien, quiero ser todo para ti; si solo me consideras un amigo, no sé si estoy interesado.

—Creí... creí... ¿Sabes? Déjalo, no sé ni por qué pensé que habías cambiado.

—¿Te has enfadado porque no he bailado contigo?

No contestó, ya se había expuesto demasiado. Miró al frente y descubrió a la joven a la que Bernat había prestado tantas atenciones.

—Se llama Adelina. Es la hija del juez Carreras, buen amigo de mi tío. Hemos coincidido en la mesa.

—No te pido explicaciones.

—Pero yo te las doy. ¿Qué tal con Adrián?

—Un pesado —se le escapó.

—¿Bailamos?

—¿Ahora quieres bailar?

—Ahora me gustaría besarte, pero me conformaré con rodar contigo por la pista.

Bernat le ofreció la mano y ella la aceptó. La pieza ya estaba empezada y no tardaron en sumarse a las demás parejas, y cuando sintió su tacto en la cintura sintió un escalofrío. Se censuró que él tuviera aquel poder para turbarla.

—Mariona, necesito estar contigo a solas —susurró Bernat en su oído—. Si quisieras podríamos vernos en mi casa.

—¿Tu casa? —inquirió alarmada.

—¿Prefieres la tuya? —preguntó pícaro.

—Es... es peligroso —musitó y observó las parejas que los rodeaban en la pista, como si alguien pudiera captar lo que hablaban.

—No lo es, piensa en ello. Puede ser muy apasionante, anticipar ese momento es deliciosamente excitante.

Quiso decirle que estaba dispuesta, pero entonces recordó a la hija del juez.

—¿También has invitado a tu amiga?

—Me gusta ver que estás celosa. Pero no deberías preocuparte por ella. No hay nadie que me importe más que tú. No lo olvides nunca.

No sabía si creerlo.

Después de aquella conversación, danzaron durante un espacio de tiempo muy corto, o al menos a Mariona se le pasó en un suspiro. Después de la propuesta de Bernat, ninguno de los dos habló, aunque ella tuvo que recurrir a toda su templanza para fingir que no le habían afectado sus palabras ni el modo en que se las había dicho. Estaba abrumada por las sensaciones que la tenían desbordada y notó en el estómago un nudo de nervios que la alteraba y le causaba una sensación de irrealidad. Cuando la música cesó, él la acompañó hasta donde estaba su familia.

—Bernat, me alegro de verte —comentó el padre. Él sonrió y respondió con cortesía, pero al alzar la vista debió de ver a alguien, porque frunció el ceño. Mariona miró hacia donde observaba y vio a Arcadi Pons.

—Debería ir a hablar con él —murmuró Bernat con ironía.

—No tendrías que ser tan audaz —se burló ella—. ¿Pretendes crear una situación incómoda?

—Entonces no lo seré —se burló—, aunque me encanta serlo.

—María Elvira, unos cuantos amigos iremos a casa de los Casamunt para acabar la fiesta allí —comentó su madre—. ¿Te sientes bien para acompañarnos?

—Mamá, ya he cumplido como me pediste, ahora me gustaría marcharme. ¿Y los abuelos? Me iré con ellos, han traído su coche.

—Creo que aún tardarán en regresar a casa —respondió su padre—, se les ve entretenidos.

Mariona se volvió hacia donde su padre miraba y vio a don Calixto y doña Carmen conversando animadamente con otras parejas. En efecto, no parecía que tuvieran prisa por regresar. Era el colmo. Quizá su madre tenía razón y debía socializar más. A simple vista se advertía que sus padres y sus abuelos tenían más vida social que ella.

—Me iré sola. Silvio puede llevarme y luego ir a por vosotros.

—¿Cómo vas a irte sola? —preguntó su madre, con sorpresa.

—Mamá, he vivido en Londres y te aseguro que no siempre viajaba acompañada.

—Bueno, familia, no seré audaz, pero sí educado —bromeó Bernat, interrumpiendo la conversación—. Me despido, he de buscar a mis acompañantes.

—Adiós, querido. Ven a cenar mañana a casa —propuso doña Elvira—. Hace tiempo que no vienes.

—Allí estaré, sin falta —aceptó Bernat, ante la mirada de asombro de Mariona. Era un descarado—. Buenas noches.

Se despidió de los tres y Mariona lo vio alejarse y reunirse con un grupo: dos hombres y tres mujeres, entre ellas la hija del juez. Nunca había sentido el dolor que la aguijoneaba en el pecho. No identificó los síntomas, pero pensó que lo más seguro era que estaba cansada e indignada.

Mariona se arrebujaba en la capa mientras, en compañía de su padre, esperaba en la puerta la llegada de su cochero, al que un lacayo había ido a avisar. Cuando el cochero se detuvo frente a la puerta, don Rodrigo le abrió la portezuela y ella se despidió con un cariñoso beso.

Estaba deseando llegar a casa, meterse en la cama, dormirse y olvidarse de todo. No sabía por qué había pensado que podría darse una oportunidad con Bernat, quien parecía muy interesado en ella y la besaba con verdadera pasión. Aquella noche le había mostrado que no le importaba tanto.

Al cruzar la verja de su casa, ofreció al cochero una bebida caliente, pero este se excusó con una sonrisa y ella lo despidió. Le pareció que tenía prisa y pensó que quizá había dejado a medias una partida de cartas con las que se entretenían los cocheros mientras esperaban a sus señores, antes de llevarlos a casa al salir de las fiestas. Silvio aguardó mientras ella atravesaba la cancela y abría la puerta. Desde dentro lo vio azuzar a los caballos y marcharse.

La casa estaba en silencio, no era excesivamente tarde, pero el personal se levantaba temprano. Subió las escaleras despacio mientras en su cabeza sonaba la melodía que había bailado con Bernat en la fiesta. Se atrevió a tararearla, pero de repente se sintió muy tonta.

—¡Ja! —exclamó al pensar que la había plantado—. Muy bonito, te dice todas esas cosas que te aturullan y luego se va con otra.

Se cubrió la boca con la mano al darse cuenta de que hablaba sola. No le preocupaba tanto despertar a los criados, cuyas habitaciones se encontraban en el pasillo que había junto a la cocina en el piso de abajo, como darse cuenta de que la había afectado. Enfurruñada consigo misma terminó de subir la escalera con pasos rápidos.

Se desvistió y, sentada frente a su tocador, se deshizo el recogido. Bernat seguía en su cabeza e imaginó que estaría a solas con aquella joven que, por muy hija de un juez que fuera, seguro que no tenía reparos en recibir los besos del periodista.

Iba a meterse en la cama cuando unos ruidos que provenían del corredor la alertaron. Abrió la puerta de su habitación esperando ver a alguna criada, pero fue la figura de un hombre alto, de pelo oscuro y ojos más oscuros todavía, impecablemente vestido y con el bastón y el sombrero en la mano la que salió a su paso.

—¿Co-cómo has entrado?

—Si te lo digo desvelaré un secreto que guardo desde hace años, pero no creo que se lo comentes a tu hermano. Nos mataría a ambos, sabe manejar algunos medicamentos y tiene un buen arsenal a su servicio.

—Déjate de bromas, Bernat, me has dado un susto de muerte.

Él la observó de arriba abajo y ella sintió el fuego de su mirada, pero por mucho que cerró su bata, él ya había visto cómo el camisón se le pegaba al cuerpo.

—¿Vas a invitarme a pasar o no? Siempre quise conocer

tu habitación, aunque he de decir que alguna vez entré sin que tú lo supieras. Pero contigo dentro es distinta.

Mariona dudó por un instante, aunque hipnotizada por su mirada y sobre todo por su presencia allí, se apartó para que accediera y cerró la puerta.

—Ahora dime, ¿cómo has entrado y qué haces aquí?

Él dejó el sombrero y el bastón sobre una butaca. También se quitó los guantes y el abrigo. Lucía un traje negro que le quedaba impecable.

—No deberías ponerte tan cómodo —espetó ella.

—Hace calor aquí.

La chimenea estaba encendida y aceptó la premisa.

—Me he colado por la habitación que era de Gonzalo, por cierto, está más o menos igual. Cuando éramos niños usábamos el árbol que da a su ventana para entrar y salir de la casa. Diría que alguna vez lo usaste tú también para espiarnos.

—Yo jamás hice tal cosa. Pero volviendo a ti, te has arriesgado mucho al venir. Mis padres podrían regresar y, además, ¿qué has hecho con esa amiga tuya?

—Tus padres se han ido con un nutrido grupo a casa de los Casamunt; tus abuelos siguen en el Círculo Ecuestre, están bailando como si no hubiera un mañana, y Adelina no tengo idea de por dónde andará, me despedí de ella en cuanto supe que estarías sola en casa.

Bernat se le acercó tanto que notó su aliento en la cara cuando habló.

—¿Quieres preguntarme algo más? Porque si te interesa saber qué hago aquí, te diré que tú eres el motivo.

Bernat no esperó más y la besó, sujetándola por la cintura para apretarla a su cuerpo. Mariona dejó de pensar con claridad, deslizó los brazos alrededor de su cuello y sin pudor se pegó a él, abandonada. Él notaba su cuerpo a través de la bata y el camisón, y el calor que la recorría le pedía a gritos que se los arrancara.

Bernat la miró con la mandíbula tensa.

—Va a pasar, esta es nuestra noche —le advirtió—. Si tienes reparos dímelo ahora, porque quiero más de ti y si sigo besándote no voy a poder detenerme.

Le dio un tiempo de respuesta. Mariona imaginó que le concedía un momento para rechazarlo; no era tan tonta como para no saber a qué se refería y lo deseaba tanto como lo temía. Ella tampoco iba a poder parar si empezaba a tocarla.

No movió ni un músculo de la cara. Él la levantó en brazos y la tumbó en la cama. Mariona lo miró con nerviosismo.

—¿Tienes miedo?

Negó con la cabeza. Él había apoyado una rodilla en la cama junto a ella y con una mano, bastante diestra según comprobó, le soltó la lazada de la bata y abrió la prenda. Pasó la mano por encima de sus senos, que subían y bajaban debido a su agitada respiración, y los acarició con vehemencia. Ella se limitó a disfrutar de todas y cada una de las sensaciones que le provocaba.

—No haremos nada que no desees y si quieres que me detenga, solo tendrás que decirlo. ¿Quieres que continúe?

Mariona sabía que aquel instante era de no retorno; lo deseaba como él la deseaba a ella. Asintió con los ojos muy abiertos. Él solo necesitó esa respuesta para deshacerse de la chaqueta.

Bernat se tumbó a su lado y las caricias no cesaron a la vez que sus besos cálidos, tentadores, lascivos fueron ganando terreno. De pronto notó que él desabrochaba los botones del camisón y que sus senos quedaban al aire. Bernat los presionó y luego acercó la boca a su blanca piel para jugar con la lengua en los pezones enhiestos, a los que prestaba atención por turnos. Mariona gimió y jadeó ante aquellas sensaciones, arqueó la espalda en un intento de no perder el contacto y sintió que se derretía cuando él mordisqueó uno de sus pezones a la vez que introducía una mano bajo la tela del camisón y le acariciaba las piernas.

No era capaz de permanecer quieta, notaba que su cuerpo tenía vida propia y que cimbreaba en busca de más contacto. Por reflejo flexionó una de sus piernas por encima de él, ansiando un mayor roce en aquella zona tan íntima, donde un delicioso cosquilleo la estaba volviendo loca.

—Bernat..., tengo calor.

Él soltó una risita. Ella se desprendió de la bata que le impedía moverse con libertad.

—Quítate también el camisón —le pidió él con los ojos brillantes.

Mariona se levantó para hacer lo que le pedía. Notó que el pudor le ruborizaba las mejillas, pero el deseo era más poderoso, y cuando empezó a levantar la prenda para quitársela por la cabeza, él se puso en pie.

—No, espera... Quiero hacerlo yo.

Mariona vio su reflejo en el espejo de cuerpo entero del cuarto. Estaba delante de Bernat, con el pelo alborotado cayéndole sobre los hombros en cascada, medio desnuda, y él vestido como cuando lo había visto en la fiesta y tocándola de una forma totalmente indecorosa. Sintió que le temblaba todo el cuerpo ante la erótica escena.

Llevó las manos a los botones de su camisa, los abrió, se dirigió lentamente hacia los hombros masculinos por debajo de la prenda y la retiró con osados movimientos. Como si sus gestos hubiesen adquirido la práctica que proporciona el tiempo, dejó caer la camisa al suelo. Bernat, con un gesto calmoso, le subió el camisón con una mano, como si lo recogiera en el puño, y antes de quitárselo buscó con los dedos su zona más íntima. Ella soltó un suspiro al recibir su caricia.

—Muero por verte sin nada encima —susurró Bernat

con la voz muy ronca—, pero antes quiero enseñarte una cosa.

Descarada, miró la protuberancia que se marcaba en sus pantalones. Él negó, le tomó la mano y la llevó a su propia entrepierna, bajo el camisón. Mariona recordó que alguna vez se había tocado allí, cuando pensaba en él, pero jamás había sentido el relámpago que la atravesó en aquel instante, ni la lava líquida que la recorría, como al sentir sus dedos entrelazados con los de Bernat.

No fue capaz de soportar aquella caricia lasciva sin estrellar su boca contra la suya. Luego, él le quitó el camisón, la tumbó de nuevo en la cama y, sin dejar de observarla, se desprendió de sus propias ropas. Desnudo, se echó junto a ella y la abrazó con todo su ser.

Mariona no fue dueña de sus pensamientos ni de su cuerpo, que, como si tuviera voluntad propia, se onduló y cimbreó para sentir a Bernat. Notaba arder toda su piel, y sin pudor se restregaba y reclamaba más caricias. Necesitaba que el volcán que había nacido en sus entrañas estallara.

—Mariona, me estás matando.

—¿Tú sientes lo mismo que yo si te toco?

—Cariño, yo siento que ardo, y cada vez me cuesta más controlarme. Pero eres de otro hombre, no sé si he sido un canalla por provocar esta situación.

Al principio Mariona no entendió a qué se refería, hasta que en su cerebro se abrió paso la idea de que no le había dicho que entre Howard y ella no había nada, no podía haber nada porque él había regresado a su vida.

—No hablemos de eso ahora, mañana. Quiero que hagamos el amor.

Se besaron hasta el infinito a la vez que daban vueltas por la cama, y se dejaron llevar por una pasión desenfrenada que culminó con él dentro de ella. Mariona jamás pensó que se podía sentir tanto, que su cuerpo reaccionaría como si supiera el camino que debía seguir. Su mundo se paralizó cuando de repente estalló, y tras ella Bernat se derramó sobre su vientre. Por unos minutos quedaron abrazados y Mariona supo, irremediablemente, que estaba enamorada y que iba a casarse con ese hombre.

Su primer amor. Su único amor.

24

Mariona despertó sola en la cama cuando las luces del alba anunciaban un nuevo día. El aroma de Bernat, impregnado en su cuerpo, asaltó sus fosas nasales y una sonrisa maliciosa se dibujó en su rostro. Había experimentado las sensaciones más deliciosas de su vida y le habría gustado repetir, si él estuviera allí con ella. Evocó las caricias y los besos cargados de ternura que compartieron tras el acto. Acurrucada en sus brazos, escuchó las dulces palabras que le repetía, mezcladas con algunas de arrepentimiento.

—No pretendía llegar hasta el final, pero no he podido contenerme —confesó él en su oído—. Eres muy apasionada y dulce e inteligente. Un hombre no puede pedir más. Vas a tener que decidirte, cariño. Yo no voy a retirarme y lo que hemos compartido, lo que me has dado, ha sido tu mayor tesoro.

Aturullada como estaba, con las emociones por las nubes, no supo a qué se refería, pero en aquel instante comprendió que su voz había sonado apenada. Era una descocada. Se había entregado a Bernat y él pensaba que había dado su palabra al señor Allen. Tenía que confesarle la verdad en cuanto lo viera.

De repente una idea la asaltó y se incorporó de golpe. Estaba desnuda, pero aquello no era lo que la preocupaba. De un brinco se levantó, retiró las ropas y abrió la cama. Allí, en el centro de las sábanas blancas, estaba la mancha rosada que indicaba que había perdido su inocencia.

La ansiedad se agolpó en su pecho y se censuró aquel ataque de locura que la había llevado a los brazos de Bernat. Luego, la razón se abrió paso en su mente. Solo tenía que deshacerse de las sábanas y nadie se enteraría.

Se puso el camisón y la bata y con presteza tiró del lienzo indecoroso y empezó a hacerlo jirones. Si entraba su madre o Avelina, la doncella, solo tenía que decir que necesitaba vendas para el dispensario. Era plausible, no quiso verle inconvenientes a la idea. Su madre pondría el grito en el cielo, pero llegado ese punto ya se le ocurriría alguna excusa. Escondió en su bolsillo el pedazo de tela manchada y supervisó que nada en las ropas de la cama señalara lo que allí había sucedido.

Luego, con un sentimiento nuevo en el pecho, se dirigió al aseo y se arregló para bajar a desayunar.

Al entrar en la sala de desayuno encontró a su padre con el periódico. Este lo dobló por la mitad al verla y lo dejó a un lado de su plato.

—Te has levantado con buen color de cara —observó don Rodrigo.

—He descansado muy bien, incluso me he levantado con mucha vitalidad. Acabé agotadísima de tanto baile —bromeó—. ¿Y mamá?

—Aún se retrasará un poco. Nos recogimos tarde —respondió su padre, que sorbió de su taza de café y cogió un bollo para untarlo con mantequilla—. Entonces, ¿lo pasaste bien anoche?

—¿Cómo? —Aquella pregunta la confundió.

—En la fiesta bailaste con varios jóvenes, entre ellos con

Adrián Perejoan. Se le veía muy interesado. ¿Te ha pedido verte en otra ocasión?

—Papá, aquí entre nosotros, es un pesado. Espero que ni se acuerde de venir a visitarme.

—Tu madre está convencida de que haríais buena pareja.

—Por favor, quítale esa idea de la cabeza.

—Y con Bernat, ¿lo pasaste bien? Me parece que ya no discutís tanto.

A Mariona se le escapó una risita. Le habría gustado poder decir que sí, que lo pasó muy bien con Bernat, pero luego se censuró. ¿Qué le pasaba? Era su padre, por Dios. No podía haberse vuelto tan descarada tras una noche de pasión.

—Es verdad, no discutimos. Incluso hemos colaborado en la investigación que realiza sobre la difunta Jacinta Soler. Es muy amigo de Gonzalo.

—Es un buen hombre, María Elvira, y los buenos hombres escasean. Hoy día hay mucha fachada y apariencia, los jóvenes quieren medrar rápido, sin esfuerzo, o vivir de las rentas de su familia. No hay culto al trabajo ni a las buenas costumbres de la burguesía. Bernat no necesita trabajar, pero eligió hacerlo para enmendar su vida de despilfarro.

—Papá, su tío lo obligó a entrar en el periódico hace años —replicó ella.

—Su tío veía que el rencor que sentía podía destruirlo y le mostró un camino —lo defendió don Rodrigo—. Tú eras muy pequeña, Mariona, pero el primer día que Bernat entró en esta casa, a los ocho o nueve años, con sus ojos grandes y oscuros que lo miraban todo con asombro, se notaba que lo que más ansiaba era tener una familia, alguien que lo quisiera.

—Me consta que se le quiere en esta casa… Me refiero a la familia y a Gonzalo, por eso es su mejor amigo.

Tras un silencio que a Mariona se le hizo eterno, su padre concluyó:

—Sí, yo también lo creo.

Mariona alzó su taza y bebió a sorbos el café con leche que se había servido. Se había untado mantequilla y mermelada en un bollo, pero no era capaz de terminárselo. Casi se había delatado ante su padre y eso la puso nerviosa.

Desvió el tema de conversación hacia otro mucho más seguro.

—Observo que te encuentras mejor, ayer te vi sin bastón bastante rato.

—Han pasado tres meses y, aunque creo que siempre tendré molestias en la pierna, considero que ya estoy bastante recuperado. He pensado...

Otro silencio. Mariona lo miró con expectación.

—Espero que, si no es de tu agrado, me lo comuniques. No quiero que te sientas en la obligación —prosiguió don Rodrigo.

Mariona escuchó lo que su padre le proponía. Al principio pensó que intentaría disuadirla de que continuase en el dispensario, pero luego se dio cuenta de que su padre solo quería que ella tuviera un lugar.

—Sé que tarde o temprano podrás acceder a una plaza en el hospital, pero quizá ya no es lo que deseas. He comprendido que tu tarea en ese dispensario es muy importante; la medicina tiene que llegar a todas las clases sociales, y si le ponemos precio solo accederán a ella los que puedan pagarla.

—Esa es la idea que defendía cuando madre quiso que abandonara —murmuró.

—Yo he retomado mis tareas en el hospital, pero sabes que siempre me ha gustado mi consulta, aquí el trato es otro, más personal. Quizá podríamos compartirla.

—Ya la compartimos —aclaró.

—Bueno, no del todo... Verás, te propongo que dividamos los días de la semana. En unos, pasas consulta tú y en otros, yo. Tú atiendes a muchas pacientes a las que yo no llego. Podemos cambiar el cartel de la entrada por una placa en la que, en vez de aparecer mi nombre, diga algo como «Consulta de los doctores Losada», o lo que tú prefieras.

Mariona no supo qué decir, su padre le otorgaba el lugar que había deseado.

—No mentiré, siempre he deseado que ejerciéramos juntos —afirmó su padre—. Gonzalo se ha dedicado a otra especialidad y he recurrido a él en muchos casos en los que lo he necesitado. Pero tenerte aquí, vivir la medicina como tú y yo lo hacemos, es algo que no quiero perderme, y sé que cuando esté recuperado del todo te irás. No quiero que lo hagas. Tu madre tampoco y por eso, a la desesperada, te busca un esposo. —Don Rodrigo se rio—. No se da cuenta de que en tu corazón existe alguien desde hace muchos años —comentó como sin darle importancia. Mariona abrió mucho los ojos y quiso replicar, pero no supo qué decir. Su padre le hizo un gesto, para que lo dejara terminar—. Si no quieres casarte, no lo hagas, aunque te aseguro que si encuentras al hombre adecuado es algo maravilloso.

La emoción le rompió la voz y necesitó recuperarla.

—No esperaba este discurso de buena mañana —bromeó ella para serenarse—. Me gusta la placa que tienes en la puerta de la consulta. «Don Rodrigo Losada. Médico». Para mí sería un honor que mi nombre apareciera al lado del tuyo.

Don Rodrigo apretó con calidez la mano que su hija tenía apoyada sobre el mantel blanco.

—No sabes lo feliz que acabas de hacerme.

El bonito momento quedó interrumpido por los gritos de su madre al entrar en la sala.

—¿Se puede saber qué has hecho con las sábanas de tu cama? Avelina dice que están rotas, las has convertido en trapos.

—Ah, las sábanas —repitió con fingida indiferencia y un

nudo en el estómago—. En el dispensario necesitamos lienzos con los que curar las heridas y hacer vendas. Como están usadas he pensado que no te importaría que les diera otra utilidad.

—¿Usadas? Pero si las compré en El Siglo antes de Navidad.

—Uy, pues no me di cuenta.

Su madre iba a montar un escándalo, pero su padre intervino.

—Elvira, la niña dice que no se va a Londres.

—Sí, mamá, y deja de buscarme un marido, por favor.

—¿De verdad que no piensas regresar a ese hospital?

Su madre se le abrazó y sollozó en su hombro.

—No sabes lo feliz que me haces. Una madre quiere siempre a sus hijos cerca y cuando se alejan su corazón se queda partido. Lo celebraremos esta noche, recuerda que tenemos un invitado, no seas tiquismiquis.

Rio y con ella sus padres.

Si ellos hubieran sabido lo que su corazón sentía...

Mariona se pasó todo el día esperando que llegara la hora de la cena. Iba a ver de nuevo a Bernat y no sabía cómo reaccionaría delante de él ni si podría reprimir todas las emociones que brincaban en su pecho.

«Tendrás que hacerlo —se dijo—. No hace falta que seas un libro abierto».

Se había prometido buscar un momento a solas y confesarle que había roto con Howard el mismo día en que él la fue a buscar para traerla a Barcelona. Aquel asunto sin resolver se le había hecho tan pesado como una carga. Lo había puesto entre ellos dos como defensa para no sentir, para que Bernat no supiera que lo seguía amando. Había estado tan dolida con él que no sabía en qué momento levantó sus defensas, pero, aunque no era ninguna excusa, había estado tan ocupada y disfrutaba tanto de cada encuentro que siempre pensaba que se lo diría al día siguiente y luego se reirían.

De nada le servía lamentarse en aquel instante; se lo diría por la noche, después de la cena, y él lo comprendería porque la quería. No se lo había dicho así de claro, pero ella lo sabía. De lo contrario, no tenían sentido las palabras bonitas que le decía para enamorarla.

Procuró mantenerse ocupada para no pensar en la noche anterior, aunque su mente evocaba la intimidad vivida cada vez que tenía un rato libre. Vibraba al rememorar el contacto del duro cuerpo de Bernat contra el suyo, las palabras susurradas al oído, las caricias lascivas, los besos, su propia osadía al querer tocar una piel que le pareció de terciopelo. ¿Cómo era posible poder sentir tanto, en un espacio de tiempo tan corto? Bueno, corto no había sido, pero sí tan intenso que le costaba respirar cada vez que el recuerdo la sacudía.

Era consciente de que aquella experiencia cambiaba muchas cosas. Cuando lo tuvo desnudo junto a ella no fue capaz de pensar en otra cosa que no fuera el anhelo de sus caricias y de sentirlo dentro. Había escuchado tantas habladurías sobre el tema que quería comprobar por sí misma si todas aquellas mujeres mentían sobre cómo era la relación íntima entre un hombre y una mujer. Había oído cosas buenas, malas y regulares. Para algunas mujeres la experiencia había sido tan desagradable que procuraban evitarla, otras solo deseaban repetirla, mientras que otras tantas lo vivían como una obligación.

Había llegado a la conclusión de que la diferencia quizá se debía a la pareja masculina. Fuera como fuese, ella había tenido un amante de excepción. Bernat la había cuidado, había estado atento y no había sido nada egoísta, y para su sonrojo era un amante fabuloso. Deseaba con ardor repetir la experiencia y la sola idea de continuar su vida sin él se le hacía insoportable.

Lamentó que se hubiera marchado mientras ella dormía, porque le habría gustado decirle adiós, compartir un último beso en la madrugada. Ni siquiera pensó en el riesgo al que se exponía. Si al regresar de la fiesta a su madre o su abuela les hubiera dado por acudir a su alcoba y los hubieran encontrado yaciendo juntos, en aquel instante estaría frente a la inquisición familiar, la tildarían de desvergonzada y —se rio—, a aquellas horas lo mismo ya estaba casada.

«Casada».

Aquella palabra que tantas veces le había generado escalofríos, en aquel momento le agradaba.

Sin embargo, como un castillo de naipes, todas sus ilusiones, todo lo que había imaginado para aquella noche, se desmoronó. Bernat no acudió a la cena ni tuvo la consideración de enviar una nota que justificara su ausencia.

Eran las doce del mediodía y Mariona estaba muy contrariada. Durante el día anterior había pasado por diferentes estados de ánimo. A la emoción primera del despertar pensando que había sido la mujer de Bernat, le siguió la expectativa del encuentro y por fin la desilusión de su ausencia. Se había acostado temprano, en la misma cama que la noche previa había sido un santuario de pasión. Volvió la mañana y la decepción bailaba en su pecho, junto con la apatía.

Era extraño que Bernat no se hubiera comunicado con ella en todo el día, y la desidia de olvidar la invitación de su madre no era propia de él. Sin embargo, después de tantas horas de darle vueltas a la cabeza, una idea se había abierto paso entre todas las que se le ocurrían.

«Ya te ha conseguido, ha perdido el interés».

No quería creer eso, no quería tenerlo ni siquiera en

consideración, y se prometió darse tiempo y confiar en que Bernat iría a verla.

Pasó consulta como si fuera una máquina, centrada en los pacientes. Hubiera deseado que fuese uno de aquellos días en los que iba al dispensario, porque de ese modo no tendría que esforzarse tanto en disimular su humor.

A la hora de la comida, al llegar al comedor, solo el abuelo estaba sentado a la mesa. Mientras esperaban al resto de la familia, él le preguntó en un susurro qué amohinaba su corazón.

—Estoy bien, abuelo. ¿Tan mal se me ve? —bromeó.

—Estas hermosa, como siempre, pero tus ojos parecen tristes. ¿Te ha pasado algo?

—No, nada, tal vez estoy un poco cansada.

—¿Cansada? Cansado puedo estar yo a mis años. Deberías salir a caminar. Un buen paseo te dará más vigor. Que no te asuste el frío.

Pensó que no podía dejarse llevar por la apatía. Bernat seguía inmerso en una investigación para su artículo y tal vez estaba tan involucrado que no había podido comunicarse con ella. Decidió que la idea de dar un paseo no era tan mala y trató de sacudirse del pensamiento todas las dudas.

—Tienes razón, los días que no voy al dispensario camino menos. Y el ejercicio es salud —respondió riendo, y dio por zanjada la conversación.

A primera hora de la tarde, la ansiedad no la dejaba tranquila y resolvió que no se sentía rebajada si era ella la que daba el paso de buscarlo. A aquella hora estaría en el periódico. Marcó el número de la operadora y pidió que la pusieran con el periódico *La Vanguardia*, con la redacción. Atendió un hombre que se identificó como Juan Cámara.

—Soy la doctora Losada, quisiera hablar con el señor Ferrer, Bernat Ferrer.

—Un momento, doctora.

Mariona, con el corazón en un puño, escuchó que el hombre preguntaba por Bernat. De fondo se oía un murmullo, pero no pudo identificar qué decían. El periodista volvió a dirigirse a ella.

—Mire usted, ahora mismo no está.

—¿Sabe cuándo regresará?

—No lo sé, a veces sale y entra o trabaja en su casa. Si quiere puede dejarme un recado y se lo daré en cuanto lo vea.

—No, no es necesario. Muchas gracias.

Colgó el auricular.

La espera la exasperaba.

Habían pasado dos días, tres si contaba la noche que vio a Bernat por última vez, y toda su paciencia y comprensión se habían ido al traste.

Bernat se había burlado de ella.

El fantasma de sus miedos se había atrincherado en su pecho. ¿Para qué la había perseguido y seducido con tanto empeño si luego no era capaz de comprometerse o dar la cara siquiera?

Su mente no le daba tregua y tan pronto se arrepentía de haberse entregado y entre sollozos, en la intimidad de su habitación, se decía que se había burlado de ella, como encontraba una excusa que lo disculpaba. Pero el dolor siempre acababa emergiendo.

«Me ha engañado, me ha engañado de nuevo».

Se justificaba diciéndose que era una mujer adulta, que había aceptado aquella relación íntima con deseo y había estado de acuerdo en seguir adelante. Si él una vez probado el caramelo se había arrepentido de sus palabras y daba un paso atrás, o si tras haber conseguido lo que deseaba no era capaz de dar la cara como un hombre, entonces no era la persona que había pensado que era. Por mucho que lo intentaba no encontraba defensa a su conducta y su corazón empezó a llenarse de dudas, dudas de si había hecho lo correcto al rechazar al señor Allen. Una vocecita interior le dijo que eran cosas distintas. Ella no amaba a Howard como él merecía, ni como ella esperaba.

Esa mañana, antes de ir al dispensario, decidió pasarse por el periódico en persona para enfrentarse a Bernat. En los últimos días había llamado varias veces, ya que en su casa no atendía, pero la respuesta siempre era la misma: «Está ausente». Sin embargo, en el último momento le pidió a Silvio que la llevara a la calle Balmes. Era temprano y con seguridad Bernat estaría a punto de salir de casa.

No pensaba recriminarle nada, o tal vez sí, pero quería decirle en la cara que era un canalla y que no quería volver a verlo.

Ignoró la mirada que le dedicó el portero cuando se dirigió a la escalera que llevaba al piso de Bernat y la atribuyó a que no eran horas de visita. Iba a tocar la aldaba de la puerta, pero decidió girar la palomilla de la pared y oyó que sonaba un timbre en el interior de la casa.

Para tener las manos ocupadas sostenía su maletín de médico con las dos manos. Así controlaba sus nervios y era una manera de evitar arrearle con él en la cabeza cuando lo viera. Captó el ruido de los pasos que se acercaban y se preparó. Eran pasos lentos y pensó que lo mismo lo acababa de sacar del sueño de los borrachos. No iba a ser la primera vez, ni el primer hombre, que se pegaba una fiesta de varios días.

Cuando la puerta se abrió apareció una señora con traje negro, delantal banco y una cofia.

—Buenos días, ¿qué desea?

La amabilidad de la mujer le hizo atemperar su voz.

—Buenos días, soy la doctora Losada. Estoy interesada en hablar con el señor Ferrer, ¿podría anunciarme?

—El señor Ferrer no está.

—¿Ya se ha marchado?

—Debió de salir de viaje hace un par de días, porque yo vengo todas las mañanas a limpiar y lo encuentro todo tal como lo había dejado.

La noticia la turbó. Tal vez se había ido a Reus. Gonzalo le había dicho que visitaba poco la hacienda, pero de vez en cuando tenía que ir para arreglar cuentas con el administrador. Aquello no la dejó más tranquila. Lo que la mataba era que no le hubiera dicho nada.

—¿Podría dejarle una nota?

—Por supuesto, si es tan amable de pasar.

La sirvienta se hizo a un lado y entró. A su mente acudió la música que habían escuchado y también las caricias y los besos que habían compartido en aquella estancia.

—Disculpe mi indiscreción, ¿es usted la hermana del doctor Losada, la que vivía en Londres?

—Sí, María Elvira Losada.

—Ya me lo parecía, alguna vez oí al señor hablar de usted.

Mariona rebuscaba en su maletín, pero no encontró ningún papel ni nada para apuntar.

—¿Tendría papel y pluma?

—En el escritorio del gabinete. Acompáñeme, por favor.

La mujer llevó a Mariona hasta el despacho de Bernat y le cedió el paso para que entrara.

Ella recorrió con la mirada la estancia, una habitación muy masculina. Se dirigió a su mesa para echar un vistazo a los papeles que había encima y que parecían escritos sin terminar. Abrió el cajón central y vio que allí había muchos más, casi desperdigados.

Tomó una hoja que le pareció en blanco y cogió la pluma que había en una bandejita, la mojó en el tintero y, cuando iba a escribir, se dio cuenta de que el dorso ya había sido empleado. Abrió mucho los ojos al ver que era una misiva dirigida a ella, fechada hacía mucho tiempo.

Queridísima María Elvira, mi dulce Mariona:

Cada día me digo que esta será la última carta que te escriba, pero ya se ha hecho una costumbre.

Mañana parto para Chicago, seré el corresponsal que informe de la feria mundial que se celebrará allí este año. Será interesante ver a los americanos; con este evento quieren celebrar que hace cuatrocientos años Colón llegó a aquellas tierras. Se dice que han construido una noria, una gran rueda de más de ochenta metros de altura. Subiré en ella y pensaré en ti cuando esté en lo más alto, cerca del cielo...

Mariona dejó de leer y con la mano movió el montón de papeles que inundaba aquel cajón. Cogió otros y en cada uno de ellos Bernat le contaba, bajo el mismo saludo, algo de su día a día.

Se reclinó en el respaldo y trató de analizar qué significaban aquellas cartas, cartas que nunca envió, pero todas estaban dirigidas a ella.

«Maldito Bernat, cada vez te entiendo menos».

Soltó los pliegos que sostenía en la mano y, al abrir un cajón lateral, encontró hojas en blanco. Tomó una y con ironía escribió:

Queridísimo Bernat, mi dulce tormento:

Te escribo estas letras que espero que leas. No sé a qué obedece tu silencio, quizá es algún tipo de castigo. Así que te despido con este poema de lord Byron:

Si pretendes con tenaz empeño
seguir indiferente tu camino...
obedece la voz de tu destino
que odiarme puedes; olvidarme no.

M.

Sonrió con malicia. Dobló la hoja y escribió en el dorso «Bernat», luego la depositó bajo el tintero, de forma que se viera bien el nombre. Al instante recapacitó y pensó que no era un buen sitio. La cogió y la dejó caer sobre las demás, dentro del cajón.

Mariona salió de la casa de Bernat con la tranquilidad del que dice adiós. Si él quería evitarla, ella no iba a perseguirlo. Su preocupación acababa allí.

25

Llegó al dispensario y dejó de lado todas sus cavilaciones. Las primeras visitas ya esperaban en la sala dispuesta para ello. Hizo pasar a la primera y, casi sin darse cuenta, se centró en el trabajo y se olvidó de Bernat.

Desde hacía un tiempo Concha había establecido un pequeño ritual a media mañana: ambas hacían un descanso en sus tareas y se tomaban un café con leche. En ocasiones lo combinaban con algún emparedado o, de forma extraordinaria, con un dulce. Ese día, Mariona agradeció que su enfermera hubiera sentido el capricho de pasarse por una pastelería cercana. El chocolate le encantaba, así que le resultó reconfortante, tal como estaba su ánimo.

—Entiendo que abusar sea un pecado —observó la asistente tras ingerir el último bocado, y la hizo reír. Luego se puso más seria y añadió—: Es una suerte que usted viniera, desde entonces hemos aumentado las visitas y las monjas están muy satisfechas. El médico anterior no tenía ni la mitad de pacientes. —Concha hizo un silencio, se limpió la boca con una servilleta y cambió de tema—. Quisiera comentarle algo, doctora.

—Tú dirás.

—Verá, había pensado que vienen bastantes muchachas que no saben leer ni escribir. Muchas son pobres o tienen lo justo para vivir; otras no encuentran otra salida en su vida que la prostitución, pero todas tienen capacidad para conseguir otro futuro. Si pudiéramos enseñarles... En el barrio no faltan comercios donde necesitan dependientas, pero no pueden acceder a esos puestos de trabajo porque son analfabetas. Mi difunto, que en gloria esté, no me respetó como debería hacerlo un esposo, pero me dio un poder que jamás pensé que podría tener. Me enseñó a leer y a escribir, y yo quiero hacer lo mismo con otras jóvenes. Con los libros aprendí que había otra vida.

—Es una idea muy buena, Concha. No sé qué opinarán las monjas, pero por la tarde podrías organizarlo. En la sala del fondo hay espacio.

—A ellas les parece bien, pero me han dicho que usted debe estar de acuerdo.

—¿Dejarás de ayudarme?

—No, no, ni mucho menos. Me encanta trabajar con usted —afirmó—. Pero si a usted le parece bien y el doctor Figueras no se opone, entonces organizaré mis clases.

Concha parecía contenta con aquella labor que pretendía iniciar. Le guiñó un ojo y murmuró bajando la voz:

—Ya tengo medio convencido al dentista. Cuando estuvo resfriado le traje caldo de mi casa y se lo tomaba como si fuera agua bendita. Algunas veces, al cerrar el dispensario, me acompaña hasta mi portal.

—Concha, no me digas que hay un romance a la vista —bromeó.

A la enfermera casi se le saltaron las lágrimas de la risa, luego, recobrada la compostura, se defendió.

—No, doctora. Mire que yo no tengo edad para tontear y él tampoco, pero cuando se le conoce no es tan fiero. Entonces ¿qué me dice? ¿Puedo organizarlo?

—Por supuesto, y si puedo te ayudaré.

Estaban a punto de retomar su actividad cuando un chiquillo que no tendría más de ocho años se coló en todas las dependencias del dispensario hasta dar con ellas.

—Mozalbete, deberías aguardar en la sala de espera, como todo el mundo —lo riñó Concha.

—Pero si no hay *naide*.

—No hay na-die —corrigió la enfermera.

—Pues eso. Traigo un recado para la doctora.

Mariona desconfió.

—Yo soy la doctora Losada.

El niño le tendió un papel bastante arrugado.

—¿Quién te envía? —preguntó a la vez que lo cogía.

—La Charito dijo que solo podía darle esto a usted.

Apenas pudo darle las gracias, porque antes de desdoblar el papel, donde había escritas cuatro líneas escasas, el chiquillo salió corriendo. Sin embargo, como si hubiera olvidado algo, gritó una dirección y luego se marchó.

—¡Dios santo!

—¿Malas noticias, doctora?

—No estoy segura. Aquí pone que una mujer ha sufrido una agresión, la han herido con un cuchillo y, si no entiendo mal, dice que la han mordido.

—¿A la Charito? —preguntó Concha con extrañeza—. Esa estuvo aquí hace unos días.

Mariona cedió el pedazo de papel a la enfermera y ella corroboró lo que estaba escrito, con una letra bastante mala y faltas de ortografía. Su mente hiló las ideas muy rápido. Era la tercera víctima a la que mordían, y las dos anteriores estaban muertas. No podía ser una simple y desgraciada casualidad.

—Voy a ir a verla, puede que sea grave y necesita ayuda, pronto.

—¿Quiere que la acompañe?

—No, seguro que viene gente por aquí. Si hay que poner alguna inyección, ya sabes cómo se hace, y si ves que es grave consulta al doctor Figueras. Aunque lo mejor sería que esperaran o que volvieran mañana.

Se comió el orgullo y telefoneó al periódico. Bernat estaría interesado, si no en ella, sí en el caso. La voz conocida de Juan Cámara la recibió.

—Buenos días, quisiera hablar con el señor Ferrer, es urgente. Soy la doctora Losada. Se trata de...

—El señor Ferrer está ausente de la ciudad.

—¿Podría decirle que se trata de un nuevo caso, uno similar al que él investiga?

—Le pasaré su recado.

Mariona se quedó con el auricular en la mano. Durante unos segundos pensó qué hacer. Si Bernat había decidido irse a Dios sabía dónde, ella no iba a esperarlo sentada ni dejaría de investigar qué les ocurría a esas mujeres. Se recordó que su primera labor era asistir a los enfermos y a los desvalidos, de modo que debía procurar cuidado a la mujer que había reclamado su servicio. Después ya atendería su orgullo herido. Pensaba desterrar a Bernat de su mente y de su corazón antes de que el reloj con carillón del salón de su casa anunciara la medianoche. Pero en aquel instante la prioridad era otra.

Cogió su maletín y revisó que no le faltara instrumental ni lienzos para curar las heridas. Sacó de un cajón unos cuantos más y sonrió con amargura. Eran las vendas que ella misma había hecho con las sábanas de su cama. Ignoró el dolor que el recuerdo le causaba, los lanzó dentro del maletín y lo cerró.

Mariona llegó a la dirección que aquel chiquillo sin nombre había vociferado. Desde que su familia supo que trabajaba en el dispensario, Silvio, uno de los cocheros de su casa, era su custodio. La llevaba y acompañaba a las visitas domiciliarias y, cuando no tenían que salir, la esperaba en una salita jugando un solitario a las cartas. Ella había intentado que regresara a casa y volviera cuando acababa su turno, pero él tenía órdenes de quedarse. Había sido toda una suerte que estuviera allí y, por primera vez, agradeció la manía de su padre de protegerla y de que no estuviera sola. Pensó que sería muy adecuada su compañía, ya que no sabía a quién podía encontrar en aquel lugar.

Era un edificio estrecho de pocas plantas, cuya fachada estaba bastante deteriorada. Se cercioró de que aquel era el número al que debía ir y, cuando se disponían a cruzar el umbral y subir la larga escalera que se podía ver desde la entrada, un hombre les impidió el paso.

—Espere, señora, no se puede pasar.

—¿Cómo dice...? —Mariona reconoció la voz y, al levantar la vista hacia el hombre, descubrió en su rostro la misma sorpresa que debía de tener ella—. Inspector Galán, ¿qué hace aquí? ¿También lo han avisado?

—Eso mismo me pregunto yo... Estoy con cuatro hombres, hemos tenido un aviso de que hay peleas, temas de contrabando.

—¿En el tercero? Allí me dirijo yo, me han avisado de que hay una mujer herida.

Con pocos gestos, Galán dio órdenes a sus hombres para que cubrieran la salida y empezó a subir las escaleras. Mariona lo siguió y detrás, Silvio.

—¿Qué hace? Espere aquí, es peligroso.

—No se oyen ruidos. Si buscan a alguien, ya ha volado, y a mí me necesitan ahí arriba —replicó. Galán la observó con intensidad y luego a su acompañante. Ante la mirada del policía no quiso tentar su suerte y se dirigió al cochero—: Espéreme, Silvio, iré con el señor inspector.

—No me moveré de aquí, señorita —respondió el cochero tras vacilar un segundo, y señaló la puerta.

El policía debió de adivinar que ella no iba a desistir de su idea y que no lograría convencerla, porque le dio instrucciones.

—Manténgase detrás de mí y entrará cuando yo le dé paso, ¿de acuerdo?

—De acuerdo.

Subieron el primer piso y Mariona le explicó en un susurro que había recibido el aviso de que una mujer había sido atacada, que la habían mordido y acuchillado.

—¿En serio?

—¿No me cree?

—Sí, doctora; solo me extraña.

El edificio era viejo y la escalera, estrecha. Mariona cambió de mano el maletín de médico y se agarró a la baranda de hierro antes de subir peldaño a peldaño hasta que llegaron a la última planta, un rellano con dos puertas. El policía inspeccionó la primera y vio que era un terrado, la otra correspondía a una vivienda. Cuando Mariona fue a llamar con los nudillos, la puerta cedió y quedó entreabierta. Galán, suspicaz, le pidió que no se moviera, sacó un arma que debía de guardar bajo su brazo, en el interior de la prenda de abrigo, y entró. Mariona escuchó al instante un ruido de sillas arrastrarse por el suelo y de repente un hombre corpulento salió, la derribó de un empujón y corrió escaleras abajo. Galán apareció tras él y durante una fracción de segundo lo vio dudar. Mariona supuso que sopesaba si debía seguirlo o atenderla. El inspector masculló algo que ella no entendió y le tendió la mano para ayudarla a levantarse.

—¿Se ha hecho daño?

—No, estoy bien.

Con cautela entraron en el piso. La primera estancia era

un pequeño comedor amueblado con un sofá bastante raído, varias sillas y una mesa sobre la que había restos de comida. El policía se dirigió a un pasillo, mientras ella curioseaba en la estancia. Tras una cortina se abría una cocina diminuta.

—¡Doctora!

El grito del policía la asustó. Se volvió con rapidez y se dirigió hacia el lugar del que provenía su voz.

Jamás habría imaginado lo que encontró. Un alarido de horror escapó de su garganta. Tirado sobre un jergón, yacía Bernat, con la ropa ensangrentada. La camisa que había sido blanca no conservaba nada de aquel color. Corrió hacia él y se arrodilló en el suelo. Tenía la cabeza húmeda y, al palparla, el guante se le manchó de sangre. Se lo quitó y buscó otras heridas.

—¡Dios mío, Bernat!

Con dos dedos, temblorosa, buscó el pulso en su cuello.

—¿Está muerto? —preguntó Galán con voz áspera.

Ella lo miró con el rostro lleno de angustia.

—N-no —sollozó. Luego se aclaró la voz—. No, pero está muy débil.

Él debió de comprender que había sido un insensible y le transmitió ánimos.

—Ferrer es un hombre fuerte, y cabezota —bromeó.

Mariona lo vio salir del cuarto, supuso que para inspeccionar el resto del piso. No pudo retener por más tiempo la angustia y las lágrimas rodaron por su rostro a la vez que se lamentaba por los pensamientos que había tenido con relación a su ausencia. Los remordimientos se le clavaron en el corazón como un puñal. Quiso abrazarlo, pero antes debía comprobar si tenía más heridas.

Con cuidado abrió la camisa, desgarrada a la altura del corazón, y vio la marca de un cuchillo afilado, pero por fortuna era un corte poco profundo. Sin embargo, no era el único que le habían infligido. La herida que realmente la preocupó fue la incisión que descubrió en el costado, pues sangraba bastante. Sobre ella había un trozo de tela oscura con la que alguien había intentado taponar la herida. Le extrañó que unos maleantes lo maltrataran y atacaran, y luego cuidaran de que no se desangrara. Tenía otras magulladuras y arañazos, pero con la sangre seca.

Sacó lienzos del maletín y, tras desinfectar la herida, la taponó de nuevo, antes de curar el corte del pecho. Revisó el torso y los costados en busca de otras lesiones, y no le gustó nada una zona hinchada a la altura de los riñones.

Realizó todas las curas sorbiéndose las lágrimas, con un control férreo de sus emociones, que le pedían derrumbarse.

—¡Qué horror has pasado! —sollozó y trató de reanimarlo. Descubrió que su respiración era cada vez más trabajosa—. Bernat, Bernat, soy yo, Mariona. ¿Me oyes? Estoy aquí... Quédate conmigo.

Bernat no se movía, y si daba la impresión de hacerlo era porque Mariona, apoyada en el camastro, lo zarandeaba un poco. Las lágrimas, la culpa y el miedo volvieron a apoderarse de ella.

—No puedes dejarme sola, ¿me entiendes? —gimoteó—. No te vayas ahora que me has obligado a quererte de nuevo. Te quiero tanto... Ahora no podría soportar que me abandonaras. Estos días sin saber de ti han sido horribles... Despierta, mi amor, despierta, que tengo que decirte muchas cosas —susurró con voz entrecortada apoyada en su pecho, sin importarle que su propia ropa se manchara. Se arrepentía tanto de haberle ocultado sus verdaderos sentimientos que si lo perdía jamás podría superarlo. Acarició su rostro magullado con la esperanza de que abriera los ojos, pero estos parecían dos líneas negras que se negaban a ver la luz.

Nerviosa porque Bernat no respondía, espetó—: ¡Despierta! Maldita sea. Me casaré contigo, estúpido valiente, pero ni se te ocurra morirte.

—Aquí no hay nadie más —afirmó Galán al entrar de nuevo en la habitación. Ella se retiró las lágrimas de la cara con la mano—. ¿No dice que le dieron aviso de que había una mujer herida?

—Sí, un chiquillo me dio esta nota. —Mariona le entregó el papel que extraje del bolsillo secreto de la falda. El inspector lo examinó con ojo crítico y se lo guardó—. Dijo que la Charito le pidió que me lo entregara.

—¿Conoce a esa mujer?

Mariona atendía a Bernat mientras respondía al policía. Quizá aquello le templó los nervios. Deseaba tanto abrazarlo que, sin importarle que el inspector la viera, por un momento se cernió sobre el cuerpo inmóvil de Bernat y lo estrechó entre sus brazos. Le pareció escuchar un gemido y se incorporó de inmediato para responder a Galán.

—Sí, ha venido al dispensario alguna vez.

Alguien llamó al policía desde la distancia y este miró con tensión a Bernat y luego a ella.

—¿Cree que podrá moverse?

—No responde, se ha desvanecido, con seguridad por la pérdida de sangre, pero hay que llevarlo al hospital... —Palpó la cabeza y revisó el apósito del costado, que volvía a empaparse de sangre—. Es muy urgente que lo trasladamos.

Desde alguna estancia de la casa volvieron a reclamar al inspector y este salió de nuevo del cuarto. Mariona se afanó por revisar si Bernat tenía huesos rotos y maldijo su impotencia. En aquellas condiciones no podía saber con certeza si tenía alguna herida interna de gravedad. Rezó en silencio a todos los santos, a la Virgen y al mismo Dios para que no se llevara a su amado. Lo que más la asustaba no era la herida del pecho o el golpe de la cabeza, sino que Bernat no respondía. Si no se daban prisa, podía morir por la incisión del costado. Tenía aspecto de haber recibido no una, sino varias palizas, y se preguntó quién podía odiarlo tanto, aunque tal vez la agresión obedecía a la investigación que llevaba a cabo.

Trató de componerle la ropa y cubrirlo con una sábana para poder sacarlo de allí, y descubrió, para su dolor, que el pantalón que vestía era el mismo que ella le había visto la noche que pasaron juntos.

No quería pensar que fue esa noche cuando había desaparecido. La culpabilidad se adueñó de ella aún más.

Tenía varias heridas importantes y dudó de sí misma como nunca lo había hecho. Repasó una y otra vez las acciones que había realizado por si había algo que había pasado por alto o eran las apropiadas. Concluyó las curas imprescindibles: unos puntos de sutura, desinfección de rasguños y cortes, y afianzó los vendajes improvisados, no podía hacer mucho más. Bernat estaba lívido. Un charco de sangre había empapado el mugriento colchón y, por más que lo llamaba, no respondía.

Galán apareció con dos hombres, fornidos como armarios roperos, y ni siquiera le dio tiempo a decir nada. Ella se puso en pie y empezó a dar órdenes.

—Necesito llevarlo al hospital.

—Mis hombres la ayudarán, su cochero la espera junto al carruaje —anunció Galán—. Yo he de marcharme, hemos conseguido reducir al sospechoso y lo llevamos a la comisaría. Todavía no sé si Ferrer tiene un ángel de la guarda o si el hecho de hacerla venir a usted aquí, y de paso a nosotros, era una trampa.

El inspector se despidió y Mariona supervisó a los hombres, que levantaron el cuerpo de Bernat y, como si fuera un saco de plumas, lo bajaron por la angosta escalera. Silvio había traído el coche hasta la misma puerta y, con Bernat tumbado en el asiento de su berlina, se marcharon de aquel aciago lugar.

Mariona llegó al hospital de la Santa Creu y con premura solicitó ayuda. Varias monjas se hicieron cargo del herido y alertaron con rapidez a dos médicos. Quiso explicar las acciones que había realizado y las sospechas que tenía sobre las heridas. Se identificó dos veces como doctora, aunque quizá fue el apellido Losada, más que sus palabras, lo que hizo que uno de ellos, con cierta petulancia, la escuchara. Pidió que avisaran a su padre y, cuando terminó de relatar lo sucedido, el médico, un joven que parecía residente, le dijo que lo tendrían en cuenta y se marchó detrás del otro y las religiosas que se habían llevado a su amado.

Mariona se quedó sola en aquel pasillo, que nunca le había parecido tan desangelado e inhóspito. No pudo evitar cubrirse la cara con ambas manos, como si la sensación de malestar, angustia, turbación y rabia fuese a desaparecer tan solo con cerrar los párpados. Las lágrimas volvieron a inundar sus ojos y, en la soledad de aquel espacio, lloró el dolor que le apretujaba el pecho y no la dejaba respirar.

Cuando se recobró, se dio cuenta de que a sus pies estaba su maletín; recordaba haberlo tenido en la mano, asido fuerte como si fuera su tabla de salvación. Lo cogió y lo dejó sobre una de las tres únicas sillas que amueblaban el corredor. Tomó uno de los lienzos del interior del bolso de cuero y se limpió la cara. Luego, con el ánimo sereno y el corazón encogido, fue en busca de una religiosa y encontró a una en un pasillo adyacente. Se identificó como la doctora del dispensario de Atarazanas y le informó con brevedad de que había traído a una persona herida y necesitaba lavarse un poco. La monja, con la serenidad pintada en su rostro, la acompañó hasta una sala donde había un retrete y una gran pila donde asearse. Mariona se lavó las manos y la cara y miró su reflejo en el espejo que había colgado en la pared. No se parecía en nada a la mujer que había salido de casa aquella mañana. Se arregló el recogido y alisó sus ropas. No trató de limpiar la sangre que tenía en las mangas o en las solapas de su chaqueta, haría más grande la mancha. Al salir, la monja la esperaba con una taza humeante.

—Tome, son unas hierbas, la relajarán —le ofreció. Mariona aceptó y le agradeció el gesto. Bebió un sorbo y reconoció que aquel líquido caliente la reconfortaba—. Confíe en el Altísimo y no desespere.

Mariona asintió y terminó de beberse la infusión. En ningún momento había comentado la relación que la unía al herido, pero su rostro debía de decir mucho más de lo que pensaba.

—Si necesita algo, estoy en aquella sala. —La monja señaló hacia el final de la estancia—. No dude en pedirme lo que sea.

—Soy la doctora Losada —se presentó al reparar que no había dicho su nombre al identificarse como la responsable del dispensario. La religiosa asintió y ella preguntó esperanzada—: ¿Podría averiguar si han avisado a mi padre, el doctor Losada? Es cirujano en el hospital.

—Sé quién es. Iré a buscarlo personalmente, no se preocupe.

Regresó al pasillo donde le habían indicado que aguardase. Entonces se dio cuenta de que Silvio estaría en la calle Hospital, esperando noticias. Salió en su busca y con él mandó recado a su casa y también a Gonzalo, al sanatorio, para que supieran lo que le había sucedido a Bernat. Luego regresó a aquel triste corredor solitario y se sentó a la espera.

Don Rodrigo no tardó en aparecer, pero tras relatarle lo

ocurrido la dejó de nuevo sola, con la promesa de regresar con noticias de cómo seguía Bernat. Su hermano se presentó una hora después.

—No he podido venir antes, ¿qué se sabe?

—Nada, no me dicen nada, estoy desesperada —sollozó.

Gonzalo se sentó a su lado y le tomó una mano entre las suyas, mientras ella reclinaba la cabeza en su hombro.

—Me da tanto miedo que no lo supere...

—Cuéntame, ¿qué ha pasado?

Mariona le relató lo ocurrido desde que aquel chiquillo había aparecido por el dispensario hasta llegar al hospital, sin obviar que desde la fiesta de los Casamunt no había vuelto a verlo y parecía que la tierra se lo hubiera tragado, aunque omitió que su pensamiento principal había sido que la evitaba y que se había burlado de ella. No quería descubrirse ante su hermano. La voz se le quebró más de una vez y en todos esos momentos tuvo que parar de hablar para controlar la emoción que se le atascaba en la garganta y le impedía continuar.

—¿Por qué no me dijiste que llevabas días sin saber de él? Mamá me dijo que te visitaba algunas tardes. ¿No os habréis peleado?

Ella negó con la cabeza. Quería disimular, se moría de vergüenza al hablar de aquello con su hermano; su hermano el psiquiatra, que algunas veces parecía saber leer la mente.

—Investigamos juntos los casos de mujeres que han sufrido un tipo muy particular de ataque.

—Comprendo.

Gonzalo hizo un silencio y Mariona se imaginó lo que podría estar pasando por su mente. Como por ejemplo, que le mentía.

—No te engaño —se apresuró a añadir—. Después del caso de Jacinta Soler, atendí a una joven con heridas similares.

Un día leí en el periódico que habían encontrado a una mujer sin vida y su descripción me la recordó. Hablé con Bernat y llegamos a la conclusión de que quizá había más mujeres que habían sido atacadas de la misma forma. Las heridas que tenían ambas jóvenes eran muy parecidas, unas marcas muy singulares en su piel. Algunas eran mordeduras humanas, pero destacaba la precisión de algunos cortes, y esos datos no habían aparecido en la prensa. Fuimos a la policía y hablamos con un amigo de Bernat... Quizá lo que le ha pasado es porque se acercó bastante a algo.

—Seguramente... ¿Y no se os ocurrió preguntarme? Sin duda quien hace eso a las mujeres tiene un trastorno.

—Yo pienso que quien hace eso no está loco, sino que es un ser malvado —respondió ella—. Y no te dijimos nada porque no se nos ocurrió.

Se quedaron callados durante unos segundos, pero Mariona necesitaba desahogarse.

—¿Sabes que se quedó en Londres por mí? —inquirió a Gonzalo, evitando su mirada.

—Sí, me dijo que iba a conquistarte.

—Pudiste avisarme.

—Te quiere y es mi mejor amigo, y tú estabas molesta con él, así que lo mejor era no entrometerme. Teníais que arreglar vuestras cosas.

Durante un rato los hermanos compartieron recuerdos sobre Bernat. Supuso que Gonzalo le daba conversación para que liberara la angustia que tenía retenida, porque no solo hablaron del herido, sino también de Inés, que ya estaba mucho mejor y había retomado sus actividades, e incluso del señor Allen. Mariona le contó que ya no tenía nada con él, pero que aún no se lo había dicho a Bernat. Aquello le mereció una reprimenda. No tenía excusa.

—Entonces ¿no le has dicho que lo amas?

—Es que hasta hace muy poco no me di cuenta de que

mis sentimientos habían cambiado. Me decepcioné mucho y he necesitado tenerle de nuevo confianza.

Al confesar en voz alta que amaba a Bernat, Mariona se sintió liberada, pero se recrudeció su temor a perderlo sin haber podido decírselo. Su hermano, con una pregunta tan sencilla, había conseguido que se enfrentara a sí misma. Al escucharse rompió a llorar.

Si lo perdía no iba a poder superarlo.

26

Al despertar, lo primero que percibió Bernat fue un olor a lavanda. No se atrevía a abrir los ojos por temor a que su mente lo traicionara y aquel loco lo siguiera torturando, pero el susurro de unas voces conocidas lo animó a enfrentarse con la realidad.

Estaba en una mullida cama de lo que le pareció un hospital, a juzgar por la austeridad de la habitación, aunque la visión que tuvo no podía ser más placentera. Junto a él, Mariona lo miraba con expectación.

—¡Ya despierta! —anunció a alguien a quien él no veía—. Hola, dormilón, pensaba que no querías verme.

—Yo siempre quiero verte —respondió.

—¿Cómo te encuentras? Nos has dado un buen susto —dijo la otra persona.

Ladeó la cabeza hacia la voz y vio a Gonzalo. Cuando trató de incorporarse sintió dolor en el pecho, aunque lo que lo paralizó fue un latigazo en el costado.

—Será mejor que no te muevas, las heridas aún están tiernas y, aunque llevas varios días dormido, tu cuerpo aún no se ha recuperado del todo —le explicó Mariona en tono profesional—. Papá te operó, esos criminales casi te seccionan una arteria del abdomen.

En aquel instante le vino a la mente lo sucedido.

Había salido de casa de los Losada con el recuerdo de Mariona en sus labios. Ella se había quedado dormida en sus brazos, y por mucho que deseara contemplarla hasta el alba, tuvo que dejarla y marcharse. Era demasiado arriesgado quedarse y que alguien lo encontrara allí.

Al llegar a la altura del edificio en el que se encontraba su casa, se cruzó con dos hombres; si no hubiera estado tan absorto en evocar cada minuto de aquella noche, se habría dado cuenta de que no pintaban nada en aquella zona de la ciudad. Cuando quiso darse cuenta, le habían puesto un saco en la cabeza y lo habían metido en un carruaje. Al forcejear no se anduvieron con tonterías y le asestaron un golpe que lo dejó sin sentido. Cuando despertó notó un regusto extraño en la boca y supuso que le habían dado alguna droga para atontarlo. Estaba sentado en una silla, atado de pies y manos. Por el silencio de la estancia intuyó que estaba solo. No sabía dónde se encontraba porque seguía con la cabeza tapada, aunque le llegaron ruidos de una calle. Enseguida el sopor le hizo adormilarse otra vez y, al despertar de nuevo, escuchó murmullos de una conversación a lo lejos.

—¿Recuerdas qué te ha pasado? —preguntó Gonzalo.

—Sí, me han dado la paliza de mi vida. Casi me matan, aunque ese no era el deseo de quien me retenía. Querían hacerme daño, el mayor daño posible sin matarme. Creo que era algún tipo de advertencia o de tortura, porque primero me golpearon duro y luego pasaron a otros métodos.

—¿Sabes quién ha sido? —preguntó Mariona.

—No, no podría decir ni qué querían de mí ni quiénes eran. Creo que me drogaron, porque no logro recordar qué decían y sus voces me llegaban amortiguadas. Se me mezclan recuerdos de conversaciones lejanas con la paliza que me dieron. Uno de ellos disfrutaba clavándome la punta acerada de un cuchillo, algo como un estoque. Pero en ningún momento me dejaron ver sus caras.

No le pasó desapercibido el cruce de miradas entre los hermanos y supuso que ellos sabían algo que él ignoraba.

—¿Quién me encontró? —preguntó.

Los hermanos volvieron a intercambiar una mirada y pensó que no se lo dirían, pero Mariona le explicó cómo lo hallaron. Su voz sonaba tensa, angustiada en algún instante, pero agradeció su fortaleza. Jamás imaginó que viviría una situación semejante, y pensar en el miedo de Mariona al encontrarlo le partía el alma, aunque gracias a su pericia y rapidez en sus cuidados podía contarlo.

—¿Han detenido al responsable? —inquirió al saber que un hombre escapó de la casa.

—Estamos a la espera de que la policía nos lo diga. Miguel Galán lleva la investigación —lo informó su amigo—. Has estado dos días dormido y pidió que lo avisáramos cuando despertaras. No sabemos nada, ha llevado el tema con mucha discreción, y ni siquiera ese ayudante tuyo, con lo espabilado que es, ha conseguido averiguar nada.

—Pero mira... —añadió Mariona con humor, y le mostró una hoja de *La Vanguardia*—. Has salido en tu propio periódico.

Mariona leyó parte del texto.

—«Bernat Ferrer, redactor de este diario y periodista entregado, fue secuestrado hace unos días. Ayer las fuerzas del orden lo localizaron en el lugar donde lo tenían retenido y lo liberaron. Al comprobar que había sufrido una paliza y heridas graves, fue trasladado de urgencia al hospital de la Santa Creu. Desde esta redacción, que es la suya, esperamos una pronta recuperación. Según se ha podido averiguar, en el lugar del secuestro, un piso de la calle Arco del Teatro, fue detenido un hombre que se había dado a la fuga en cuanto los agentes abordaron el inmueble. A la hora del cierre de esta edición todavía no se sabían las motivaciones del secuestro ni quién hay detrás de tan vil actuación. El señor Ferrer es un destacado...». ¿Sigo?

—No, por favor. Ya lo leeré luego.

Gonzalo miró su reloj de bolsillo.

—Son casi las dos, tengo que irme. Te dejo con tu enfermera privada. —Gonzalo miró a su hermana y esta se sonrojó. Bernat también la contempló y le gustó ver el rubor de sus mejillas. Su imagen lo había acompañado en aquellos momentos de incertidumbre en los que su mente salía del estupor y rumiaba sobre lo que le iba a ocurrir, temiendo por su vida—. Si te parece volveré más tarde y hablamos un poco.

—Aquí seguiré, no voy a irme a ningún sitio —bromeó.

Se despidió de su amigo y este le dijo que avisaría a Miguel Galán y al periódico de que había despertado. Por lo visto muchos se habían interesado por su recuperación.

Cuando Mariona se quedó sola con él, la observó en silencio. Ella se entretenía en arreglarle la cama y evitaba su mirada.

—Necesito preguntarte algo y espero que puedas responderme —señaló.

Ella seguía alisando la sábana y Bernat la sujetó de la mano para que se detuviera. Mariona lo contempló con nerviosismo.

—¿Qué quieres saber? —le preguntó.

—¿Es cierto lo que dijiste cuando me encontraste?

Ella se sorprendió de sus palabras y entonces Bernat supo que no lo había soñado. Mariona tardó todo un largo segundo en responder, se frotó una mano contra la otra, luego se sentó en la cama junto a él y lo miró de frente.

—Sí, es cierto —confesó. Bernat sintió la emoción moverse del corazón a su garganta, pero esta vez él tenía todos los sentidos bajo control—. Es cierto que te amo y lamento no haber sido sincera contigo, pero nada me une al señor Allen. Rompí con Howard antes de salir de Londres. No... no sabía cómo decírtelo, aunque al principio estaba tan dolida contigo que por eso lo callé.

Bernat sintió que su mundo se tambaleaba. Muchas veces había sospechado que Mariona no podía estar comprometida con el inglés, ella no era una mujer casquivana y había permitido que la besara en repetidas ocasiones y se le había entregado. Si de verdad hubiera sentido un mínimo de cariño hacia el señor Allen, jamás habría llegado tan lejos. Pero escucharlo de sus labios lo liberaba del remordimiento que alguna vez lo había atenazado. No quiso estropear aquel instante, comprendió que había tenido sus razones para mentirle tan descaradamente.

La contempló a la vez que ponderaba qué iba a responder a semejante revelación. Por un lado, se alegraba, aunque por otro le dolía que no hubiera confiado en él, que no lo hubiese creído en cada una de sus declaraciones. Pero Mariona acababa de admitir su amor y eso, aparte de estar vivo, era lo más maravilloso del mundo.

—Entonces no hay más que hablar —murmuró y notó que su corazón se aceleraba—. Solo necesito hacerte una pregunta más. ¿Crees que podrás ser sincera? No pienses si tu respuesta me causará pena o dolor, solo responde con la verdad.

Ella asintió repetidas veces con la cabeza y él trató de incorporarse para hacer más digna aquella petición, pero apenas pudo apoyar el codo en el colchón. Sin embargo, eso no le impidió hablar y tomarle una mano.

—¿Te casarás conmigo?

Mariona esbozó la sonrisa más bonita que él había visto nunca.

—No tengo ningún anillo para darte, ni una simple copa de champán con la que agasajarte, no tengo nada que haga este momento más solemne, ni siquiera un buen traje. Solo tengo mi palabra de caballero y la certeza de que te amo. Pero a pesar de estar en estas condiciones, no puedo esperar a otro instante para conocer tu respuesta.

—Sí, por supuesto que me casaré contigo —respondió Mariona con los ojos vidriosos—. Me juré que cuando despertaras te diría que me casaría contigo y te pediría perdón porque por un tonto orgullo te hice creer que...

Bernat no la dejó continuar, estaba hablando mucho y él tenía demasiadas ganas de besarla.

El momento de pasión le duró poco, porque de repente una voz cantarina y conocida sonó en la habitación.

—Jefe, ya veo que está recuperado. ¡Y yo que estaba preocupado!

Mariona se separó de él como si quemara y, nerviosa, recogió sus cosas.

—Disculpen si interrumpí algo —dijo Rufino—. Puedo volver más tarde.

—No, no pasa nada. Yo tengo que hacer unos recados —se excusó Mariona. Contempló a su amado con ternura, él enganchó sus ojos a los de ella y le sonrió. Con un semblante más tranquilo, ella añadió—: Regresaré luego; mamá y los abuelos querrán verte y seguro que papá aparecerá cuando menos lo esperes.

Bernat la observó salir de la habitación con una sonrisa dibujada en la cara. Su existencia empezaba de cero, no solo porque sentía que había vuelto a nacer, sino porque Mariona estaba en su vida para quedarse.

Fue una tarde intensa. Después de Rufino llegaron otros compañeros, e incluso don Modesto, que se quedó solo unos minutos y le comentó que regresara al trabajo cuando estuviera bien restablecido.

Sobre su ausencia, todos los compañeros le dijeron lo mismo. No les resultó alarmante que no fuera a trabajar, ya que podía estar indagando cualquier asunto, pero cuando la doctora Losada llamó al periódico preguntando por él, intuyeron que algo no iba bien. En realidad, Rufino Pujalte fue el primero en sospechar. El joven ayudante no creyó que su jefe estuviera investigando sin aparecer por la redacción, y menos sin contar con él.

—Ese aspirante a periodista te ha buscado por muchos sitios, pero no queríamos preocupar a la doctora Losada —comentó Juan Cámara—. Me dolía en el alma mentirle cada vez que se interesaba por hablar contigo.

Bernat supo que fue Puja quien avisó a Galán de su ausencia, pero le pareció una coincidencia bastante extraña que Galán y Mariona recibiesen sendos avisos para que acudieran a aquella casa.

Los compañeros se marcharon y él se quedó con muchas preguntas que hacer, pero debía tener paciencia. Miguel Galán respondería a todas sus dudas, estaba convencido.

Por supuesto, también lo visitó don Rodrigo, en calidad de médico. Él le relató que Mariona lo llevó al hospital tras las primeras curas. Si por ella hubiera sido, lo habría cosido ella misma, pero otros colegas se hicieron cargo del caso. De hecho, en un primer momento ni siquiera la dejaron pasar. Ella lo mandó avisar y él se hizo cargo de todo. Tras explicarle que le quedarían algunas cicatrices pequeñas que se irían borrando con el tiempo y otra más grande en el pecho y en el costado, le informó que tenía que hacer reposo y evitar los esfuerzos para que las suturas internas se curasen bien. Había tenido que operarlo para reparar la arteria que parecía dañada, pero al abrir vieron que no estaba tan afectada como sospechaban. Había tenido suerte, si se le podía llamar así.

—En definitiva: me salvaré, doctor —bromeó.

—Sí, de esta al menos, sí —replicó Losada con la misma actitud distendida.

Bernat dudó de si aquel era un buen instante para comentar sus intenciones al padre de Mariona. Decidió que todos los momentos eran buenos y no encontraría otro más adecuado que aquel; quizá distinto, con otro ambiente, pero no mejor. Había esperado mucho y no pensaba perder más tiempo.

—Señor... quería comentarle una cosa.

—Muy serio te has puesto, hijo. Dime, ¿qué te preocupa?

—Quería pedirle la mano de su hija.

Losada soltó una carcajada.

—No has esperado a estar recuperado del todo.

—Bueno..., ¿para qué perder el tiempo? He descubierto que la vida es muy valiosa. Puede cambiar en un segundo y, después de lo ocurrido, soy un fiel defensor de «no dejes para mañana lo que puedas hacer hoy».

—Sabes que tienes mi bendición, solo has de asegurarte su palabra, aunque me parece que ya has indagado ese aspecto. Cuando estés recuperado del todo lo celebraremos como se merece.

En aquel instante llegó de nuevo Gonzalo, tal como le había prometido. Bernat imaginó que regresaba para brindarle todo su apoyo, como amigo y como psiquiatra, por si necesitaba aliviar su alma. Debía reconocer que durante los días que había estado cautivo había pasado miedo. Miedo por perder a Mariona después de su apasionado encuentro y miedo por su vida. El embotamiento de su mente por el efecto de alguna droga no mitigó mucho aquel sentimiento. No podía ver a su captor, porque lo tenían con la cabeza cubierta la mayor parte del tiempo. Por suerte para él, las drogas hacían su malicioso efecto y le turbaban de tal manera que el sopor lo vencía. No sabía muy bien qué querían de él, porque no le exigieron nada, aunque quizá sí lo habían hecho y él no lo recordaba con nitidez. Tenía la impresión de que era por algo que había escrito, por alguno de sus artículos, porque le resonaba la palabra «mentiras» y la asoció al momento en que el desalmado le cruzó el pecho con aquel cuchillo largo. También recordaba que una risa extasiada se había filtrado en sus oídos al sentir el dolor lacerante de la hoja al cortar su carne. Recordó haber pensado que el tipo era un sádico. Sí, sería bueno hablar de aquella experiencia y sacar sus demonios, pero sería otro día, cuando estuvieran ambos a solas y con una copa de brandy en la mano, decidió.

—¿Cómo sigues? —preguntó Gonzalo.

—Bien, mejor de lo que esperaba, pero deseando volver a casa.

—Creo que aún te tendremos unos días por aquí, así que no desesperes —anunció don Rodrigo—. ¿O es que pretendes una boda precipitada?

—¿Una boda? —preguntó Gonzalo a la vez que levantaba una ceja.

Bernat confesó sus intenciones. Tanto Gonzalo como su padre las conocían, pero él necesitaba asegurar a aquellos dos hombres —junto a su tío, los más importantes de su vida— que era honesto al confesar sus sentimientos. Amaba a Mariona más que a su propia vida y jamás haría nada que la perjudicase.

—Creo que esta experiencia me ha hecho ver lo que de verdad importa. Hace mucho pensé que no era bueno para ella, me hice a un lado para que lograra conquistar un destino propio, pero ahora no voy a hacerlo.

Don Rodrigo cruzó una mirada con él y en sus ojos leyó reconocimiento.

—No sabes lo feliz que me haces con esta noticia. Mi enhorabuena, Bernat. Sabes que me alegro de corazón. Vamos a ser hermanos.

—Ve comprando un buen brandy —bromeó.

—Recupérate antes. La primera botella la pago yo, pero la siguiente te tocará a ti.

Bernat ya no esperaba a nadie más, estaba realmente cansado. Mariona, su madre y los abuelos habían llegado cuando aún estaban Gonzalo y su padre, y se habían marchado hacía un buen rato. La monja que se encargaba de atenderlo les había reñido diciendo que no podía tener tantas visitas a la vez, pero al ver a don Rodrigo se marchó refunfuñando.

Le habría gustado poder estar un rato a solas con Mariona, le parecía que tenían muchas cosas que decirse, pero ya se resarciría, aunque tuviera que esperar una semana para besarla como en realidad deseaba. Tenía la impresión de que no podría hacerlo bien mientras estuviera allí ingresado.

Durante la tarde lo habían obligado a levantarse de la cama y andar un poco. En aquel instante estaba sentado en una silla, leyendo un libro que Mariona le había traído. Era *El Quijote*, y al entregárselo le había dicho, con cara de inocencia, que con tantas horas muertas podría acabarlo. Tenía que reconocer que, una vez entrado en materia, las aventuras del hidalgo caballero eran bastante entretenidas.

Alguien llamó a la puerta de su habitación. Si hubieran ido a tomarle la temperatura se habrían limitado a entrar sin avisar, así que dejó el libro sobre la mesa, se arregló el batín que lucía, también detalle de su prometida —cómo le gustaba aquella palabra— y dio paso.

—¿Se puede? —Era Miguel Galán.

—Pase, Miguel, pase. Ya no le esperaba.

El policía se le acercó y le estrechó la mano con aprecio.

—No he podido venir antes, pero he estado pendiente de su evolución. Su ayudante, Rufino, me ha ido informando.

—¿Cómo lo han dejado entrar a estas horas? Esto es peor que la cárcel —bromeó.

—He dicho que era un asunto oficial —soltó jocoso.

Galán se quitó el sombrero y lo dejó sobre una silla que había junto a la pared.

Bernat agradeció sus influencias en el hospital, porque gracias a ellas disponía de una habitación privada. La conversación que se avecinaba era mejor que no la escuchara nadie, o por lo menos ningún oído indeseado. Lo invitó a ocupar una butaca que había cerca de la mesa donde él se encontraba.

—Y bien, ¿tiene novedades?

—Pues sí.

Bernat se arrellanó en su asiento y se preparó para escuchar quién había sido el responsable de su secuestro, con la esperanza de conocer también qué lo había motivado. Pero desde luego no estaba preparado para todo lo que el policía reveló.

—Con este caso se abre un escándalo que hará tambalear a la burguesía catalana.

—¿Qué quiere decir? ¿Quién ha sido?

—No sea impaciente, déjeme ir por partes. Siempre es mejor empezar por el principio.

Bernat asintió, inquieto, deseando poner nombre al criminal que había jugado con su vida.

—Como sabe —empezó el inspector—, hace tiempo que buscamos las mentes criminales y malignas que se han dedicado a raptar mujeres. Era algo que no había salido a la luz para no generar alarma social y, como usted y la doctora Losada averiguaron, porque se trataba de mujeres y jóvenes de baja condición, gente sin familia que no había sido reclamada por nadie. No eran muchos casos, pero sí llamativos por las heridas que mostraban. El de Jacinta Soler nos despistó porque sus heridas eran similares, pero no se trataba de una desconocida sin familia, lo que nos hizo pensar que era algo personal.

—¿Quiere decir que quien se llevó a esas mujeres y les hizo esas salvajadas es el mismo que me secuestró a mí y asesinó a Jacinta? —preguntó ansioso.

—Sí, eso mismo. Todo ha quedado resuelto como si fuera el acto final de una tragedia shakespeariana. Cuando atrapamos al secuaz que lo vigilaba en el piso de la calle Arco del Teatro, este empezó a hablar y no dejó títere con cabeza. Es el encargado del Paradís y ha resultado ser una buena pieza, un proxeneta. Ante la expectativa de cargar con las culpas de todo, empezó a largar como un descosido. En resumen, acusó a Vicente Pons y a su inseparable amigo y socio en malicia, Evaristo Buendía. Él les conseguía a las chicas y cobraba muy bien por ello; a algunas, para evitar que hablaran después, las había vendido y enviado lejos.

El hombre había explicado que le habían pedido un encargo distinto: secuestrar a un periodista que estaba metiendo las narices donde no lo llamaban. Accedió por la suma que iban a pagarle. Por lo visto, desde que Fiveller había comprado el Paradís ya no podía hacer sus trapicheos como antes, y era cuestión de tiempo que tuviera que buscarse otro lugar, así que aceptó el encargo. Le habían dicho dónde podía localizarlo y que le diera una paliza. Tenía que retenerlo unos cuantos días y amenazarlo para que dejara de investigar las desapariciones y las mujeres con extrañas heridas. No debía ver quién lo retenía, por eso le había cubierto la cabeza con una bolsa, así nunca podría identificarlo. Pero una de las noches los señoritos aparecieron por la casa bastante bebidos y fueron ellos quienes lo golpearon como si fuera un saco de boxeo. Uno de ellos había sacado un estoque de lo que parecía un bastón y empezó a clavárselo. Su amigo tuvo que sacarlo de allí o lo hubiese matado. Le dijeron que se deshiciera de él y lo tirara en cualquier callejón, pero esa noche tenía otros planes con una de sus chicas que lo tuvieron ocupado hasta la mañana siguiente. Cuando lo detuvieron había ido a sacarlo de allí.

—¿Qué hay de cierto en todo esto, Miguel? —preguntó con estupefacción—. Yo no recuerdo que me dijeran nada, salvo los golpes, aunque si he de apostar por quién me acuchilló diría que fue Pons, ese joven nunca me ha dado buena espina. Pero no creo que ni los Pons ni los Buendía den valor a la declaración de un proxeneta. Será su palabra contra la de ellos, y ya sabemos cuál pesa más. Yo no voy a poder acusar a nadie, ya se ocuparon de que no pudiera, jamás los vi.

Tuvo que controlar la rabia que le nacía en lo más profundo de su ser.

—No ha sido fácil arrestarlos, pero esta noche ya duermen en el calabozo.

Bernat abrió la boca para decir algo, pero la volvió a cerrar, y Galán continuó con su relato. Detener a los sospechosos había resultado difícil, porque se escondían detrás de su buen nombre. Además, las pruebas que se encontraron en aquel piso señalaban al encargado y sus secuaces como artífices del secuestro y el asesinato de las jóvenes. El malnacido debió de pensar que no caería solo y que le habían puesto una trampa, porque pasados unos días decidió hablar. Aquella misma tarde le había contado a la policía que tenía un negocio montado en el Paradís del que Fiveller nada sabía. A través de unos agujeros ubicados en la pared y con una cámara desde la sala contigua tomaba fotografías a las chicas que iban con sus clientes a los reservados. Solía vender las imágenes, sobre todo las de marineros extranjeros, pero también había sacado tajada extorsionando a más de un panoli. Así descubrió lo que Vicente y Evaristo les habían hecho a algunas chicas y se guardaba aquel as para cuando las cosas se torcieran. Varios policías habían ido al local y habían encontrado todo un equipo profesional montado y una pila de fotografías en un armario. Entre ellas, algunas de la difunta Jacinta Soler, con Evaristo Buendía.

Con aquellas pruebas y la confesión del encargado pudieron arrestar a los sospechosos, quienes no negaron algunos hechos, aunque cada uno acusaba al otro de idear las maldades. Como bien decía Galán, el caso de Jacinta había sido personal. Por lo visto la joven se había encaprichado de Evaristo Buendía, este la había seducido y la drogó para aprovecharse de ella. Al saber la verdadera edad de la chica, el joven se había derrumbado. Todavía tenían que descubrir por qué la habían atacado de aquella manera.

—Se escudarán en sus amistades poderosas —se quejó Bernat.

—Ya veremos. La justicia es lenta y ciega, pero también implacable cuando llega.

—Tengo que decirle algo, María del Rosario no quería que se hiciera público, pero dado el cariz que está tomando la investigación, debe saberlo —señaló Bernat—. Jacinta Soler era hija de Arcadi Pons.

—¡Por los clavos de Cristo! —exclamó Galán—. Ya tenemos el móvil para uno de los asesinatos.

27

Mariona estaba en la consulta privada, donde acababa de atender a una joven que tenía dificultades para que su bebé cogiera el sueño. Una pequeña conversación había ayudado a comprender a la madre que era una cuestión de hacer dormir al pequeñín con una rutina sana, más que una alteración del niño. La mujer estaba nerviosa por querer hacerlo bien y estaban tan felices con el bebé, un niño hermoso, que retrasaban todo lo que podían meterlo en su cuna. El niño iba de brazos en brazos y luego no quería otra cosa y no cesaba de llorar cuando lo dejaban en su cunita. Avergonzada y llorosa, le explicó que su madre le recordaba cada poco que ella había criado a cinco hijos y la criticaba porque no lo hacía bien, y que en un ataque de enfado le soltó que ella quería darle amor a su querubín y ser ella quien lo amamantara y cuidara, no nodrizas frías y niñeras estiradas.

Mariona se limitó a darle pautas y, tras la revisión del niño, la despidió en la puerta.

Antes de cerrar divisó al otro lado de la calle a una persona que la miraba con intensidad. Se cubría la cabeza con un pañuelo, pero supo quién era enseguida. Le hizo un gesto para que se acercara y, cuando la tuvo enfrente, la mujer le habló de forma directa.

—Disculpe que me acerque hasta aquí, pero quería verla.

—Buenos días, señora Charito. Pase.

—No, doctora, esta es una casa decente y yo...

—Y usted necesita atención médica.

Mariona le señaló la cara, donde tenía una venda. Con más recato de lo que le había supuesto, Charito cruzó el umbral de la consulta. La hizo sentar en la camilla y le pidió permiso para revisar la herida que se adivinaba detrás del apósito que tenía en la mejilla derecha. La mujer asintió y bajó la mirada.

—Quería darle las gracias por el recado que me envió —murmuró Mariona—. Pensé que la encontraría a usted allí, o tal vez a alguna de las chicas, pero encontré a otra persona. ¿Sabía que lo tenían secuestrado?

—No, doctora, no hasta aquella madrugada. Rogelio, el encargado del Paradís, y yo nos vemos a veces cuando se cierra la sala. Me citó en aquel sitio. Tiene varios pisos donde... ya sabe, nos busca citas con caballeros que quieren intimidad. Estaba nervioso cuando llegué, pero tenía ganas... Ya me entiende.

Mariona asintió con un gesto serio y Charito continuó, como el que está en un confesionario y suelta todas sus miserias buscando un perdón. Aunque por su tono, curtido por la vida, no aceptaba condescendencia.

—Se quedó dormido enseguida y yo había oído un ruido parecido a unos maullidos. Al ir a averiguar qué ocurría vi al hombre tirado, con las manos atadas y la cabeza cubierta con un saco negro. Se lo retiré. Le habían pegado bastante y sangraba mucho. Remetí entre sus ropas un trapo y presioné la herida de un costado. No pude hacer mucho más, tuve que dejarlo. Rogelio se había despertado y me llamaba a gritos. Me tuvo ocupada hasta bien entrada la mañana.

—¿Por qué escribió que había una mujer herida con mordeduras?

—Porque así podía acabar yo. Escribí la nota en el aseo, a toda prisa. Rogelio me echó de la casa cuando vio lo tarde que era y me dijo que si abría la boca de lo que fuera que hubiera visto, lo pagaría. Intuí que sabía que había visto al hombre. Le di el papel al primer niño que encontré, con la promesa de una moneda. Sabía que iba a estar muy vigilada.

—Ahora necesito que se esté quieta, quizá le duela.

—Mariona comprendió que aquella marca era el precio por haberla avisado. Escuchó su relato con angustia, pero a la vez agradecida por el riesgo que había corrido.

Retiró la precaria venda y limpió la herida. Con una aguja curva e hilo de suturar, cosió algunos puntos para que la cicatriz sanara mejor. Charito ni protestó.

—¿Quién le hizo esto?

—Uno de los matones de Rogelio, dijo que lo habían detenido porque yo me había ido de la lengua —contestó—. Y era verdad, aunque claro, lo negué, pero no podía consentir que mataran a ese hombre. Además, estoy cansada de tanta crueldad. No sabe lo que se aguanta en mi oficio. La raya que separa el bien y el mal se difumina tanto que una no sabe a veces si está actuando de forma correcta. El hambre da muchas puñaladas y el corazón se te ennegrece.

—Le agradezco lo que hizo, no sé cómo pagárselo, quizá...

—Ni se le ocurra pensar que me debe algo —respondió Charito—. Usted quiso ayudar a Isidora y ella hablaba muy bien de usted. La pobre tenía tanto miedo que hacía lo que le mandaban, y jamás habría hecho nada que la pusiera más en peligro. También me trató bien a mí cuando fui a visitarla, y eso que no fui muy amable. Perdone que haya venido aquí, pero no podía esperar a que fuera al dispensario. Me voy de la ciudad. No quiero acabar con mis huesos en la cárcel o en un callejón.

—Siempre puede cambiar de oficio —la animó.

—No sé hacer otra cosa.

Mariona había acabado de coserla. No se atrevía a preguntarle quién le había hecho la primera cura, pero supuso que habría sido algún carnicero, porque le habían dado solo cuatro puntos en una herida de cuatro dedos.

—Puede aprender. Si quiere, Concha, la enfermera del dispensario, empezará a dar clases de lectura y escritura. Ya sé que sabe, pero el conocimiento nunca estorba.

—Aprendí muy poco... No sé, ya es tarde para mí.

Mariona le prestó un espejo de mano para que se viera la herida. Con los puntos más juntos parecía otra cosa.

—Le quedará una cicatriz.

—Lo sé.

—Denuncie a quien le hizo esto y pagará por ello.

—¿Usted cree?

Mariona no estaba segura, pero ella misma hablaría con Miguel Galán. Aquella mujer había arriesgado su vida por ayudar a Bernat y la avisó. Sin su intervención quizá él no se estaría recuperando en un hospital, sino que hubiera acabado en cualquier callejón maloliente.

Cuando la despidió no sabía si volvería a verla algún día.

Aquella tarde, cuando Mariona fue al hospital, encontró a Bernat bastante atareado. Según supo, había tenido al pobre Rufo ocupado con varios recados y en una parte de la habitación había organizado un pequeño escritorio.

—¡Válgame Dios! ¡Pero si deberías guardar reposo! No te hará bien estar danzando —lo censuró.

—No estoy de pie ni hago esfuerzos, tan solo estoy sentado y escribo. Tengo la aprobación de mi médico y esta mesita me la ha hecho llegar sor Montserrat, a la que he prometido que cuando viniera mi prometida dejaría esta actividad y daría un paseo con ella. Por lo visto tengo que caminar.

—¿Sor Montserrat? —Mariona no sabía si terminar de creerlo, porque la monja era quien le hacía las curas y en la planta se la conocía por su rigor con las normas—. ¿Y qué escribes con tanto interés?

—Tomo anotaciones de lo sucedido. Cuando salga de aquí quiero tener las ideas claras para escribir un buen artículo. Se lo debo a María del Rosario, a Jacinta y a las mujeres anónimas a las que esos canallas ultrajaron.

—Querido, creo que tienes material para todo un libro —señaló Mariona con humor, al contemplar las páginas que ya había redactado.

—No descarto la idea. —Bernat se le acercó, zalamero, y Mariona intuyó que iba a besarla. Le rodeó el cuello con sus brazos casi a la vez que él la sujetaba con ambas manos por la cintura—. ¿Tienes algún inconveniente si lo escribo? Tú podrías ser una de mis protagonistas. Ya lo eres en mis sueños. —Le guiñó un ojo.

—Me parece un plan estupendo y espero que algún día me cuentes algo sobre esos sueños —respondió traviesa con una mueca divertida. Luego lo miró seria—. Y sobre lo del libro, creo que serías un buen escritor, pero tienes que hablar bien de las mujeres. Nada de decir que son débiles ni que su lugar está en el hogar y criando hijos. Nada de esas cosas antiguas que nos resta valor y no nos deja crecer.

—Ya sabía yo que tenías un aire rebelde y reivindicativo.

—Lo que quiero para mí es lo que aspiro para todas: educación, autonomía frente a los hombres y libertad de pensamiento. ¿Te molesta?

—En absoluto, y no creo que nunca haya escrito algo en contra de los derechos femeninos. La sociedad es la que es y yo lucho y hago la revolución con mi pluma. Y contigo al lado seré más fuerte.

Entonces la besó como ella estaba esperando que lo hiciera.

Mariona se deleitó con aquel beso que la derretía por dentro y hacía que las piernas le temblaran, pero lo cortó; alguien podría entrar y no quería que la pillaran otra vez. Además, Bernat la hacía olvidarse de dónde estaba y dudaba de su propia cordura.

—¿Qué traes en ese paquete? —preguntó él con curiosidad.

—No te lo vas a creer, pero la señora Morente me ha preparado varios platos: uno con croquetas y otro con carne guisada y patatas. Dice que te recuperarás antes si te alimentas con comida decente.

—La cocinera de tu madre me conoce bien. ¿Tú crees que nos la podremos llevar a casa cuando nos casemos?

Mariona soltó una carcajada y negó con la cabeza.

—Me parece que ningún Losada te lo permitiría. Es toda una institución en mi casa.

—Ya me lo parecía.

—Abrígate y demos ese paseo. Una vuelta por el corredor creo que te sentará bien. ¿Notas dolor?

—Tú haces que me olvide —contestó. Ella sonrió y él posó la mano en el costado del abdomen donde tenía la herida más grave—. No, no me duele, creo que me estoy recuperando bien. Tu padre me dijo que les preocupaba mucho que la herida se infectara, ya que llevaba tiempo abierta, pero caí en buenas manos.

Bernat la cogió de los dedos y los apretó fuerte contra sus labios. Mariona, para romper la emoción que se había creado con aquellas pocas palabras, lo ayudó a ponerse un abrigo sobre el batín. Febrero estaba resultando más frío de lo esperado y los pasillos no estaban tan caldeados como desearían.

Tomó la mano de Bernat y la posó en su brazo. Quizá él se hacía el fuerte y no estaba tan recuperado. Mariona se propuso llegar hasta el final del corredor. La tarde iba a tocar a su fin y estaban cerca de ese momento embrujado cuando el incierto color del crepúsculo da paso al anochecer.

Bernat regresó a la habitación con signos de fatiga. Se había querido hacer el fuerte frente a Mariona y, aunque esta le había asegurado que no tenía que demostrar nada y que no le beneficiaría esforzarse en exceso, no había cedido en su empeño de caminar más rato del que le habría convenido.

Su único deseo era ir con ella del brazo, charlar de naderías, y también de ellos dos. Sacaron el tema de cómo habían pasado los años que estuvieron separados. A Bernat le gustó escucharla hablar de sus estudios y de sus primeros tiempos en Londres, donde se volcó en aprender y ganar seguridad en la especialidad que cada día le gustaba más. Ella, curiosa, le pidió que le contara de nuevo como había sido la exposición americana, en Chicago, y le preguntó si había logrado conocer a Edison y cómo había sido contemplar a las personas desde lo alto de la noria.

—Hormiguitas, parecían hormiguitas —contestó, y la risa de Mariona fue como música en sus oídos.

Cómo le habría gustado viajar por el mundo con ella. Existían muchos lugares que ansiaba conocer: el lejano Egipto, Grecia, Canadá, Australia, incluso la cercana Italia, con Roma y Florencia llena de arte por todos los rincones. Pensó que tenía que proponérselo, pero eso sería después de casados. «Casados». Aquella palabra le generaba una profunda satisfacción.

Había escrito a su tío explicándole lo que le había sucedido, pero lo tranquilizó con un «estoy bien, muy bien, y me voy a casar». Intuía que esa era la noticia que su tío más deseaba recibir.

Se dio cuenta de que Mariona lo observaba. Él se había sentado y todavía no se había quitado el abrigo. Lo hizo sin levantarse. Al moverse sintió un pequeño pinchazo en el lado. Ella, con una mirada de censura, le dijo que ni se le ocurriera quejarse.

—¿Ni siquiera un poquito?

—No, y no deberías comportarte como un niño pequeño, Bernat. Se te pueden abrir los puntos. Ven, túmbate, que necesito ver el vendaje.

Él bromeó.

—Doctora Losada, ¿qué intenciones tiene? Las curas me las hacen más tarde.

—Tienes razón, pediré a sor Montserrat que venga a revisar la herida.

—No, por favor. Espera un poco. Me quedaré aquí quietecito.

Mariona aceptó, lo cubrió con una manta y se sentó en la butaca que había junto a la cama. Tomó un periódico que había en la mesita y se lo pasó para que se entretuviera. Ella cogió una revista femenina que había traído, pero cuando no llevaban más de un minuto cada uno volcado en su lectura, alguien llamó a la puerta. Mariona dio paso. Era Miguel Galán.

—Buenas tarde, Bernat. Doctora Losada, me alegra encontrarla aquí. Creo que tengo que felicitarla.

Mariona sonrió y miró a Bernat. Él le guiñó un ojo.

—Las noticias corren rápido —bromeó Mariona y, con una inclinación de cabeza, aceptó la congratulación del policía.

—He querido venir personalmente para informarle, Bernat. Le dije que este caso haría tambalear a la burguesía. Me he permitido traerle una copia de la confesión de Vicente Pons para el artículo que, supongo, escribirá. Comprenderá que la original está a buen recaudo en la comisaría. Pero si menciona que fui yo quien se la entregó, lo negaré, recuérdelo.

Mariona lo invitó a sentarse. El policía cogió una silla y la acercó a la cama y a la butaca donde ella estaba sentada.

Bernat tomó el papel que le ofrecía y leyó con interés. Se había incorporado en la cama y Mariona le había ahuecado los almohadones.

Sin duda aquella copia la había hecho alguien un poco chapucero, pues tenía algunos tachones. La letra era menuda, poco homogénea, redonda y con una ligera inclinación. Según la declaración, Vicente Pons afirmaba que se le había ido la mano con Jacinta Soler y que lo hizo para proteger a su familia. La joven había ido a su casa en busca de su padre y él oyó la conversación en la que le dijo que era su hija. No podía consentir que ensuciara el nombre de su padre ni que humillara a su madre. Cuando la vio en el Paradís con aquel chico del teatro, ideó un plan. Iba a darle su merecido. Convenció a Evaristo para que la sedujera. A este no le costó demasiado enamorarla y un día Vicente le envió una nota como si fuera el amigo, citándola en la casa de Conde del Asalto. Quiso acostarse con ella, pero la muchacha lo rechazó aduciendo que eran hermanos. Aquello lo enloqueció, porque hasta entonces no lo había creído del todo. La encerró allí, quería que la madre de Jacinta sufriera como había sufrido la suya con cada amante de su padre.

El joven Pons no recordaba con exactitud los sucesos, aunque Bernat no supo si se trataba de una estrategia legal o si realmente no se acordaba de sus atroces actos. Decía que había hecho que Isidora, una de las chicas de Rogelio, el encargado del Paradís, con la que jugaba a veces porque conocía sus gustos en la cama, le llevara alimentos una vez al día. Le había pedido que la mantuviera drogada para que no escapara, aunque había tenido que amenazarla con hacerle lo mismo para que lo obedeciera y no se fuera de la lengua. Con una frialdad que lo impresionó, Vicente Pons relataba cómo había hecho los cortes en la blanca piel de Jacinta con un estoque que guardaba en su bastón, y cómo había disfrutado con ello. Sin pudor alguno, Vicente reconocía que desde hacía años sentía un extraño placer al morder la piel blanca de una mujer y confesaba que bajo el influjo del alcohol se había dejado llevar por aquel placer secreto y prohibido, que solo podía dejar salir con mujeres que no eran nadie. Juraba no haber abusado de ella, eso había sido cosa de Evaristo mientras él miraba, aunque no negaba que los mordiscos eran cosa suya. Un día que fue a verla, en un descuido motivado por la rabia tras los insultos que ella le había soltado llamándolo loco y desviado, la hirió con más fiereza de la que había podido controlar. Herir su piel había sido como rasgar seda, describía el muy loco. La dejó allí, no pudo parar la hemorragia y esperó que Isidora le resolviera el problema.

Sabía que el joven del teatro buscaba a la chica, pues en el Paradís lo había visto preguntar a todo el mundo si la habían visto. Cuando se enteró de que la habían encontrado y acusaban a Blas, intuyó que Isidora se había ido de la lengua. No podía dejar cabos sueltos y la mató.

Tras leer la hoja, Bernat miró al policía.

—¿Lo cree?

—Fue un interrogatorio largo y lleno de datos, de hecho parecía que disfrutaba relatándolos. Con respecto a la joven Jacinta no cabe duda, ya que dio detalles exhaustivos, pero no explicó bien si lo ayudó el joven Buendía, aunque se contradice a veces. Sí reconoció que actuaron en connivencia para secuestrarlo a usted. Por lo visto el joven Buendía se había asustado por si conseguía relacionarlos con Jacinta —aclaró Galán—. Pons hablaba por los codos por más que su abogado le aconsejaba callar, pero él estaba decidido a pregonar que había librado de la calumnia a su familia. Preguntó por su padre varias veces, está convencido de que su papaíto lo sacará de este lío.

—¿Y qué dice Arcadi Pons? —preguntó Bernat con desdén—. No creo que la conducta de su hijo lo ayude en la política. A la buena burguesía le repugnarán esos actos.

—Lo he visto muy poco.

—Esa familia se ha roto por culpa de Vicente —intervino Mariona—. Con lo delicada que está la madre.

—Esa familia hace mucho que es un paripé —replicó Bernat—. Y nada tiene que ver la política. Pons nunca cuidó de los suyos. Y otra cosa importante, ¿qué pasa con Blas Pungolas?

—Lo han soltado. El muchacho ha salido de la cárcel hecho un despojo. Es una pena, pero la justicia es ciega y todo apuntaba a que él era el culpable —aseveró Galán. Luego, como si necesitara volver sobre sus palabras, añadió—: Yo no entiendo de estas cosas, pero creo que el joven Pons no está bien. Mientras le tomaba declaración a veces reía; otras, parecía impasible, como si lo hubiera hecho otro o no fuera consciente de la gravedad de sus actos.

—Mariona sostiene que no está enfermo, sino que es una mala persona que siente satisfacción causándole daño a otros.

—Sin duda es un tema muy interesante —convino Galán, mientras hacía girar su sombrero en la mano—. En mi oficio veo mucha gente de esa calaña. Gente mala, sin más.

Bernat pensó que no le gustaría estar en el pellejo del juez Carreras, que según Galán sería el encargado de llevar el proceso. Por maniobras de los padres, los jóvenes esperaban el juicio en la cárcel de Montjuïc, pero en una zona aparte, prácticamente protegidos de los demás reos.

Mariona había quedado con su padre en que la recogería por la habitación de Bernat y se irían juntos a casa, pero don Rodrigo se retrasaba mucho y, de no ser porque le habían dado aviso de que estaba en el hospital y que lo aguardara, se habría marchado. Cuando se retiró el inspector Galán, sor Montserrat acudió a hacer las curas pertinentes con una ayudanta y le pidió que esperara fuera. Cuando ya pudo acceder a la habitación, sirvieron la cena. Bernat parecía cansado, aunque se mostraba encantado con tenerla allí.

—Iré a ver si papá está en su despacho. Es tarde y sé que necesitas descansar.

—A mí no me importa que estés aquí —murmuró esperanzado y añadió con humor—: Además, aún quedan croquetas.

—No, no quedan.

Mariona rio, porque Bernat se había comido lo que ella le había traído de su casa en vez de lo que le habían servido de cena. Le costaba marcharse, pero Bernat necesitaba dormir. Había sido una tarde muy intensa y pronto darían las nueve de la noche, ya no era hora para visitas.

Se despidió con un beso largo y profundo y fue en busca de su padre.

Imaginó que lo encontraría en su despacho y entró decidida.

—Sabía que todavía estarías trabajando, pero... —Se quedó paralizada en mitad de la sala, a los pocos pasos de entrar. Don Rodrigo estaba sentado a su escritorio y, frente a él, vio a don Arcadi Pons.

Mariona no supo cómo reaccionar. No quería ser descortés, pero algo de la inquina de Bernat hacia aquel hombre y su familia se le había contagiado. Además, escuchar el relato de la confesión de su perverso hijo la había alterado. Con seguridad Gonzalo habría emitido un diagnóstico para aquel tipo de comportamiento, pero ella tenía su propia teoría sobre la maldad.

Ver las heridas en los cuerpos de aquellas mujeres no le permitía aceptar que fuera obra de un loco, no. No era loco el que sabía que estaba haciendo algo mal y continuaba, el que para hacer daño a un tercero y amparándose en una injuria sufrida atacaba a una joven indefensa que no era culpable de nada. No era loco el que se saltaba la ley solo porque creía que podía saltársela y salir impune.

Su padre la observó con una mirada interrogante.

—Disculpa, padre, pensé que estarías solo. Esperaré fuera.

—Gracias. Estoy ultimando unas cosas.

El señor Pons se levantó de su asiento y la saludó con respeto.

—Doctora Losada, por mí puede quedarse. Ya me despedía. —El hombre estaba bastante abatido. Con el tema de su hijo no era para estar alegre, pero le llamó la atención su intervención—. ¿Cuándo puedo llevármela?

—Ya nada puede hacer, déjela aquí, prepare sus cosas y contacte con el hospital mañana.

Mariona se dio cuenta de que no hablaban del hijo y con rapidez asoció ideas.

—¿La señora Pons...?

—Sí, nos ha dejado... —afirmó Arcadi Pons—. Su corazón no ha aguantado lo que se nos viene encima.

—Lo lamento mucho.

—Gracias. Hay cosas que son muy difíciles de aceptar.

Mariona lo vio despedirse de su padre con un apretón de manos. Al pasar por su lado, la saludó con una inclinación de cabeza, y ella tuvo la impresión de que más que una despedida era un gesto de pesar y remordimiento. Le correspondió contrita. Lo observó hasta que salió por la puerta, se cubrió con el sombrero y se apoyó en el bastón, el único puntal que le quedaba.

La vida tenía extrañas formas de cobrarse las deudas.

28

Bernat obtuvo el alta médica al cabo de una semana, cuando le retiraron los puntos del abdomen y las heridas del pecho estaban muy cicatrizadas. Durante todos aquellos días, Mariona lo había visitado por la mañana o por la tarde, según sus horarios laborales. Había llegado a ansiar aquellos momentos porque, lejos de toda intención romántica, se dio cuenta de que se trataban como los amigos que siempre fueron, debatían temas de interés mutuo, incluso discutían, pero siempre eran conversaciones amenas, inteligentes e interesantes. Por supuesto la deseaba como nunca había deseado a una mujer, pero eso era algo que tuvo que relegar hasta cuando pudiera dar rienda suelta a sus instintos, porque de lo contrario, allí encerrado lo iba a pasar muy mal.

Rufino Pujalte había sido un ayudante modélico y le hizo algunos recados. Llevó un artículo al editor de *La Vanguardia* e incluso envió en su nombre otro al *Times*, sobre lugares que los marineros internacionales solían visitar cuando sus barcos atracaban en el puerto durante días. Había decidido escribir para el periódico inglés una serie de reportajes centrados en la descripción de enclaves de la ciudad, como una guía para el viajero que quisiera conocerla. Así se lo había propuesto al editor del *Times* y en la misma carta le había enviado la primera de aquellas reseñas.

Gonzalo había tenido el detalle de comunicar a la casera de Bernat lo que le había ocurrido y que estaba en el hospital, y además le pidió que le enviaran ropa limpia, enseres de aseo y un traje para cuando saliera. La señora Antonia, esposa del portero de la finca, cuidaba de él y de su piso desde hacía años, y se lo llevó ella misma. Cuando la mujer apareció un mediodía por la puerta de su habitación, se le llenaron los ojos de lágrimas y, aunque lo saludó con el respeto y la distancia que siempre había mostrado, se emocionó como una madre al verlo convaleciente. Lamentó mucho lo que le había pasado y, antes de irse, le comunicó que una doctora había ido a su casa, preguntando por él. No podía ser otra que Mariona y Bernat le dijo que era su prometida. La información alegró mucho a la buena señora.

Ataviado con el traje, el abrigo, incluso los guantes puestos, esperaba sentado a que Mariona concluyera con el papeleo para poder marcharse. Ella se había ofrecido a ocuparse de los trámites y él agradeció el gesto, porque así podría vestirse tranquilamente sin tenerla por allí cerca ni tener que pedirle que saliera al pasillo a esperarle. De todas formas, había sido un momento tenso y divertido a la vez. Él, más por la confianza que ya le tenía que por asustarla o provocarla, se había retirado el batín, bajo el que lucía un pijama de dos piezas. Ella, alarmada, casi dio un brinco de la butaca que ocupaba y, nerviosa, dijo que saldría en busca de la confirmación de que podía salir del hospital.

Le gustaba que fuera resolutiva e independiente y, por encima de todo, la candidez que a veces mostraba, y lo sorprendía cuando se ruborizaba. La quería en su vida cuanto antes y deseaba poder encontrarse a solas en un lugar seguro, un sitio en el que nadie pudiera abrir una puerta de repente y sorprenderlos. Entonces la abrazaría y la besaría con la intensidad que llevaba soñando desde el mismo instante en que lo secuestraron.

Por fin la vio aparecer. Vestía un abrigo marrón claro a juego con su sombrero, y debajo de él un vestido de color melocotón claro.

—Vamos, ya puedes marcharte —murmuró tendiendo la mano para que él la tomara.

—Te aseguro que lo estoy deseando —dijo levantándose del asiento. Agarró la bolsa de cuero que tenía junto a los pies y se dispuso a salir de allí—. ¿Luego te quedarás conmigo?

—He de ir al dispensario, pero me queda tiempo hasta las tres.

—Entonces tenemos un ratito.

Bernat miró su reloj de bolsillo y le sonrió maliciosamente.

Salieron del recinto y, al bajar las escaleras de piedra que daban a la plaza, Bernat descubrió que enfrente, justo al lado de unos arbolitos, un hombre que no le era desconocido parecía esperarlo, porque al verlo avanzó hacia él.

Mariona se afianzó en su brazo como si así le diera su apoyo.

Era Arcadi Pons, pero en su rostro no había ni rastro de la soberbia que mostró la última vez que se habían visto.

—Señor Ferrer —lo llamó Pons—. Me gustaría hablar con usted.

Bernat frotó con su mano enguantada la de Mariona y trató de templar sus nervios. Aquel hombre sacaba lo peor de él, porque si hacía unos segundos se sentía pletórico por tener a su amor junto a él y estar a punto de besarla en la intimidad de su carruaje, ver allí a Pons le revolvió la bilis.

—No creo que usted y yo tengamos nada de qué hablar.

—Por favor... No le robaré mucho tiempo.

Bernat le dedicó una mirada acerada, pero vio la determinación en los ojos del otro e intuyó que no iba a marcharse sin cumplir su propósito.

—¿Ahora?

—Si no le importa.

—Me importa, estoy convaleciente y me marchaba a casa —espetó con dureza. Era el hijo de ese hombre quien le había causado aquellas heridas.

—Como le digo, no le robaré mucho tiempo —repitió y luego se dirigió a Mariona—. Discúlpeme, doctora Losada, pero es importante.

Ella no se había movido ni un milímetro de su vera. Bernat vio con el rabillo del ojo que Eusebio, su cochero, se había acercado hasta ellos.

—Eusebio, acompaña a la doctora hasta el coche, por favor; yo iré en unos minutos.

Bernat se separó un poco de Pons y le entregó al cochero la bolsa que portaba en la mano.

—¿Estás seguro? —murmuró Mariona en un tono que solo pudo escuchar él—. Puedo acompañarte.

—No, creo que es algo entre ese hombre y yo.

—No tienes ninguna obligación de hablar con él. ¿Y si quiere que retires la denuncia contra su hijo?

—Si es eso lo que me pide, acabaremos la charla muy pronto. Ve con Eusebio y espérame en el coche, no tardaré.

Bernat observó a Mariona mientras esta seguía al cochero, poco convencida. A él no le apetecía en absoluto aquella entrevista, pero era mejor quitársela de encima cuanto antes y olvidarse de aquel hombre. No era de los que desistían y no quería que lo abordara en otro momento.

Llegó de nuevo hasta donde él esperaba e hizo un gesto para invitarlo a caminar. Era mucho mejor dar un paseo por el claustro que rodeaba la plaza que conversar allí parados.

—He sabido lo de su esposa, lo lamento —murmuró Bernat educadamente tras los primeros pasos.

—Gracias, estaba débil desde hacía tiempo, pero esto... esto ha acabado con ella.

Bernat imaginó que «esto» eran todas las atrocidades que había cometido su hijo. Por más vueltas que le había dado, no lograba imaginar cómo aquel joven de buena cuna había podido resultar tan perverso y guardar tanto odio dentro. Gonzalo le había explicado que había algunas enfermedades que cursaban con las características que mostraba Vicente. El hecho de hallar placer mordiendo a las mujeres era una desviación, una monomanía que podía tratarse. Por su parte, Bernat no podía decir si el hijo de aquel hombre estaba enfermo o no, solo quería dejar atrás lo que le había hecho para comenzar su vida con Mariona, libre de rencores.

El político se había quedado callado como si pensara qué iba a decirle, y él tampoco dijo nada. Si Pons quería hablar con él, que lo hiciera, pero no iba a ponérselo fácil.

—En cierto modo, uno es responsable de lo que hacen los hijos —dijo al fin.

—No, yo no lo creo —espetó—. Cada uno es responsable de sus propios actos y de sus decisiones.

—En estos días le he dado vueltas a todo lo que hice mal y si podía haber intervenido en algo para evitar esta desgracia, pero he llegado a la conclusión de que no —prosiguió Pons. Bernat lo observó de reojo mientras el hombre caminaba acompañándose del bastón, igual que hacía él, y miraba al suelo, como si así, hablándole a las piedras, resultara más sencillo soltar lo que pretendía decirle—. Verá, sé que mi conducta no siempre ha sido honesta. Me he aprovechado de los que quisieron aprovecharse de mí, de mi puesto y de mi cargo para medrar y obtener un beneficio, y a cada uno le pedí un precio. Con mi esposa tenía un acuerdo.

Bernat escuchó en silencio a Arcadi Pons mientras este se liberaba de unos sentimientos que difícilmente habría manifestado a alguien más. Y lo había escogido a él, no sabía bien por qué.

—He tenido amantes, sí, unas cuantas, a lo largo de mi matrimonio, y mi esposa sabía de todas ellas, al menos de las más importantes. No quiero justificarme, pero nuestro matrimonio fue un trato de conveniencia entre nuestros padres, que quisieron unir sus tierras. Al casarme descubrí que me habían engañado. Ella estaba enferma del corazón y la intimidad entre nosotros, si la había, estaría muy condicionada. Pero ella quería un hijo, quería ser madre, y se arriesgó a costa de su propia vida. Tras saber que estaba encinta, cesó todo acercamiento entre nosotros. Acordamos ser una familia, sobre todo de cara a la sociedad, pero yo haría mi vida. Por supuesto, al principio ella no estaba de acuerdo, pero tuvo que aceptarlo. El trato era que yo buscaría fuera de casa lo que ella no me daba, aunque sería discreto y no la humillaría. Por eso me molestaban tanto sus artículos. Rompieron mi estabilidad familiar y, sin usted saberlo, puso sobre la mesa la mentira de nuestro matrimonio.

Bernat no tenía ningún interés en conocer sus miserias, pero intuyó que pronto le diría lo importante. Y no se equivocó cuando Pons mencionó a María del Rosario.

—Me encapriché de ella. Yo era joven y ella más, y estaba deseoso de tener a una verdadera mujer en mis brazos, pero se quedó embarazada y eso no podía consentirlo. No quería otra responsabilidad, ya tenía un hijo, yo solo quería gozar de la vida. Le dije que se deshiciera de la criatura, le di dinero, mucho dinero, para que se marchara lejos y me librara del problema.

—¿Así que no sabía que lo engañó y tuvo una niña?

—En cierto modo, creo que lo intuí. Pero me olvidé de ella, como de las otras que hubo. Cuando años después la vi en el teatro, no podía creerlo. Era la gran deseada. Había cola de hombres, a cuál más poderoso, en su camerino. Y de todos ellos, al único que no quería ver era a mí. Cuando la tuve de frente quise volver a aquel tiempo en que todo podía ser. Pero ella me despreció.

—Era razonable no querer ser su amante de nuevo, tal como la había tratado tiempo atrás.

—Veo que sabe la historia. También sabrá que no me confesó que era el padre de Jacinta hasta que la chica desapareció.

—Sí, lo sé. Pero... discúlpeme, tengo a mi prometida esperándome y no sé adónde quiere ir a parar.

—Su prometida —repitió—. Tiene suerte, los Losada son buena gente. Pero concédame unos minutos más. Quiero darle mi versión de los hechos, para que cuando la tenga la junte con la que conoce y escriba lo que considere oportuno.

—¿Me está diciendo que puedo escribir sobre lo que me cuente?

—Puede hacer lo que quiera. He dimitido de mi cargo en el ayuntamiento, he vendido mi participación en algunas empresas y he roto con mis socios. Esperaré el juicio de mi hijo; luego me marcharé bien lejos. Sé que será condenado, ha hecho cosas que solo el odio puede generar y ese odio le nació de saber que yo tenía una hija a la que estaba dispuesto a conocer y a querer.

—Creo que ese odio ya lo tenía.

—Es posible. Nunca fui un buen padre, no le presté la menor atención y lo dejé bajo las faldas de su madre, que le daba todos los caprichos solo para que no llorara y no tener que enfrentarse a él. Pero un día recibí una visita en mi despacho. Una jovencita bastante espabilada decía que era mi hija. Mía y de María del Rosario, y pensé que tenía la oportunidad de hacer las cosas de distinto modo.

Bernat descubrió que Pons se había entrevistado varias veces con Jacinta, pero que, desde la primera vez que se vieron, ella le dijo que no quería nada. No acudía a él para exigirle nada, solo quería conocerlo y que viera en lo que se había convertido sin su ayuda.

—Me dijo que debería tener el alma atormentada porque quise que ella muriera. La primera vez se mostró muy dura, pero aceptó que nos viéramos otro día, allí en mi despacho. No sé por qué la creí, quizá le vi mi coraje en los ojos. Parecía frágil, inocente, pero tenía una fuerza interior que con unos años más sería imparable. Quería estudiar leyes, ¿lo sabe?

—No, no lo sabía. Ni siquiera creo que su madre lo supiera.

—Nunca sospeché que Vicente se había enterado, ni que llevaba una vida tan crápula y libertina. Si hubiera estado más pendiente de las andanzas de mi hijo, quizá él no... no habría hecho lo que hizo. Ni siquiera puedo aducir que ha sido por culpa de las malas compañías. Él y Evaristo se merecen lo que les pase. Siempre fueron chicos caprichosos, enemigos de arrimar el hombro en los negocios, pero amigos de darse la buena vida. —Pons se detuvo en mitad del camino y lo miró de frente—. Mi mujer ya no está, así que ya puedo dejar de protegerlo. Lamento lo que le hizo. Cuando me dejaron verlo, le crucé la cara con una bofetada y ¿sabe qué me dijo?

—Cualquier disparate, imagino.

—«Tus enemigos han caído, nadie hablará mal de ti ni yo compartiré mi herencia».

Comenzaron a caminar de nuevo, aunque Bernat no supo cuál de los dos inició los pasos.

Pons retomó la conversación, que se parecía mucho a un monólogo. Le confesó que se había retirado de la vida pública y que no iba a interferir en el curso de la ley para proteger o favorecer a su hijo. Cubriría los gastos de un buen abogado y procuraría que estuviera bien atendido en la cárcel, pero nada más. Esperaría el juicio en su casa de Reus y luego se marcharía por un tiempo, no sabía dónde todavía, pero lejos de España.

Llegaron de nuevo al lugar del que habían partido. Habían dado un gran rodeo por todo el claustro, e incluso dieron otra vuelta por uno de los laterales.

Pons le ofreció la mano a modo de despedida.

—Su prometida estará preocupada —dijo con una sonrisa—. No tengo palabras para pedirle perdón por el daño que mi hijo le ha causado. Usted siempre fue un contrincante cabal, por muy difícil que yo se lo pusiera. Solo puedo desearle que sea feliz y le autorizo a que escriba lo que usted quiera de todo lo que le he contado. Ya no me importa nada, y la verdad es siempre una buena opción. Por desgracia es un camino que evitamos más de lo que somos capaces de confesarnos.

Bernat frunció los labios, sin saber qué decir, pero Arcadi Pons aún no había concluido.

—Su padre siempre fue mejor hombre que yo. La familia y la tierra era lo único que le importaba, y los amaba tanto... Yo nunca supe amar como él lo hacía. Éramos amigos, ¿sabe?, pero tras mi matrimonio y lo que me deparó, odié a todos los que eran más felices que yo, y solo acumular poder compensaba esa rabia. Sin embargo, le soy sincero cuando le digo que nada tuve que ver con su muerte; fue un disparo desafortunado y ni siquiera lo emití yo. Salió de la escopeta de mi padre, pero él ya está muerto para defenderse. Ahora que voy a Reus revisaré las lindes de las tierras y le devolveré la parte de su padre que anexionó el mío a las suyas. Hace mucho mandé plantar avellanos; no los quite, es una buena tierra, y es un fruto con corazón.

Tras aquellas palabras se dieron la mano como dos contrincantes que sabían que no volverían a encontrarse.

A Bernat le habría gustado cuidar hasta el último detalle para el encuentro íntimo que planeaba con Mariona, pero ninguno de los dos pudo controlar el huracán de emociones que los sorprendió cuando cruzaron el umbral de la casa de la calle Balmes y se quitaron los abrigos.

Solos por fin, sin temor a interrupciones, él la besó con todos sus sentidos a flor de piel. Ella respondió con pasión y el ansia fue dominándolo. Los besos se le hicieron insuficientes y las caricias se quedaban atascadas en las ropas. Trató de controlar su deseo, dosificarlo, y le propuso tomar un poco de jerez para celebrar que todo había salido bien.

Durante el trayecto a casa le había contado la conversación con Arcadi Pons, pero se había prometido zanjar aquel tema, no quería que se le enquistara. El futuro le sonreía, con el amor de su vida a su lado, y complacerla era lo único que le iba a quitar el sueño. Aparcó todos los pensamientos que no fuesen sobre Mariona y fue al mueble de las bebidas.

Mientras servía dos copitas, ella se retiró los guantes y el sombrero. Cuando regresó a su lado le entregó una y chocó su cristal con el de ella.

—¿Por qué brindamos? —preguntó Mariona.

—Por nosotros.

Ella sonrió y él sintió que algo se le agitaba en el pecho. Decidió que quería darle a aquel instante otro valor y se dirigió al aparador donde guardaba el fonógrafo. Lo puso en marcha y una suave música envolvió la sala.

—Muy bonita.

—Tú sí que eres bonita.

No pudo resistir la tentación de volver a probar sus labios, que sabían al vino que habían tomado. Apoyó las manos en su cintura y, con una lentitud que a él mismo le causaba sufrimiento, las subió hasta la curva de sus senos y los acarició de una forma más intensa.

—Bernat...

—No puedo parar —contestó sin dejar de mirar su boca—. Quiero más, mucho más. Ahora mismo solo pienso en llevarte a mi alcoba y descubrir tu piel bajo estas ropas. Me sobran todas.

Ella le colocó las manos en la cara y se acercó mucho. Se puso de puntillas y aproximó los labios hasta unirlos con los suyos para regalarle el beso más ardiente que había sentido. Aquello lo excitó sobremanera.

—Me estás matando. Lo sabes, ¿verdad?

—Me he dado cuenta.

Sin previo aviso la cogió en brazos y la llevó a su habitación. La risa que salió de la garganta femenina se mezcló con las notas que sonaban.

Ya en el dormitorio, la dejó de pie en el suelo y la miró con intensidad. Quería seguir adelante, pero buscó en su rostro cualquier atisbo de duda. Ella lo besó de nuevo y no necesitó más para saber que aquello era el preludio de lo que iba a ocurrir. Ella lo provocó con una mirada traviesa y él se dedicó a retirarle las ropas. La chaquetilla, la falda, la blusa, la enagua... Con cada prenda que caía se perdía en sus labios y en caricias infinitas que la hacían suspirar. Ella, osada y participativa, llevada por la lujuria del momento, le retiró la camisa y besó cada una de las cicatrices que marcaban su torso.

Cuando la tuvo desnuda, la tumbó en la cama y él se desvistió ante su atenta mirada. Luego, los dos juntos en el lecho, volvieron a perderse en arrumacos y besos que no tenían fin. Bernat llevó la mano al vértice de sus piernas y descubrió que estaba preparada para él.

—Vamos a tener que escoger un día, mi amor. Muero por que seas mi esposa.

Ella suspiró ante el avance y arqueó la espalda en un signo de deleite por lo que le hacía.

—En primavera —murmuró con voz entrecortada—, me gusta la primavera... Pero no pares, por favor.

No pensaba detenerse. Por el fuego del infierno que no iba a detenerse, pero tampoco iba a darle tregua. Quería hacerla vibrar de placer. Jugó con sus pliegues más íntimos y la besó con intensidad a la vez que le presionaba un seno y con el pulgar torturaba el pezón erguido que lo provocaba.

—Te quiero, mi dulce Mariona —susurró en sus labios, y la nombró como tantas veces la había nombrado en la intimidad de su alcoba, cuando solo podía soñarla, porque la había perdido.

—Yo también te quiero, Bernat, te he querido siempre —musitó ella perdida en sus sensaciones.

La emoción se extendió en su pecho y necesitó besarla con todo el amor que sentía. Luego quiso provocarla un poco más, profundizó con sus dedos en aquella cueva en la que deseaba introducirse porque solo así sus almas se unirían para ser una. Ella gimió muy alto y, siguiendo la estela del placer que él había provocado, Bernat la tomó por la cintura y la sentó a horcajadas sobre él.

—Quiero verte, mirar tu rostro cuando entre en ti.

Ella se sonrojó, pero él, sabedor de qué teclas tenía que tocar para llevarla al cielo, acarició sus senos con dulzura y dibujó espirales en su areola hasta apretar con los pulgares los pezones. Pero sus manos no podían estarse quietas en una sola zona de su cuerpo, así que bajó una hasta el lugar donde estaban unidos y con un dedo la rozó.

Mariona tembló con aquel tacto delicado y, presa de su propio ardor, que le hacía cerrar los ojos y morderse los labios, siguió su instinto, porque se balanceó sobre él buscando un roce cada vez más urgente.

Iba a matarlo con aquel cimbreo de cintura y ella ni siquiera era consciente del poder que tenía sobre él. La amaba tanto que podía entender a todos los hombres que habían rendido su imperio por el amor de una mujer. No se había dado cuenta, pero de su boca salían palabras amorosas que se unían a los suspiros y gemidos de ambos. Cuando la tuvo desarmada, suspirando de deseo y desesperada de necesidad, se introdujo en ella con un empujón delicado, luego la agarró por las caderas y la hizo bailar sobre él hasta que los dos fueron uno y los jadeos llenaron el cuarto de lascivos gemidos; entonces, solo cuando ella había alcanzado el placer prometido y con todo el dolor de su alma y un control acérrimo, salió de ella y se derramó en las sábanas.

La única música que escucharon fueron sus respiraciones mientras ella se acurrucaba junto a él y se abrazaban. Miró el reloj que tenía sobre una cómoda y sonrió, porque si se lo proponían aún les quedaba tiempo para repetir antes de que ella tuviera que partir.

Bernat buscaba en su despacho un texto que había escrito y no sabía dónde lo había metido. Tenía que reconocer que desde que había salido del hospital y se veía con Mariona de forma secreta en su casa, no sabía dónde tenía la cabeza. Nunca se había sentido con las emociones tan a flor de piel.

Mariona había resultado ser una mujer apasionada y celosa de su intimidad. Él le había propuesto hablar con su padre el mismo día en que le dieron el alta, tras el apasionado encuentro en el que se confesaron el amor que se profesaban como no habían hecho antes. Sin embargo, ella le rogó que esperaran un poco y mantuvieran oculto aquel idilio apasionado y pecaminoso. La excitación añadida a lo clandestino era un plus de la fogosidad de los momentos que compartían.

Ella solía acudir a su casa tras la comida, antes de entrar a trabajar en el dispensario y en un momento en que la portería estaba menos vigilada, ya que era la sagrada hora de la siesta del señor Muñoz, el portero. Él hacía sus recados con premura, acudía al periódico y a las tres de la tarde la esperaba ansioso por perderse en sus brazos. Tenían una hora y media para ellos y no solían desperdiciar el tiempo.

Pero ese día no iban a verse, ella estaba en la consulta de su casa.

Con la idea del texto bailando en la cabeza, junto a otros pensamientos más placenteros, rebuscó en su escritorio el dichoso artículo antes de salir hacia *La Vanguardia*. Pensó alguna excusa para hacer salir a Mariona de casa.

«Céntrate», se dijo con sarcasmo. Se había vuelto adicto a ella, pensó con burla de sí mismo.

Abrió el cajón central del escritorio y sonrió al ver el manojo de cartas que tenía esparcidas por él. Misivas que había escrito desde no sabía cuándo, dirigidas a Mariona con cualquier pretexto, sobre todo por la necesidad de sentirla cerca. Le llamó la atención una hoja más menuda y doblada que descansaba sobre todas ellas. Al cogerla reconoció la fina letra de Mariona al leer en el dorso: «Bernat».

Al principio se sintió turbado por el hecho de que ella supiera de aquellas cartas, asaltado por una mezcla de desasosiego y vergüenza. Pensó que quizá las había encontrado en algún momento de los que había ido a su casa, pero luego descartó la idea, pues ella siempre había estado con él, ya fuera tumbados en el sofá de la sala, junto a la chimenea o bajo las mantas de su cama. Además, se lo habría comentado. Le abochornaba que hubiera descubierto su debilidad, que había sido un cobarde al no ser capaz de enviar ninguna.

Se apresuró a leer lo que decía el escrito.

Una extraña sensación lo recorrió. En un inicio no entendió el texto y necesitó leerlo varias veces. Luego su cabeza empezó a elucubrar por qué estaba molesta. Porque si algo no sabía disimular Mariona era su enfado.

Lo llamaba «dulce tormento» y le hablaba de que no entendía su silencio y concluía con un verso. Un verso de lord Byron...

«¡Mi dulce Mariona! ¿Creías que te había abandonado de nuevo?».

Recordó que Antonia, la mujer que cuidaba su casa, le había dicho que una doctora había ido en su busca. Tenía que ser entonces cuando dejó la nota. Sin duda había descubierto por casualidad las cartas escondidas y, dedujo, había leído algunas. Por eso el saludo era similar al que él escribía siempre.

Se conmovió al entender que había desaparecido justo después de pasar la noche con ella. Imaginó que se habría sentido humillada al no tener noticias de él, y habría creído que se burlaba de ella o, peor aún, que la dejaba después de haber tomado su honra. Lamentó el dolor que le había causado sin pretenderlo.

Volvió a mirar la hoja y sonrió. Al menos aquellos versos tenían algo de razón. Olvidarla no podría, nunca.

29

Mariona contemplaba la consulta sentada tras el escritorio de su padre, después de las visitas de la mañana. Con mirada tranquila observó las paredes y pensó que ya no tenían el aspecto serio y masculino de antes. Ella había ido dejando su huella y debía reconocer que se sentía cómoda en aquel lugar, en el que de niña hacía las curas a sus muñecas y su padre la instruía a escondidas de su madre.

Pensó en los giros de la vida. Apenas habían transcurrido tres meses desde que regresó de Londres y, lo que no imaginó que ocurriría, estaba pasando. Tendría que empezar a pensar en casarse. Los encuentros con Bernat eran cada vez más difíciles de esconder y, aunque él respetaba su deseo de mantener en secreto su idilio, como le gustaba llamar a sus escarceos amorosos, era preciso que comunicara a la familia que deseaba contraer matrimonio, algo que todos esperaban desde que se había anunciado el compromiso. A su madre le iba a dar un soponcio, pues llevaba años deseando verla casada. Estaba convencida de que le organizaría la boda en un periquete.

Mariona suspiró. Las últimas semanas habían sido un tiovivo de emociones. Amaba a Bernat y no tenía dudas; en aquel tiempo que se habían dado para ellos, había descubierto que no quería a otra persona a su lado que no fuera él.

El corazón tenía sus razones y el suyo nunca dejó de amar a Bernat. Por suerte él tampoco la había olvidado. Además, era maravilloso, un hombre moderno que no se interponía en sus deseos de crecer como mujer, que la animaba y la respetaba.

Desde que su padre había regresado al hospital, Mariona había planificado mejor los horarios de la consulta privada, que habían aumentado con sus propios casos. La mejor publicidad era la que se transmitía de boca en boca, y muchas damas burguesas habían abandonado las consultas de médicos varones para que las atendiera ella. Muchas de aquellas damas habían sido pacientes de su padre o de otros colegas, y la misma doctora Aleu era una fuente de derivación de pacientes. Pero también había atendido a pacientes que habían sido muy reacias a tratarse algunos malestares ginecológicos que padecían desde hacía años por no querer consultar con sus médicos de familia debido a la vergüenza. Solo por ser mujer ya se sentían comprendidas, y eso era una buena herramienta para avanzar en la solución de los problemas. No iba a quejarse por aquel cambio, porque le gustaba ver cómo cada día su nombre y su especialidad eran más reconocidos.

Hacía días Dolors Aleu había pasado a visitarla por el dispensario y le agradó ver lo bien que funcionaba. Aleu le dijo que las monjas le habían dado muy buenos informes suyos y en confianza le transmitió los deseos de las religiosas: que no abandonara el puesto. Su presencia había hecho que algunas mujeres de mala vida se acercaran a la consulta y de ahí a la parroquia, y solo Dios sabía si eso las alejaría de las calles y los burdeles.

A Mariona le satisfizo saber aquello. La profesión médica no siempre era reconocida y a menudo los pacientes, fueran del sexo que fuesen, ni siquiera se mostraban agradecidos. Saber que había ayudado a algunas mujeres era una gran recompensa y eso se reflejaba muchas veces en los rostros de sus pacientes, ya fueran mujeres burguesas, prostitutas, madres solteras, mujeres pobres o niños huérfanos. Aún quedaba mucho camino que recorrer en cuanto a higiene y en el ámbito de la maternidad, pero estaba decidida a seguir su labor como médica y aportar su grano de arena en mejorar las condiciones sanitarias.

No tenía intención de dejar el dispensario, ni siquiera cuando se casara. Combinaría la atención con la consulta privada; ya lo había hablado con Bernat y él la había sorprendido con su respuesta.

—Puedes hacer lo que quieras y te haga feliz, yo jamás me interpondré en ello. Ya sea estudiar, trabajar o dejarlo todo para dedicarte a otra cosa —le dijo una mañana de domingo que paseaban por las Ramblas—. Lo único que te pido es que tengas cuidado.

Rieron cuando él aseveró que, si Silvio dejaba sus funciones de protector, Eusebio tomaría el relevo. Ella se quejó de que los cocheros se aburrían esperándola en el dispensario de Atarazanas, pero él no cedió en aquella medida de seguridad, y si no eran ellos buscaría a otros.

Había finalizado las visitas. Se levantó, se quitó la bata blanca que utilizaba en la consulta y la colgó en un perchero, junto a la de su padre. Luego caminó hacia la puerta exterior para cerrarla con llave. Antes de hacerlo, miró fugazmente el letrero que su progenitor había mandado colocar: «Doctores Losada». Bajo aquel epígrafe estaban los nombres de ambos y sus especialidades. Apagó las dos lámparas que iluminaban la estancia y salió por la puerta interna. Recorrió el pasillo que la llevaba al vestíbulo de la casa y de ahí pasó a la salita, donde sus abuelos solían estar jugando a cartas, leyendo o conversando.

—Ah, ya está aquí —señaló la abuela.

Mariona se congratuló al ver a su hermano Gonzalo junto a Sofía e Inés.

—No sabía que veníais, me alegra veros. —Los saludó con un beso en la mejilla a cada uno, aunque con Sofía, que parecía una muñequita, se entretuvo un poco más y le hizo carantoñas.

—Ya está avisada —interrumpió su madre que entraba en la estancia—. La señora Morente siempre tiene arreglo para la comida y no le supone un trastorno que seamos tres más a la mesa. Ya sabéis que cocina como si fuéramos un regimiento.

—¿Vendrá Bernat a comer? —preguntó Gonzalo, mirándola directamente a ella.

—¿Bernat? No, ¿celebramos algo? —inquirió.

—Ah, es que he intentado quedar con él algunos días a comer y no he podido. Diría que en el hospital se acostumbró a dormir la siesta y ese bribón se mete en casa y desaparece del mundo a las tres de la tarde.

Mariona trató de que no se le moviera ni un músculo de la cara. No quería dar pie a que su hermano adivinara que ella sabía perfectamente dónde se metía Bernat a esa hora, solo podía dar fe de que algunos días, en ese periodo de tiempo, estaba bien despierto.

—Tiene bastante trabajo en el periódico. No creas que conozco todos sus pasos.

—¿Pero no viene por aquí? —inquirió su hermano de nuevo. Qué pesado estaba.

—Por supuesto que viene, aunque no todos los días —respondió.

—¿Y no hay nada que vayas a anunciar? —Decididamente, Gonzalo quería sacarla de quicio.

—Pero ¿qué te ha dado hoy? —Rio para disimular—. ¿Qué pretendes que anuncie?

—Pues cuándo vas a casarte, es importante conocer ese dato.

Debió de poner cara de desquiciada, porque su padre soltó una carcajada que suscitó la hilaridad de todos los miembros de la familia allí reunidos.

—No me gustaría estar en el pellejo de Bernat —bromeó don Rodrigo.

—Papá, ¿tú también?

—Papaíto. —La dulce voz de Sofía se oyó entre los murmullos. Todos enmudecieron y dieron lugar a la niña para que hablara.

—Dime, cariño.

—Si la tía Mariona no anuncia nada porque no le pasan cosas, ¿nosotros podríamos decir que vamos a traer un hermanito?

Mariona percibió que todos retenían la emoción. El silencio se prolongó durante unos segundos más, un lapso que Sofía aprovechó para añadir:

—También puede ser una hermanita, pero será si Dios quiere.

—Sofía —murmuró Inés con mucho cariño—, creo que es una idea excelente. ¿Dejamos que lo diga papá o quieres decirlo tú?

—¡Yo, yo! —exclamó la niña y enseguida anunció alegre—: Vamos a tener un bebé.

Gonzalo sonrió y mostraba tanto orgullo que a Mariona no le extrañó que a su madre y a su padre se les saltaran las lágrimas. Con seguridad todos recordaron el aciago momento del atentado en el que Inés perdió el bebé que esperaba, pero nadie hizo referencia a ello, y los felices padres se tomaron de la mano, una muestra de cariño y amor que le pareció muy tierna.

Mariona se arrodilló junto a Sofía mientras el resto de la familia rodeaba a los futuros papás para felicitarlos.

—Es una suerte ser la hermana mayor —le dijo con cariño—. Yo soy la pequeña y no me dejaban mandar mucho. —La niña sonrió vanidosa—. Qué alegría cuando te lo dijeron, ¿verdad?

—Bueno, me riñeron un poco porque yo lo oí cuando debía estar en mi cuarto acostada. Mamá se lo decía a papá y se dieron besos.

—¡Sofía! —la riñó su madre. Inés se ruborizó y rio casi a la vez.

—Mi pequeña princesa se coló en nuestro dormitorio —aclaró Gonzalo.

Mariona dio un beso a la niña y luego se levantó para felicitar a su hermano y a su cuñada. Se sentía muy feliz por ellos.

—Solo estoy de unas seis semanas, es pronto, pero no podía guardar el secreto a Gonzalo por más tiempo, y Sofía nos pilló hablando —le dijo Inés en confidencia—. Mi niña es muy curiosa.

—¿Te sientes bien?

—Estupendamente. Sé que deberíamos haber esperado un poco más, pero no lo planeamos. —Mariona sonrió y su cuñada, como si tuviera que justificarse, añadió—: Y no, no pienso en las cosas malas que pueden pasar, ya me lo ha preguntado tu hermano, por si ibas a decírmelo.

—Hija, estar rodeadas de médicos no siempre es buena cosa —intervino doña Elvira.

El abuelo besó a Inés en la frente y luego soltó con humor, sin dejar de mirar a Mariona.

—Pues habrá que esperar a saber si hay más anuncios, pero podemos ir celebrando, para que no se nos junten las cosas.

No sabía qué mosca les había picado a todos. Bernat y ella llevaban prometidos poco más de un mes y a ojos de la gente eran muy discretos, aunque en la intimidad vivían en pecado y disfrutaban de forma clandestina de su amor. No le pasó desapercibido que con tanta broma lo que pretendían era que dieran una fecha y dejaran de marear la perdiz.

Mariona salió de la salita hacia las escaleras para ir a su dormitorio y cambiarse de ropa antes de comer. No había subido tres escalones cuando su padre la llamó y le preguntó si podían hablar en su despacho. Por un momento sintió que se había ganado una reprimenda y temió que hubiera descubierto que se veía a solas con Bernat.

Asintió con nerviosismo y lo siguió sin rechistar. Mientras cubría los escasos quince metros que separaban la escalinata del gabinete personal de su padre, fue hilando ideas que justificaran aquellos encuentros en su casa. Primero se preguntó quién podía haberlos descubierto y recordó a una señora mayor, que vivía en la escalera de al lado, y que un día la vio salir del portal. Ella se había limitado a agarrar muy fuerte su maletín médico y a saludar a la vecina de forma esquiva.

Se le ocurrió que lo mejor era dejarlo hablar y, en función de lo que le dijera, ella argumentaría una excusa sólida y decente. Y para despistarlo de aquel tema le preguntaría si le parecía bien una boda en primavera. Era lo más sensato, buscar un día y celebrar la unión que tanto Bernat como ella deseaban.

Don Rodrigo cerró la puerta y señaló hacia las butacas que había en un rincón, junto a una mesita auxiliar en la que su madre había colocado un ramo de rosas del jardín cortadas por ella misma. Le pidió que se sentara y él lo hizo al lado.

—Me intriga este misterio, padre.

—No hay tal misterio, sino algo que me quema el alma y creo que debo comentarlo contigo. Y no considero que necesitemos público para abordar el tema. Puede quedar entre tú y yo.

Mariona no quería que nada en su rostro delatara la angustia que recorría su cuerpo, así que respondió con un monosílabo.

—Ah.

—Por supuesto, he de hablar con Bernat, pero tú eres mi hija, y al tratarse de algo que te concierne, me siento en la obligación de hacértelo saber. Espero que sepas entender mi postura.

Mariona creyó que iba a sufrir un ataque. Sintió que el corazón se le aceleraba y que la temperatura del cuerpo le había aumentado. Notó que la vergüenza le subía como si fuera la bilis y se le quedaba atascada en la garganta. Se miró las manos, que había dejado en su regazo y se dio cuenta de que las frotaba una contra otra, un movimiento que delataba su nerviosismo. Las dejó quietas, apoyadas en los reposabrazos de la butaca. Si con ello no se hubiera delatado a sí misma, habría clavado las uñas para evitar salir corriendo, pero templó sus nervios y le dedicó la mirada más inocente que pudo forzar.

—No sé cómo puedo justificar mi comportamiento —musitó.

—Tú no tienes que justificar nada, soy yo quien debo explicar el mío.

Aquello desbarató sus pensamientos. No entendía nada.

—No comprendo.

Don Rodrigo le tomó una mano y la encerró entre las suyas. Mariona se preparó para escucharlo, después ya haría su alegato. Amaba a Bernat y no era la primera mujer que había perdido su inocencia antes de la boda. Le dio rabia pensar que a los hombres siempre se les justificaba diciendo: «Es un hombre», pero a las mujeres no. Ellas eran casquivanas, unas perdidas, y toda una retahíla de insultos que avergonzaba a la familia y podía suponer el escarnio social. A menudo se resolvía con el matrimonio, otras veces, si el hombre no se responsabilizaba, la mujer padecía una lacra social que ni siquiera el tiempo lograba borrar.

—No sé cómo decirte esto y te pido perdón por el dolor que pude causarte con mi decisión. Entonces pensaba que era la más acertada y por eso lo hablé con Bernat.

—¿Has hablado con Bernat?

—Déjame terminar y luego me reprochas todo lo que tengas que reprocharme. ¿De acuerdo?

Ella asintió, aunque cada vez lo entendía menos.

—Tras la boda de Gonzalo e Inés, tu madre estaba convencida de que algún joven pediría tu mano. Te aseguro que estaba realmente emocionada con el asunto. Muchos jóvenes destacados de la burguesía se habían interesado por ti, y ella quería que te casaras y se te fuera de la cabeza eso de trabajar y ser médico.

Aquella idea no era algo nuevo, su madre siempre la había arrastrado a los salones, a las fiestas, al hipódromo de Can Tunis y a meriendas en casa de amigas y conocidas con el fin de que conociera a alguien y entrara en el mercado matrimonial. Ella había saboteado todas aquellas salidas, pero recordó con cierta ironía que su madre no desistía y solía preguntarle para qué estudiaba tanto, si cuando se casara acabaría abandonando su carrera profesional. Desde luego, no estaría bien visto que trabajara.

—Tu madre pensaba que su deber era asegurarse de que tuvieras un buen matrimonio —relataba su padre—. Para ella era secundario lo de la medicina, y aunque estaba muy orgullosa de lo que habías conseguido, su primer objetivo era que te casaras. Sin embargo, yo no estaba dispuesto a permitir que lo consiguiera, al menos no tan pronto, y te alejaras de lo que habías conseguido con tanto esfuerzo y tenacidad. Por eso cuando Bernat acudió a mí y me pidió tu mano días después de la boda de Gonzalo, lo rechacé.

Mariona sintió que el aire no le llegaba a los pulmones, jamás se lo había dicho. Pero su padre le dio una pequeña palmadita en el dorso de la mano que todavía tenía atrapada entre las suyas, como si adivinara que se había quedado afectada.

—No podía decírtelo, Mariona. Él me confesó que deseaba casarse contigo, que te amaba, y yo fui egoísta. Temía que dejaras la medicina y no te convirtieras en una de las primeras mujeres médico de la ciudad. Eso me llenaba de orgullo. Se lo dije, le dije que si se casaba contigo te impediría llegar a tu destino, un destino que te merecías por derecho propio, que tu madre se encargaría de que fueses esposa antes que médico. Y, aunque te cueste creerlo, él lo entendió. Primero adujo un montón de cosas, como que él jamás te impediría lograr tu sueño, pero comprendió que tenía que hacerse a un lado para que siguieras tu camino. Sacrificó su amor para que lo lograras.

De repente muchos sucesos inconexos se alinearon y Mariona comprendió que aquel fue el motivo que impulsó a Bernat a viajar a Cuba. Quizá coincidió en el tiempo la recepción de la carta en la que su madre le pedía que fuera a verla, pero sin duda aquella negativa contribuyó a ello.

—Sé que te quiere, hija, y tú a él. Os habéis prometido y eso me llena de felicidad, pero a veces me siento culpable. Si no hubiera intervenido, serías feliz con él desde hace mucho... Lo que trato de decirte es que no te hizo ninguna promesa porque yo se lo pedí.

Mariona no se había dado cuenta, pero una lágrima rodaba por su mejilla. Su padre se la retiró con un dedo.

—Papá te aseguro que soy feliz, feliz por lo que logré en Londres y por darme cuenta de que Bernat es el hombre de mi vida.

—Lo amas de verdad.

—Desde siempre, papá, desde siempre.

—Entonces yo seré el padre más feliz del mundo cuando te lleve del brazo al altar —dijo don Rodrigo muy serio. Luego, como si quisiera hacer una broma para romper la tensión del momento, añadió con humor—: Sea eso cuando sea.

30

Bernat, en compañía de Rufino, acudió a la cafetería en la que siempre se encontraba con Miguel Galán y donde este lo había citado después de comer.

Tras su recuperación había hablado con don Modesto para que le dieran un sueldo decente al muchacho y este, tras conseguirlo, no había tardado ni un día en abandonar su trabajo en La Maquinista Terrestre y Marítima para dedicarse por completo «al noble oficio del periodismo, del que aún tengo que aprender mucho», según lo describió el aprendiz.

Tras aquella reunión tenía pensado visitar a Mariona en su casa y, si el tiempo no se estropeaba, invitarla a un chocolate en el Suizo de las Ramblas. Aquel lugar les encantaba y tenían su propio rinconcito. Luego bajarían caminando hasta el monumento de Colón, donde el cochero los recogería en el paseo.

Galán comentaba algunas novedades sobre Santiago Salvador, el individuo responsable del atentado del Liceo, al que habían detenido hacía unas semanas en Zaragoza. Se escondía en la casa de un familiar y, cuando fueron a apresarlo, había intentado suicidarse pegándose un tiro en el abdomen, al grito de «¡Mueran los burgueses, viva la anarquía!». En el interrogatorio había confesado ser el autor del ataque y de sembrar el horror. Al estar herido, lo trasladaron al hospital, donde había entrado con pronóstico grave. Pero los médicos lo habían salvado y pudo ser encerrado en la cárcel Reina Amalia, donde esperaba su juicio y la sentencia.

—Al llegar lo recluyeron en la enfermería —informó Galán—, pero desde hace días está con los presos comunes.

—El juicio tardará meses —señaló Rufino con fastidio—. Pero lo sentenciarán a garrote vil y deberían exponer su cadáver hasta la puesta de sol.

—Odio el espectáculo en que se han convertido algunas ejecuciones —observó Bernat—. No entiendo a la gente que es capaz de ir a presenciarlas al patio de la cárcel, como si fuera una ópera en un teatro.

—La gente necesita saber que el culpable está entre rejas y que paga con su vida su vileza —afirmó Galán. La cafetería no estaba muy concurrida a aquella hora, pero había bajado el tono de voz para no llamar la atención de otros parroquianos que conversaban en una mesa no muy lejana—. Cuando muera, podrán volver a sentirse seguros en las calles y en sus casas.

—Al menos todas esas familias que perdieron a alguien en el Liceo o que resultaron heridas podrán dormir en paz y sentir que se ha hecho justicia —murmuró Bernat—. Aunque me temo que los anarquistas no van a desaparecer, a este le seguirá otro, y seguirán con su odio enfermizo hacia los burgueses como fuente de sus desgracias. Sus reivindicaciones pueden ser buenas o malas, según se mire, pero no creo que la violencia sea el camino para conseguirlas.

—La sociedad va cambiando, pero siempre habrá grupos que responsabilicen a otros de sus penurias, de no conseguir lo que aspiraban tener, ya sea al Gobierno, a los ricos, a los extranjeros... La culpa siempre es de otros —meditó Miguel Galán.

Bernat pensó que la Barcelona industrial crecía y que el progreso siempre conllevaba desigualdades. Era un mal necesario. Los grupos anarquistas eran cada vez más numerosos y se iban radicalizando a medida que se deterioraban las condiciones de vida de la clase obrera. Era algo que los empresarios deberían empezar a solventar y tener en cuenta.

Con el atentado del Liceo, Santiago Salvador había querido destruir a la burguesía y sembró el pánico y el terror en la ciudad durante días. Bernat fue consciente de que, con su detención y el posterior juicio, se resolvía aquel crimen contra una parte de la sociedad, pero vendrían otros. Otros motivos que volverían a incendiar los ánimos y las calles. Solo esperaba que cuando eso ocurriera, los políticos estuvieran a la altura.

Mariona había salido a hacer unas compras y decidió pasarse por el periódico. Se moría de ganas de ver a Bernat y preguntarle lo que su padre le había confesado. Desde que se lo había dicho no dejaba de darle vueltas al tema, incluso había pasado gran parte del tiempo de la comida tratando de disimular su desatención.

Su corazón estaba en paz y enamorado, pero si su mente regresaba a aquellos días en los que la decepción lo había abrumado, sentía el dolor y la culpa por haber acusado a Bernat de abandonarla, cuando de lo único de lo que era culpable era de no decirle la verdad.

El hombre que la atendió en la portería de *La Vanguardia* le dijo que el señor Ferrer había salido con su ayudante, pero que con seguridad estaban tomando un café en la cafetería que había a la vuelta de la esquina.

Animada por el deseo de verlo, se encaminó hacia allí y

entró decidida en el establecimiento. Era una planta amplia con bastantes mesas redondas de mármol blanco en el centro. En uno de los laterales las mesas eran rectangulares y tenían un mantel blanco con un pequeño florero encima. Un tabique de madera y vidrio esmerilado dividía las zonas del local. Detrás de un gran mostrador decorado con un aparador que guardaba varios pasteles había un hombre limpiando unas tazas. Al verla parada en mitad de la sala le preguntó en voz alta.

—¿Busca a alguien, señorita?

—Al señor Ferrer, me han dicho que lo encontraría aquí.

De reojo vio que, detrás del reservado de madera, alguien se levantaba.

—¿Mariona?

En un segundo Bernat estuvo frente a ella con una sonrisa dibujada en la cara.

—Esto sí que es una sorpresa —dijo él y tomó sus manos.

—Disculpa que te interrumpa —se justificó al mirar hacia el lugar del que había salido y ver que estaba acompañado—. Sentí el impulso de venir.

—No tengas reparo, son Galán y Rufino, nos reunimos aquí de vez en cuando.

Bernat la acompañó hasta la mesa donde los otros hombres la recibieron de pie y con un saludo formal. Bernat le ofreció una silla y, cuando ella se sentó, los demás también lo hicieron. Una joven camarera de falda oscura y delantal blanco, con una pequeña cofia, le preguntó si deseaba tomar algo.

—Un café con un poco de leche, por favor.

—¿Algo más?

—Yo tomaré otro café —pidió Bernat—. Y, por favor, sírvenos un poco de esa tarta de mermelada de fresas.

Galán y Rufino declinaron tomar más café. Durante unos minutos conversaron de temas sin importancia. Mariona pensó que quizá habían estado comentando algo relevante sobre algún caso o un tema de interés social, pero no consideraban decoroso hablarlo delante de ella. Sin embargo, si ese era el caso, ninguno mostró incomodidad por su presencia.

La camarera sirvió los cafés y las raciones de pastel y, antes de que se los hubieran acabado, tanto el policía como el aprendiz de periodista adujeron que debían hacer unos recados y los dejaron solos.

—Ahora sí que voy a pensar que no debí venir —dijo incómoda cuando los otros se hubieron marchado. Bernat la tomó de la mano y la besó. Llevaba guantes, pero así y todo Mariona pudo sentir el aliento cálido que le calentó los dedos y la sangre.

—Ya tenían que irse, y yo estoy encantado de que hayas venido. Si te apetece podemos dar un paseo. Pero quiero que sepas que pensaba ir a verte a tu casa más tarde.

Mariona pensó que era mejor soltar lo que quería decirle cuanto antes, porque si se iban a dar un paseo, no encontraría el modo.

—Verás, mi padre me ha contado algo que necesito comentarte.

Él levantó las cejas en una expresión cómica de alarma.

—No te rías, es muy serio.

—Estoy seguro de ello, pero ¿es algo que te preocupa?

Le costó encontrar las palabras y dio unos rodeos hasta que halló el modo de decírselo: que sabía que había pedido su mano años atrás y que jamás se lo había dicho, que había preferido que pensara de él que la había abandonado y luego lo justificó diciendo que su madre le había escrito pidiéndole que fuera a verla.

—¿Qué es lo que te preocupa de aquello? Fue hace mucho y ahora estamos juntos. —Bernat le restó importancia.

—¿Por qué no me lo dijiste? En tus cartas me hiciste creer que solo éramos amigos.

—¿Te refieres a las cartas que te envié y que tú no leíste? —preguntó con humor en la voz.

Ella lo miró durante un segundo y acabó con una sonrisa en los labios, contagiada por la expresión que él le dedicaba.

—Sí, esas mismas.

—Tesoro, te pido perdón mil veces por no confesarte la verdadera razón de mi marcha, pero si lo hubiera hecho tú no habrías querido que nos alejáramos y tal vez tu padre tenía razón, no te habrías convertido en la médica que eres. —Bernat la besó, ya que la intimidad del reservado los protegía de miradas ajenas. Fue un besó suave, pero cargado de ternura—. Dar un paso al lado, no interponerme entre tú y la medicina, ha sido lo más difícil que he hecho en mi vida. Entendía las razones de tu padre, aunque eso no significaba que no me doliera. Quise ser al menos tu amigo, pero tú estabas enojada y cortaste cualquier tipo de relación.

—Pero me seguiste escribiendo, aunque no me enviaste las cartas.

—Ya sé que las descubriste, puedes leerlas cuando quieras.

Mariona se sonrojó y recordó la rabia que sintió cuando las vio y pensaba que la evitaba. La cólera que la asaltó en ese momento la había llevado a escribirle aquellas cuatro letras.

—¡Oh! Lo siento, ¡estaba tan confundida!

—No te disculpes. Nunca quise hacerte daño y lamento mucho la angustia que sin querer te provoqué. —Bernat sonrió para animarla—. Tú sí que eres mi dulce tormento.

Mariona se secó las lágrimas que habían resbalado por su rostro y sonrió ante aquellas palabras. Si él no hubiera sido tan tenaz cuando fue a Londres, ella por orgullo habría errado su destino y estaría casada con un hombre bueno, pero al que no amaba.

—Menos mal que de los dos tú has sido el más tozudo —bromeó—. Papá me ha dicho que ya le comunicaste que te casarías conmigo y está feliz de que al fin nos hayamos prometido, pero creo que media familia está a la espera de que les confirmemos un día para la boda. Sobre todo ahora que Inés está embarazada de nuevo.

Bernat soltó una carcajada. Le confesó que la noche anterior Gonzalo le había dado la feliz noticia y había tratado de sonsacarle una fecha, pero él esperaba que ella la escogiera.

—Dijiste que te gustaba la primavera —dijo él con una sonrisa.

—Yo me casaría contigo mañana mismo, pero creo que a mi madre le daría un soponcio. Al menos necesitará dos meses para organizar una fiesta de compromiso decente donde presumir delante de sus amigas y la boda que lleva soñando para su hija toda su vida —señaló Mariona resignada. Luego soltó pensativa—: ¿Qué te parece la tercera semana de mayo?

—Me suena perfecta.

Esta vez fue Mariona la que se lanzó a sus brazos y se entregó a un beso, antes de separarse con recato.

—Será mejor que demos un paseo —propuso Bernat—. Confieso que ya hablé con tu padre y hasta con tu hermano; se alegrarán de que tengamos una fecha, pero quiero que sepas que en mi mente y en mi corazón ya eres mi mujer. Venga, que si no nos vamos de aquí, no voy a poder tener las manos quietas.

Mariona calculó los días que faltaban para aquel día que con tanta rapidez habían escogido para su casamiento y, a pesar de que faltaban solo dos meses, le pareció lejano. Pese a ello, sabía que, al igual que para Bernat ya era su esposa, él era su marido, y esa tarde él volvería a demostrárselo.

Había transcurrido más tiempo de lo que habían pensado en un primer momento. Los preparativos de la boda parecían no acabarse, pero acabaron, y por fin llegó el día nuevamente señalado, dos semanas después de lo previsto.

Cuando Bernat vio aparecer en el fondo de la iglesia a Mariona del brazo de su padre, vestida con un elegante traje blanco confeccionado por Inés y Lali y con la apariencia de una princesa, un montón de recuerdos lo invadieron. Había sido un largo camino hasta llegar allí, podía haberla perdido, pero solo el corazón, con sus razones, tenía la llave para decidir cuándo se olvidaba y cuándo no. Por suerte, tanto él como Mariona habían sido capaces de resistir las pruebas del destino.

Podría haber muerto, podría haberla perdido, pero nada de eso había ocurrido y estaba allí, a la espera de tenerla a su lado, frente al cura que los iba a casar.

La vio avanzar con paso firme e intuyó una sonrisa en su rostro, bajo el velo que la cubría, una reliquia familiar que pertenecía a doña Carmen y que envolvía de tul, más todavía, el cuerpo de su amada ya cubierto de sedas y muselina. La *Marcha nupcial* de Mendelssohn sonaba en el órgano, y a su lado estaban Gonzalo y su tío, José María Ferrer, que había venido de Madrid e insistió en celebrar aquella unión por todo lo alto en el hotel Oriente. Delante de Mariona caminaban sus sobrinas, Sofía y Lucía, muy sonrientes y con unos cestillos en las manos, llenos de pétalos de rosas que lanzaban al suelo con graciosa alternancia.

Al llegar junto a él, don Rodrigo le entregó a su hija con un ceremonioso gesto cargado de emoción. Jamás había visto lágrimas en los ojos del médico hasta aquel día.

Bernat la tomó de la mano y la condujo hasta el altar, donde se sentaron en sillas tapizadas de terciopelo rojo, frente al párroco que iba a oficiar la ceremonia. Las miradas furtivas, sonrientes y cómplices no cesaron entre ambos ni un solo instante. Fue una ceremonia larga que a ellos se les pasó en un suspiro.

Tras darse el «sí quiero» y colocar la fina alianza de oro en el dedo de Mariona, el sacerdote bendijo la unión. Fue entonces cuando Bernat descubrió el rostro de Mariona del fino velo y la besó. La besó más tiempo del decoroso, pero ni siquiera el carraspeo del cura le importó.

Ya eran marido y mujer.

Epílogo

Meses después

Mariona, vestida con una amplia bata y el camisón, leía unas cartas sentada en el secreter que tenía en la antesala de su dormitorio. Tras la cena, Bernat ocupaba un rato revisando las notas del libro que escribía. Tal como se había propuesto hacía meses, relataba la historia novelada de Jacinta Soler mezclada con los acontecimientos que habían sacudido la ciudad el año anterior.

Mariona se sentía orgullosa porque habían logrado establecerse como una pareja moderna y muy unida. Ella seguía con su labor en el dispensario dos días a la semana, y los otros atendía en la consulta privada situada en un ala de la casa de sus padres.

Revisó los sobres que le quedaban por leer y de todos ellos rescató uno que le llamó la atención. Era de Emma, su amiga médica de Londres, de la que no tenía noticias desde hacía mucho. La había convidado a la boda, al igual que a Sarah, pero las dos habían declinado la invitación por cuestiones de trabajo.

Abrió el sobre con impaciencia y leyó con avidez. Su

amiga le comunicaba que se había trasladado a Surrey; su padre había estado enfermo y ella decidió que allí también podía ejercer la medicina y, además, cuidarlo. Estaba contenta porque el hijo de uno de los hacendados de la zona se había interesado por ella y acababan de prometerse. Emma le confesaba que solo podía decir cosas buenas de aquel hombre, del que se había enamorado sin darse cuenta.

Por un instante sintió que la respiración se le atoraba al ver el nombre de Howard escrito. Nunca lo habían mencionado en sus cartas, ninguna de las dos, y ella había supuesto que el señor Allen estaba bien, aunque siempre había temido que su amiga le reprochara algo.

Para su sorpresa, Emma le hablaba de su hermano. Le decía que cuando regresó a Surrey estuvo taciturno durante algún tiempo, pero poco a poco había ido recobrando su carácter alegre. Reanudó la relación con su padre y desde hacía un tiempo había comenzado a cortejar a la maestra de la escuela del pueblo. Howard le había pedido que le dijera en su nombre que deseaba que fuera feliz, ya que él lo era. Añadía que nunca podría guardarle rencor y le daba las gracias por haberle enseñado que el amor era algo que no podía exigirse, simplemente se daba.

Emma se despedía con afecto y esperaba que cualquier día su hermano se declarara a la maestra.

Dobló la misiva, la guardó de nuevo en su sobre y se quedó pensativa.

De repente un ruido la hizo mirar hacia la puerta de la estancia.

—No te he oído subir —dijo con una sonrisa a Bernat, que estaba apoyado en el quicio. Su rostro estaba serio y, por un instante, se sintió descubierta.

—Te he visto leer muy concentrada.

—Me ha escrito Emma, mi amiga de Londres.

—Sé quién es Emma —murmuró Bernat con humor.

Él terminó de entrar en la sala y ella lo acompañó hasta la alcoba. Pensó que las malas noticias debían decirse cuanto antes. No quería guardarle ningún secreto que algún día creciera entre ellos dos.

—Me hablaba de su hermano.

—El dandi.

Ella lo miró con aire suspicaz y él se encogió de hombros en un gesto burlón mientras la cogía por la cintura.

—Dime ¿qué le ocurre al señor Allen?

—Nada... Solo me escribe unas palabras de su parte... Espera...

Mariona corrió al secreter y cogió la carta para enseñársela. Al llegar vio que él se había quitado la chaqueta y estaba sentado sobre la cama. Le entregó la misiva y él la leyó con calma.

—Me alegro por él —dijo al terminar—. Sé por experiencia que duele mucho que alguien te robe a la mujer que amas, así que lo respeto. —Bernat le devolvió la carta y luego, con un tono mucho más sombrío, le pidió que se sentara a su lado.

—Me asustas, ¿ocurre algo?

—No, pero acaba de llamarme Miguel Galán con una mala noticia y he tenido que informar al periódico para que escriban una nota.

—Dímelo ya, me tienes en ascuas.

—Han encontrado ahorcado en su celda a Vicente Pons.

—¡Dios mío! ¿No estaba cerca de que se dictara sentencia?

—Sí, pero ya se veía en el juicio que el muchacho estaba mal. La vida en la cárcel no es fácil, y menos para alguien que lo ha tenido todo.

—¿Y su padre?

—No sé, se marchó lejos hace tiempo. No ayudó que

Vicente se negara a verlo porque él no movió un dedo para sacarlo de la cárcel... ¡Como si hubiera podido hacerlo! Ese muchacho pensaba que su padre podía borrar de un plumazo todos sus delitos.

—Pobre hombre, lo que tuvo que aguantar. —Bernat la miró con sorpresa y ella se explicó—: No lo justifico, sé que no se portó muy bien, pero me da pena, lo ha perdido todo.

—Bueno, es una tragedia que ya terminó —concluyó Bernat—. Lo que peor me sabe es que los Buendía sacaron a su hijo del país para eludir la justicia y evitarle la cárcel.

Aquello había enfadado mucho a la sociedad. Evaristo Buendía era cómplice de todos los delitos y había desaparecido de la noche a la mañana. La familia también había acabado marchándose de la ciudad, pues sus negocios se desplomaron y en los círculos sociales empezaron a hacerles el vacío por saltarse la ley. El propio Fiveller, el dueño del Paradís, que resultó no ser tan ajeno a lo que ocurría en su establecimiento, según lo acusaron Vicente y el encargado del local, había puesto pies en polvorosa y había cerrado el establecimiento. De aquel escándalo solo Rogelio Artigas se pudriría en la cárcel.

Mariona le había pedido en varias ocasiones a su hermano que hablara con Bernat, temía que el secuestro y la tortura le dejara algunas secuelas emocionales. Gonzalo, con más humor que otra cosa, le comentó que Bernat estaba bien; cada cual liberaba los temores a su modo y él había encontrado que su vida empezaba de cero al despertar de aquel tormento. Ella tenía mucho que ver en eso, solo al ver que lo perdía fue consciente de cuánto lo amaba y le abrió su corazón. Aquel era el regalo que más había ayudado a su amigo para no hundirse en la desesperación.

Bernat se quitó los zapatos y, descalzo, se acercó a la

cómoda donde dejó el reloj, una billetera y algunas monedas que sacó del bolsillo. Mariona contempló sus hombros anchos y admiró la forma en que el chaleco se le ceñía por encima de la camisa blanca. Un impulso la recorrió y se le acercó para abrazarlo por la espalda. Jamás había imaginado que se pudiera querer tanto.

—Hummm, esto me gusta —musitó él.

Bernat se volvió y ella lo miró embelesada mientras se retiraba el chaleco y sacaba la camisa de los pantalones. Él debió de leer su deseo, porque la besó a la vez que la sujetaba por la cintura y ella enroscó las piernas en sus caderas. Así la llevó hasta la cama, donde la sentó e hizo que se tumbara, luego posó una rodilla en el colchón, se cernió sobre ella y siguió besándola.

—¿Qué te parece si nos marchamos unos días a la casa de Reus?

—Me encantaría. Tendría que mover las visitas —mintió, pues ya las había cambiado todas. En previsión de la sorpresa que le tenía preparada, se había dejado varios días libres. Y la idea de ir a la casa de Reus le encantaba, se había convertido en un refugio que los dos adoraban.

—Hazlo, yo también los pediré. Quiero tenerte para mí solo durante unos días. No saldremos de la cama en todo el fin de semana.

—Eso suena muy bien —contestó con un suspiro.

Bernat continuaba besándola; torturaba con pequeños mordisquitos su mandíbula y se deslizaba por el fino cuello para bajar lascivo por el escote. Abrió la bata y con las manos se apoderó de sus senos.

Ella gimió, los tenía más hinchados, pero Bernat no parecía haberse dado cuenta. Aquella noche iba a ser la de las revelaciones, pero no pensaba interrumpirlo en aquel momento, sino que se disponía a disfrutarlo. Luego, cuando ya estuvieran sosegados de la pasión que los apremiaba con insidiosa necesidad, le diría lo que había confirmado aquella misma tarde. Se moría de ganas por ver la cara de Bernat cuando le comunicara que iba a ser padre.

Pero eso sería después, mucho después, porque parecía que la noche iba a ser muy larga.

Nota de la autora

Las razones del corazón es una novela romántica histórica, un relato de ficción ambientado y basado en una época y un lugar concretos: la Barcelona modernista de finales del siglo XIX, que se debatía entre los avances que la modernidad de los tiempos le exigía y unos sucesos sociales, violentos y sangrientos, de cariz anarquista.

He procurado ceñirme al marco histórico, pero esta novela no es un tratado de historia, por ello quiero manifestar que los hechos están descritos a pinceladas, sin entrar en largas descripciones o explicaciones detalladas o justificadas, solo las necesarias para enmarcar la época. También me he permitido alguna licencia para novelar mi historia, en la que se mezclan nombres de personas reales con otros ficticios, al igual que los acontecimientos, y entre todos configuran un mosaico de la sociedad del momento.

Los sucesos violentos de los distintos atentados descritos son acontecimientos reales, así como los nombres y las historias de algunas de las mujeres médicas que se citan: Dolors Aleu, primera mujer en licenciarse en Medicina en España y la primera en obtener el título de doctora; Elizabeth Garrett, primera mujer médica en Gran Bretaña, fundadora de una escuela y del New Hospital for Women; Florence Nightingale, la primera enfermera; y Elizabeth Blackwell, primera mujer norteamericana en convertirse en médica y, de hecho, la primera que ejerció la medicina en el mundo y formó a otras. Sin embargo, a pesar de las licencias que me he tomado, pido disculpas desde estas líneas por los posibles errores en los que haya podido incurrir.

Las primeras mujeres que tuvieron acceso a la universidad en Barcelona y pudieron licenciarse en la segunda mitad del siglo XIX, con todos los permisos y retrasos de los que fueron objeto, fueron tres: Dolors Aleu, Martina Castells y Elena Maseras.

Al terminar sus estudios de Medicina en 1879, Aleu tuvo que esperar tres años para poder examinarse de la licenciatura en Madrid, un trámite que dependía de un permiso del Ministerio de Instrucción Pública. Aquellas trabas burocráticas llevaron a Elena Maseras a estudiar Magisterio y acabó dedicándose a la enseñanza, nunca ejerció la medicina. Tampoco lo hizo Martina Castells, que se doctoró tres días más tarde que Dolors Aleu y que murió muy joven por una complicación durante su primer embarazo.

Para la construcción del personaje de Mariona Losada me basé en la biografía de Dolors Aleu (1857-1913). Ella ejerció la medicina (en la época en que trascurre mi novela) y tuvo una consulta propia durante veinticinco años en las Ramblas.

He querido homenajearla dándole un pequeño papel como mentora de mi protagonista, a quien sitúo en su mismo nivel, entre las pocas mujeres que pudieron licenciarse y ejercer la medicina. Sin embargo, he de señalar que después de que las pioneras abrieran el camino, desafortunadamente las mujeres no pudieron ir a la universidad con total libertad hasta 1910, año en que una real orden del rey Alfonso XIII reconoció el acceso a la enseñanza superior también para las mujeres, en igualdad de condiciones.

Otra gran mujer y pionera en su campo fue la inglesa Elizabeth Garrett Anderson (1839-1914), quien en 1866, con la ayuda financiera de su padre, fundó el dispensario de Santa María, en Londres. Años más tarde el dispensario se reconvirtió en el New Hospital for Women (Nuevo Hospital para Mujeres) en Euston Road, donde las mujeres pobres podían obtener ayuda de profesionales cualificadas, algo muy inusual para la época.

A su escuela de Medicina acude Mariona en busca de formación, y en el New Hospital —centro dirigido y atendido exclusivamente por mujeres— se convierte en una gran doctora, algo que en el hospital de la Santa Creu le habían vetado.

Sobre el atentado del Liceo, que ocurrió la noche del 7 de noviembre de 1893, me he basado en documentos históricos y hemerotecas de lo que se publicó en los diarios de la época. En *La Vanguardia* se escribió al día siguiente: «El crimen del Liceo. Ni sabemos cómo empezar el relato del salvaje y miserable atentado de anoche: la magnitud del crimen; el cuadro que se presentó a nuestros ojos, de una multitud desencajada, despavorida...». Un artículo conmovedor y emotivo que relata los hechos con crudeza, y que permite hacerse una idea del brutal atentado que acabó con la vida de muchos espectadores de diferentes clases sociales en el segundo acto de la ópera *Guillermo Tell* de Rossini, a las diez y cuarto de la noche, aproximadamente. Desde uno de los pisos altos del teatro se lanzaron dos bombas, cargadas de material explosivo y metralla, aunque solo explotó la primera. La segunda cayó en el regazo de una mujer, que probablemente murió en la primera detonación. En un primer recuento se supo que veintiuna personas habían fallecido y otras tantas estaban heridas. La obra de *Guillermo Tell* tardó treinta y dos años en volver a representarse.

En el mismo periódico, el 3 de enero de 1894, se informó

de la detención del responsable: «Detención importante. Anoche fue detenido en Zaragoza un sujeto llamado Santiago Salvador Franch, procedente de Barcelona. Al ir a prenderle intentó suicidarse, disparándose al efecto un tiro. Se ha confesado autor del atentado del Liceo».

Por último, querida lectora, lector, pido disculpas por la descripción de los ataques sufridos por algunos personajes femeninos de la novela, por exigencias de la trama. Se trata de actos que bien podrían haber sido causados por una persona con un trastorno mental (en la época se llamaría «monomanías»), pero que tienen que ver con la maldad y la ausencia de culpa. Esta subtrama que hace bisagra entre la trama médica, la policial y la periodística es ficticia y no está basada en ningún hecho real. He tratado de suavizarlos al máximo para no herir sensibilidades, esperando que con los datos que ofrezco cada lectora o lector pueda hacerse una idea de la gravedad de las heridas que describo.

En la novela enfatizo aspectos femeninos, logros de mujeres que se enfrentaron a la sociedad del momento para luchar por su propio destino y para que las que les siguieran tuvieran una vida mejor, con acceso a la educación, independencia del hombre y libertad de pensamiento.

Desde mi posición les doy las gracias a todas esas mujeres que, como Dolors Aleu, abrieron las puertas de la universidad para que otras las siguieran. A las Marionas, las Inés y a todos los hombres como Bernat y Gonzalo, que dieron su apoyo para que las mujeres lograran, lográramos, un mundo mejor, con más y mejores derechos femeninos. Queda camino que recorrer, pero somos incansables en la marcha...

Agradecimientos

Los personajes protagonistas de este libro surgieron en *Esa locura llamada amor*. Ver la novela impresa y en las estanterías de las librerías más importantes de mi ciudad, Barcelona, supuso para mí una emoción indescriptible, difícil de olvidar. No era mi primera novela publicada, pero sí la primera que salía en papel. Por eso quiero agradecer a Aranzazu Sumalla, mi editora, aquel logro, y también que confiara en esta nueva historia antes de que naciera, me motivara y me apoyara para que la escribiera. Gracias.

A Penguin Random House, a todo el equipo que hace posible que este libro salga a la luz.

Y a Brenna Watson por su amistad, su tiempo y sus consejos. Querida, entre las cosas bonitas que me ha dado la escritura, estás tú. Gracias por todo.